Aus Freude am Lesen

btb

Buch

Die junge Lucy Honeychurch, Sproß einer englischen Middle-Class-Familie, befindet sich um die Jahrhundertwende mit ihrer Cousine Charlotte auf Bildungsreise in Italien. In einer Pension in Florenz lernt sie George Emerson kennen. In Lucys naiv-unschuldigem Herz keimt Liebe zu dem jungen, etwas unkonventionellen Mann auf. Als Charlotte dies bemerkt, reist sie sofort mit ihr ab. Zurück in England spielt Lucy wieder perfekt ihre Tochterrolle in der Welt viktorianischer Prüderie. Es bleibt auch nicht aus, daß sie sich mit einem Abziehbild des viktorianischen Gentlemans verlobt, eine Bindung, die ihr allerdings selbst nicht ganz geheuer ist. Vor allem, weil ihr George einfach nicht aus dem Kopf gehen will…

Autor

Edward Morgan Forster (1879–1970) gilt als einer der bedeutendsten englischen Romanciers des 20. Jahrhunderts und wird längst zu den modernen Klassikern Englands gezählt. Mit der Verfilmung seines Romans »Auf der Suche nach Indien« gelang ihm auch in Deutschland der Durchbruch. »Zimmer mit Aussicht« wurde 1987 verfilmt und mit drei Oscars und dem Silbernen Löwen der Biennale Venedig ausgezeichnet.

E. M. Forster

Zimmer mit Aussicht

Roman

Aus dem Englischen von Werner Peterich

btb

Die Originalausgabe erschien
1908 unter dem Titel »A Room with a View«
bei Edward Arnold, London

Umwelthinweis:
Alle bedruckten Materialien dieses Taschenbuches
sind chlorfrei und umweltschonend.

btb Taschenbücher erscheinen im Goldmann Verlag,
einem Unternehmen der Verlagsgruppe Bertelsmann.

1. Auflage
Genehmigte Taschenbuchausgabe Februar 1998

Umschlaggestaltung: Design Team München
unter Verwendung eines Fotos von: AKG, Berlin
RK · Herstellung: Augustin Wiesbeck
Made in Germany
ISBN 3-442-72346-9

E.M. Forster widmete dieses Buch H.O.M.

INHALT

Erster Teil

Erstes Kapitel

Pension Bertolini

»Dazu hatte die Signora kein Recht«, empörte sich Miss Bartlett, »in gar keiner Weise! Sie hat uns Südzimmer mit schöner Aussicht versprochen, gleich nebeneinander, und jetzt sind es Nordzimmer, die auf den Hof hinausgehen und auch noch weit auseinander liegen. Ach, Lucy!«

»Und eine waschechte Londonerin ist sie auch noch!« sagte Lucy, die der unerwartete Cockney-Akzent der Signora zusätzlich betrübt hatte. »Als ob hier West-Minster wäre!« Sie ließ den Blick über die beiden Reihen von Engländern schweifen, die sich am Tisch gegenübersaßen; über die Reihe weißer Wasser- und roter Weinflaschen zwischen den Reihen der Engländer; über die Portraits der verstorbenen Queen und des verstorbenen *poeta laureatus*, die schwer gerahmt hinter den Engländern hingen; und über die Bekanntmachung der englischen Kirche (Rev. Cuthbert Eager, M.A. Oxon.), die den einzigen weiteren Wandschmuck bildete. »Charlotte, hast du nicht auch das Gefühl, wir könnten genausogut in London sein? Ich kann kaum glauben, daß es draußen alle möglichen anderen Sachen gibt. Vermutlich liegt das daran, daß man so abgespannt ist.«

»Auf diesem Fleisch hat man bestimmt schon eine Bouillon gekocht«, sagte Miss Bartlett und legte die Gabel nieder.

»Und ich hatte mich so sehr auf den Arno gefreut! Die Zimmer, die die Signora uns in ihrem Brief versprochen hatte, sollten auf den Arno hinausgehen. Die Signora hatte in keiner Weise ein Recht dazu. Ach, zu schade!«

»Mir ist ja jede Kammer recht«, fuhr Miss Bartlett fort, »aber daß du keine schöne Aussicht genießen sollst, ist schon ein Kreuz.«

Lucy fürchtete, egoistisch gewesen zu sein. »Charlotte, du sollst mich nicht verwöhnen; selbstverständlich mußt auch du einen schönen Blick auf den Arno haben. Das habe ich wirklich ernst gemeint. Das erste Zimmer nach vorn hinaus, das frei wird . . .«

»Mußt du bekommen«, sagte Miss Bartlett, deren Reisekosten zum Teil von Lucys Mutter bezahlt wurden – eine Großzügigkeit, auf die sie häufig taktvoll anspielte.

»Nein, nein. Du!«

»Ich bestehe darauf. Deine Mutter würde mir das nie verzeihen, Lucy.«

»*Mir* würde sie das nie verzeihen.«

Die Stimmen der Damen wurden lauter, verrieten aber auch – wenn es denn unbedingt gesagt werden muß – eine gewisse Gereiztheit. Sie waren abgespannt und zankten sich, wiewohl sie so taten, als überböten sie einander an Selbstlosigkeit. Einige ihrer Nachbarn wechselten bereits Blicke, und einer von ihnen – einer jener Leute ohne Kinderstube, wie man ihnen im Ausland begegnete – besaß sogar die Stirn, sich vorzulehnen und in ihren Streit einzumischen. Er sagte:

»Ich habe ein Zimmer mit schöner Aussicht, ich habe eins.«

Miss Bartlett fuhr erschrocken zusammen. Für gewöhnlich beobachteten Pensionsgäste sie erst ein oder zwei Tage lang, ehe sie sie ansprachen – und fanden oft erst nach ihrer Abreise heraus, ob sie nun ›passend‹ gewesen wären oder nicht. Sie wußte, daß der, der sich einmischte, keine Manieren hatte; sie brauchte ihn sich erst gar nicht anzusehen. Er war ein alter Mann von massiger Statur mit offenem glattrasierten Gesicht und großen Augen. Diese Augen hatten etwas Kindliches, wenngleich es nicht die Kindlichkeit der Senilität war. Was genau es wäre – die Mühe, das herauszufinden, machte Miss Bartlett sich nicht; ihr Blick wanderte hinunter zu seinem Anzug, der ihr freilich keinen Eindruck machte. Wahrscheinlich bemühte er sich, ihre Bekanntschaft zu machen, ehe er wußte, mit wem er es zu tun hatte. Sie tat daher etwas verwirrt, als er sie ansprach, und sagte dann: »Eine schöne Aussicht? Ach, eine schöne Aussicht! Wie bezaubernd, eine schöne Aussicht zu haben!«

»Das hier ist mein Sohn«, sagte der alte Mann. »Er heißt George. Er hat auch eine schöne Aussicht.«

»Ah«, machte Miss Bartlett und ließ Lucy, die schon im Begriff stand, etwas zu sagen, gar nicht erst zu Wort kommen.

»Was ich meine«, fuhr er fort, »ist, Sie können unsere Zimmer bekommen. Und wir nehmen Ihre. Wir tauschen einfach.«

Die besseren Kreisen angehörenden Touristen waren schokkiert und hatten Mitgefühl mit den Neuankömmlingen. Miss Bartlett gab sich möglichst schmallippig, als sie auf das Angebot einging, und sagte:

»Haben Sie vielen Dank, aber das kommt überhaupt nicht in Frage.«

»Warum nicht?« sagte der alte Mann, beide Fäuste auf dem Tisch.

»Weil es einfach nicht in Frage kommt. Vielen Dank.«

»Ach, wissen Sie, wir nehmen nicht gern ...«, begann Lucy.

Abermals ließ ihre Cousine sie nicht zu Wort kommen.
»Aber warum?« Er ließ nicht locker. »Frauen machen sich was aus einer schönen Aussicht; Männer nicht.« Woraufhin er mit beiden Fäusten auf die Tischplatte hieb wie ein ungezogenes Kind, sich seinem Sohn zuwandte und sagte: »George, überrede sie!«
»Es liegt doch auf der Hand, daß sie die Zimmer haben sollten«, erklärte der Sohn. »Dazu ist nichts weiter zu sagen.«
Er sah die Damen bei diesen Worten nicht an, doch seine Stimme verriet Verlegenheit und Bekümmernis. Auch Lucy war peinlich berührt, erkannte jedoch, daß ihnen das bevorstand, was man eine ›richtige Szene‹ nennt, und sie hatte das unheimliche Gefühl, daß der Streit sich jedesmal, wenn diese Touristen ohne Kinderstube den Mund aufmachten, ausweiten und vertiefen würde, bis es überhaupt nicht mehr um Zimmer und schöne Aussichten ging, sondern um etwas ganz anderes, wovon sie bisher gar nicht gewußt hatte, daß es das überhaupt gab.
Jetzt wurde der alte Mann geradezu hitzig: Warum sie denn nicht tauschen wolle? ereiferte er sich. Was sie denn nur dagegen habe? In einer halben Stunde würden sie die Zimmer geräumt haben.
Wiewohl gewandt in den Feinheiten der Konversation – angesichts brutaler Gewalt war Miss Bartlett ohnmächtig. Einem so groben Klotz vermochte sie keinen Keil aufzusetzen. Ihr Gesicht rötete sich vor Mißvergnügen, und sie sah sich um, als wollte sie sagen: ›Sind Sie etwa alle so?‹ Woraufhin zwei kleine alte Damen, die ein wenig weiter oben am Tisch saßen und das Umschlagetuch über der Stuhllehne hängen hatten, aufblicken und deutlich zu erkennen gaben: ›Nein, wir nicht; wir gehören zur feinen Gesellschaft.‹

»Iß doch weiter, meine Liebe«, wandte sie sich an Lucy und spielte wieder mit dem Fleisch, über das sie sich zuvor so mißbilligend ausgelassen hatte.
Lucy meinte murmelnd, das seien schon sehr merkwürdige Leute, die ihnen gegenüber.
»Iß nur weiter, meine Liebe. Diese Pension ist ein Reinfall. Morgen ziehen wir anderswo hin.«
Kaum hatte sie diesen harten Entschluß verkündet, besann sie sich eines Besseren. Die Portiere am Ende des Raums teilte sich und ließ die Gestalt eines korpulenten doch attraktiven Geistlichen erkennen, der sich beeilte, seinen Platz am Tisch einzunehmen und sich dabei fröhlich für sein Zuspätkommen entschuldigte. Lucy, die sich noch nicht recht wieder gefaßt hatte, sprang augenblicklich auf und rief: »Aber ach, das ist ja Mr. Beebe! Ach, wie bezaubernd! Ach, Charlotte, jetzt müssen wir einfach bleiben, egal, wie schlecht die Zimmer sind. Ach!«
Mit betont mehr Zurückhaltung sagte Miss Bartlett:
»Wie geht es Ihnen, Mr. Beebe? Sie werden sich kaum noch an uns erinnern: Miss Bartlett und Miss Honeychurch – wir weilten in Tunbridge Wells, als Sie dem Pfarrer von St. Peter's aushalfen, damals, als Ostern eine so schreckliche Kälte herrschte.«
Der geistliche Herr, der aussah wie ein Pfarrer in den Ferien, erinnerte sich der beiden Damen nicht ganz so deutlich, wie diese sich seiner. Gleichwohl besaß er die Liebenswürdigkeit, zu ihnen zu kommen und auf dem Stuhl Platz zu nehmen, auf den Lucy zeigte.
»*Bin* ich froh, Sie zu sehen«, erklärte das junge Mädchen, das sich gleichsam in einem Zustand geistlichen Ausgehungertseins befand und auch froh gewesen wäre, sich mit dem Kell-

ner zu unterhalten, hätte ihre Cousine ihr das erlaubt. »Wie klein die Welt doch ist! Und dann auch noch Summer Street – nein, *zu* komisch!«

»Miss Honeychurch gehört nämlich zur Gemeinde Summer Street«, sagte Miss Bartlett und füllte damit die Lücke. »Zufällig hat sie mir im Laufe der Unterhaltung erzählt, Sie hätten gerade angenommen ...«

»Ja, das habe ich erst vorige Woche von Mutter erfahren. Sie hatte ja keine Ahnung, daß ich Sie von Tunbridge Wells her kenne, aber ich habe umgehend geantwortet und geschrieben: ›Mr. Beebe ist ...‹«

»Durchaus richtig«, erklärte der Geistliche. »Im Juni ziehe ich in das Pfarrhaus von Summer Street ein. Ich kann von Glück sagen, Pfarrer in einem so reizvollen Wohnviertel zu werden.«

»Ach, wie ich mich freue! Unser Haus heißt *Windy Corner*.«

Mr. Beebe verneigte sich.

»Dort wohnen Mutter und ich für gewöhnlich und mein Bruder, obwohl wir nicht oft in die K... – die Kirche ist ziemlich weit weg, meine ich.«

»Lucy, Liebling, laß Mr. Beebe doch erst einmal essen.«

»Ich esse ja, vielen Dank, und es schmeckt mir ausgezeichnet.« Er wandte sich vor allem an Lucy, an deren Klavierspiel er sich erinnerte, und weniger an Miss Bartlett, die sich wahrscheinlich an seine Predigten erinnerte. Er fragte das Mädchen, ob sie Florenz gut kenne, woraufhin er umständlich erklärt bekam, daß sie nie zuvor hier gewesen sei. Es ist stets ein Vergnügen, einen Neuankömmling zu beraten, und er war der erste, dem dies hier zuteil wurde.

»Und versäumen Sie nicht das Land ringsum«, schloß er seine Ratschläge ab. »Am ersten schönen Nachmittag sollten Sie nach Fiesole hinauffahren, und zwar über Settignano oder einen dieser Orte.«

»Nein!« ließ sich eine Stimme vom Kopfende der Tafel vernehmen. »Da irren Sie, Mr. Beebe. Am ersten schönen Nachmittag müssen die Damen unbedingt nach Prato hinausfahren.«

»Die Dame macht einen so gebildeten Eindruck«, flüsterte Miss Bartlett ihrer Cousine zu. »Wir haben Glück.«

Und in der Tat – ein wahrer Schwall von Informationen ergoß sich über sie. Die Leute sagten ihnen, was sie sich wann ansehen müßten, wie man die Elektrische anhielt, wie man sich der Bettler erwehrte, wieviel sie für einen Tintenlöscher ausgeben dürften und wie sehr ihnen die Stadt ans Herz wachsen würde. Die Pension Bertolini war geradezu überschwenglich einer Meinung: sie ›paßten‹. Wohin sie auch blickten, freundliche Damen lächelten sie an und redeten auf sie ein. Und über all das erhob sich die Stimme der gebildeten Dame, die da rief: »Prato! Sie müssen unbedingt nach Prato fahren. So etwas bezaubernd Schmuddeliges – da fehlen einem die Worte! Ich liebe das Städtchen! Ich genieße es nämlich, die Zwänge der Wohlanständigkeit abzuschütteln.«

Der junge Mann mit dem Namen George sah zu der gebildeten Dame hinüber und wandte sich dann mißmutig wieder seinem Teller zu. Er und sein Vater ›paßten‹ offensichtlich nicht. Und bei all ihrem Erfolg fand Lucy noch die Zeit zu wünschen, sie würden es doch tun. Die Vorstellung, daß jemand außen vor blieb, besaß keinerlei zusätzlichen Reiz für sie; und als sie sich erhob, um zu gehen, drehte sie sich noch einmal um und bedachte die beiden Außenseiter mit einer schüchternen kleinen Verneigung.

Dem Vater entging dies; der Sohn jedoch nahm es dankbar zur

Kenntnis – nicht dadurch, daß er sich seinerseits verneigt hätte, sondern dadurch, daß er die Augenbrauen in die Höhe schob und lächelte; er schien über etwas hinweg zu lächeln.
Sie eilte hinter ihrer Cousine her, die bereits durch die Portieren entschwunden war – Portieren, die einem ins Gesicht klatschten und schwer waren von mehr als nur Tuch. Dahinter stand die unzuverlässige Signora, die sich – unterstützt von *Henery* ihrem kleinen Sohn, und ihrem Töchterchen *Victorier* – vor ihren Gästen verneigte und ihnen einen guten Abend wünschte. Es gab schon ein kurioses kleines Bild ab, wie diese waschechte Londonerin sich bemühte, Anmut und Leutseligkeit des Südens zu vermitteln. Womöglich noch kurioser freilich wirkte der Salon, der bemüht war, es einer soliden Pension in Bloomsbury gleichzutun. War das hier wirklich Italien?
Miss Bartlett hatte bereits auf einem bis zum Platzen gepolsterten Sessel Platz genommen, der Farbe und Umrisse einer Tomate aufwies. Sie sprach auf Mr. Beebe ein, und während sie das tat, fuhr ihr langer schmaler Kopf vor und zurück, langsam und regelmäßig immer wieder vor und zurück, als gelte es, irgendein unsichtbares Hindernis zu rammen und zu zertrümmern. »Wir sind Ihnen überaus dankbar«, sagte sie gerade. »Der erste Abend ist ja so überaus wichtig. Als Sie eintraten, machten wir gerade eine ganz besonders *mauvais quart d'heure* durch.« Er bekundete sein Bedauern.
»Wissen Sie zufällig, wie der alte Mann heißt, der uns beim Dinner gegenüber saß?«
»Emerson.«
»Ist er ein Freund von Ihnen?«
»Wir gehen freundlich miteinander um – wie man das so in Pensionen tut.«

»Dann möchte ich nichts mehr sagen.«
Er drängte nur ein ganz klein wenig, und sie sagte mehr.
»Ich bin ja gleichsam«, schloß sie, »der Anstandswauwau meiner jungen Cousine Lucy, und es wäre schon sehr bedenklich, wenn ich zuließe, daß sie Menschen gegenüber, die wir überhaupt nicht kennen, irgendwelche Verpflichtungen übernähme. Sein Betragen war etwas unglücklich. Hoffentlich habe ich mich richtig verhalten.«
»Sie haben sich äußerst natürlich verhalten«, sagte er. Er schien nachdenklich und fügte gleich darauf hinzu: »Trotzdem – ich glaube, es hätte auch nichts geschadet, wenn Sie angenommen hätten.«
»Nichts *geschadet*? Aber selbstverständlich nicht. Nur konnte ich ja nicht zulassen, daß wir irgendwelche Verpflichtungen eingingen.«
»Mr. Emerson ist ein sonderbarer Mann.« Wieder zauderte er, doch dann sagte er gütig: »Ich glaube, er hätte es weder ausgenutzt, wenn Sie angenommen hätten, noch von Ihnen erwartet, daß Sie sich dankbar bezeigen. Es spricht für ihn – wenn das denn wirklich ein Vorzug ist –, immer genau das zu sagen, was er meint. Er wohnt in Zimmern, die ihm nichts bedeuten, und meint, daß sie Ihnen sehr wohl etwas bedeuten würden. Er hatte bestimmt genausowenig die Absicht, Sie sich zu verpflichten, wie er meinte, besonders höflich zu sein. Es ist so schwierig – ich jedenfalls finde es schwierig –, Menschen zu verstehen, die die Wahrheit sagen.«
Lucy war hocherfreut und sagte: »Ich hatte gehofft, daß er nett ist; ich hoffe ja immer, daß die Menschen nett sind.«
»Ich glaube, das ist er: nett und anstrengend. Ich bin in fast allem, worauf es ankommt, anderer Meinung als er, und des-

halb erwarte ich – vielleicht dürfte ich sogar sagen: *hoffe* ich –, daß auch Sie anderer Meinung sein werden als er. Gleichwohl ist er ein Typ Mensch, mit dem man lieber im Widerspruch steht, als daß man ihn bedauert. Zu Anfang, als er herkam, waren die Leute, was ja nicht weiter verwunderlich ist, erst erbost über ihn. Er besitzt keinerlei Takt und hat keinen Benimm – womit ich nicht sagen möchte, daß er schlechte Manieren hätte –, und er hält mit seiner Meinung nicht hinterm Berg. Es hätte nicht viel gefehlt, und wir hätten uns unserer deprimierenden Signora gegenüber beschwert über ihn – aber heute bin ich froh, daß wir uns eines Besseren besonnen haben.«

»Darf ich dem entnehmen«, sagte Miss Bartlett, »daß er ein Sozialist ist?«

Mr. Beebe akzeptierte die bequeme Bezeichnung, freilich nicht ohne ein leichtes Lippenzucken.

»Dann hat er wohl seinen Sohn auch zu einem Sozialisten erzogen, oder?«

»George kenne ich kaum; der hat noch nicht Sprechen gelernt. Er scheint jedoch ein netter Bursche, und ich glaube, er hat Köpfchen. Selbstverständlich besitzt er sämtliche Schrullen seines Vaters; gut möglich, daß auch er ein Sozialist ist.«

»Ach, da fällt mir ein Stein von der Seele«, sagte Miss Bartlett. »Dann meinen Sie also, ich hätte ihr Angebot annehmen sollen? Sie finden mich engstirnig und übertrieben argwöhnisch?«

»Durchaus nicht«, erwiderte er. »Das habe ich nicht gesagt.«

»Aber sollte ich mich dann nicht jedenfalls für mein offenbar ungehobeltes Benehmen entschuldigen?«

Er entgegnete leicht irritiert, dies sei durchaus nicht nötig, und erhob sich, um in den Rauchsalon hinüberzugehen.

»Hab' ich mich unmöglich benommen?« sagte Miss Bartlett, kaum daß er verschwunden war. »Warum hast du nichts gesagt, Lucy? Junge Leute zieht er bestimmt vor. Hoffentlich habe ich ihn nicht über Gebühr mit Beschlag belegt. Ich hatte gehofft, du könntest dich nicht nur das ganze Essen, sondern den ganzen Abend über mit ihm unterhalten.«

»Er scheint nett zu sein«, rief Lucy aus. »Genauso, wie ich mich an ihn erinnere. Er scheint in jedermann nur das Gute zu sehen. Kein Mensch würde ihn für einen Geistlichen halten.«

»Aber liebste Lucia ...«

»Nun, du weißt schon, was ich meine. Und du weißt doch auch, wie Geistliche im allgemeinen lachen; Mr. Beebe hingegen lacht wie ein ganz normaler Mensch.«

»Komisches Mädchen! Wie du mich an deine Mutter erinnerst! Ich frage mich, ob sie wohl mit Mr. Beebe einverstanden sein wird.«

»Da bin ich ganz sicher; und Freddy auch.«

»Ich glaube, alle in *Windy Corner* werden einverstanden mit ihm sein; so ist die elegante Welt. Ich bin eben Tunbridge Wells gewöhnt, wo wir alle hoffnungslos hinter dem Mond sind.«

»Ja«, sagte Lucy verzagt.

Ein Hauch von Vorwurf hing in der Luft, doch ob sich dieser Vorwurf gegen sie selbst richtete, oder gegen Mr. Beebe, gegen die elegante Welt von *Windy Corner* oder die engstirnige Welt von Tunbridge Wells, vermochte sie nicht zu entscheiden. Sie versuchte, ihn zu lokalisieren, schoß jedoch wie gewöhnlich einen Bock. Miss Bartlett wies es von sich, gegen irgend jemand etwas zu haben, und fügte hinzu: »Ich fürchte, ich bin für dich keine besonders aufmunternde Gefährtin.«

Und wieder kam dem Mädchen der Gedanke: ›Ich muß egoistisch oder unfreundlich gewesen sein; ich muß einfach besser achtgeben. Es ist so schrecklich für Charlotte, arm zu sein.‹ Glücklicherweise gesellte sich jetzt eine von den kleinen alten Damen, die seit einiger Zeit sehr huldvoll gelächelt hatte, zu ihnen und fragte, ob es gestattet sei, dort Platz zu nehmen, wo eben noch Mr. Beebe gesessen hatte. Nachdem ihr das erlaubt worden war, begann sie, angenehm über Italien zu plaudern, darüber, welch ein Sprung ins kalte Wasser es gewesen sei herzufahren, als wie erfreulich sich dieser Sprung erwiesen habe und als wie zuträglich für die Gesundheit ihrer Schwester, darüber, daß es unbedingt nötig sei, nachts die Schlafzimmerfenster zu schließen und morgens die Wasserflaschen ganz zu leeren. Sie handelte ihre Themen auf sehr angenehme Weise ab, und vielleicht waren sie der Aufmerksamkeit mehr wert als das geistig hochstehende Gespräch über Guelfen und Ghibellinen, das hitzig am anderen Ende des Raums hin und herwogte. Die reinste Katastrophe sei es gewesen und keineswegs ein belangloser Zwischenfall, jener Abend, den sie in Venedig erlebt, da sie in ihrem Schlafzimmer etwas gefunden hatte, das schlimmer gewesen sei als ein Floh.

»Aber hier sind Sie so sicher wie in England; die Signora Bertolini ist so englisch« – »Trotzdem riechen unsere Zimmer«, erklärte die arme Lucy. »Wir haben richtiggehend Angst, zu Bett zu gehen.«

»Ah, dann gehen die Zimmer auf den Hof hinaus.« Die alte Dame seufzte. »Wenn bloß Mr. Emerson etwas mehr Takt walten ließe! Sie haben uns beim Dinner so leid getan.«

»Ich glaube, er hat nur nett sein wollen.«

»Und das war er ja auch, zweifellos«, sagte Miss Bartlett. »Mr. Beebe hat mir meines mißtrauischen Wesens wegen schon die

Leviten gelesen. Selbstverständlich bin ich nur meiner Cousine wegen so zurückhaltend gewesen.«

»Selbstverständlich«, sagte die kleine alte Dame, woraufhin sie beide etwas darüber murmelten, bei einem jungen Mädchen könne man schließlich nicht vorsichtig genug sein.

Lucy bemühte sich, ein ernstes Gesicht zu machen, konnte sich jedoch des Gefühls nicht erwehren, als wäre sie eine große Närrin. Zuhause ließ man ihr gegenüber keinerlei besondere Vorsicht walten; jedenfalls war ihr das bisher nicht aufgefallen.

»Was den alten Mr. Emerson betrifft – ich weiß nicht recht. Nein, taktvoll ist er nicht; und doch, ist Ihnen jemals aufgefallen, daß es Menschen gibt, die Dinge tun, die im höchsten Maße taktlos sind und doch gleichzeitig – schön?«

»Schön?« sagte Miss Bartlett, die nicht wußte, was sie mit diesem Wort anfangen sollte. »Sind nicht Schönheit und Takt ein und dasselbe?«

»Das sollte man meinen«, sagte die andere hilflos. »Aber manchmal finde ich, die Dinge sind alle so schwierig.«

Sie erging sich nicht weiter über ›die Dinge‹, denn Mr. Beebe tauchte wieder auf und machte ein äußerst erfreutes Gesicht.

»Miss Bartlett«, rief er, »das mit den Zimmern geht in Ordnung. Wie ich mich freue! Mr. Emerson hat im Rauchsalon darüber geredet, und da ich ja wußte, wie Sie darüber denken, ermunterte ich ihn, sein Angebot zu wiederholen. Nun hat er mich hergeschickt, Sie zu fragen. Sie würden ihm eine solche Freude machen.«

»Ach, Charlotte«, sagte Lucy laut zu ihrer Cousine, »wir müssen die Zimmer jetzt unbedingt nehmen. Wie nett und wie freundlich der alte Herr ist – netter und freundlicher kann man gar nicht sein.«

Miss Bartlett hüllte sich in Schweigen.
»Ich fürchte«, sagte Mr. Beebe nach einer Pause, »ich habe mich aufgedrängt. Ich muß mich entschuldigen.«
Ernstlich ungehalten wandte er sich zum Gehen. Erst da reagierte Miss Bartlett. »Meine eigenen Wünsche spielen im Vergleich zu den deinen keine Rolle, liebste Lucy. Es wäre in der Tat unverzeihlich von mir, wollte ich dich hier in Florenz daran hindern zu tun, was du willst – wo ich selbst es doch bloß deiner Güte zu verdanken habe, daß ich hier bin. Wenn du möchtest, daß ich diese Herren aus ihren Zimmern hinauswerfe, werde ich das tun. Würden Sie, Mr. Beebe, dann die Freundlichkeit besitzen, Mr. Emerson zu sagen, ich nähme sein freundliches Angebot an – und ihn dann zu mir zu bringen, damit ich ihm persönlich danken kann?«
Ihre Stimme wurde zunehmend lauter; was sie sagte, wurde überall im Salon gehört und ließ Guelfen wie Ghibellinen verstummen. Der geistliche Herr, der insgeheim das gesamte weibliche Geschlecht verfluchte, verneigte sich und entfernte sich mir ihrer Botschaft.
»Vergiß nicht, Lucy, für das hier bin ganz allein ich verantwortlich. Ich möchte nicht, daß die Einwilligung von dir kommt. Tu mir jedenfalls die Liebe!«
Mr. Beebe war wieder da und sagte einigermaßen verlegen: »Mr. Emerson ist beschäftigt, doch hier ist statt dessen sein Sohn.«
Der junge Mann sah auf die drei Damen hinunter, die sich vorkamen, als säßen sie auf dem Boden, so niedrig waren ihre Sessel.
»Mein Vater«, erklärte er, »ist gerade im Bad, und so geht es leider im Moment nicht, daß Sie ihm persönlich danken. Aber je-

de Nachricht, die Sie mir an ihn auftragen, wird ihm übermittelt werden, sobald er herauskommt.«

Dem Bad war Miss Bartlett nicht gewachsen. Alle mit Spitzen versehenen Höflichkeitsfloskeln kamen verkehrt heraus. Der junge Mr. Emerson konnte, sichtlich zum Entzücken von Mr. Beebe und zur heimlichen Freude von Lucy, einen merklichen Erfolg verbuchen.

»Armer junger Mann!« erklärte Miss Bartlett, kaum daß er gegangen war. »Wie wütend er der Zimmer wegen auf seinen Vater ist! Er hat ja alle Mühe, höflich zu bleiben.«

»In einer halben Stunde oder so werden Ihre Zimmer bereit sein«, sagte Mr. Beebe. Nachdem er die beiden Cousinen einigermaßen versonnen betrachtet hatte, zog er sich in seine eigenen Gemächer zurück, um eine Eintragung in sein philosophisches Notizbuch zu machen.

»Ach, du liebe Güte!« hauchte die kleine alte Dame und erschauerte, als ob alle Winde des Himmels durch die Wohnung hindurchgegangen wären. »Männer sind sich manchmal nicht darüber im klaren ...« Sie sprach nicht weiter, doch Miss Bartlett schien zu verstehen, und so entspann sich eine Unterhaltung, in der Männer, die sich nicht völlig im klaren waren, eine Hauptrolle spielten. Lucy, die ihrerseits auch nicht alles durchschaute, mußte sich mit einem Buch begnügen. Sie schlug den Baedeker von Norditalien auf und prägte sich noch einmal die wichtigsten Daten der Florentiner Geschichte ein. Sie war entschlossen, den morgigen Tag zu genießen. So kroch die nächste halbe Stunde auf sehr nützliche Weise dahin, bis Miss Bartlett sich aufseufzend erhob und sagte:

»Ich glaube, jetzt könnte man es wagen. Nein, Lucy, rühr du dich nicht vom Fleck. Ich werde den Umzug überwachen.«

»Wie großartig du alles machst«, sagte Lucy.
»Aber selbstverständlich, meine Liebe. Das ist schließlich meine Aufgabe.«
»Aber ich würde dir so gern helfen.«
»Nein, meine Liebe.«
Diese Energie, die Charlotte hatte! Und ihre Selbstlosigkeit! So war sie ihr Leben lang gewesen – und doch, auf dieser Italienreise übertraf sie sich selbst. Das fand Lucy oder bemühte sich jedenfalls, es zu finden. Gleichwohl – irgend etwas in ihr löckte wider den Stachel und fragte sich, ob man das Angebot nicht mit weniger Takt, dafür aber mit mehr Schönheit hätte annehmen können. Auf jeden Fall empfand sie keinerlei Freude, als sie sich auf ihr eigenes Zimmer begab.
»Ich möchte erklären«, sagte Miss Bartlett, »wieso es kommt, daß ich das größte Zimmer genommen habe. Natürlich hätte ich es dir überlassen sollen; nur weiß ich zufällig, daß es dem jungen Mann gehört hat, und da war ich sicher, daß deine Mutter das nicht gern gesehen hätte.«
Lucy fiel aus allen Wolken.
»Wenn du schon dankbar sein mußt, daß man dir einen Gefallen tut, ist es schicklicher, seinem Vater verpflichtet zu sein als ihm. Auf meine kleine Weise bin ich eine Frau von Welt; deshalb weiß ich, wozu manches führt. Trotzdem – Mr. Beebe ist eine gewisse Garantie dafür, daß sie dies nicht ausnutzen werden.«
»Mutter hätte bestimmt nichts dagegen, da bin ich mir ganz sicher«, sagte Lucy, doch abermals überkam sie das Gefühl, daß es hier um mehr und um Größeres ging.
Miss Bartlett stieß nur einen Seufzer aus und schloß sie beim Gute-Nacht-Wünschen beschützerisch in die Arme. Dies wie-

derum gab Lucy das Gefühl, als walle Nebel um sie auf, und als sie ihr eigenes Zimmer betrat, machte sie daher das Fenster auf, atmete die reine Nachtluft ein und dachte an den freundlichen alten Mann, der ihr ermöglichte, die Lichter auf dem Arno tanzen zu sehen und – schwarz vor dem aufsteigenden Mond – die Zypressen von San Miniato und die Ausläufer des Apennin. Miss Bartlett hingegen machte in ihrem Zimmer die Fensterläden zu, schloß die Tür ab und begab sich auf einen Rundgang, um nachzusehen, wohin die Schränke führten und ob es auch keine Verliese und Geheimtüren gäbe. Bei dieser Gelegenheit war es, daß sie über dem Waschständer ein Blatt Papier an der Wand festgesteckt fand, auf dem ein riesiges Fragezeichen hingekritzelt war. Weiter nichts.

»Was hat das zu bedeuten?« dachte sie und betrachtete es eingehend im Licht einer Kerze. Anfangs bedeutungslos, bekam es nach und nach etwas Bedrohliches, Anrüchiges und Böses verheißendes. Sie war drauf und dran, es zu zerreißen, erinnerte sich dann jedoch glücklicherweise daran, daß sie kein Recht habe, das zu tun, denn schließlich handelte es sich um das Eigentum des jungen Mr. Emerson. Infolgedessen zog sie die Nadeln vorsichtig heraus und legte das Blatt zwischen zwei Bögen Löschpapier, um es sauber für ihn zu halten. Dann brachte sie die Inspektion des Zimmers zu Ende, stieß, wie es ihrer Gewohnheit entsprach, einen tiefen Seufzer aus und ging zu Bett.

Zweites Kapitel

Ohne Baedeker in Santa Croce

Es war wunderschön, in Florenz aufzuwachen, die Augen aufzuschlagen und in ein helles, kahles Zimmer zu blicken, dessen Boden aus roten Fliesen bestand, die sauber aussahen, ohne es indes zu sein; und das einen ausgemalten Plafond aufwies, auf dem in einem Wald aus gelben Violinen und Fagotts sich rosige Greife und blaue Amoretten tummelten. Desgleichen war es wunderschön, die Fenster weit aufzustoßen, sich die Finger an unvertrauten Beschlägen zu klemmen, sich hinauszulehnen in den Sonnenschein mit den schönen Hügeln und Bäumen und Marmorkirchen auf dem anderen Ufer und – nahe unter sich – den Arno die Straßenböschung entlangströmen zu sehen.

Auf der anderen Seite waren Männer mit Schaufeln und Sieben auf dem sandigen Uferstreifen bei der Arbeit, und auf dem Fluß selbst lag ein Boot, auch dieses emsig mit irgendeiner geheimnisvollen Aufgabe beschäftigt. Eine Elektrische kam unterm Fenster vorübergerattert; bis auf einen einzigen Touristen war das Wageninnere leer, doch auf der Plattform vorn und hinten drängten sich Italiener, die es vorzogen zu stehen. Kinder versuchten, sich hinten dranzuhängen, und der Schaffner spuckte ihnen ohne jedes Arg ins Gesicht, damit sie losließen. Dann tauchten Soldaten auf – gutaussehende, nur ein wenig zu klein geratene Männer –, von denen jeder einen mit abgeschabtem Fell bezogenen Tornister auf dem Rücken trug und einen Mantel anhatte, der für wesentlich größere Soldaten zugeschnitten war. Die Offiziere neben ihnen sahen dümmlich und wildentschlossen aus, und vor ihnen her rannte eine Rotte kleiner Jungen und schlug im Takt der Musikkapelle Purzelbäume. Die Elektrische geriet der Marschkolonne ins Gehege und kam nur mühselig weiter voran wie eine Raupe inmitten eines Ameisenschwarms. Einer der kleinen Jungen fiel hin, und aus einer bogenförmig überwölbten Einfahrt kam ein Gespann weißer Ochsen heraus. Hätte nicht ein alter Straßenhändler, der Stiefelknöpfer feilbot, guten Rat gewußt, die Straße wäre wohl nie wieder frei geworden.

Über Belanglosigkeiten wie diese kann so manche wertvolle Stunde verrinnen, und es kann sein, daß der Reisende, der nach Italien gekommen ist, um die taktilen Farbwerte Giottos oder die Korruption des Papsttums zu studieren, nach Hause zurückkehrt und nichts anderes in der Erinnerung hat als den blauen Himmel und die Männer und Frauen, die darunter leben. Deshalb war es ebenso gut, daß Miss Bartlett klopfte und eintrat und sie – nicht, ohne vorher eine Bemerkung darüber zu machen, daß Lucy die Tür unverschlossen gelassen hatte und sich aus dem Fenster lehnte, ehe sie noch vollständig angekleidet war – drängte, sich zu beeilen, sonst wäre der beste Teil des Tages bereits vergangen. Als Lucy fertig war, hatte ihre Cousine bereits das Frühstück hinter sich und lauschte am krumenübersäten Tisch der gebildeten Dame.

Woraufhin sich nach nicht unvertrautem Muster eine Unterhaltung entspann. Miss Bartlett war nach allem doch noch ein kleines bißchen müde und meinte, sie täten gut daran, den

Rest des Vormittags damit zu verbringen, fertig auszupacken; ob denn Lucy unbedingt hinauswolle? Das jedoch wollte Lucy, denn schließlich war es ihr erster Tag in Florenz, nur könne sie natürlich nicht allein gehen. Selbstverständlich sei sie – Miss Bartlett – bereit, Lucy überallhin zu begleiten. Aber nicht doch; Lucy werde bei ihrer Cousine bleiben. Aber nein! Das komme überhaupt nicht in Frage! Aber ja doch!

An dieser Stelle mischte die gebildete Dame sich ein.

»Falls es Mrs. Grundy ist, die Sie beunruhigt, so versichere ich ihnen, daß Sie die Gute nicht zu beachten brauchen. Als Engländerin ist Miss Honeychurch hier ganz sicher. Für sowas haben Italiener Verständnis. Eine liebe Freundin von mir, die Contessa Baroncelli, hat zwei Töchter, und wenn sie ihnen für den Schulweg kein Dienstmädchen mitgeben kann, setzt sie ihnen statt dessen Matrosenhüte auf. Denn dann hält jeder sie für Engländerinnen, besonders, wenn sie das Haar auch noch streng nach hinten gestrählt tragen.«

Miss Bartlett war nicht recht überzeugt von der Sicherheit der Töchter der Contessa Baroncelli. Sie war entschlossen, Lucy persönlich hinzubringen, zumal es mit ihrem Kopfweh doch nicht ganz so schlimm sei. Woraufhin die gebildete Dame erklärte, sie habe vor, einen ausgedehnten Vormittag in Santa Croce zu verbringen; wenn Lucy mitkommen wolle, wäre sie entzückt.

»Ich führe Sie über eine schmutzige süße Seitengasse hin, Miss Honeychurch, und wenn Sie mir Glück bringen, erleben wir sogar ein Abenteuer«.

Lucy sagte, das sei sehr freundlich und schlug sofort den Baedeker auf, um nachzusehen, wo Santa Croce lag.

»Ssst, ssst, Miss Lucy! Ich hoffe, vom Baedeker werden wir Sie bald emanzipieren. Der berührt immer nur die Oberfläche von allem. Und was das wahre Italien betrifft – nun ja, davon hat er keine Ahnung. Dem wahren Italien kommt man nur durch geduldige Beobachtung auf die Spur.«

Das klang sehr interessant. Lucy beeilte sich mit ihrem Frühstück und machte sich hochgemut mit ihrer neuen Freundin auf den Weg. Endlich kam Italien! Die Signora, die in Wirklichkeit eine cockney-sprechende Londonerin war, verschwand samt ihrem ganzen Krempel wie ein böser Traum. Miss Lavish – denn so hieß die gebildete Dame – wandte sich rechterhand den sonnigen Lungarno entlang. Wie wunderbar warm! Der Wind allerdings, der die Seitengassen heruntergefegt kam, sei schon schneidend, nicht wahr? Der Ponte alle Grazie – ganz besonders interessant, schon Dante erwähne die Brücke. San Miniato – nicht nur schön sondern auch noch interessant: das Kruzifix, das einen Mörder küßte – Miss Honeychurch erinnere sich bestimmt an die Geschichte. Die Männer auf dem Fluß seien beim Fischen. (Stimmte nicht, aber das tun schließlich die meisten Informationen nicht.) Dann schoß Miss Lavish plötzlich unter den Torbogen, aus dem die weißen Ochsen hervorgekommen waren, blieb stehen und rief:

»Dieser Geruch! Ein echter Florentiner Geruch! Lassen Sie sich das von mir gesagt sein – jede Stadt hat ihren eigenen Geruch.«

»Ist es denn ein angenehmer Duft?« fragte Lucy, die von ihrer Mutter eine große Abneigung gegen jegliche Art von Schmutz geerbt hatte.

»Wer kommt schon angenehmer Dinge wegen nach Italien!« gab Miss Lavish ihr Bescheid. »Was man hier sucht, ist doch das Leben. – Buon giorno! Buon giorno!« verneigte sie sich nach rechts und nach links. »Sehen Sie nur diesen bezaubernden

Weinkarren! Wie der Kutscher uns anstarrt, diese gute, schlichte Seele!«

So setzte Miss Lavish ihren Weg durch die Straßen der Stadt Florenz fort: ein wenig zu klein geraten, zappelig und verspielt wie ein Kätzchen, wenn auch nicht mit der Anmut eines solchen. Es war für das junge Mädchen wie ein Geschenk, mit jemand so Gebildetem und Fröhlichem zusammen zu sein; und ihr blauer Militärmantel, so wie italienische Offiziere ihn tragen, trug nur dazu bei, das Gefühl von etwas Festlichem zu unterstreichen.

»Buon giorno! Glauben Sie einer alten Frau, Miss Lucy: denen, die unter uns stehen, mit ein klein wenig Höflichkeit zu begegnen, hat noch nie gereut. *Das* ist wahre Demokratie. Obwohl ich sonst durchaus eine Radikale bin. Sind Sie jetzt entsetzt?«

»Nein, durchaus nicht!« rief Lucy. »Wir sind auch Radikale, durch und durch. Mein Vater wählt immer Mr. Gladstone – jedenfalls bis zu dieser scheußlichen Irlandsache.«*

»Ich verstehe, ich verstehe. Und jetzt sind Sie zum Feind übergegangen.«

»Aber ich bitte Sie! Wäre mein Vater noch am Leben, ich bin überzeugt, er würde wieder die Radikalen wählen – jetzt, wo das mit Irland alles wieder in Ordnung ist. Ja, und während des letzten Wahlkampfes ist die Lünette über unserer Haustür eingeschmissen worden, und Freddy ist überzeugt, das waren die Tories; Mutter allerdings meint, das ist Unsinn und es war ein Landstreicher.«

»Eine Schande! In einer Gegend mit Fabriken, nehme ich an?«

---

* Gladstone stürzte 1886 bei dem Versuch, Irland die Autonomie *(homerule)* zu gewähren. *A.d.Ü.*

»Nein – in Surrey. Rund fünf Meilen von Dorking, mit Blick auf die Hügel des Weald.«
Miss Lavish schien interessiert und verlangsamte den Schritt. »Was für eine reizende Gegend; ich kenne sie übrigens sehr gut. Es wimmelt dort nur so von den nettesten Leuten. Kennen Sie Sir Harry Otway – ein Radikaler, wenn es je einen gab.«
»Sehr gut sogar.«
»Und die alte Mrs. Butterworth, die Philanthropin?«
»Aber selbstverständlich – sie hat sogar einen Acker von uns in Pacht! Wie komisch!«
Miss Lavish faßte den schmalen Streifen Himmel ins Auge und murmelte:
»Sie haben Grundbesitz in Surrey?«
»Ach, kaum der Rede wert«, sagte Lucy, die Angst hatte, für einen Snob gehalten zu werden. »Nur dreißig Morgen – eigentlich nur den Park, der sich den ganzen Hang hinunterzieht, und etwas Ackerland.«
Miss Lavish war keineswegs entsetzt und sagte, das entspreche genau der Größe des Besitzes ihrer Tante in Suffolk. Italien wich zurück. Sie zerbrachen sich den Kopf bei dem Versuch, sich des Familiennamens einer Lady Louisa Soundso zu erinnern, die voriges Jahr ein Haus in der Nähe von Summer Street gemietet hatte, das ihr dann allerdings nicht gefiel, was ziemlich merkwürdig von ihr gewesen war. Und gerade, als Miss Lavish der Name schon auf der Zunge lag, ließ sie ihn wieder fahren und rief laut:
»Ach, ach, hilf und rette uns! Wir haben uns verlaufen.«
Es hatte so ausgesehen, als brauchten sie eine lange Zeit, um Santa Croce zu erreichen, deren Turm vom Fenster am Treppenabsatz aus klar zu erkennen gewesen war. Doch Miss

Lavish hatte immer wieder beteuert, wie gut sie sich in Florenz auskenne, so daß Lucy ihr ohne jedes Arg gefolgt war.
»Verlaufen! Verlaufen! Meine liebe Miss Lucy, während wir gegen unsere politischen Feinde gewettert haben, müssen wir in eine falsche Gasse eingebogen sein. Wie diese gräßlichen Konservativen jetzt über uns hohnlachen würden! Was machen wir nur? Zwei Frauen, mutterseelenallein in einer unbekannten Stadt. Nun, das ist jedenfalls etwas, das *ich* ein Abenteuer nenne.«
Lucy, die gern Santa Croce sehen wollte, schlug als mögliche Lösung vor, nach dem Weg dorthin zu fragen.
»Ach, aber das hieße, sich geschlagen geben! Und nein, nein, Sie dürfen auf keinen Fall in Ihren Baedeker sehen. Geben Sie ihn mir; ich laß' nicht zu, daß Sie ihn tragen. Wir lassen uns einfach treiben.«
Und so ließen sie sich denn durch eine Reihe jener grau-braunen Straßen treiben, die weder bequem noch malerisch waren und deren es in jenem östlichen Stadtviertel so viele gibt. Lucy verlor bald jedes Interesse an dem Mißvergnügen von Lady Louisa und wurde selbst mißvergnügt. Unversehens tauchte dann – ein hinreißender Augenblick! – Italien auf. Lucy stand auf der Piazza Santissima Annunziata und erblickte in den lebensvollen Terrakotten jene göttlichen Wickelkinder, die uns noch in der fadesten Reproduktion das Herz anrühren. Da standen sie, brachen mit ihren schimmernden Gliedern gleichsam aus den Hüllen der Nächstenliebe heraus und streckten vor blauem Himmelsrund die kräftigen weißen Ärmchen aus. Lucy meinte, nie Schöneres gesehen zu haben, doch Miss Lavish zog sie unter spitzen Schreien weiter und erklärte, sie seien jetzt mindestens eine Meile von ihrem Ziel entfernt.

Es näherte sich die Stunde, da das kontinentale Frühstück beginnt oder vielmehr aufhört zu wirken, und so kauften die beiden Damen in einem kleinen Laden ein paar Marrons glacés, weil diese so typisch aussahen. Sie schmeckten teils nach dem Papier, in das sie eingewickelt waren, teils nach Haaröl und teils nach dem großen Unbekannten. Gleichwohl verliehen sie ihnen Kraft, sich in eine weitere Piazza hineintreiben zu lassen, eine große und staubige diesmal, an deren äußersten Ende sich eine schwarz-weiße Fassade von überragender Häßlichkeit erhob. Mit theatralischer Gebärde wandte Miss Lavish sich ihr zu. Es handelte sich um Santa Croce. Das Abenteuer war überstanden.

»Warten Sie einen Augenblick; lassen Sie die beiden Leute da vorn weitergehen, sonst bin ich gezwungen, sie anzusprechen, und nichts verabscheue ich mehr als konventionelles Geplauder. Ekelhaft! Auch sie gehen die Kirche besichtigen. Ach, diese Engländer im Ausland!«

»Wir haben ihnen gestern abend beim Dinner gegenübergesessen. Sie haben uns ihre Zimmer überlassen. Sie waren so überaus freundlich.«

»Schauen Sie sich doch nur ihre Figuren an!« erklärte Miss Lavish lachend. »Wie zwei Rindviecher trotten sie durch mein Italien. Es ist zwar im höchsten Maße gemein von mir, aber am liebsten würde ich für Dover ein Examen vorschreiben, wonach jeder, der es nicht besteht, zurückgeschickt wird.«

»Welche Fragen würden Sie uns denn stellen?«

Miss Lavish legte Lucy auf wunderbare Weise die Hand auf den Arm, gleichsam um anzudeuten, daß *sie* auf jeden Fall mit Glanz bestünde. In dieser hochgemuten Stimmung erreichten sie die Treppenstufen, die zu der großen Kirche hinaufführten,

und wollten schon eintreten, als Miss Lavish plötzlich stehenblieb, einen erstickten hohen Laut ausstieß, die Arme hochwarf und rief:
»Da geht mein Florentiner Malkasten! Ich muß unbedingt ein Wort mit ihm reden.«
Im nächsten Moment war sie über die Piazza hinweg, und ihr Militärmantel flatterte im Wind; sie verlangsamte ihre Schritte jedoch nicht, ehe sie nicht einen alten Mann mit weißen Koteletten eingeholt hatte und ihn mutwillig am Ärmel zupfte.
Lucy wartete an die zehn Minuten. Dann wurde sie es leid. Die Bettler machten ihr zu schaffen, der Staub wehte ihr in die Augen, und ihr fiel ein, daß ein junges Mädchen sich nicht allein in der Öffentlichkeit aufhalten sollte. Sie stieg daher langsam die Treppenstufen hinunter mit der Absicht, sich Miss Lavish zuzugesellen, die fast *zu* originell war. Doch gerade in diesem Augenblick setzten sich auch Miss Lavish und ihr Florentiner Malkasten in Bewegung und verschwanden lebhaft und weitausholend gestikulierend in einer Seitengasse.
Tränen der Empörung stiegen Lucy in die Augen – teils, weil Miss Lavish sie hatte sitzen lassen, und teils, weil sie ihren Baedeker mitgenommen hatte. Wie sollte sie – Lucy – nach Hause und wie sich in Santa Croce zurechtfinden? Ihr erster Vormittag in Florenz war verpatzt, und vielleicht kam sie nie wieder hierher. Noch vor wenigen Minuten war sie in einer Hochstimmung ohnegleichen gewesen, hatte sie geredet wie eine hochgebildete Frau und war fast davon überzeugt gewesen, voll von originellen Gedanken zu sein. Jetzt betrat sie niedergeschlagen und gedemütigt die Kirche und konnte sich nicht einmal mehr erinnern, ob diese nun von den Franziskanern oder den Dominikanern erbaut worden war.

Selbstverständlich, es sollte ein herrliches Bauwerk sein. Und doch wirkte es wie eine Scheune! Außerdem war es so kalt darin. Allerdings barg sie Fresken von Giotto, und angesichts von deren taktilen Farbwerten war sie bestimmt imstande, die richtigen Gefühle zu hegen. Nur - wer wollte ihr sagen, welche Fresken es denn nun waren? Hochmütig ging sie umher, nicht bereit, angesichts von Werken ungewisser Autorschaft oder ungewisser Datierung in Begeisterung auszubrechen. Es war nicht einmal jemand da, der ihr sagte, welche von den vielen Grabplatten, die Haupt- und Seitenschiffe pflasterten, denn nun diejenige war, die wirklich schön war – diejenige, die Mr. Ruskin am allermeisten gepriesen hatte.*

Dann begann der verruchte Charme Italiens zu wirken, und statt sich zu erkundigen, fühlte sie sich auf einmal einfach glücklich. Sie tüftelte den Sinn italienischer Bekanntmachungen aus – etwa jener, derzufolge es den Menschen untersagt war, Hunde in die Kirche mitzubringen – und jener, auf der die Besucher sowohl im Interesse der Hygiene, als auch aus Achtung vor dem Gotteshaus, in dem sie sich befanden, ersucht wurden, das Spucken zu unterlassen. Sie beobachtete die Touristen: ihre Nasen waren genauso rot wie der Einband ihres Baedekers, so kalt war es in Santa Croce. Mit eigenen Augen wurde Lucy Zeugin des schrecklichen Mißgeschicks, das drei Papisten widerfuhr – zwei kleinen Jungen und einem kleinen Mädchen –, die ihren Rundgang damit begannen, daß sie sich gegenseitig mit Weihwasser bespritzten, und dann –

---

* John Ruskin, 1819–1900, Maler, Schriftsteller und Sozialreformer, nahm im englischen Geistesleben der zweiten Hälfte des 19. Jahrhunderts eine beherrschende Stellung ein. Er übte als Kunsthistoriker wie als Sozialreformer eine nachhaltige Wirkung aus. *A.d.Ü.*

triefend, aber geheiligt – weitergingen zum Grabmal Machiavellis. Sich diesem sehr langsam und aus weiten Fernen nähernd, berührten sie den Stein mit den Fingern, mit dem Taschentuch und mit dem Kopf, um sich dann wieder zurückzuziehen. Was hatte das zu bedeuten? Sie wiederholten dies viele Male. Dann ging Lucy auf, daß sie Machiavelli mit irgendeinem Heiligen verwechselten und hofften, durch wiederholten Kontakt mit dem Schrein Tugend zu erlangen. Die Strafe folgte auf dem Fuße. Das kleinste Kind stolperte über eine der von Mr. Ruskin so hochbewunderten Grabplatten und blieb mit den Füßen in den Gesichtszügen eines ruhenden Bischofs stecken. Protestantin, die sie war, schoß Lucy voran. Sie kam zu spät. Der kleine Mann fiel plumps auf die aufgerichteten Zehen des Prälaten.

»Gräßlicher Bischof!« ließ sich die Stimme des alten Mr. Emerson vernehmen, der gleichfalls vorgeschossen kam. »Hart im Leben, hart im Tod. Geh hinaus in die Sonne, kleiner Junge, und wirf dieser eine Kußhand zu, denn dort solltest du sein. Unerträglicher Bischof.«

Das Kind zeterte bei diesen Worten aus Leibeskräften, und über die schrecklichen Leute, die ihm aufhalfen, ihm den Staub von den Kleidern klopften und ihm liebevoll über die Stellen strichen, wo es sich wehgetan hatte – und ihm bedeuten, es solle nicht so abergläubisch sein.

»Sehen Sie ihn sich an!« wandte Mr. Emerson sich an Lucy. »Eine schöne Bescherung: ein kleines Kind tut sich weh, es friert und bekommt es mit der Angst! Aber was will man in einer Kirche schon anderes erwarten?«

Die Beine des Kindes waren weich wie Wachs. Jedesmal, wenn der alte Mr. Emerson und Lucy es aufrecht hinstellten, fiel es aufbrüllend wieder hin. Zum Glück eilte ihnen eine italienische Dame, die eigentlich beten sollte, zur Hilfe. Kraft irgendeiner geheimnisvollen Eigenschaft, wie nur Mütter sie besitzen, stärkte sie dem Kerlchen das Rückgrat und verlieh seinen Knien wieder Standfestigkeit. Der Junge fiel nicht wieder hin. Immer noch aufgeregt plappernd, marschierte er davon.

»Sie sind eine kluge Frau«, sagte Mr. Emerson. »Sie haben mehr bewirkt als alle Reliquien der Welt. Zwar gehöre ich nicht Ihrem Bekenntnis an, aber ich glaube an diejenigen, die ihre Mitmenschen glücklich machen. Es gibt keinen Heilsplan, der hinter dem Universum steht ...«

Er hielt inne, suchte nach dem rechten Wort.

»*Niente*«, sagte die Italienerin und wandte sich wieder ihren Gebeten zu.

»Ich glaube nicht, daß sie englisch versteht«, sagte Lucy.

Gedemütigt, wie sie war, konnte sie auf die Emersons nicht mehr herabsehen. Sie war vielmehr entschlossen, freundlich zu ihnen zu sein, mehr schön als taktvoll und – wenn möglich – Miss Bartletts eisige Höflichkeit durch ein paar freundliche Worte über die wunderbaren Zimmer vergessen zu machen.

»Die Frau versteht alles«, lautete Mr. Emersons Antwort. »Aber was machen Sie hier? Besichtigen Sie die Kirche? Können Sie sie jetzt abhaken?«

»Nein«, rief Lucy, der plötzlich wieder einfiel, welcher Groll in ihr wütete. »Ich bin mit Miss Lavish hergekommen, die mir alles erklären sollte; und eben vor dem Portal – es ist wirklich *zu* schade! – ist sie einfach auf und davon, und nachdem ich ziemlich lange gewartet hatte, blieb mir nichts anderes übrig, als allein hineinzugehen.«

»Ja, warum auch nicht?« sagte Mr. Emerson.
»Ja, warum sollten Sie nicht allein hineingehen?« sagte der Sohn und wandte sich damit zum erstenmal an die junge Dame.
»Aber Miss Lavish hat meinen Baedeker mitgenommen!«
»Ihren Baedeker?« sagte Mr. Emerson. »Bin ich froh, daß *das* der Grund Ihrer Traurigkeit ist! Eines verlorenen Baedekers wegen kann man schon traurig sein. Da hat man allen Grund, traurig zu sein.«
Lucy wußte nicht recht, was sie davon halten sollte. Abermals spürte sie, daß irgend etwas Neues sie bewegte, doch war sie sich nicht sicher, wohin sie das führen mochte.
»Wenn Sie keinen Baedeker haben«, sagte der Sohn, »sollten Sie sich besser uns anschließen.«
War es das, wohin das Neue sie führen sollte? Sie verschanzte sich hinter ihrer Würde.
»Haben Sie vielen Dank, aber das geht auf gar keinen Fall. Hoffentlich denken Sie nicht, ich wäre hergekommen, um mich Ihnen anzuschließen. Ich bin wirklich hergeeilt, um dem Kind zu helfen – und um Ihnen zu danken, daß Sie gestern abend so freundlich waren, uns Ihre Zimmer zur Verfügung zu stellen. Hoffentlich haben wir Ihnen damit keine allzu großen Unannehmlichkeiten bereitet.«
»Meine Liebe«, sagte der alte Mann sanft, »meiner Meinung nach plappern Sie nach, was Sie ältere Leute haben sagen hören. Sie tun so, als wären Sie überempfindlich, aber in Wirklichkeit sind Sie das gar nicht. Hören Sie auf, so etepetete zu sein, und sagen Sie mir lieber, welchen Teil der Kirche Sie gern sehen möchten. Es wird mir ein ausgesprochenes Vergnügen sein, Sie hinzubringen.«

Nun, dies war ja wohl der Gipfel an Impertinenz, und eigentlich hätte sie wütend sein sollen. Aber manchmal ist es ebenso schwierig, aus der Haut zu fahren, wie bei anderen Gelegenheiten, es nicht zu tun. Lucy konnte ihm einfach nicht böse sein. Mr. Emerson war ein alter Mann, und da konnte ein junges Mädchen wohl nachsichtig sein. Andererseits – sein Sohn war ein junger Mann, und eigentlich mußte sie sich von ihm beleidigt fühlen oder ihm gegenüber zumindest so tun, als wäre sie es. Infolgedessen sah sie zunächst ihn an, ehe sie antwortete.
»Ich bin nicht überempfindlich, zumindest hoffe ich das. Die Giottos sind es, die ich sehen möchte, wenn Sie so freundlich wären, mir zu sagen, welche Fresken es sind.«
Der Sohn nickte, und mit einer Miene trübsinniger Genugtuung zeigte er ihr den Weg zur Peruzzi-Kapelle. Er hatte etwas von einem Lehrer; jedenfalls kam sie sich vor wie ein Schulkind, das eine Frage richtig beantwortet hatte.
Die Kapelle war bereits voll. Aus der Mitte einer ernsten Besucherschar erhob sich die Stimme eines Vortragenden und wies sie im Predigerton an, wie sie Giotto zu würdigen hätten – jedenfalls nicht nach taktilen Werten, sondern nach geistigen Maßstäben.*
»Bitte bedenken Sie«, sagte er gerade, »was es mit dieser Kirche Santa Croce auf sich hat: daß sie das Werk mittelalterlicher Inbrunst ist, wie sie waltete, ehe der verderbliche Einfluß der Renaissance einsetzte. Bitte sehen Sie selbst, daß Giotto sich in diesen – inzwischen leider durch die Restaurierung in Mitlei-

* Unübersetzbares Wortspiel – *tactile values* – taktile /Farb/ werte – der von Bernard Berenson geprägte Begriff aus der Kunstgeschichte – und *tactile valuations*, taktile, d. h. greifbare Bewertungen materieller, insbesondere finanzieller Art. *A.d.Ü.*

denschaft gezogenen – Fresken noch in gar keiner Weise um die Fallstricke von Anatomie und Perspektive kümmerte. Ist etwas Majestätischeres, zu Herzen gehenderes, Schöneres und Wahrhaftigeres auch nur vorstellbar? Wie wenig – dieses Gefühls können wir uns hier nicht erwehren – bedeuten Wissen und technisches Können bei einem Manne, der wahrhaft fühlt?«

»Nein!« rief Mr. Emerson mit einer Stimme, die viel zu laut war für eine Kirche. »Bitte bedenken Sie nichts dergleichen! Vom Glauben gebaut – jawohl! Aber das bedeutet nur, daß die Handwerker nicht anständig bezahlt wurden. Und was die Fresken betrifft, so erkenne ich keinerlei Wahrheit in ihnen. Sehen Sie sich doch nur den dicken Mann in Blau an! Der wiegt mindestens soviel wie ich, und dabei steigt er in den Himmel auf wie ein Luftballon!«

Er bezog sich auf das Fresko mit der Himmelfahrt Johannis. Die Stimme des Mannes im Inneren der Kapelle verriet plötzlich Unsicherheit, und das war nicht verwunderlich. Seine Zuhörer traten von einem Fuß auf den anderen, und Lucy erging es nicht anders. Sie wußte genau, daß sie eigentlich nicht mit den beiden Emersons zusammen sein sollte; stand da wie unter einem Zauberbann. Die beiden Männer – Vater und Sohn – waren so ernst und so befremdlich, daß sie nicht wußte, wie sich verhalten.

»Ja, ist dies nun passiert oder nicht? Ja oder nein?«

George erwiderte: »Falls überhaupt, ist es so geschehen. Ich selbst würde lieber von allein in den Himmel aufsteigen, statt von Engelchen emporgetragen zu werden; und wenn ich es täte, hätte ich gern, daß meine Freunde sich da raushielten, genauso wie sie es hier tun.«

»Du kommst nie dorthin«, erklärte sein Vater. »Du und ich, mein lieber Junge, wir werden in Frieden in der Erde ruhen, die uns ertragen hat, und unsere Namen werden so gewißlich verschwinden, wie unser Werk überdauert.«
»Manche Leute können nur das leere Grab sehen und nicht den Heiligen – wer immer es sein mag –, der in den Himmel aufsteigt. Falls überhaupt, ist es so geschehen.«
»Verzeihung«, ließ sich eine eisige Stimme vernehmen. »Für zwei Gruppen ist die Kapelle ein wenig zu klein. Wir werden Sie nicht länger inkommodieren.«
Der Vortragende war ein Geistlicher, und seine Zuhörer mußten gleichzeitig seine Herde sein, denn sie hielten nicht nur Kunstführer, sondern auch Gebetbücher in der Hand. Schweigend verließen sie einer nach dem anderen die Kapelle. Unter ihnen befanden sich auch die beiden kleinen alten Damen aus der Pension Bertolini – Miss Teresa und Miss Catharine Alan.
»Halt!« rief Mr. Emerson. »Es ist Raum genug für uns alle. Halt!« Wortlos verschwand die Prozession. Bald konnte man den Vortragenden hören, wie er sich in der Kapelle nebenan über das Leben des heiligen Franziskus ausließ.
»George, ich glaube, bei dem geistlichen Herrn handelt es sich um den Pfarrer von Brixton.«
George ging nach nebenan, kam zurück und meldete: »Vielleicht ist er es. Ich kann mich nicht erinnern.«
»Dann sollte ich wohl mal ein Wörtchen mit ihm reden und ihn daran erinnern, wer ich bin. Es ist dieser Mr. Eager. Warum mag er gegangen sein? Haben wir zu laut geredet? Wie ärgerlich! Ich werde rübergehen und ihm sagen, es täte uns leid. Meinst du nicht, das wäre angebracht? Vielleicht kommt er dann zurück.«

»Er wird nicht zurückkommen«, sagte George.
Doch Mr. Emerson war so zerknirscht und unglücklich, daß er hinübereilte, um sich bei Rev. Cuthbert Eager zu entschuldigen. Lucy, die dem Anschein nach vollkommen in der Betrachtung einer Lünette aufging, hörte, wie der Vortrag abermals unterbrochen wurde und vernahm die eifernde und aggressive Stimme des alten Mannes sowie die kurz angebundenen und beleidigten Entgegnungen seines Widersachers. Der Sohn, der jeden unglücklichen Zwischenfall aufnahm, als wäre es eine Tragödie, lauschte gleichfalls.
»So wirkt mein Vater fast auf jeden«, erklärte er ihr. »Dabei bemüht er sich, freundlich zu sein.«
»Ich hoffe, darum sind wir alle bemüht«, sagte sie und lächelte nervös.
»Weil wir meinen, das stärkt unseren Charakter. Er jedoch ist freundlich den Menschen gegenüber, weil er sie liebt; und wenn sie das merken, sind sie entweder verletzt oder sie bekommen es mit der Angst.«
»Wie albern von ihnen!« sagte Lucy, wiewohl sie im Grunde ihres Herzens Verständnis dafür hatte. »Ich meine, daß eine taktvoll erwiesene Freundlichkeit . . .«
»Takt!«
Verächtlich reckte er den Kopf. Offenbar hatte sie das Falsche gesagt. Sie verfolgte, wie das sonderbare Wesen in der Kapelle auf und ab ging. Für einen so jungen Mann hatte er ein zerfurchtes und – bis die Schatten darauf fielen – hartes Gesicht. Von Schatten überlagert, hatte es unvermittelt etwas überaus Zartfühlendes. In Rom sah sie ihn wieder, an der Decke der Sixtina, wie er eine Tracht Eicheln schleppte. Wiewohl gesund und muskulös, vermittelte er das Gefühl von etwas Grauem,

einer Tragödie, die nur in der Nacht eine Lösung fand. Dieses Gefühl verflüchtigte sich rasch; es war einfach nicht ihre Art, etwas so Subtiles gedacht zu haben. Aus dem Schweigen geboren und von unbekannten Gefühlen getragen, verschwand es, als Mr. Emerson sich wieder zu ihnen gesellte und Lucy in die Welt raschzüngiger Unterhaltung zurückkehren konnte – die einzige Welt, die ihr vertraut war.

»Hat man dir die kalte Schulter gezeigt?« fragte sein Sohn gelassen.

»Aber wir haben was weiß ich wievielen Leuten das Vergnügen gestört. Sie wollen nicht zurückkommen.«

»... voll angeborenen Mitgefühls ... erkennt augenblicklich Güte in anderen ... Vision, daß alle Menschen Brüder sind ...« Fetzen eines Vortrags über den heiligen Franziskus kamen um die Trennwand herumgeschwebt.

»Lassen wir uns nicht das unsere verderben«, fuhr er, an Lucy gewendet, fort. »Haben Sie sich diese Heiligen angesehen?«

»Ja«, sagte Lucy. »Sie sind bezaubernd. Wissen Sie, welches die Grabplatte ist, die Ruskin so hoch gelobt hat?«

Er wußte es nicht und schlug vor, es zu erraten. George wollte – einigermaßen zu ihrer Erleichterung – nicht vom Fleck, und so machte sie – was sich als keineswegs unangenehm erwies – zusammen mit dem alten Mann einen Rundgang durch Santa Croce, welchselbige Kirche, auch wenn sie wie eine Scheune wirke, in ihren Mauern eine Fülle von wunderschönen Dingen birgt. Da waren auch Bettler, denen man besser auswich, Fremdenführer, denen man entging, indem man um Säulen herumhuschte, und eine alte Dame mit ihrem Hund; und hier und da bahnte sich bescheiden ein Priester den Weg durch die Gruppen von Touristen, um in irgendeiner Kapelle die Messe zu lesen. Doch Mr. Emerson war nur halb bei der Sache. Er ließ einerseits den Vortragenden nicht aus den Augen, dessen Erfolg er meinte geschmälert zu haben, und andererseits beobachtete er besorgt seinen Sohn.

»Warum will er unbedingt dieses Fresko betrachten?« sagte er voller Unbehagen. »Mir hat es nichts bedeutet.«

»Ich mag Giotto«, erwiderte sie. »Es ist so herrlich, was sie über seine taktilen Farbwerte sagen. Obwohl mir Sachen wie die Wickelkinder von Della Robbia besser gefallen.«

»Und Sie tun recht daran. Ein Baby wiegt ein Dutzend Heilige auf. Und mein Junge wiegt das ganze Paradies auf – dabei lebt er, soweit ich sehe, in der Hölle.«

Wieder hatte Lucy das Gefühl, daß dies nicht ›paßte‹.

»In der Hölle«, wiederholte er. »Er ist unglücklich.«

»Ach, du liebe Zeit!« sagte Lucy.

»Wieso ist er unglücklich, wo er doch stark ist und lebendig? Was soll man ihm sonst denn noch geben? Und wenn man bedenkt, wie er erzogen worden ist – frei von allem Aberglauben und aller Unwissenheit, die Menschen dazu bringen, sich im Namen Gottes gegenseitig zu hassen. Bei einer solchen Erziehung, glaubte ich, könnte er gar nicht anders als glücklich werden.«

Sie war keine Theologin, meinte jedoch, einen sehr törichten alten Mann vor sich zu haben, nicht nur das: einen, der nicht fromm war obendrein. Auch hatte sie das Gefühl, ihre Mutter könnte etwas dagegen haben, wenn sie sich mit einem solchen Menschen unterhielt – von Charlotte ganz zu schweigen.

»Was machen wir nur mit ihm?« fragte er. »Da kommt er in seinen Ferien hierher nach Italien und benimmt sich – so; wie das kleine Kind, das eigentlich hätte spielen sollen, sich aber statt dessen an einer Grabplatte verletzte. Eh? Was haben Sie gesagt?«

Lucy hatte überhaupt nichts gesagt. Plötzlich erklärte er: »Nun haben Sie sich doch nicht so! Ich verlange ja nicht, daß Sie sich in meinen Sohn verlieben; allerdings meine ich, Sie könnten versuchen, ihn zu verstehen. Sie stehen ihm altersmäßig näher als ich, und wenn Sie sich entkrampfen, können Sie vermutlich ganz vernünftig sein. Sie könnten mir helfen. Er kennt bisher nur wenige Frauen, und Sie haben Zeit. Sie bleiben doch vermutlich ein paar Wochen, habe ich recht? Nur: Entkrampfen Sie sich. Reißen Sie sich aus der Tiefe jener Gedanken heraus, die Sie nicht verstehen, und breiten Sie sie im Sonnenlicht aus und begreifen Sie, was sie bedeuten. Wenn Sie George verstehen, lernen Sie sich womöglich selbst verstehen. Das tut euch beiden gut!«

Auf diese außergewöhnliche Ansprache wußte Lucy keine Antwort.

»Ich weiß nur, *was* mit ihm los ist; aber *warum* das so ist, weiß ich nicht.«

»Und was *ist* mit ihm los?« frage Lucy ängstlich und in der Erwartung, eine mark- und beinerschütternde Geschichte zu hören.

»Die alte Geschichte: es paßt alles nicht zusammen.«

»Was – ›alles‹?«

»Die Dinge des Universums. Und es stimmt ja auch. Sie tun es nicht.«

»Ach, Mr. Emerson, was meinen Sie nur?«

Mit seiner gewöhnlichen Stimme, so daß sie kaum merkte, daß er ein Gedicht rezitierte, sagte er:

»Von weither, vom Abend und vom Morgen,
Noch hinterm winddurchtosten Himmel her,
Blies mich der Stoff, aus dem das Leben ist,
Hierher; da bin ich nun.«

»Das wissen George und ich beide, doch – warum stürzt es *ihn* in Verzweiflung? Wir wissen, daß wir aus den Winden oder Elementen kommen und zu ihnen zurückkehren werden; daß alles Leben vielleicht ein Knoten, ein Wirrwarr, ein Makel auf der ewigen Glätte ist. Doch: warum sollte uns das unglücklich machen? Lieben wir einander doch lieber, und arbeiten wir und freuen uns des Lebens. Ich halte nichts von diesem Weltschmerz.«
Miss Honeychurch pflichtete ihm bei.
»Dann bringen Sie meinen Jungen dazu, so zu denken wie wir. Öffnen Sie ihm die Augen darüber, daß neben dem ewigen Warum ein Ja steht – ein vergängliches Ja, wenn Sie wollen, aber ein Ja.«
Plötzlich lachte sie; ein Lachen war bestimmt angebracht. Ein junger Mann, in Schwermut versunken, weil das Universum nicht zusammenpaßte, weil das Leben ein Wirrwarr war oder ein Wind oder ein Ja oder was sonst noch alles!
»Es tut mir leid!« rief sie. »Sie werden mich für gefühllos halten – aber« – unversehens wurde sie mütterlich. »Was Ihr Sohn braucht, ist Beschäftigung. Hat er ein besonderes Steckenpferd? Ich leide ja selbst unter Sorgen, aber wenn ich mich ans Klavier setzte, vergesse ich sie für gewöhnlich; und meinem Bruder hat das Briefmarken-Sammeln wer weiß wie gut getan. Vielleicht langweilt Italien ihn. Warum versuchen Sie es nicht mit den Alpen oder mit der Seen-Platte?«

Betrübnis malte sich auf dem Gesicht des alten Mannes, und sanft berührte er sie mit der Hand. Das erschreckte sie nicht; sie meinte vielmehr, daß ihr Rat Eindruck auf ihn gemacht hätte und er sich jetzt dafür bedanke. Ja, er flößte ihr überhaupt keinen Schrecken mehr ein; in ihren Augen war er ein gutmütiges, wenngleich recht einfältiges Wesen. Ihre Gefühle wurden plötzlich geistig beflügelt, so wie sie vor einer Stunde, ehe sie ihren Baedeker verloren hatte, ästhetisch beflügelt worden waren. Der gute George, der jetzt über die Grabplatten hinweg auf sie zuschritt, kam ihr ebenso bemitleidenswert wie albern vor. Das Gesicht im Schatten, näherte er sich und sagte:

»Miss Bartlett.«

»Ach du liebes bißchen!« entfuhr es Lucy, die plötzlich zusammenbrach und das Leben schon wieder aus einer anderen Sicht sah. »Wo denn? Wo?«

»Im Längsschiff.«

»Ach so. Diese klatschsüchtigen alten Misses Alans müssen ...«

Sie unterbrach sich.

»Sie Ärmste!« entfuhr es Mr. Emerson. »Sie Ärmste!«

Das konnte sie nicht durchgehen lassen; denn genau so kam sie sich vor.

»Ich und arm? Ich verstehe nicht recht, was Sie damit sagen wollen. Lassen Sie mich Ihnen versichern, daß ich mich für ein sehr vom Glück begünstigtes Mädchen halte. Ich bin durch und durch glücklich und amüsiere mich köstlich. Bitte, verschwenden Sie Ihre Zeit nicht damit, *mich* zu betrauern. Es gibt wahrhaftig genug Trauriges auf der Welt, man braucht es nicht noch zu erfinden. Auf Wiedersehen! Haben Sie beide vielen Dank für Ihre Güte. Ah, ja! Da kommt meine Cousine. Ein be-

zaubernder Vormittag. Santa Croce ist eine wunderbare Kirche.«
Sie ging zu ihrer Cousine.

Drittes Kapitel

Musik, Veilchen und der Buchstabe S

Es war nun einmal so, daß Lucy, die das tägliche Leben ziemlich chaotisch fand, eine fester gefügte Welt betrat, wenn sie sich ans Klavier setzte. Dann war sie nicht mehr ehrerbietig-beflissen oder herablassend, weder Rebellin noch Sklavin. Das Reich der Musik ist nicht das Reich dieser Welt; es nimmt alle auf, die von Erziehung, Intellekt und Kultur gleichermaßen zurückgestoßen wurden. Ein ganz gewöhnlicher Mensch fängt an zu spielen; mühelos schwingt er sich auf in himmlische Sphären, und wir stehen da, begreifen nicht recht, daß wir ihn zuvor nicht wahrgenommen haben und überlegen, wie wir ihn verehren und lieben würden, setzte er seine Visionen in Menschenworte um und seine Erfahrungen in menschliches Handeln. Vielleicht kann er das nicht; auf jeden Fall tut er es nicht oder zumindest sehr selten. Lucy hatte es nie getan.

Sie war keine blendende Virtuosin; ihre Läufe kamen keineswegs perlend, und sie schlug auch nicht mehr richtige Töne an, als es jemand ihres Alters und in ihrer Situation anstand. Auch war sie nicht die leidenschaftliche junge Dame, die sich an einem Sommerabend bei offenem Fenster tragisch den Kummer von der Seele spielte. Leidenschaft war zwar vorhanden, ließ sich jedoch nicht ohne weiteres benennen; sie schlüpfte zwischen Liebe, Haß, Eifersucht und allem Drum und Dran des malerischen Stils hindurch. Tragisch konnte man sie nur insofern nennen, als sie großartig war; denn sie liebte es, auf der Seite des Sieges zu spielen. Des Sieges von was oder über was – das ist mehr, als Alltagsworte uns zu sagen vermögen. Doch daß manche Beethoven-Sonaten tragisch sind, wird niemand abstreiten; trotzdem können sie triumphieren und verzweifeln, ganz wie der Vortragende es will, und Lucy hatte beschlossen, sie triumphieren zu lassen.

Ein besonders feuchter Nachmittag in der Pension Bertolini erlaubte ihr zu tun, was sie wirklich gern tat, und so klappte sie nach dem Mittagessen den kleinen Stutzflügel mit der schönen Decke darüber auf. Ein paar Leute fühlten sich zum Verweilen genötigt und lobten ihr Spiel, verschwanden aber, als sie merkten, daß sie keine Antwort gab, in ihren Zimmern, um ihr Tagebuch auf den neuesten Stand zu bringen oder zu schlafen. Sie nahm auch Mr. Emerson nicht zur Kenntnis, der nach seinem Sohn, noch Miss Bartlett, die nach Miss Lavish, noch Miss Lavish, die nach ihrem Zigarettenetui suchte. Wie jede echte Pianistin berauschte sie sich allein schon daran, wie die Tasten sich anfühlten; sie waren wie Finger, die ihre eigenen liebkosten; sie gelangte nicht nur durch den Klang allein zum Genuß, sondern auch durch die Berührung der Tasten.

Mr. Beebe, der unbemerkt in der Fensterlaibung saß, sann über dies unlogische Element in Miss Honeychurch nach, und dabei fiel ihm ein, wie er dem in Tunbridge Wells auf die Spur gekommen war. Das war anläßlich einer jener Gelegenheiten gewesen, da die oberen Klassen Gastgeber für die unteren spielen. Die Stühle wurden von einem achtungsvollen Publikum eingenommen, und die hochwohlgeborenen Damen und Herren sangen unter der Leitung des Pfarrers, rezitierten oder machten das Ziehen eines Sektkorkens nach. Unter den im Programm angeführten Nummern lautete eine: ›Miss Honeychurch, Klavier, Beethoven‹, und Mr. Beebe hatte sich gefragt, ob er wohl die *Adelaide* oder den Marsch aus den *Ruinen von Athen* zu hören bekommen würde; es hatte ihn völlig aus der Fassung gebracht, als plötzlich die Anfangstakte des Opus III an sein Ohr gedrungen waren. Die ganze Einleitung hindurch hatte er unter einer gewissen Spannung gestanden, denn erst, wenn das Tempo sich beschleunigt, kommt man dahinter, was der Pianist vorhat. Mit dem Aufbrausen des Eingangsthemas wußte er, daß Ungewöhnliches geschah; in den Akkorden, die der Auflösung vorangehen, hörte er die Hammerschläge des Sieges. Er war froh gewesen, daß sie nur den ersten Satz spielte, denn nie hätte er sich danach noch auf das verschlungene Rankenwerk der Neun-Sechzehntel konzentrieren können. Das Publikum klatschte trotzdem hochachtungsvoll. Mr. Beebe war es gewesen, der mit dem Füßetrampeln angefangen hatte; mehr hatte man nicht tun können.

»Wer war das denn?« erkundigte er sich hinterher beim Pfarrer.

»Die Cousine eines meiner Schäfchen. Ich finde, sie hat bei der Auswahl des Stückes keine glückliche Hand bewiesen. Beethoven ist für gewöhnlich so einfach und so eingängig, daß einen schon der Teufel reiten muß, wenn man sich ein solches Stück aussucht, das einen, nun ja, doch zumindest verstört.«

»Stellen Sie mich bitte vor.«

»Sie wird entzückt sein. Sie und Miss Bartlett sind voll des Lobes über Ihre Predigt.«

»Meine Predigt?« rief Mr. Beebe. »Wieso hat sie sich die denn angehört?«

Nachdem er Lucy vorgestellt worden war, begriff er, warum,

denn sobald Miss Honeychurch nicht mehr auf dem Klavierhocker klebte, war sie nichts weiter als eine junge Dame mit einer Fülle dunkler Haare und einem sehr hübschen, blassen, unentwickelten Gesicht. Sie besuchte gern Konzerte und wohnte gern für ein paar Tage bei ihrer Cousine und schwärmte für Eiskaffee und Sahne-Baisers. Er hegte keinerlei Zweifel, daß sie auch von seiner Predigt schwärmte. Doch ehe er aus Tunbridge Wells fortging, machte er dem Pfarrer gegenüber eine Bemerkung, die er jetzt Lucy selbst gegenüber wiederholte, als sie den kleinen Flügel zuklappte und verträumt auf ihn zukam.

»Wenn Miss Honeychurch sich jemals dazu durchringt, so zu leben, wie sie spielt, dürfte das sehr aufregend werden – sowohl für uns als auch für sie selber.«

Lucy war augenblicklich wieder in die Alltagswelt versetzt.

»Ach nein, wie komisch! Genau das gleiche hat jemand zu meiner Mutter gesagt, und die hat gesagt, sie sei sicher, ein Duett *leben* würde ich nie.«

»Mag Ihre Frau Mutter denn keine Musik?«

»Sie hat nichts *gegen* sie. Aber sie mag es nicht, wenn man sich in Begeisterung hineinsteigert; und sie meint, ich sei da albern. Sie meint – ach, ich weiß nicht, was sie meint. Wissen Sie, einmal habe ich gesagt, mein eigenes Spiel gefiele mir besser als das von irgend jemand sonst. Darüber ist sie nie hinweggekommen. Natürlich habe ich damit nicht sagen wollen, ich spielte *gut*; ich meinte ja bloß . . .«

»Selbstverständlich«, sagte er und fragte sich, warum sie sich wohl die Mühe machte, es zu erklären.

»Musik. . .«, sagte Lucy, als versuche sie zu verallgemeinern. Doch brachte sie es nicht zu Ende und schaute wie abwesend hinaus auf das feuchte Italien. Das ganze südliche Leben war durcheinander, und das anmutigste Völkchen Europas hatte sich in formlose Kleiderbündel verwandelt. Straßen wie Fluß waren von einem schmutzigen Gelb, die Brücke von einem schmutzigen Grau und die Hügel von einem schmutzigen Lila. Irgendwo in den Falten dieser Hügel verbargen sich Miss Lavish und Miss Bartlett, die sich ausgerechnet diesen Nachmittag hatten aussuchen müssen, um den Torre del Gallo zu besichtigen.

»Was ist mit der Musik?« fragte Mr. Beebe.

»Die arme Charlotte wird gewiß pitschnaß«, lautete Lucys Antwort.

Dies Unternehmen war typisch für Miss Bartlett, die beim Heimkommen bestimmt verfroren, müde, hungrig und engelgleich sein, einen völlig verdreckten Rock anhaben, einen aufgeweichten Baedeker in der Hand halten und von Hustenreiz geplagt sein würde. An einem anderen Tag, wenn die ganze Welt jubilierte und die Luft einem runterging wie Wein, weigerte sie sich mit Sicherheit, den Salon zu verlassen, und behauptete, sie sei schließlich schon eine alte Schachtel und nicht die rechte Begleitung für ein so unternehmungslustiges junges Mädchen.

»Miss Lavish hat Ihre Cousine vom rechten Wege abgebracht. Ich nehme an, sie hofft, im Regen das wahre Italien zu finden.«

»Miss Lavish ist so originell«, murmelte Lucy. So lautete ihre Standardbemerkung – und was die Präzision der Aussage betraf, für die Pension Bertolini eine Meisterleistung. Miss Lavish war so originell. Mr. Beebe hatte da seine Zweifel, doch hätte man die unter klerikaler Engstirnigkeit subsummiert. Aus diesem und noch anderen Gründen hielt er daher den Mund.

»Stimmt es«, fuhr Lucy in ehrfurchtsvollem Ton fort, »daß Miss Lavish ein Buch schreibt?«
»Es heißt so.« – »Und worüber?«
»Es soll ein Roman werden«, entgegnete Mr. Beebe, »über das moderne Italien. Lassen Sie mich Ihnen dazu Miß Catharine Alan zitieren, die selbst wunderbarer mit Worten umgeht als irgend jemand sonst, den ich kenne.«
»Wenn Miss Lavish es mir doch nur selbst erzählte. Anfangs waren wir so gute Freundinnen! Aber ich finde, sie hätte an diesem Morgen in Santa Croce nicht mit meinem Baedeker fortlaufen dürfen. Charlotte war furchtbar ungehalten, als sie mich praktisch allein vorfand; und ich selbst konnte mich einer gewissen Ungehaltenheit über Miss Lavish auch nicht erwehren.«
»Auf jeden Fall haben die beiden Damen einander offenbar gesucht und gefunden.«
Ihn interessierte die plötzliche Freundschaft zwischen zwei Frauen, die dem Anschein nach so grundverschieden waren wie Miss Bartlett und Miss Lavish. Sie waren jetzt ewig zusammen und Lucy sozusagen das dritte Rad am Wagen. Miss Lavish meinte er zu verstehen, doch bei Miss Bartlett konnten sich ungeahnte Abgründe auftun – wenn auch vielleicht nicht Abgründe der Bedeutung. Lenkte Italien sie vom Pfad der spröden Anstandsdame ab, den er ihr in Tunbridge Wells zugedacht hatte? Sein Leben lang hatten ihn alte Jungfern interessiert; sie waren seine Spezialität, und sein Beruf hatte ihn reichlich mit Studienmaterial ausgestattet. Mädchen wie Lucy waren bezaubernd anzusehen, doch war Mr. Beebe aus wirklich guten Gründen in seiner Haltung dem anderen Geschlecht gegenüber ziemlich frostig und zog es vor, interessiert zu sein statt bezaubert.

Lucy sagte bereits zum drittenmal, daß die arme Charlotte bestimmt bis auf die Haut naß sein werde. Der Arno schwoll an und verwischte die Spuren der kleinen Karren auf dem sandigen Uferstreifen. Doch im Südwesten war ein gelber Dunst aufgetaucht, der besseres Wetter verheißen konnte, falls er nicht schlechteres verhieß. Sie stieß das Fenster auf, um sich zu vergewissern, ein kalter Windstoß fuhr herein und entrang Miss Catharine Alan, die im selben Augenblick zur Tür hereinkam, einen klagenden Aufschrei.

»Oh, meine teuerste Miss Honeychurch, Sie werden sich noch eine Erkältung holen! Und Mr. Beebe hier auch. Wer glaubt denn, in Italien zu sein! Meine Schwester ist schon soweit, sich eine Wärmflasche zu machen; wie ungemütlich, und daß man überhaupt nicht auf sowas eingerichtet ist!«

Sie schob sich seitlich auf sie zu und war verlegen wie immer, wenn sie ein Zimmer betrat, in dem sich nur ein Mann aufhielt oder ein Mann und eine Frau.

»Ich hörte Sie so wunderschön spielen, Miss Honeychurch; dabei war ich in meinem Zimmer, und die Tür war zu. Türen geschlossen zu halten – überaus nötig ist das. Von Privatsphäre hat in diesem Land ja kein Mensch eine Ahnung. Einer steckt sich ja am anderen an.«

Lucy antwortete angemessen. Mr. Beebe sah sich außerstande, den Damen von seinem Erlebnis in Modena zu erzählen, wo ein Zimmermädchen ihn beim Baden überrascht und nur fröhlich ausgerufen hatte: »Fa niente, sono vecchia.« Deshalb begnügte er sich jetzt zu sagen: »Ich bin ganz Ihrer Meinung, Miss Alan. Diese Italiener sind wirklich sehr unangenehme Menschen. In alles stecken sie ihre Nase hinein, bekommen alles mit, sehen alles und wissen schon, was wir brauchen, noch ehe wir es selber wissen. Wir sind ihnen auf Gnade und Ungnade ausgeliefert. Sie lesen unsere Gedanken und sagen unsere Wünsche voraus. Vom Droschkenkutscher bis runter zu – zu Giotto, sie kehren einem regelrecht das Innerste nach außen, und das fuchst mich! Und doch – im tiefsten Herzensgrunde – wie oberflächlich sie da sind! Vom wahren geistigen Leben haben sie keine Ahnung. Wie recht doch die Signora Bertolini hatte, als Sie mir gegenüber neulich erklärte: ›Hach, Mr. Beebe, wenn Sie wüßten, was ich an die Schule für die Kinder leide! Ich will nich' zulassen, daß meine Victori*er* einen von diesen ungebildeten Italienern zum Lehrer kriegt, die von nichts 'ne Ahnung haben!‹«

Miss Alan verstand nicht recht, was er meinte, nahm jedoch an, daß man sich auf reizende Weise über sie lustig machte. Ihre Schwester war ein wenig enttäuscht von Mr. Beebe; sie hatte sich Besseres von einem geistlichen Herrn erwartet, der bereits eine Glatze hatte und rötliche Koteletten trug. Ja, wer hätte auch gedacht, daß in dieser streitbaren Gestalt Toleranz, Mitgefühl und Sinn für Humor wohnten?

Während noch Befriedigung sie erfüllte, rutschte sie weiter zur Seite auf den Rand des Stuhles zu, und endlich wurde erkennbar, warum. Sie zog ein Zigarettenetui aus Rotguß unter sich heraus, auf dem mit Türkisen die Initialen E.L. eingelegt waren.

»Das gehört Lavish«, sagte der Pfarrer. »Eine gute Haut, diese Lavish – ich wünschte nur, sie finge an, *Pfeife* zu rauchen.«

»Aber Mr. Beebe!« sagte Miss Alan, hin und hergerissen zwischen Schrecken und Belustigung. »Was Sie nicht sagen, aber obwohl es scheußlich von ihr ist zu rauchen – ganz so scheußlich, wie Sie annehmen, nun doch nicht. Sie hat es sich praktisch in einer verzweifelten Situation angewöhnt – als bei einem Erdrutsch ihr Lebenswerk mitgerissen wurde. Das macht es doch bestimmt entschuldbarer.«

»Wieso denn das?« wollte Lucy wissen.

Mr. Beebe lehnte sich selbstgefällig zurück, und Miss Alan begann wie folgt:

»Es war ein Roman – und, nach dem, was ich mir so zusammengereimt hab', kein besonders feiner. Es ist ein Jammer, wenn Menschen ihre Begabung mißbrauchen; leider muß ich allerdings sagen, daß das fast immer der Fall ist. Aber wie dem auch sei, sie ließ ihn fast fertig in der Grotte des Kreuzwegs vom Cappuccini Hotel in Amalfi liegen, um sich etwas Tinte zu holen. ›Könnte ich bitte etwas Tinte haben?‹ fragte sie. Aber Sie wissen ja, wie die Italiener sind, inzwischen fiel die Grotte unter großem Krachen auf den Strand, und das allertraurigste von allem ist, daß sie sich nicht erinnern kann, was sie geschrieben hat. Die Ärmste war danach sehr krank und ließ sich so von den Zigaretten verführen. Es ist zwar noch ein großes Geheimnis, aber ich bin froh, daß sie wieder an einem Roman schreibt. Teresa und Miss Pole hat sie neulich gesagt, das Lokalkolorit habe sie jetzt zusammen – diesmal ist es einer über das moderne Italien – der andere war ein historischer Roman –, nur könne sie erst anfangen, wenn sie einen Einfall hätte. Zuerst hat sie es mit Perugia versucht, um sich dort inspirieren zu lassen, dann kam sie hierher – das darf auf keinen Fall die Runde machen. Und so fröhlich bei alldem! Ich meine immer wieder, etwas Bewundernswertes steckt in jedem, selbst wenn man sonst keine gute Meinung von einem Menschen hat.«

Dergestalt ließ Miss Alan stets wider besseres Wissen Nachsicht walten. Ein Duft zarten Mitleids durchdrang ihre unzusammenhängenden Bemerkungen und verlieh ihnen etwas unerwartet Schönes, genauso wie in einem Herbstwald mit seinem Moder manchmal Düfte aufsteigen, die an den Frühling gemahnen. Sie hatte das Gefühl, nachgerade zuviel Zugeständnisse gemacht zu haben und entschuldigte sich eilends für ihre Duldsamkeit.

»Trotzdem, sie ist ein wenig – ich würde kaum unweiblich sagen, aber als die Emersons kamen, hat sie sich schon sehr sonderbar aufgeführt.«

Mr. Beebe lächelte, als Miss Alan sich in eine Anekdote stürzte, von der er wußte, daß sie sie in Gegenwart eines Gentleman unmöglich zu Ende bringen konnte.

»Ich weiß nicht, Miss Honeychurch, ob Ihnen aufgefallen ist, daß Miss Pole – die Dame mit der Fülle von diesem irgendwie gelben Haar – Limonade trinkt. Der alte Mr. Emerson, der immer alles so komisch ausdrückt. . .«

Die Kinnlade fiel ihr herab, sie verstummte. Mr. Beebe, der nie um einen gesellschaftlichen Kniff verlegen war, ging hinaus, um Tee zu bestellen, und sie fuhr, zu Lucy gewandt, in einem hastigen Gewisper fort:

»Dem Magen! Er warnte Miss Pole vor ihrem Magen – er sprach von Übersäuerung – und vielleicht war es ja gut von ihm gemeint. Ich muß bekennen, daß ich mich vergaß und loslachte; es kam aber auch so überraschend. Und wie Teresa richtig sagte, war es überhaupt nicht zum Lachen. Nur war es so, daß es Miss Lavish regelrecht *anzog*, als er S. erwähnte und sagte, sie habe es gern, wenn frei heraus gesagt werde, was gemeint sei, und setzte sich gern mit unterschiedlichen Auffassungen auseinander. Sie hielt sie für Handlungsreisende – ›Klinkenputzer‹ war das Wort, das sie benutzte – und war das ganze

Dinner über bemüht nachzuweisen, daß England – unser großes geliebtes Heimatland – auf nichts anderem beruht als auf dem Handel. Darüber ärgerte Teresa sich dermaßen, daß sie den Tisch noch vor dem Käse verließ und beim Weggehen erklärte: ›Tja, Miss Lavish, da haben Sie jemand, der Sie besser in die Schranken weisen kann als ich‹, womit sie auf das schöne Bild von Lord Tennyson zeigte. Woraufhin Miss Lavish sagte: ›Ssst, sst – die frühen Victorianer!‹ Meine Schwester war schon draußen, und da fühlte ich mich verpflichtet, etwas zu sagen. Ich erklärte: ›Miss Lavish, *ich* gehöre zu den frühen Victorianern; das heißt, zumindest dulde ich nicht, daß auch nur das leiseste Wort der Kritik gegen unsere geliebte Queen laut wird.‹ Furchtbar, sowas sagen zu müssen. Ich erinnerte sie daran, daß die Königin nach Irland gefahren sei, obwohl sie überhaupt nicht gewollt hatte, und ich muß sagen, sie war wie vor den Kopf geschlagen und völlig sprachlos. Leider nur hatte Mr. Emerson diesen Teil mitgekriegt und so rief er mit seiner tiefen Stimme: ›Wohl wahr, wohl wahr! Die Frau hat meine ganze Hochachtung wegen dieses Irlandbesuchs.‹ *Die Frau!* Ich bin so schlecht im Erzählen; aber Sie sehen ja wohl, wie wir uns inzwischen in den Haaren lagen, und das alles nur, weil S. erwähnt worden war! Aber das war noch nicht alles. Nach dem Dinner kam Miss Lavish doch zu mir und sagte: ›Miss Alan, ich gehe jetzt rüber in den Rauchsalon, um mich mit den beiden feinen Herren zu unterhalten. Kommen Sie doch mit!‹ Natürlich lehnte ich eine solche unpassende Einladung ab, worauf sie die Stirn hatte, mir zu sagen, das werde nur meinen Horizont erweitern; sie hätte vier Brüder, alles Universitätsleute bis auf einen, der bei der Army sei, die sich alle angelegen sein ließen, sich mit Handlungsreisenden zu unterhalten.«

»Gestatten Sie, daß ich die Geschichte zu Ende bringe«, sagte Mr. Beebe, der inzwischen zurückgekehrt war. »Daraufhin versuchte Miss Lavish es bei Miss Pole, bei mir und jedem anderen und sagte schließlich: ›Dann gehe ich eben allein.‹ Sie tat es, und nach fünf Minuten kam sie unauffällig mit einem mit grünem Filz bezogenen Brett zurück und fing an, Patiencen zu legen.«

»Ja, was war denn geschehen?« rief Lucy.

»Das weiß kein Mensch. Und niemand wird es je erfahren. Miss Lavish wird nie wagen, es zu erzählen, und Mr. Emerson meint, es sei es nicht wert, erzählt zu werden.«

»Mr. Beebe – der alte Mr. Emerson, ist er fein oder unfein? Das möchte ich nur zu gern wissen.«

Lachend bedeutete Mr. Beebe ihr, über diese Frage solle sie sich doch selbst klar werden.

»Nein; aber das ist so schwierig. Manchmal ist er albern, und dann wieder hab' ich nichts gegen ihn. Miss Alan, was meinen Sie? Ist er fein?«

Aufseufzend schüttelte die kleine alte Dame den Kopf und stieß einen mißbilligenden Seufzer aus. Mr. Beebe, den die Unterhaltung amüsierte, reizte sie, indem er sagte:

»Ich würde meinen, Sie können ihn gar nicht anders als fein einstufen, Miss Alan, nach der Sache mit den Veilchen.«

»Veilchen? Ach du liebe Güte! Wer hat Ihnen denn das mit den Veilchen erzählt? Wie sich so was rumspricht! Eine Pension ist eine regelrechte Klatschküche. Nein, ich kann unmöglich vergessen, wie sie sich bei Mr. Eagers Vortrag in Santa Croce benommen haben. Ach, ärmste Miss Honeychurch! Es war wirklich zu schlimm! Nein, ich hab' es mir wirklich überlegt. Ich mag die Emersons *nicht*. Sie sind *nicht* fein.«

Mr. Beebe lächelte unbekümmert. Behutsam hatte er versucht, die Emersons in die Bertolini-Gesellschaft einzuführen, und der Versuch war fehlgeschlagen. Er war nahezu der einzige geblieben, der nach wie vor freundlich zu ihnen war. Miss Lavish, die den Intellekt vertrat, nahm ihnen gegenüber eingestandenermaßen eine ablehnende Haltung ein, und jetzt taten es ihr die Miss Alans nach, die für gute Erziehung standen. Miss Bartlett, die unter einer Verpflichtung litt, würde sich kaum zu irgendwelchen Höflichkeiten herablassen. Bei Lucy freilich war das etwas anderes. Lucy hatte ihm nicht besonders klar Bericht über ihre Erlebnisse in Santa Croce erstattet, und er nahm an, daß die beiden Männer einen merkwürdigen und möglicherweise abgesprochenen Versuch unternommen hatten, sie zu sich herüberzuziehen, ihr die Welt von ihrem absonderlichen Standpunkt aus zu zeigen und sie für ihre privaten Sorgen und Freuden zu interessieren. Das war impertinent; er wollte nicht, daß ein junges Mädchen ihre Sache vertrat; dann sollte es lieber mißlingen. Schließlich wußte er nichts von ihnen, und Pensions-Freuden und Pensions-Sorgen sind schon etwas höchst Nichtiges; wohingegen Lucy einmal zu seiner Gemeinde gehören würde.

Lucy sagte schließlich mit einem Auge auf das Wetter, sie finde, die Emersons seien fein; nicht, daß sie im Moment viel von ihnen zu sehen bekam. Selbst beim Dinner hatten sie andere Plätze erhalten.

»Aber lauern sie Ihnen denn nicht dauernd auf, um Sie zu bewegen, sie zu begleiten, meine Teuerste?« fragte die kleine Dame neugierig.

»Nur einmal. Charlotte mochte das gar nicht und hat irgendwas gesagt – in aller Höflichkeit, versteht sich.«

»Das war recht getan von ihr. Sie verstehen unsere Art nicht. Sie müssen rausfinden, auf welche Stufe sie gehören.«
Mr. Beebe hatte sogar fast das Gefühl, sie seien untergegangen. Sie hätten ihren Versuch – so es denn einer war –, ihren Versuch, die Gesellschaft zu erobern, aufgegeben; denn jetzt gab sich der Vater fast genauso zugeknöpft wie der Sohn. Mr. Beebe überlegte, ob er nicht noch einen angenehmen Tag für diese Leute planen könne, ehe sie abreisten – einen kleinen Ausflug vielleicht, Lucy dabei wie es sich gehört mit Anstandsdame ausgestattet, um sich ihnen gegenüber nett und fein bezeigen zu können. Es gehörte zu Mr. Beebes Hauptfreuden, Leuten zu glücklichen Erinnerungen zu verhelfen.
Der Abend näherte sich, und sie plauderten; die Luft wurde heller; die Farben der Bäume und Hügel waren gereinigt, und der Arno verlor seine schlammige Undurchsichtigkeit und fing an zu glitzern. Zwischen den Wolken ließen sich kleine Tupfer Blau-grün sehen, auf der Erde ein paar Flecken von wäßriger Helligkeit; dann tauchte die untergehende Sonne die tropfende Fassade von San Miniato in ein glühendes Licht.
»Zu spät, um noch hinauszugehen«, ließ Miss Alan sich erleichtert vernehmen. »Sämtliche Galerien haben zu.«
»Ich glaube, ich gehe doch noch raus«, sagte Lucy. »Ich möchte mit der Elektrischen ganz um die Stadt rum – auf der Plattform, beim Fahrer.«
Ihre beiden Gefährten setzten eine ernste Miene auf, und Mr. Beebe, der sich in der Abwesenheit von Miss Bartlett verantwortlich für sie fühlte, riskierte zu sagen:
»Wenn wir doch könnten. Leider muß ich Briefe schreiben. Aber wenn Sie allein rausgehen wollen – wäre es da nicht besser, Sie machen sich auf die Beine?«

»Italiener, meine Teuerste, Sie wissen schon«, warnte Miss Alan.
»Vielleicht treffe ich jemand, der mich völlig durchschaut.«
Gleichwohl trugen alle ihre Mißbilligung zur Schau, und so beugte sie sich Mr. Beebe insoweit, als sie sagte, sie werde nur einen kleinen Spaziergang machen und sich an die Straßen halten, auf denen es viele Touristen gebe.
»Eigentlich sollte sie wirklich nicht hinaus«, sagte Mr. Beebe, als sie ihr vom Fenster aus nachsahen, »und sie weiß das auch. Ich glaube, das liegt an zuviel Beethoven.«

Viertes Kapitel

Kapitel vier

Mr. Beebe hatte recht. Lucy war sich über ihre Wünsche nie so sehr im klaren wie nach dem Klavierspielen. Sie hatte die geistreichen Bemerkungen des Geistlichen genausowenig wirklich genossen wie das vielsagende Gezwitscher von Miss Alan. Konversation zu machen war ermüdend; Lucy verlangte es nach etwas Großem, und sie glaubte, dies hätte ihr auf der windumtosten Plattform einer Elektrischen zuteil werden können.

Doch soweit mochte sie nicht gehen. Das war nicht *ladylike*. Warum? Warum waren die meisten Dinge nicht *ladylike*? Das hatte Charlotte ihr einmal erklärt. Es sei nicht so, daß Frauen etwas Geringeres seien als Männer; sie seien nur einfach anders. Ihre Aufgabe sei es, andere zu besonderen Leistungen zu inspirieren, statt sie selbst zu vollbringen. Auf indirektem Wege, mit Hilfe von Takt und einem makellosen Namen könnten Frauen viel erreichen. Stürzten sie sich jedoch selbst in den Kampf, würden sie zunächst getadelt, dann verachtet und zuletzt ignoriert. Um dies deutlich herauszuarbeiten, seien schon Gedichte geschrieben worden.

Diese mittelalterliche ›Dame‹ hat eine ganze Menge, das unsterblich ist. Die Drachen sind zwar ebenso verschwunden wie die Ritter, doch sie selbst lebt weiter unter uns. Sie herrsch-

te in so manchem früh-victorianischen Schloß und war die Königin vieler früh-victorianischer Lieder.
Es ehrt den Mann, die ›Dame‹ zwischen den Geschäften zu beschützen und ihr zu huldigen, wenn sie uns ein köstliches Dinner gekocht hat. Aber ach, das Geschöpf degeneriert zusehends. Auch in ihrem Frauenherzen werden absonderliche Wünsche wach. Auch sie liebt starke Winde über alles, weite Aussichten und die grüne Endlosigkeit der See. Sie hat das Königreich dieser Welt als reizvoll erkannt, hat entdeckt, daß es voll ist von Reichtümern, Schönheit und Krieg – eine strahlende Kruste, errichtet um die Feuerbrände im Inneren herum, eine Kugel, die auf die zurückweichenden Himmel zurast. Männer, die behaupten, daß die ›Dame‹ sie dazu beflügele, bewegen sich freudig über die Oberfläche von einem Ort zum anderen, erfreuen sich der köstlichsten Treffen mit anderen Männern und sind glücklich nicht nur, weil sie männlichen Geschlechts, sondern weil sie überhaupt am Leben sind. Ehe das Theater aus ist, würde sie – Lucy – gern den Ehrentitel der ›Ewigen Frau‹ ablegen und in Gestalt ihres vergänglichen, aber unverwechselbaren Selbst hingehen.
Lucy steht nicht für die mittelalterliche ›Dame‹, die ja vielmehr ein Ideal war, zu dem sie die Augen emporheben sollte, wenn schöner Ernst sie durchdrang. Sie kennt auch keine Methode des Aufbegehrens. Hier und da ärgerte irgendeine Beschränkung ganz besonders, und die pflegte sie dann auch zu durchbrechen, was ihr unter Umständen hinterher sogar leid tat.
An diesem Nachmittag war sie besonders unruhig. Am liebsten hätte sie wirklich etwas getan, das diejenigen, die ihr alles Gute wünschten, mißbilligten. Und da sie nicht mir der Elek-

trischen fahren konnte, ging sie in das Geschäft von Alinari.* Dort kaufte sie ein Photo von Botticellis *Geburt der Venus*. Da die Venus eine Schande war, verdarb sie das sonst so bezaubernde Bild, und Miss Bartlett hatte sie bewogen, es sich aus dem Sinn zu schlagen. (Eine Schande in der bildenden Kunst – das war selbstverständlich der Akt.) Giorgiones *Tempesta*, das *Idolino* und manche von den Fresken in der Sixtinischen Kapelle sowie der *Apoxyomenos*** gehörten in diese Kategorie. Nachher war ihr ein wenig wohler zumute und sie erstand noch Fra Angelicos *Krönung*, Giottos *Himmelfahrt Johannis* sowie ein paar von Della Robbias *Wickelkindern* und etliche Guido Reni-Madonnen. Denn ihr Geschmack war umfassend und ließ ihre unkritische Hochachtung jedem wohlbekannten Namen zuteil werden.

Doch wiewohl sie fast sieben Lire ausgab, schienen die Pforten der Freiheit damit immer noch nicht aufgestoßen. Sie war sich ihrer Unzufriedenheit bewußt, und sich ihrer bewußt zu sein, war für Lucy eine durchaus neue Erfahrung. ›Die Welt‹, dachte sie bei sich, ›ist gewiß voll von schönen Dingen; könnte ich doch nur auf sie stoßen.‹ Es war nicht verwunderlich, daß ihre Mutter, Mrs. Honeychurch, etwas gegen die Musik hatte und erklärte, nach dem Klavierspielen sei ihre Tochter immer so gereizt, tolpatschig und empfindlich.

›Erleben tu' ich nie was‹, sann sie, als sie auf die Piazza Signoria

---

*Alinari, Druckerei, die in Italien früher geradezu eine Monopolstellung für die Reproduktion von Kunstwerken innehatte. *A.d.Ü.*

**Apoxyomenos, gr., der ›Schaber‹, hier der sich mit dem Schabeisen reinigende Athlet, Standbild des Lysipp, Hofbildhauer Alexander des Großen und Wegbereiter der hellenistischen Kunst. *A.d.Ü.*

hinaustrat und die Wunderwerke, die sie barg und die Lucy nunmehr schon recht vertraut waren, unbekümmert betrachtete. Der große Platz lag im Schatten; die Sonne war zu spät durchgekommen, ihn noch zu erreichen. Der Neptun hatte im Zwielicht bereits etwas Substanzloses, war halb Gott und halb Geist, und sein Brunnen plätscherte verträumt für die Menschen und Satyrn, die sich an seinem Rande lagerten. Die Loggia zeigte sich als Dreifach-Eingang zu einer Höhle, in der – in Schatten gehüllt, aber unsterblich – so manch eine Gottheit weste und von dort her auf das ständige Kommen und Gehen der Menschenwesen hinblickte. Es war die Stunde der Unwirklichkeit, das heißt, die Stunde, da unvertraute Dinge wirklich sind. Ein älterer Mensch könnte zu so einer Stunde und an einem solchen Ort meinen, genug zu erleben und zufrieden zu sein. Lucy jedoch verlangte es nach mehr.

Sehnsüchtig ließ sie den Blick auf dem Turm des Palazzo Vecchio ruhen, der wie eine Säule aus getriebenem Gold aus dem Dunkel unter ihm aufragte. Er schien gar kein Turm mehr zu sein, nicht mehr auf der Erde zu ruhen, sondern ein unerreichbares Kleinod, das da im gelassenen Himmel pulsierte. Sein Glühen schlug sie in ihren Bann und tanzte ihr immer noch vor den Augen, als sie den Blick zurückwandern ließ auf die Erde und sich anschickte, nach Hause zu gehen.

Dann geschah etwas.

Zwei Italiener neben der Loggia hatten sich über eine Schuld gestritten. ›Cinque lire‹, hatten sie gerufen, ›cinque lire!‹ Jetzt gingen sie aufeinander los, und einer von ihnen erhielt einen leichten Stoß gegen die Brust. Er runzelte die Stirn; neigte sich mit dem Ausdruck von Interesse in Richtung auf Lucy, als hätte er ihr etwas Wichtiges zu sagen. Er machte den Mund auf,

um es zu tun, ein Schwall roten Blutes kam ihm über die Lippen und lief ihm das unrasierte Kinn herunter.
Das war alles. Eine Menschenmenge schob sich aus dem Abenddämmer vor ihn und entzog diesen seltsamen Mann ihren Blicken, trug ihn hin zu dem Brunnen. Zufällig stand Mr. George Emerson nur wenige Schritte davon entfernt und blickte über die Stelle hinweg, wo der Mann gelegen hatte. Wie überaus merkwürdig! Über etwas hinweg. Noch während sie ihn erspähte, verschwamm er, der Palazzo selbst verschwamm, schwankte über ihr und fiel sanft, langsam und lautlos auf sie herab und der Himmel mit ihm.
Sie dachte: ›Ach, was hab' ich getan?‹
»Ach, was hab' ich getan?« murmelte sie und schlug die Augen auf.
George Emerson sah sie immer noch an, aber nicht hinweg über etwas. Sie hatte sich über Langeweile beklagt, und siehe: Ein Mann war erstochen worden, und ein anderer hielt sie in den Armen.
Sie saßen auf irgendwelchen Stufen in den Arkaden der Uffizien. Er mußte sie hierhergetragen haben. Er stand auf, als sie sprach, und klopfte sich die Hose ab. Sie wiederholte:
»Ach, was habe ich getan?«
»Sie sind in Ohnmacht gefallen.«
»Das ... das tut mir furchtbar leid.«
»Wie geht es Ihnen jetzt?«
»Gut, es ist alles in Ordnung – wirklich alles in Ordnung.« Und sie nickte und lächelte.
»Dann lassen Sie uns heimgehen. Es hat keinen Sinn, weiter hier zu bleiben.«
Er streckte ihr die Hand hin, um ihr hochzuhelfen. Sie tat, als

sähe sie sie nicht. Die Schreie vom Brunnen – sie hatten nie aufgehört – hallten hohl wider. Die ganze Welt schien bleich und bar ihres ursprünglichen Sinns.
»Wie freundlich von Ihnen. Ich hätte mich beim Hinfallen verletzen können. Aber jetzt geht es mir wieder gut. Ich kann allein gehen, vielen Dank.«
Er hatte die Hand immer noch ausgestreckt.
»Oh, meine Photographien!« rief sie plötzlich aus.
»Was für Photographien?«
»Ich habe bei Alinari ein paar photographische Aufnahmen gekauft. Ich muß sie hier auf dem Platz haben fallen lassen.« Ganz auf ihrer Hut, sah sie ihn an. »Ob Sie Ihrer Freundlichkeit noch die Krone aufsetzten und sie mir holten?«
Er setzte seiner Freundlichkeit die Krone auf. Kaum hatte er ihr den Rücken zugekehrt, erhob Lucy sich verschlagen wie eine Verrückte und stahl sich die Arkaden hinunter zum Arno.
»Miss Honeychurch!« Die Hand auf dem Herzen, blieb sie stehen.
»Sie bleiben ruhig sitzen; Sie sind noch nicht wieder soweit, allein nach Hause zu gehen.«
»Doch, das bin ich. Haben Sie wirklich vielen Dank.«
»Nein, das sind Sie nicht. Wären Sie das, würden Sie offen gehen und sich nicht wegschleichen.«
»Aber ich möchte lieber ...«
»Dann hole ich Ihnen die Photographien nicht.«
»Ich möchte lieber allein sein.«
Gebieterisch sagte er: »Der Mann ist tot – der Mann ist vermutlich tot; setzen Sie sich, bis Sie sich erholt haben.« Erschrocken gehorchte sie ihm. »Und rühren Sie sich nicht vom Fleck, bis ich wieder da bin.«

In der Ferne sah sie Gestalten mit schwarzen Kapuzen, wie sie einem im Traum erscheinen. Der Turm des Palazzo ragte nicht mehr in den Widerschein der untergehenden Sonne getaucht und gehörte wieder der Erde an. Wie sollte sie mit Mr. Emerson reden, wenn er von dem im Schatten liegenden Platz zurückkam? Und wieder kam ihr der Gedanke – ›Ach, was habe ich getan?‹ –, genauso wie der Sterbende eine geistige Grenze überschritten zu haben.

Er kehrte zurück, und sie redete von dem Mord. Sonderbarerweise erwies sich das als unverfängliches Thema, über das sie leicht sprechen konnte. Sie erging sich über den italienischen Charakter und wurde geradezu geschwätzig, als sie von dem Zwischenfall sprach, der sie vor fünf Minuten noch in Ohnmacht hatte sinken lassen. Körperlich kräftig, überwand sie den Schrecken vor dem Blut rasch. Sie erhob sich ohne George Emersons Hilfe, und wiewohl Flügel in ihr zu flattern schienen, ging sie doch ziemlich sicheren Schrittes auf den Arno zu. Dort winkte ihnen ein Droschkenkutscher, doch sie lehnten ab.

»Und der Mörder versuchte, ihn zu küssen? sagen Sie. Zu merkwürdig, diese Italiener! Und hat sich dann der Polizei ergeben? Mr. Beebe sagt, die Italiener wüßten alles, aber ich finde sie ziemlich kindisch. Als meine Cousine und ich gestern im Palazzo Pitti waren – was war das?«

Er hatte etwas in den Fluß geworfen.

»Was haben Sie hineingeworfen?«

»Sachen, die ich nicht wollte«, sagte er ärgerlich.

»Mr. Emerson!«

»Ja?«

»Waren das die Photographien?«

Er hüllte sich in Schweigen.
»Ich glaube, es waren meine Photographien, die Sie weggeworfen haben.«
»Ich wußte nicht, was damit tun«, rief er, seine Stimme die eines Jungen, der sich in die Enge getrieben sieht. Zum ersten Mal regte sich in ihrem Herzen ein warmes Gefühl für ihn. »Sie waren mit Blut bedeckt. Ach, bin ich froh, es Ihnen gesagt zu haben; und die ganze Zeit, wo wir uns unterhielten, hab' ich mir den Kopf zermartert, was damit tun.« Er zeigte flußabwärts. »Sie sind fort.« Unter der Brücke bildeten sich Strudel. »Sie gingen mir so wider den Strich, und eines war so albern, da schien es mir besser, sie schwämmen hinaus ins Meer – ich weiß nicht. Vielleicht ist es auch bloß so gewesen, daß sie mir Angst gemacht haben.« Dann mauserte sich der Junge zum Mann. »Denn irgendwas Gewaltiges ist passiert; ich muß mich ihm stellen, ohne ganz durcheinander zu geraten. Es ist ja nicht nur so, daß ein Mensch gestorben ist.«
Irgend etwas warnte Lucy, ihm Einhalt zu gebieten.
»Es ist passiert«, wiederholte er, »und ich bin entschlossen herauszufinden, was es ist.«
»Mr. Emerson . . .«
Stirnrunzelnd wandte er sich ihr zu, als hätte sie ihn dabei gestört, wie er einem abstrakten Problem auf der Spur war.
»Ehe wir hineingehen, möchte ich Sie etwas bitten.«
Sie waren jetzt ganz in der Nähe der Pension. Lucy blieb stehen und stützte sich mit den Ellbogen auf die Uferbrüstung. Er folgte ihrem Beispiel. Manchmal besitzt die Gleichheit einer Stellung etwas Magisches; sie gehört zu den Dingen, die uns von ewiger Kameradschaft künden. Sie veränderte die Lage ihrer Ellbogen, ehe sie fortfuhr:

»Wie ich mich benommen habe – das war lächerlich.«
Er folgte seinen eigenen Gedanken.
»Mein Lebtag habe ich mich noch nicht so geschämt; mir ist unbegreiflich, was über mich gekommen ist.«
»Ich wäre ja fast selbst ohnmächtig geworden«, sagte er; doch sie spürte, daß ihre Haltung ihn abstieß.
»Jedenfalls muß ich mich tausendmal bei Ihnen entschuldigen.«
»Ach, schon gut.«
»Und – darum geht es mir nämlich wirklich – Sie wissen ja, wie die Leute reden – besonders die Damen, wie ich fürchte – Sie verstehen, was ich meine?«
»Ich fürchte, nein.«
»Ich meine: würden Sie so nett sein, und es keinem Menschen gegenüber erwähnen? Mein törichtes Verhalten?«
»Ihr Verhalten? Aber ja, natürlich – natürlich.«
»Vielen Dank. Und würden Sie ...«
Sie konnte ihre Bitte nicht noch weiter ausführen. Der Fluß unter ihnen schoß dahin, war fast schwarz in der sich herabsenkenden Nacht. Er hatte ihre Photographien hineingeworfen, und dann hatte er ihr den Grund gesagt. Ihr ging unvermittelt auf, wie hoffnungslos es war, bei einem solchen Mann auf Ritterlichkeit zu zählen. Durch müßiges Gerede würde er ihr nicht schaden; er war vertrauenswürdig, aufgeweckt und sogar freundlich; möglicherweise hatte er sogar eine hohe Meinung von ihr. Doch was ihm fehlte, war Ritterlichkeit; seine Gedanken wie sein Verhalten wurden nicht von ehrfürchtiger Scheu beeinflußt. Es war sinnlos, zu ihm zu sagen: ›Und würden Sie ...‹, und dann zu hoffen, daß er den Satz für sich vervollständigte und die Augen von ihrer Nacktheit abwendete wie

der Ritter auf jenem wunderschönen Gemälde. Sie hatte in seinen Armen gelegen, und er erinnerte sich daran, genauso wie er sich an das Blut auf den Photographien erinnerte, die sie bei Alinari gekauft hatte. Es war ja nicht nur so, daß ein Mensch gestorben war; den Lebenden war auch etwas widerfahren; sie waren in eine Situation geraten, in der man seinen Charakter beweist und wo die Kindheit die sich gabelnden Pfade der Jugendzeit betritt.

»Nun, haben Sie vielen Dank«, wiederholte sie. »Wie rasch es zu diesen Zufällen kommt, und dann kehrt man zu seinem alten Leben zurück.«

»Ich nicht.«

Besorgnis bewegte sie nachzufragen, was er meine. Seine Antwort war verwirrend. »Ich werde wohl leben wollen.«

»Aber wieso, Mr. Emerson? Was meinen Sie?«

»Ich werde leben wollen, sage ich.«

Sich mit den Ellbogen auf die Brüstung stützend, betrachtete sie den Arnofluß, dessen lautes Rauschen für ihre Ohren plötzlich eine unerwartete Melodie hatte.

Fünftes Kapitel

Möglichkeiten eines schönen Ausflugs

Daß man bei Charlotte Bartlett »nie wußte, wie sie reagieren würde«, war in der Familie sprichwörtlich. Über Lucys Erlebnis regte sie sich überhaupt nicht auf, war sehr vernünftig, fand ihren verkürzten Bericht darüber durchaus angemessen und zollte dem höflichen Betragen von Mr. George Emerson gebührend Hochachtung. Sie und Miss Lavish hatten gleichfalls ein Erlebnis gehabt. Sie waren auf dem Rückweg beim *dazio* angehalten worden, und die jungen Zollbeamten dort, die unverschämt und *désœuvré* schienen, hatten sich herausgenommen, ihre Ridiküls nach Unerlaubtem durchzukramen. Das hätte höchst unangenehm werden können. Glücklicherweise kam jedoch gegen Miss Lavish niemand an. Ob zum Guten oder Schlechten – jedenfalls mußte Lucy mit ihrem Problem allein fertig werden. Keiner ihrer Freunde hatte sie gesehen, weder auf der Piazza noch später am Ufer. Ja, Mr. Beebe, dem beim Essen ihre erschrockenen Augen auffielen, sagte sich wieder einmal, ›zuviel Beethoven‹. Freilich nahm er nur an, sie sei für ein Erlebnis bereit, nicht, daß sie bereits eines hinter sich hatte. Sich so allein gelassen zu fühlen, bedrückte sie; sie war es gewohnt, daß andere ihre Vorstellungen bestätigten oder ihnen gegebenenfalls widersprachen; es war zu schrecklich, nicht zu wissen, ob sie richtig dachte oder falsch.

Beim Frühstück am nächsten Morgen tat sie etwas Einschneidendes. Es ging um zwei Pläne, zwischen denen sie sich entscheiden mußte. Mr. Beebe machte sich zusammen mit den Emersons und einigen amerikanischen Damen zum Torre del Gallo auf. Ob Miss Bartlett und Miss Honeychurch Lust hätten, sich ihnen anzuschließen? Für sich selbst lehnte Charlotte ab; sie sei ja gerade gestern nachmittag im Regen dort gewesen. Doch was Lucy betreffe, so hielt sie es für eine ausgezeichnete Idee, denn die hasse Schaufenster-Begucken, Geld-Umtauschen, Briefe-Abholen und andere lästige Pflichten – und gerade diesen müsse sie, Miss Bartlett, sich widmen, und damit komme sie sehr wohl allein zurecht.
»Nein, Charlotte«, rief das Mädchen regelrecht gefühlvoll. »Das ist zwar ganz reizend von Mr. Beebe, aber ich werde mit dir gehen. Viel lieber sogar.«
»Wie du willst, meine Liebe«, sagte Miss Bartlett und errötete ganz zart vor Freude, was wiederum ein sehr tiefes Schamrotwerden auf Seiten Lucys hervorrief. Wie abscheulich sie sich Charlotte gegenüber benahm, jetzt wie immer! Aber das sollte von nun an anders werden! Sie nahm sich vor, den ganzen Morgen über besonders nett zu ihr zu sein.
Sie hakte ihre Cousine unter, und so gingen sie den Lungarno entlang. Der Fluß war an diesem Morgen ein Löwe an Kraft, Stimme und Farbe. Miss Bartlett ließ es sich nicht nehmen, sich über die Brüstung zu lehnen und hinunterzublicken. Dann machte sie eine ihrer üblichen Bemerkungen, die folgendermaßen ging: »Wenn doch Freddy und deine Mutter das auch sehen könnten!«
Lucy war ganz zappelig; daß Charlotte aber auch ausgerechnet an dieser Stelle hatte stehenbleiben müssen!

»Schau doch, Lucia! Ach, du hälst nach den anderen Ausschau, die zum Torre del Gallo wollen. Ich hab's gewußt, daß du deine Entscheidung bereuen würdest.«

So ernst ihr der Entschluß auch gewesen war, Lucy bereute ihn nicht. Gestern war alles ein furchtbares Durcheinander gewesen – merkwürdig und ungereimt, etwas von diesen Dingen, die man nicht so ohne weiteres dem Papier anvertrauen konnte –, doch hatte sie das Gefühl, Charlotte und ihre Einkäufe seien George Emerson und dem obersten Stockwerk des Torre del Gallo vorzuziehen. Da sie sich in dem Durcheinander nicht zurechtfand, mußte sie achtgeben, daß sie nicht noch einmal hineingeriet. Sie konnte sich also aufrichtig gegen Miss Bartletts Unterstellungen verwahren.

Doch wenn sie auch dem Hauptdarsteller aus dem Weg gegangen war, die Kulissen blieben leider. Mit geradezu schicksalhaft-unwandelbarer Zielstrebigkeit führte Charlotte sie vom Fluß zur Piazza Signoria. Sie hätte es nicht für möglich gehalten, daß Steine, eine Loggia, ein Brunnen und der Turm eines Palazzo so bedeutungsschwer sein konnten. Für einen Moment verstand sie, was Gespenster bedeuteten.

Genau an der Stelle, wo der Mord passiert war, stand zwar kein Gespenst, dafür aber Miss Lavish und zwar mit der Morgenzeitung in der Hand. Stürmisch winkte sie ihnen zu. Das schreckliche Geschehnis gestern abend hatte sie auf etwas gebracht, woraus sich ihrer Meinung nach ein Buch ergeben könnte.

»Ach, dazu muß ich gratulieren!« rief Miss Bartlett. »Nach Ihrer Verzweiflung gestern. Welch eine glückliche Fügung!«

»Aha! Miss Honeychurch, kommen Sie her! Ich habe Glück! Sie müssen mir jetzt von Anfang an alles ganz genau erzählen, was Sie gesehen haben.«

Mit dem Sonnenschirm stocherte Lucy auf dem Boden herum. »Oder möchten Sie es vielleicht lieber nicht?«
»Tut mir leid – aber vielleicht geht es auch ohne; ich glaube, ich möchte wirklich nicht.«
Die älteren Damen tauschten Blicke, keineswegs mißbilligende; es war recht, daß ein junges Mädchen tiefer Gefühle mächtig war.
»Ich bin es, der es leid tut«, sagte Miss Lavish. »Wir Amateur-Literaten sind schon schamlose Geschöpfe. Ich glaube, es gibt kein Geheimnis des menschlichen Herzens, in das wir unsere Nase nicht hineinstecken würden.«
Fröhlich marschierte sie zum Brunnen und wieder zurück; dabei stellte sie ein paar Wirklichkeitsberechnungen an. Dann erklärte sie, sie sei seit acht Uhr auf der Piazza und habe Material gesammelt. Ein Gutteil davon sei unbrauchbar, aber man müsse es selbstverständlich immer dem anpassen, was man selber wolle. Die beiden Männer seien über einen Fünf-Lire-Schein in Streit geraten. Diesen Geldschein werde sie durch eine junge Dame ersetzen, damit komme man der Tragödie dann schon näher und habe außerdem auch noch einen wunderschönen Handlungsvorwurf.
»Und wie soll die Heldin heißen?« fragte Miss Bartlett.
»Leonora«, erklärte Miss Lavish; sie selbst hieß Eleanor.
»Hoffentlich ist sie nett und gehört der feinen Gesellschaft an.«
Diesem Wunsch werde gewißlich entsprochen werden.
»Und wie ist die Handlung?«
Bei der gehe es um Liebe, Mord, Entführung und Rache. All das kam heraus, während der Brunnen für die Satyrn in der Morgensonne plätscherte.
»Sie werden mir hoffentlich verzeihen, daß ich Sie so langwei-

le«, schloß Miss Lavish. »Aber wer kann schon der Versuchung widerstehen, sich wirklich verständnisvollen Menschen gegenüber anzuvertrauen? Natürlich habe ich es nur ganz vage umrissen. Ich werde eine Menge Lokalkolorit hineinbringen, Beschreibungen von Florenz und Umgebung, und außerdem werde ich ein paar lustige Gestalten einführen. Und sagen Sie nicht, daß ich Sie nicht gewarnt hätte – ich habe vor, erbarmungslos mit den englischen Touristen umzuspringen.«

»Oh, Sie böse, böse Frau!« rief Miss Bartlett. »Sie denken da bestimmt an die Emersons.« Miss Lavish verzog das Gesicht zu einem machiavellistischen Lächeln.

»In Italien, das gebe ich gern zu, genießen meine eigenen Landsleute nicht gerade meine Sympathien. Was mich anzieht, das sind die mißachteten Italiener, und deren Leben werde ich, so weit ich es vermag, darstellen. Denn ich wiederhole und weise mit Nachdruck darauf hin, was ich schon immer behauptet habe: Daß eine Tragödie wie die gestrige nicht minder tragisch ist, bloß weil sie einfachen Leuten widerfährt.«

Da Miss Lavish nicht weitersprach, ergab sich ein angemessenes Schweigen. Dann wünschten die beiden Cousinen ihr zu ihren Bemühungen Erfolg und überquerten gemessenen Schrittes den Platz.

»So stelle ich mir eine wirklich kluge und gebildete Frau vor«, sagte Miss Bartlett. »Und was sie zuletzt gesagt hat, scheint mir besonders zutreffend. Es wird bestimmt ein überaus zu Herzen gehender Roman.«

Lucy stimmte ihr zu. Im Augenblick war ihr jedoch vornehmlich darum zu tun, nicht selber hineinverarbeitet zu werden, denn sie argwöhnte, daß Miss Lavish mit ihr als einem Vorbild für eine Naive liebäugelte.

»Sie ist emanzipiert, aber nur im besten Sinne des Wortes«, fuhr Miss Bartlett langsam fort. »Nur wer ganz und gar oberflächlich ist, könnte sich von ihr schockieren lassen. Wir haben gestern ein langes Gespräch geführt. Sie glaubt an die Gerechtigkeit, an die Wahrheit und an das, worum es den Menschen geht. Auch hat sie mir erzählt, daß sie eine hohe Meinung von der Bestimmung der Frau hat – Mr. Eager! Aber wie reizend! Was für eine angenehme Überraschung!«

»Für mich nicht«, sagte der Kaplan schmeichelnd, »denn ich habe Sie und Miss Honeychurch schon eine ganze Weile beobachtet.«

»Wir haben mit Miss Lavish geplaudert.«

Seine Stirn umwölkte sich.

»Das habe ich gesehen. Wirklich? Andate via! Sono occupato!« Letzteres war für den Straßenhändler mit Ansichtskarten bestimmt, der mit einem höflichen Lächeln an sie herantrat. »Ich wollte mir gerade erlauben, einen Vorschlag zu machen. Wäre es Ihnen und Miss Honeychurch genehm, mich irgendwann in dieser Woche bei einer Fahrt zu begleiten? Einer Ausfahrt in die Hügel? Wir könnten nach Fiesole hinauf und auf dem Rückweg über Settignano fahren. An der Straße gibt es eine Stelle, wo wir aussteigen und eine Stunde über die Hänge streifen könnten. Der Blick, den man von dort oben auf Florenz hat, ist unbeschreiblich schön – weit schöner als der allbekannte von Fiesole herab. Es ist der Ausblick, den Alesso Baldovinetti so gern in seinen Bildern wiedergibt. Dieser Mann hatte wirklich ein Gefühl für die Landschaft. Ganz entschieden. Doch wer sieht sich das heutzutage noch an? Ach, die Welt ist zuviel für uns!«

Miss Bartlett hatte noch nie von Alesso Baldovinetti gehört,

wußte jedoch, daß Mr. Eager kein gewöhnlicher Kaplan war. Er gehörte der englischen Kolonie von Florenz an und verkehrte mit Leuten, die nie mit dem Baedeker in der Hand herumliefen, die gelernt hatten, nach dem Lunch Siesta zu halten, machte Exkursionen, von denen die Touristen in der Pension noch nie gehört hatten und hatte durch private Beziehungen Zugang zu Galerien, die ihnen verschlossen waren. Da die Angehörigen der englischen Kolonie in erlesener Abgeschiedenheit lebten – und zwar entweder in möblierten Wohnungen oder, wie andere, in Renaissance-Villen am Hang von Fiesole –, lasen und schrieben sie, studierten und tauschten Ideen und machten sich dergestalt jene intime Kenntnis von Florenz oder vielmehr jenes Zugehörigkeitsgefühl zu eigen, das jenen versagt ist, die mit Rundreise-Billetts von Cook's Reisebüro unterwegs sind.
Deshalb war eine Einladung von dem Kaplan etwas, worauf man stolz sein konnte. Er stellte häufig das einzige Bindeglied zwischen den beiden Abteilungen seiner Herde dar, und er hatte es sich bewußt zur Gewohnheit gemacht, jene nur vorübergehend in der Stadt weilenden Schäfchen einzuladen, die einer solchen Aufmerksamkeit würdig schienen, und ihnen zu ermöglichen, ein paar Stunden auf den Weiden der ständig hier Weilenden zu grasen. Tee in einer Renaissance-Villa? Noch war davon nicht die Rede gewesen. Doch sollte es dazu kommen – wie sehr Lucy das genießen würde!
Noch vor wenigen Tagen hätte Lucy genauso gedacht. Doch die Freuden des Lebens waren dabei, sich umzugruppieren. Eine Fahrt in die Hügel der Umgebung mit Mr. Eager und Miss Bartlett war – selbst wenn sie von einer Tea-Party mit hier Ansässigen gekrönt wurde – nicht mehr die größte dieser Freu-

den. Sie schloß sich daher dem Begeisterungsausbruch von Charlotte nur mit größter Zurückhaltung an. Erst als sie hörte, daß Mr. Beebe mitkam, klang ihr Dank etwas aufrichtiger.
»Wir werden also eine *partie carrée* abgeben«, sagte der Kaplan. »In unserer Zeit des Trubels und der Mühsal hat man ja ein großes Bedürfnis nach dem Lande und seiner Botschaft von Reinheit. Andate via! Andate presto, presto! Ach, die Stadt! So schön sie ist, das ist die Stadt!«
Sie bekundeten ihre Zustimmung.
»Dieser Platz, auf dem wir stehen – so hat man mir gesagt –, ist gestern Zeuge der scheußlichsten aller Tragödien geworden. Für jemand, der die Stadt Dantes und Savonarolas liebt, hat eine solche Entweihung etwas Unheilvolles – etwas Unheilvolles und Demütigendes.«
»Wahrhaftig etwas Demütigendes«, sagte Miss Bartlett. »Miss Honeychurch kam zufällig dazu, als es geschah. Sie kann es kaum über sich bringen, davon zu sprechen.« Stolz sah sie Lucy dabei an.
»Und wie kam es, daß wir Sie hier hatten?« erkundigte der Kaplan sich väterlich.
Miss Bartletts vor kurzem geäußerter Liberalismus verflüchtigte sich angesichts dieser Frage.
»Machen Sie ihr bitte keine Vorwürfe, Mr. Eager. Es ist meine Schuld; ich habe zugelassen, daß sie ohne Begleitung ausging.«
»Dann sind Sie also allein hier gewesen, Miss Honeychurch?« Seine Stimme vermittelte verständnisvollen Tadel, ließ jedoch gleichzeitig erkennen, daß ein paar herzzerreißende Einzelheiten durchaus willkommen wären. Schmerzlich senkte sich sein dunkles, schönes Antlitz über sie, um ihre Antwort mitzubekommen.

»Praktisch, ja.«
»Ein Pensionsgast war so freundlich, sie nach Hause zu bringen«, erklärte Miss Bartlett und verschwieg geschickt das Geschlecht des Beschützers.
»Für Sie muß es ja auch ein furchtbares Erlebnis gewesen sein. Es war ja hoffentlich keiner von Ihnen in unmittelbarer Nähe.«
Von den vielen Dingen, die Lucy heute aufgingen, war nicht das geringste die teuflische Art, mit der wohlanständige Leute auf Sensationen aus sind. George Emerson hatte sich in dieser Hinsicht merkwürdig anständig verhalten.
»Er ist beim Brunnen gestorben, glaube ich«, lautete ihre Antwort.
»Und Sie und Ihre Begleitung ...«
»Waren drüben bei der Loggia.«
»Da muß Ihnen viel erspart geblieben sein. Sie haben selbstverständlich nicht die schändlichen Bilder gesehen, die die Boulevardpresse ... Dieser Mann ist ein öffentliches Ärgernis. Er weiß sehr wohl, daß ich kein Tourist bin, und trotzdem setzt er mir ständig zu, ihm seine vulgären Bilder abzukaufen.«
Der Straßenhändler mit den Photographien war ganz gewiß im Bunde mit Lucy – in dem ewigen Bund Italiens mit der Jugend. Er hatte Miss Bartlett und Mr. Eager plötzlich sein Buch hingestreckt und deren Hände mit einem langen, glänzenden Band aus Kirchen, Bildern und Ansichten zusammengebunden.
»Das geht zu weit!« empörte sich der Kaplan und schlug erbost nach einem von Fra Angelicos Engeln. Sie riß sich los. Der Händler stieß einen schrillen Schrei aus. Das Buch war offensichtlich wertvoller, als man hätte meinen sollen.
»Ich wäre ja bereit zu kaufen ...«, begann Miss Bartlett.

»Nehmen Sie ihn einfach nicht zur Kenntnis«, sagte Mr. Eager scharf und rasch verließen sie den Platz.

Doch es ist unmöglich, einen Italiener nicht zur Kenntnis zu nehmen, besonders dann nicht, wenn er Grund zur Klage hat. Die mysteriöse Art, wie er Mr. Eager verfolgte, bekam etwas Unerbittliches; die Luft hallte wider von Drohungen und Wehklagen. Bittend wandte er sich an Lucy; ob sie nicht ein gutes Wort für ihn einlegen wolle? Er sei arm – habe eine Familie zu ernähren – und die Steuern, die auf dem Brot lägen. Er ließ sich nicht abweisen, er redete raschzüngig, er wurde bezahlt, er war nicht damit zufrieden, er gab keine Ruhe, bis er ihnen das Gehirn leergepustet hatte und sie überhaupt an nichts mehr denken konnten – weder an Erfreuliches noch an Unerfreuliches.

Einkäufe machen – das war das Thema, das sich jetzt wie von selbst ergab. Unter der Führung des geistlichen Herrn suchten sie viele schreckliche Mitbringsel und Souvenirs aus – rankengeschmückte kleine Bilderrahmen, die aussahen wie aus vergoldetem Nudelteig geformt; andere kleine Rahmen, schwerere, die auf kleinen Gestellen standen und aus Eiche geschnitzt waren; einen samtgebundenen Löschpapierblock; einen Dante aus dem gleichen Material; billige Broschen aus bunten Steinen, die die Dienstmädchen zu Weihnachten nicht von echten würden unterscheiden können; Nadeln, Blumentöpfe, wappengeschmückte Untertassen, sepiafarbene Kunstdrucke; Eros und Psyche in Alabaster; einen dazu passenden heiligen Petrus – was alles man in London hätte billiger bekommen können.

Dieser gelungene Vormittag hinterließ bei Lucy keinen angenehmen Eindruck. Sie fühlte sich ein wenig eingeschüchtert,

und zwar von Miss Lavish und Mr. Eager, warum, wußte sie nicht. Und da sie ihr Angst machten, hörte sie merkwürdigerweise auf, ihnen die gebührende Hochachtung entgegenzubringen. Sie bezweifelte, daß Miss Lavish eine große Künstlerin war. Sie bezweifelte, daß Mr. Eager wirklich so vergeistigt und kultiviert war, wie man sie hatte glauben machen. Lucy unterzog sie einer neuen Art von Prüfung, und sie bestanden sie nicht. Was Charlotte betraf – ja, was Charlotte betraf, blieb sie dieselbe wie immer. Es war vielleicht möglich, nett zu ihr zu sein; sie zu lieben, war unmöglich.
»Der Sohn eines Arbeiters, das weiß ich zufällig genau. Und als er jünger war selber so etwas wie ein Mechaniker; dann fing er an, für die sozialistische Presse zu schreiben. Mir ist er in Brixton begegnet.«
Die Rede war von den Emersons.
»Wie wunderbar die Leute heutzutage aufsteigen!« seufzte Miss Bartlett und fingerte an einem Modell des schiefen Turms von Pisa herum.
»Im allgemeinen«, ging Mr. Eager darauf ein, »kann man sich über ihren Erfolg ja nur freuen. Das Streben nach Bildung und nach gesellschaftlichem Aufstieg – nun ja, das ist nichts ganz und gar Schlechtes. Es gibt ja ein paar Arbeiter, die man liebend gern hier in Florenz sehen würde – auch wenn sie kaum etwas damit anfangen könnten.«
»Dann ist er also jetzt Journalist?« fragte Miss Bartlett.
»Nein, das ist er nicht; er hat vorteilhaft geheiratet.«
Letzteres sagte er mit bedeutungsschwerer Stimme, und am Schluß seufzte er.
»Ach so, dann hat er also eine Frau.«
»Die ist tot, Miss Bartlett, tot. Ich möchte mal wissen – ja, ich

möchte wirklich mal wissen, wieso er die Stirn hat, mir in die Augen zu sehen und so zu tun, als wären wir gute Bekannte. Er gehörte vor langer Zeit in London zu meiner Gemeinde. Neulich, in Santa Croce, als er mit Miss Honeychurch zusammen war, habe ich ihm die kalte Schulter gezeigt. Der Mann muß sich doch darüber im klaren sein, daß man ihn immer schneiden wird.«

»Was?« rief Lucy und lief rot an.

»Bloßstellung!« zischte Mr. Eager.

Er versuchte das Thema zu wechseln. Doch dadurch, daß er hochdramatisch geworden war, hatte er das Interesse seiner Zuhörerinnen mehr geweckt, als ursprünglich beabsichtigt. Miss Bartlett war von einer ganz natürlichen Neugier erfüllt. Und Lucy, die die Emersons am liebsten zwar nie wiedergesehen hätte, war aber nicht bereit, aufgrund eines einzigen Wortes den Stab über ihnen zu brechen.

»Wollen Sie damit sagen«, fragte sie, »daß er kein gläubiger Mensch ist? Das wissen wir bereits.«

»Aber meine liebe Lucy ...«, sagte Miss Bartlett in leicht vorwurfsvollem Ton, als ihre Cousine so penetrant nachfragte.

»Es sollte mich wundern, wenn Sie alles wüßten. Den Jungen – damals ein unschuldiges Kind – nehme ich aus. Mag der liebe Himmel wissen, was seine Erziehung und die ererbten Eigenschaften aus ihm gemacht haben.«

»Vielleicht«, ließ Miss Bartlett sich vernehmen, »ist das etwas, das wir besser nicht wissen sollten.«

»So ist es, offen gesagt«, erklärte Mr. Eager. »Ich sage nichts mehr.«

Zum ersten Mal brachen Lucys rebellische Gedanken sich in Worten Bahn – zum ersten Mal in ihrem Leben.

»Sie haben sehr wenig gesagt.«
»Ich hatte auch vor, sehr wenig zu sagen«, lautete seine frostige Antwort.
Indigniert sah er das junge Mädchen an, das seinem Blick nicht minder indigniert begegnete. Vom Verkaufstisch her wandte sie sich ihm zu; ihre Brust hob und senkte sich in rascher Folge. Er nahm ihre Stirn und die plötzliche Stärke ihrer Lippen wahr. Daß sie ihm nicht glaubte, war unerträglich.
»Mord, wenn Sie es genau wissen wollen«, rief er wütend. »Der Mann hat seine Frau ermordet.«
»Wie?« wollte sie wissen.
»Praktisch hat er sie umgebracht. An dem Tag in Santa Croce – hat er da etwas gegen mich gesagt?«
»Kein Wort, Mr. Eager – kein einziges Wort.«
»Ach, ich hatte gedacht, er hätte mich bei Ihnen angeschwärzt. Nun, ich nehme an, es ist nur ihr persönlicher Charme, der Sie dazu bringt, sie zu verteidigen.«
»Ich verteidige sie doch gar nicht«, sagte Lucy, ließ allen Mut fahren und verfiel wieder in die alten, chaotischen Methoden. »Sie bedeuten mir nichts.«
»Wie kommen Sie darauf, sie könnte sie verteidigen?« mischte Miss Bartlett sich ein, welche die unangenehme Szene ganz aus der Fassung gebracht hatte. Wer weiß, ob nicht der Ladenbesitzer alles mitbekam!
»Das dürfte ihr auch schwerfallen. Denn in den Augen Gottes hat dieser Mann seine Frau umgebracht.«
Daß er Gott jetzt ins Spiel brachte, war schlagend. Dabei hatte der Kaplan nur versucht, eine unbesonnene Bemerkung abzumildern. Ein Schweigen machte sich breit, das eindrucksvoll hätte sein können, aber nur peinlich war. Woraufhin Miss

Bartlett hastig den Schiefen Turm kaufte und als erste hinaustrat auf die Straße.
»Ich muß gehen«, sagte Mr. Eager, schloß die Augen und zog die Uhr.
Miss Bartlett dankte ihm für seine Freundlichkeit und sprach dann begeistert von dem Ausflug, der vor ihnen lag.
»Ausflug? Ach, dann wird also aus unserem Ausflug was?«
Lucy mußte sich fragen, wo denn ihre Manieren blieben, und nach einer gewissen Erregung war Mr. Eager wieder so gelassen wie zuvor.
»Zum Henker mit der Ausfahrt!« rief das junge Mädchen, kaum daß er sich verabschiedet hatte. »Das ist doch derselbe Ausflug, den wir mit Mr. Beebe zusammen machen wollten – ohne daß soviel Gewese darum gemacht worden wäre! Wieso kommt er dazu, uns auf so absurde Weise einzuladen? Wir könnten doch genausogut *ihn* einladen. Schließlich bezahlen wir jeder für uns selbst.«
Miss Bartlett, die eigentlich vorgehabt hatte, in Wehklagen über die Emersons auszubrechen, wurde durch diese Bemerkung zu völlig unerwarteten Überlegungen angestiftet.
»Wenn das so ist, meine Liebe – falls es sich bei dem Ausflug, den wir und Mr. Beebe zusammen mit Mr. Eager machen wollen, wirklich um denselben handelt, den wir mit Mr. Beebe vorhatten, dann ist das eine schöne Bescherung!«
»Wieso?«
»Weil Mr. Beebe Eleanor Lavish aufgefordert hat mitzukommen.« – »Das bedeutet einen zweiten Wagen.«
»Schlimmer noch. Mr. Eager mag nämlich Eleanor nicht. Das weiß sie ganz genau. Wenn die Wahrheit denn unbedingt gesagt werden muß: Sie ist ihm viel zu unkonventionell.«

Sie befanden sich inzwischen im Zeitungs-Zimmer der englischen Bank. Lucy stand am Mitteltisch und hatte Augen weder für *Punch* noch für *Graphic*, sondern versuchte eine Antwort auf die Fragen zu finden, die ihr wie wild durch den Kopf gingen – oder sie zumindest erst einmal zu formulieren. Die wohlbekannte Welt war für sie zusammengebrochen, und was hervorkam, war Florenz, eine Zauberstadt, in der die Menschen Unfaßliches taten und sagten. Mord, Mordvorwurf, eine Dame, die sich an einen Mann klammerte und einen anderen herunterputzte – waren das Allerweltsgeschehnisse auf den florentinischen Straßen? Steckte hinter der offenbaren Schönheit dieser Stadt mehr, als das Auge wahrnahm – die Macht vielleicht, Leidenschaften zu wecken, gute wie böse, und diese rasch zur Erfüllung zu bringen?
Glückliche Charlotte, die – wiewohl maßlos bekümmert über Dinge, die keine Rolle spielten – anderes, worauf es sehr wohl ankam, überhaupt nicht wahrnahm; die mit bewundernswertem Feingefühl mutmaßte, »wohin sowas führte«, jedoch das Ziel im Näherkommen aus den Augen zu verlieren schien! Jetzt hockte sie in der Ecke und versuchte, aus einer Art Brustbeutel aus Leinen, der ihr keusch verhüllt um den Hals hing, einen Zirkular-Kreditbrief herauszuziehen. Ihr war gesagt worden, dies sei in Italien die einzige sichere Methode, Geld bei sich zu tragen; und enthüllt werden dürfe dies Geheimnis nirgendwo anders als innerhalb der vier Wände der englischen Bank. Während sie noch an den Schlaufen herumnestelte, murmelte sie: »Ob Mr. Beebe nun vergessen hat, es Mr. Eager zu sagen, oder Mr. Eager es vergessen hatte, als er es uns sagte, oder ob sie vorhatten, Eleanor überhaupt außen vor zu lassen – was sie ja wohl kaum tun können –, wir müssen auf jeden Fall

auf alles gefaßt sein. Eigentlich bist ja du es, um die es ihnen geht; mich bittet man nur dazu, um den Schein zu wahren. Fahre du nur mit den beiden Herren; ich und Eleanor fahren hinterher. Ein Einspänner sollte für uns genügen. Und doch – wie schwierig das alles ist.«
»Das ist es in der Tat«, erwiderte das junge Mädchen mit einem Nachdruck, der verständnisvoll klang.
»Was hältst du davon?« fragte Miss Bartlett, vom Kampf erhitzt und dabei, das Kleid wieder zuzuknöpfen.
»Ich weiß weder, was ich davon halten soll, noch was ich will.«
»Aber liebste Lucy! Ich hoffe doch, Florenz langweilt dich nicht. Sag nur ein Wort, und ich fahre gleich morgen mit dir bis ans Ende der Welt – das weißt du doch ganz genau!« – »Vielen Dank, Charlotte«, sagte Lucy und sann über das Angebot nach. Im Schalterraum lagen Briefe für sie – einer von ihrem Bruder, der über nichts anderes schrieb als über Sport und Biologie; und einer von ihrer Mutter, reizend wie nur die Briefe von ihrer Mutter sein konnten. Sie las darin von den Krokussen, die man des Gelbs wegen gekauft hatte und die sich jetzt als lohfarben erwiesen, von dem neuen Zimmermädchen, das die Farne mit Limonadenkonzentrat gegossen hatte, von den Doppelhäusern, die Summer Street verschandelten und Sir Harry Otway das Herz brachen. Lucy erinnerte sich an das ungebundene schöne Leben in ihrem Elternhaus, wo sie praktisch alles hatte tun dürfen und wo ihr niemals etwas zugestoßen war. Die Straße hinauf durch die Kiefernwälder, das saubere Wohnzimmer, der Blick über die Hügel des Weald von Sussex – all das stand ihr hell und klar vor Augen, aber auch rührend wie die Bilder in einer Galerie, zu denen ein Reisender nach vielerlei Erfahrungen zurückkehrt.

»Und was gibt es Neues?« erkundigte sich Miss Bartlett.

»Mrs. Vyse und ihr Sohn sind nach Rom gereist«, sagte Lucy und nannte ihr damit jene Neuigkeit, die sie am wenigsten interessierte. »Kennst du die Vyses?«

»Ach, nicht so furchtbar lange. Von der schönen Piazza Signoria kann man doch nie genug bekommen.«

»Das sind nette Leute, die Vyses. So gebildet – so stell' ich mir wirklich gebildete Leute vor. Hättest du keine Lust, nach Rom zu gehen?«

»Ich sterbe vor Sehnsucht nach Rom.«

Die Piazza della Signoria ist viel zu steinern, als daß sie strahlend sein könnte. Es gibt auf ihr weder Rasen noch Blumen, weder Fresken, noch schimmernde Marmorwände, noch tröstliche Flächen mit rostroten Ziegeln. Ein dummer Zufall will es – es sei denn, wir glaubten an einen *genius loci*, der dort wirksam ist –, daß die Statuen, die ihre Strenge auflockern, weder von der Unschuld der Kindheit sprechen, noch von der herrlichen Verwirrung der Jugend, sondern von den bewußten Leistungen der Reife. Perseus und Judith, Herkules und Thusnelda – alle haben sie irgend etwas durchlitten, und wenn sie auch unsterblich sind, ist ihnen diese Unsterblichkeit doch nach bitterer Erfahrung zuteil geworden und nicht vorher. Hier und nicht nur in der Einsamkeit der Natur könnte ein Held einer Göttin begegnen oder eine Heldin einem Gott.

»Charlotte!« rief das junge Mädchen plötzlich. »Ich hab' eine Idee! Was, wenn wir morgen nach Rom absausten – geradewegs in das Hotel der Vyses? Ich weiß nämlich genau, was ich will. Florenz hängt mir zum Hals heraus. Eben gerade hast du doch gesagt, du würdest bis ans Ende der Welt mit mir gehen! Tu's! Tu's!«

Woraufhin Miss Bartlett ebenso lebhaft erwiderte:
»Ach, du verdrehtes Ding! Bitte, sag mir, was sollte dann aus unserer Fahrt in die Hügel werden?«
Gemeinsam schritten sie durch die schauerliche Schönheit der Piazza und lachten über den Vorschlag, der sich nicht in die Wirklichkeit umsetzen ließ.

Sechstes Kapitel

Hochwürden Arthur Beebe, Hochwürden Cuthbert Eager, Mr. Emerson, Mr. George Emerson, Miss Eleanor Lavish, Miss Charlotte Bartlett und Miss Lucy Honeychurch fahren mit Kutschen in die Hügel, um eine schöne Aussicht zu genießen. Gefahren werden sie von Italienern

Phaethon war's, der sie an diesem denkwürdigen Tag nach Fiesole fuhr, ein Jüngling, ganz Unbesonnenheit und Feuer, der rücksichtslos die Rosse seines Herrn den steinigen Hügel hinauftrieb. Mr. Beebe erkannte ihn sofort. Weder das Zeitalter des Glaubens, noch das Zeitalter des Zweifels hatten ihn berührt; es war Phaethon, der in der Toskana auf dem Kutschbock saß. Und es war Persephone, die er unterwegs mitzunehmen um Erlaubnis bat, wobei er sagte, sie sei seine Schwester – Persephone, groß und schlank und blaß, die mit dem Frühling in die Hütte ihrer Mutter zurückkehrte und die Augen immer noch vor dem ungewohnten Licht abschirmte. Gegen sie hatte Mr. Eager etwas einzuwenden; er sagte, wenn man jemand erst einmal den kleinen Finger reichte ... wer weiß, ob dann nicht gleich die ganze Hand genommen werde. Doch die Damen verwendeten sich für sie, und nachdem klargemacht worden war, daß es sich um einen sehr großen Gefallen handelte, wurde der Göttin gestattet, aufzusteigen und sich neben den Gott zu setzen.

Phaethon schob ihr augenblicklich den linken Zügel über den

Kopf, was ihm gestattete, die Pferde zu lenken und ihr einen Arm um die Taille zu legen. Sie hatte nichts dawider. Mr. Eager, der den Pferden den Rücken zuwandte, bekam von den ungehörigen Vorgängen nichts mit und fuhr fort, sich mit Lucy zu unterhalten. Die anderen beiden, die noch mit im Wagen saßen, waren der alte Mr. Emerson und Miss Lavish. Denn etwas Schreckliches war passiert: Mr. Beebe hatte, ohne dies mit Mr. Eager abgesprochen zu haben, die Zahl der Mitfahrenden verdoppelt. Und wiewohl Miss Bartlett und Miss Lavish den ganzen Vormittag über geplant hatten, wie die Sitzverteilung sein sollte, hatten die beiden, als die Kutschen schließlich vorfuhren, den Kopf verloren, und so war es gekommen, daß Miss Lavish zu Lucy gestiegen war, während Miss Bartlett zusammen mit George Emerson und Mr. Beebe hinterherfuhr. Für den armen Kaplan war es schwer, sich damit abzufinden, daß seine *partie carrée* durcheinandergebracht worden war. Jetzt noch – falls er das wirklich vorgehabt hatte – den Tee in einer Renaissance-Villa einzunehmen, war ein Ding der Unmöglichkeit. Lucy und Miss Bartlett verrieten ja einen gewissen Stil, und Mr. Beebe war – wenn auch nicht ganz zuverlässig – immerhin ein passabler Mensch. Aber eine Verfasserin von Kitschromanen und ein Journalist, der in den Augen Gottes seine Frau umgebracht hatte – nein, auf *seine* Vermittlung hin sollten sie nicht einen Fuß in eine Villa setzen.

Die elegant ganz in Weiß gekleidete Lucy saß kerzengerade und nervös inmitten dieser explosiven Mischung, lauschte aufmerksam Mr. Eager, war bemüht, Miss Lavish möglichst nicht zu Wort kommen zu lassen und ließ auch Mr. Emerson nicht aus den Augen – welcher freilich bislang dank eines reichlichen Mittagessens und der müdemachenden Frühlingsluft schlummerte. Lucy sah in diesem Ausflug die Hand des Schicksals. Hätte es ihn nicht gegeben, wäre es ihr gelungen, George Emerson ganz aus dem Weg zu gehen. Er hatte ihr auf sehr offene Weise zu verstehen gegeben, wie sehr ihm daran gelegen sei, ihre vertrauliche Beziehung fortzusetzen. Sie hatte das abgelehnt, nicht, weil sie ihn nicht mochte, sondern weil sie nicht wußte, was geschehen war und argwöhnte, daß *er* das sehr wohl tat. Und davor fürchtete sie sich.

Das wirklich Entscheidende – was immer dies gewesen sein mochte – hatte sich nicht in der Loggia abgespielt, sondern am Arno. Sich angesichts des Todes unkontrolliert zu verhalten, ist verzeihlich. Doch hinterher noch darüber zu reden, vom Drüberreden ins Schweigen zu verfallen und durch das Schweigen Mitgefühl zu bekunden, ist ein Irrtum, der nicht auf plötzlicher Gefühlsaufwallung beruht, sondern die gesamte Beziehung betrifft. Daß sie gemeinsam in der Betrachtung des dunkel dahinströmenden Flusses versunken gewesen waren, hatte (dachte sie) wirklich etwas Tadelnswertes und nicht minder die gemeinsame Regung, die sie beide – ohne daß sie einen Blick oder ein Wort getauscht hätten – der Pension hatte zustreben lassen. Anfänglich war dies Gefühl von etwas Unrechtem nur kaum merklich vorhanden gewesen. Um ein Haar hätte sie sich denen angeschlossen, welche der Torre del Gallo einen Besuch abstatten wollten. Doch jedesmal, wenn sie George aus dem Weg ging, empfand sie zunehmend die Verpflichtung, es auch weiterhin zu tun. Und jetzt wollte es die Ironie des Schicksals – herbeigeführt von ihrer Cousine und zwei geistlichen Herren –, daß sie Florenz nicht verlassen konnte, ohne diesen Ausflug in die Hügel mit ihm gemeinsam gemacht zu haben.

Mr. Eager unterhielt sich inzwischen angelegentlich mit ihr; ihre kleine Meinungsverschiedenheit war vorbei.
»Sie sind also auf einer Bildungsreise begriffen, Miss Honeychurch? Als Adeptin der Künste?«
»Ach du liebe Güte – nein!«
»Dann vielleicht als jemand, der der menschlichen Natur auf der Spur ist«, mischte Miss Lavish sich ein. »So wie ich?«
»Aber nein. Ich bin nur als Touristin hier.«
»Was Sie nicht sagen«, erklärte Mr. Eager. »Wirklich? Bitte, nehmen Sie es mir nicht übel, aber Sie Touristen tun uns, die wir hier wohnen, manchmal richtig leid – daß Sie wie ein Paket oder wie eine Ware herumgereicht werden, von Venedig nach Florenz, von Florenz nach Rom, und dabei zusammengepfercht wohnen in Pensionen oder Hotels, und überhaupt keine Ahnung haben von dem, was nicht im Baedeker steht, ausschließlich damit beschäftigt, etwas zu ›sehen‹ und dann ›abzuhaken‹ und anderswo hinzufahren. Was zur Folge hat, daß sie Städte, Flüsse und Paläste durcheinanderbekommen und für sie alles in einem unentwirrbaren Durcheinander zusammenfließt. Sie kennen gewiß die Amerikanerin aus dem *Punch*, die sagt: ›Sag mal, Daddy, was haben wir in Rom gesehen?‹ Woraufhin der Vater antwortet: ›Ach ja, Rom, das war doch da, wo wir den gelben Hund geseh'n ha'm.‹ Da haben Sie's, was ein Tourist auf Reisen so mitbekommt. Ha! ha! ha!«
»Ganz meine Meinung«, sagte Miss Lavish, die mehrere Male angesetzt hatte, ihn von seinen bissigen geistreichen Bemerkungen abzubringen. »Die Engstirnigkeit und Oberflächlichkeit des angelsächsischen Touristen ist schon eine Plage!«
»Wie recht Sie haben. Was aber die englische Kolonie hier in Florenz betrifft, Miss Honeychurch – und die ist ziemlich groß,

wenn selbstverständlich auch höchst unterschiedlich zusammengesetzt –, so sind ein paar von uns zum Beispiel der Geschäfte wegen hier. Aber die meisten sind doch Gelehrte. Lady Helen Laverstock arbeitet im Moment sehr fleißig über Fra Angelico. Erwähnen tue ich ihren Namen nur, weil wir gerade an ihrer Villa vorüberfahren - dort, linkerhand. Nein, sehen können Sie sie nur, wenn Sie stehen - nicht, bleiben Sie sitzen, sonst fallen Sie noch! Auf diese dichte Hecke ist sie ganz besonders stolz. Dahinter vollkommene Abgeschiedenheit. Man könnte meinen, um sechshundert Jahre zurückversetzt zu sein. Manche Kritiker meinen, ihr Park sei Schauplatz des *Decamerone*, was das ganze noch zusätzlich interessant macht, finden Sie nicht?«

»Aber ja doch, gewiß!« rief Miss Lavish. »Sagen Sie, wo hat sich Ihrer Meinung nach die Szene dieses herrlichen siebten Tages abgespielt?«

Doch Mr. Eager fuhr fort, sich Miss Honeychurch zuzuwenden und ihr zu erklären, zu ihrer Rechten wohne Mr. Soundso, ein Amerikaner der besten Art - die es ja so selten gebe! –, und noch weiter unten am Hang die Soundsos. »Sie kennen zweifellos ihre Monographien aus der Serie ›Mittelalterliche Seitenpfade‹, oder? Und *er* arbeitet im Augenblick über Gemistos Plethon.* Manchmal, wenn ich in ihrem herrlichen Park den Tee nehme, hört man über die Mauer hinweg die Elektrische mit einer Ladung erhitzter, verstaubter und dummer Touristen die neue Straße heraufquietschen. Die ›erledigen‹ Fiesole dann in einer Stunde, bloß um hinterher sagen zu können, sie wären

*Georgios Gemistos Plethon, um 1355–1452, byzantinischer Philosoph, Gründer einer Akademie, die eine Renaissance Platons anstrebte. Forster selbst schrieb 1904 einen Essay über ihn. *A.d.Ü.*

dagewesen, und ich glaube – ich glaube –, ich glaube, sie haben nicht die geringste Ahnung, *was alles* in greifbarer Nähe liegt.«
Während dieses Vortrags vergnügten die beiden Gestalten auf dem Kutschbock sich auf höchst unziemliche Weise miteinander. Lucy spürte einen Stachel der Eifersucht. Ging man davon aus, daß sie den Wunsch hatten, sich schlecht zu benehmen, war es angenehm für sie, es tun zu können. Wahrscheinlich waren sie die einzigen, denen der Ausflug Spaß machte. Die Kutsche ratterte mit beängstigendem Geholper über die Piazza von Fiesole und bog in die Straße nach Settignano ein.
»Piano! Piano!« sagte Mr. Eager und wedelte elegant mit der Hand über seinem Kopf herum. »Va bene, signore, va bene, va bene«, gurrte der Kutscher und gab den Pferden die Peitsche.
Jetzt fingen Mr. Eager und Miss Lavish an, sich über das Thema Alesso Baldovinetti zu ereifern. Ob man nun eine Ursache der Renaissance in ihm zu sehen habe oder nur eine ihrer Manifestationen? Die andere Kutsche blieb hinter ihnen zurück. Als die Gangart der Pferde sich beschleunigte, und sie in einen Galopp fielen, wurde die große, schlummernde Gestalt von Mr. Emerson mit der Regelmäßigkeit eines Gongschlags gegen den Kaplan geworfen.
»Piano! Piano!« sagte er und blickte Lucy dabei an wie ein Märtyrer.
Ein besonders heftiges Schlingern veranlaßte ihn, sich ärgerlich auf seinem Sitz umzudrehen. Phaethon, der seit einiger Zeit versucht hatte, Persephone zu küssen, hatte es gerade geschafft.
Woraufhin sich eine kleine Szene entspann, die, wie Miss Bartlett hinterher sagte, höchst unangenehm war. Die Pferde wurden angehalten, den Liebenden befohlen, voneinander abzu-

lassen, der Junge müsse sich darauf gefaßt machen, kein *pourboire*, kein Trinkgeld, zu bekommen, und das Mädchen solle auf der Stelle absteigen.
»Sie ist meine Schwester«, sagte er und wandte sich mit mitleidheischenden Augen zu ihnen um.
Mr. Eager machte sich die Mühe, ihm zu sagen, er lüge. Phaethon ließ den Kopf hängen, nicht wegen der Beschuldigung als solcher, sondern wegen des Tons, in dem sie vorgebracht wurde. In diesem Augenblick erklärte Mr. Emerson, den der Ruck des Anhaltens aufgeweckt hatte, das Liebespaar dürfe auf keinen Fall getrennt werden, und tätschelte ihnen den Rücken, um ihnen zu verstehen zu geben, daß er einverstanden sei. Woraufhin sich Miss Lavish - auch wenn sie im Grunde etwas dagegen hatte, sich mit ihm zu verbünden - genötigt fühlte, eine Lanze für die freie Liebe zu brechen.
»Aber selbstverständlich würde ich sie lassen«, rief sie. »Nur muß ich sagen, daß mich wohl niemand unterstützen würde. Ich habe mein Leben lang gegen die Konventionen angekämpft. Das hier nenne *ich* ein Erlebnis!«
»Das dürfen wir uns nicht bieten lassen«, sagte Mr. Eager. »Ich hab' gewußt, daß er uns hereinlegen wollte. Er behandelt uns, als wären wir Touristen, die mit Cook's unterwegs sind.«
»Doch wohl das nicht!« sagte Miss Lavish, deren Eifer sichtlich nachließ.
Inzwischen hatte die andere Kutsche hinter ihnen Halt gemacht, und der vernünftige Mr. Beebe rief, jetzt, wo es gewarnt worden sei, werde das Pärchen sich bestimmt anständig benehmen.
»Lassen Sie sie doch in Ruhe«, bat Mr. Emerson den Kaplan, der ihn in keiner Weise einschüchterte. »Begegnen wir dem

Glück denn so oft, daß wir es vom Kutschbock weisen sollten, wenn es zufällig einmal dort sitzt? Von einem Liebespaar gefahren zu werden – ein König könnte uns darum beneiden, und wenn wir sie auseinanderreißen, ist das für mich mehr ein Sakrileg als irgend etwas sonst.«

Jetzt ließ die Stimme von Miss Bartlett sich vernehmen, die verkündete, eine Menge Leute kämen herzugelaufen.

Mr. Eager, der mehr seiner Zunge freien Lauf gelassen hatte, als daß ein entschiedener Wille dahintergestanden hätte, war entschlossen, sich Gehör zu verschaffen, und wandte sich abermals an den Kutscher. Italienisch aus dem Mund von Italienern ist ein sonorer Strom, der manchmal unerwartet zu einem Sturzbach wird, um die Rede vor der Eintönigkeit zu bewahren. Aus Mr. Eagers Mund nahm es sich eher aus wie ein durchdringend pfeifender Springbrunnen, der sich in immer größere Höhen aufschwang und schneller und schneller sprudelte und dabei immer schriller wurde, bis er unvermittelt mit einem Klick abgestellt wurde.

»Signorina!« wandte der junge Mann sich an Lucy, als diese Darbietung zu Ende war. Warum nur wandte er sich an Lucy?

»Signorina!« kam es wie ein Echo in hinreißend volltönendem Alt aus Persephones Mund. Sie zeigte auf den anderen Wagen. Warum? Einen Moment blickten die beiden jungen Frauen einander in die Augen. Dann kletterte Persephone vom Kutschbock herunter.

»Endlich gesiegt!« sagte Mr. Eager und klatschte, als die beiden Kutschen sich wieder in Bewegung setzten, in die Hände.

»Das ist kein Sieg«, sagte Mr. Emerson, »sondern eine Niederlage. Sie haben zwei Menschen auseinandergerissen, die glücklich waren.«

Mr. Eager schloß die Augen. Konnte er schon nichts dagegen unternehmen, neben Mr. Emerson zu sitzen, wollte er doch wenigstens nicht mit ihm sprechen. Der Schlag hatte den alten Mann erfrischt, und so nahm er die Angelegenheit jetzt wärmstens auf. Er verlangte von Lucy, ihm recht zu geben, und holte sich dann lauthals Unterstützung von seinem Sohn.

»Wir haben versucht zu kaufen, was für Geld nicht zu haben ist. Er hat sich bewegen lassen, uns zu fahren, und das tut er jetzt. Über seine Seele besitzen wir keinerlei Gewalt.«

Miss Lavish runzelte die Stirn. Es ist schwer, wenn jemand, den man als typisch englisch eingestuft hat, plötzlich Charakter erkennen läßt. »Er hat uns aber nicht gut gefahren«, sagte sie. »Durchgerüttelt hat er uns.«

»Das bestreite ich. Es war so friedlich – als ob ich schliefe. Aha! Aber jetzt fährt er uns über Stock und Stein! Na, ist das ein Wunder? Am liebsten würde er uns rausschmeißen, und wer wollte ihm das verdenken! Wenn ich abergläubisch wäre, würde das Mädchen mir Angst machen. Es ziemt sich nicht, junge Leute zu verletzen. Je von Lorenzo de' Medici gehört?«

Miss Lavish geriet in Harnisch.

»Aber selbstverständlich habe ich das. Meinen Sie Lorenzo il Magnifico oder Lorenzo, Herzog von Urbino, oder den Lorenzo, der seiner kleinen Statur wegen Lorenzino genannt wurde?«

»Das mag der liebe Himmel wissen. Vielleicht weiß er es sogar, denn ich spreche von dem Dichter Lorenzo. Der hat einen Vers geschrieben – so hat man mir gestern erzählt –, der folgendermaßen geht: ›Kämpf nicht gegen den Frühling an!‹«

Mr. Eager konnte der Gelegenheit, mit seiner Bildung zu glänzen, nicht widerstehen.

»Non fate guerra al Maggio«, murmelte er. »Führt keinen Krieg mit dem Mai. – Das dürfte den Sinn korrekt wiedergeben.«
»Aber das ist es ja gerade – wir *haben* Krieg dagegen geführt. Schauen Sie.« Er zeigte auf das Arnotal hinunter, das sich durch die knospenden Bäume hindurch weit unter ihnen ausbreitete. »Fünfzig Meilen Frühling, und wir sind heraufgefahren, sie zu bewundern. Glauben Sie etwa, es besteht ein Unterschied zwischen dem Frühling in der Natur und dem Frühling im Menschen? Ja, und da kommen wir und preisen laut den einen und verdammen den anderen als ungehörig, schämen uns, daß dieselben Gesetze ewig in beiden wirksam sind.«
Keiner ermunterte ihn zum Weiterreden. Schließlich gab Mr. Eager den Kutschern ein Zeichen zu halten und winkte die Gesellschaft zu sich, mit ihm die Hänge zu durchstreifen. Eine Mulde – einem mit knorrigen Olivenbäumen bestandenen großen Amphitheater mit terrassenförmig ansteigenden Rängen gleich – dehnte sich jetzt zwischen ihnen und den Höhen von Fiesole, und die Straße, die immer noch ihrer Rundung folgte, stand im Begriff, auf einen Felsvorsprung zuzulaufen, der sich in die Ebene vorreckte. Eben dieser Felsvorsprung – brachliegend, naß, mit Sträuchern und gelegentlich einem Baum bewachsen – war es gewesen, der vor nahezu fünfhundert Jahren das Gefallen des Alesso Baldovinetti erregt hatte. Er war hinaufgestiegen, dieser fleißige, wenngleich ziemlich obskure Meister, vielleicht um des Motivs willen, vielleicht aber auch aus reiner Freude am Hinaufklettern. Hier hatte er das Tal des Arnoflusses und das ferne Florenz unter sich erblickt, was beides er später nicht sonderlich wirkungsvoll in seine Bilder eingearbeitet hatte. Doch an welcher Stelle genau hatte er gestanden? Das war die Frage, auf die Mr. Eager jetzt

eine Anwort zu finden hoffte. Miss Lavish, die sich von Natur aus von allem, was problematisch war, angezogen fühlte, geriet in eine ähnliche Begeisterung.

Aber es ist nicht leicht, die Bilder von Alesso Baldovinetti im Kopf zu haben, selbst wenn man daran gedacht hat, sie sich vorher noch einmal anzusehen. Der Dunst, der über dem Tal lag, erschwerte die Lösung noch zusätzlich. Die Leute sprangen von einem Grasbüschel zum anderen, und ihr ängstliches Bemühen zusammenzubleiben kam nur noch dem Wunsch gleich, in verschiedene Richtungen auseinanderzustreben. Schließlich teilte man sich in zwei Gruppen. Lucy hielt sich an Miss Bartlett und Miss Lavish; die Emersons kehrten zu den Kutschern zurück, um sich mit diesen zu unterhalten, während die beiden Geistlichen, von denen man annahm, daß sie ähnliche Interessen hätten, sich selbst überlassen blieben.

Die beiden älteren Damen ließen bald die Masken fallen. Auf ihre Lucy nunmehr vertraute laute Weise flüsternd, fingen sie an, sich zu unterhalten, nicht über Alesso Baldovinetti freilich, sondern über die Fahrt herauf. Miss Bartlett hatte Mr. George Emerson gefragt, was für einen Beruf er habe, und er hatte geantwortet, er sei »bei der Eisenbahn«. Es tue ihr leid, ihn gefragt zu haben. Sie habe ja nicht geahnt, daß die Antwort so entsetzlich ausfallen würde, sonst hätte sie bestimmt nicht gefragt. Mr. Beebe habe der Unterhaltung dann geschickt eine andere Wendung gegeben, und sie hoffe, der junge Mann sei nicht allzu verletzt, daß sie ihn gefragt hatte.

»Bei der Eisenbahn!« entfuhr es Miss Lavish. »Ach, ich sterbe noch! Selbstverständlich bei der Eisenbahn!« Sie konnte sich vor Lachen nicht halten. »Ja, genau so stelle ich mir einen Gepäckträger vor – bei, bei der South-Eastern-Railway!«

»Still, Eleanor!« beschwichtigte sie ihre lebhafte Gefährtin. »Pst! Sonst hören sie es noch – die Emersons ...«
»Ich kann nicht anders. Laß mich einfach gemein sein. Gepäckträger ...«
»Eleanor!«
»Ach, es macht bestimmt nichts«, ließ Lucy sich vernehmen. »Die Emersons können es nicht hören, und wenn sie es täten – es würde ihnen nichts ausmachen.«
Das wiederum schien Miss Lavish überhaupt nicht zu gefallen. »Miss Honeychurch – Lauscherin an der Wand!« sagte sie ziemlich unwirsch. »Tssst, tsst! Unartiges Mädchen! Gehen Sie!«
»Ach, Lucy, du solltest lieber bei Mr. Eager sein, ja.«
»Ich kann sie jetzt nicht finden, und Lust habe ich auch nicht dazu.«
»Mr. Eager wird beleidigt sein. Schließlich hat er den Ausflug nur deinetwegen ...«
»Bitte, ich würde lieber hier bei euch bleiben.«
»Nein, ganz meiner Meinung«, sagte Miss Lavish. »Es ist wie bei einem Schulfest; Jungen und Mädchen sind getrennt worden. Miss Lucy, Sie müssen hingehen. Wir möchten uns gern über hochnotpeinliche Dinge unterhalten, die für ihr Ohr nicht geeignet sind.«
Das Mädchen blieb eigensinnig. Da ihre Zeit in Florenz sich dem Ende näherte, fühlte sie sich nur wohl unter denen, die ihr gleichgültig waren. Dazu gehörte Miss Lavish und gehörte für den Moment Charlotte. Hätte sie doch nur nicht auf sich aufmerksam gemacht! Beide ärgerten sich über das, was sie gesagt hatte, und schienen sie unbedingt loswerden zu wollen.
»Ach, wie ermüdend alles ist«, sagte Miss Bartlett. »Ach, ich wünschte wirklich, Freddy und deine Mutter wären hier.«

Selbstlosigkeit hatte bei Miss Bartlett ganz und gar die Funktionen der Begeisterung übernommen. Lucy hatte gleichfalls kein Auge für den Ausblick. Sie würde überhaupt nichts genießen, bis sie nicht sicher in Rom war.

»Dann setzen Sie sich«, sagte Miss Lavish. »Beachten Sie meine Voraussicht.«

Lächelnd und immer wieder lächelnd holte sie zwei von jenen Regenhaut-Tüchern hervor, die Touristen vor feuchtem Gras oder kalten Marmorstufen schützen. Auf einem nahm sie Platz; wer nun sollte sich auf das andere setzen?

»Lucy; nicht der geringste Zweifel – Lucy. Ich nehme auch mit dem Boden vorlieb. Ich hab' ja schon seit Jahren kein Rheuma mehr gehabt. Wenn ich merkte, daß es im Anzug ist, stehe ich auf. Was würde deine Mutter sagen, wenn ich zuließe, daß du dich in deinem weißen Leinenkleid ins Feuchte setzt!« Schwerfällig ließ sie sich auf eine Stelle plumpsen, die ganz besonders feucht aussah. »Na, seht ihr, alles bestens erledigt. Selbst wenn mein Kleid dünner ist – man sieht es nicht so, es ist ja braun. Setz dich, meine Liebe; du darfst nicht zu selbstlos sein; du setzt dich nicht genügend durch.« Sie räusperte sich. »Keine Angst, nur keine Angst – das ist keine Erkältung. Nur ein ganz, ganz kleiner Huster, und den habe ich schon seit drei Tagen. Der hat überhaupt nichts damit zu tun, daß ich hier sitze.«

Es gab nur eine Möglichkeit, mit der Situation fertigzuwerden. Nach fünf Minuten machte Lucy sich, von der Regenhaut besiegt, auf die Suche nach Mr. Beebe und Mr. Eager.

Sie wandte sich an die Kutscher, die sich in den Kutschen lümmelten und die Polster mit ihren Zigarren verpesteten. Der Bösewicht, ein knochiger, von der Sonne schwarzversengter junger Mann, erhob sich, und begrüßte sie mit der Höflichkeit ei-

nes Gastgebers und der Selbstverständlichkeit eines Verwandten.
»*Dove* – wo?« fragte Lucy, nachdem sie lange hin und her überlegt hatte.
Sein Gesicht erhellte sich. Selbstverständlich wußte er, wo. Und nicht mal so weit! Sein ausgestreckter Arm beschrieb drei Viertel eines Kreises über den Horizont. Er sei sich eigentlich ganz sicher, wo. Er drückte die Fingerkuppen an die Stirn und ließ sie dann auf sie zufahren, als tröffen sie sichtbarlich vor lauter Wissen.
Mehr schien angezeigt. Wie hieß ›Geistlicher‹ auf Italienisch? »Dove buoni uomini?« fragte sie schließlich – wo gute Männer? Gute? Kaum das richtige Beiwort für diese noblen Wesen! Er zeigte ihr seine Zigarre.
»Uno – più piccolo – einer kleiner«, brachte sie als nächstes hervor und wollte damit zum Ausdruck bringen: ›Hat Mr. Beebe Ihnen die Zigarre gegeben, der kleinere von den beiden guten Männern?‹
Sie hatte recht, wie gewöhnlich. Er band sein Pferd an einen Baum, versetzte ihm noch einen Tritt, damit es ruhig blieb, klopfte den Staub von den Wagenpolstern, fuhr sich durchs Haar, gab seinem Hut noch einmal die richtige Form, verlieh seinem Schnurrbart einen kecken Schwung und war dann nach noch nicht einmal einer Viertelstunde bereit, sie hinzubringen. Italiener wissen stets, wo es langgeht. Man sollte meinen, die ganze Welt läge vor ihnen, nicht als Landkarte, sondern als Schachbrett, auf dem sie die ständig die Stellung wechselnden Figuren genauso im Auge behalten wie die schwarzen und weißen Quadrate. Orte kann jeder finden, doch Menschen zu finden, ist eine Gabe Gottes.

Er blieb nur ein einziges Mal stehen, um ihr ein paar große blaue Veilchen zu pflücken. Aufrichtig erfreut dankte sie ihm. In der Gesellschaft dieses einfachen Mannes war die Welt schön und unkompliziert. Zum ersten Mal fühlte sie den Einfluß des Frühlings. Anmutig fuhr sein ausgestreckter Arm über den Horizont dahin; wie auch anderes, gab es hier Veilchen in Hülle und Fülle; ob sie sie gern sehen wolle?

»Ma buoni uomini – aber gute Männer?«

Er verneigte sich. Gewiß. Gute Männer erst, hinterher Veilchen. Munter eilten sie weiter durch das Unterholz, das dichter und immer dichter wurde. Sie näherten sich dem Rand des Felsvorsprungs, und ringsum drängte sich ihnen der Ausblick auf, wenn auch das braune Netzwerk der Sträucher ihn in tausende Einzelteile zerlegte. Er war mit seiner Zigarre beschäftigt und hielt die biegsamen Äste beiseite. Sie genoß es in vollen Zügen, der Langeweile zu entfliehen. Kein Schritt und kein Zweig war ihr unwichtig.

»Was ist das?«

Da erscholl eine Stimme im Wald und in der Ferne hinter ihnen. Mr. Eagers Stimme? Er zuckte mit den Achseln. Wenn ein Italiener etwas nicht weiß, ist das bisweilen auffälliger, als wenn er es weiß. Es wollte ihr nicht gelingen, ihm begreiflich zu machen, daß sie vielleicht an den geistlichen Herren vorübergelaufen wären. Endlich ergab sich das Bild in voller Gänze; sie konnte den Fluß erkennen, die goldene Ebene, andere Hügel.

»Eccolo!« rief er aus.

Im selben Augenblick gab der Boden nach, und mit einem Aufschrei fiel sie aus dem Wald hinaus. Licht und Schönheit umschlossen sie. Sie war auf eine kleine, offene Terrasse gerutscht, die von einem Ende bis zum anderen mit Veilchen übersät war.

»Mut!« rief ihr Gefährte, der jetzt einige sechs Fuß über ihr stand. »Mut und Liebe!«

Sie reagierte nicht. Zu ihren Füßen ging der Abhang steil in den Ausblick über, die Veilchen flossen wellenförmig zu Tal, in Bächen und Strömen und Stromschnellen, überfluteten den Hang mit ihrem Blau, umbrandeten die Baumstämme, sammelten sich in Mulden zu Teichen, bedeckten das Gras mit Tupfern aus azurfarbenem Schaum. Nie sollte es sie wieder in solcher Fülle geben; diese Terrasse war der Brunnenrand, war der Urquell, von dem aus Schönheit sich ergoß, die Erde zu netzen.

Wie ein Schwimmer, der zum Sprung ansetzt, stand am Rande der gute Mann. Doch war es nicht der gute Mann, den sie erwartet hatte. Und er war allein.

Als er sie kommen hörte, drehte George sich um. Einen Moment ließ er versonnen den Blick auf ihr ruhen, gleichsam als wäre sie vom Himmel gefallen. Er sah strahlende Freude in ihrem Gesicht, er sah die Blüten in blauen Wogen ihr Kleid umfließen. Die Sträucher über ihnen schlossen sich. Rasch trat er vor und küßte sie.

Ehe sie etwas sagen, fast ehe sie etwas fühlen konnte, rief eine Stimme: »Lucy! Lucy! Lucy!« Wer das Schweigen durchbrochen hatte, war Miss Bartlett; braun ragte sie vor der schönen Aussicht.

Siebtes Kapitel

Sie kehren zurück

Irgend etwas sehr Verzwicktes hatte sich den ganzen Nachmittag über am Hang abgespielt. Was genau es gewesen war und auf welche Seite sich die einzelnen Mitspieler geschlagen hatten, sollte Lucy erst nach und nach herausbekommen. Mr. Eager war ihnen mit fragendem Blick begegnet. Charlotte hatte ihn mit viel nichtigem Geplapper abblitzen lassen. Mr. Emerson hatte seinen Sohn gesucht, und ihm war gesagt worden, wo er ihn finden könne. Mr. Beebe, der die erhitzte Miene dessen zur Schau trug, der sich um ein neutrales Verhalten bemüht, war gebeten worden, die verschiedenen Gruppen für die Heimfahrt zusammenzuholen. Es herrschte ganz allgemein ein Gefühl von blind-tastender Unsicherheit und Bestürzung. Pan war unter sie gefahren – nicht der große Gott Pan, der nun schon seit zweitausend Jahren begraben war, sondern der kleine Gott Pan, der für gesellschaftlich unselige Begegnungen und mißglückte Picknicks verantwortlich ist. Mr. Beebe hatte alle verloren und sich in seiner Verlassenheit an den Teekorb gehalten, den er als freudige Überraschung mit heraufgebracht hatte. Miss Lavish hatte Miss Bartlett verloren. Lucy hatte Mr. Eager verloren. Mr. Emerson hatte George verloren. Miss Bartlett hatte eine Regenhaut verloren, und Phaethon hatte das Spiel verloren.

Letzteres ließ sich nicht leugnen. Er kletterte erschauernd auf den Kutschbock, schlug den Kragen hoch und prophezeite rasch heraufziehendes Schlechtwetter.
»Wir sollten gleich losfahren«, riet er ihnen. »Der Signorino – der junge Herr – will zu Fuß nachkommen.«
»Den ganzen Weg? Dazu braucht er Stunden«, sagte Mr. Beebe.
»Offenbar. Ich habe ihm gesagt, es sei unklug.« Er wollte niemandem ins Gesicht sehen; vielleicht war die Niederlage für ihn ganz besonders verletzend. Einzig er hatte bravourös gespielt und sich ganz auf seinen Instinkt verlassen, wohingegen die anderen halbherzig nur ihre Intelligenz eingesetzt hatten. Er allein hatte ahnungsvoll begriffen, wie die Dinge standen und wie sie seinem Wunsch entsprechend laufen sollten. Keiner außer ihm hatte die Botschaft gedeutet, die Lucy vor fünf Tagen von den Lippen eines Sterbenden erhalten hatte. Persephone, die das halbe Leben im Grab verbrachte – auch sie verstand, sie zu deuten. Diese Engländer hingegen nicht. Die erwerben Wissen nur langsam, und vielleicht zu spät.
Die Gedanken von Droschkenfahrern wirken sich jedoch selten auf das Leben derer aus, die ihre Dienste in Anspruch nehmen, auch wenn sie noch so gerechtfertigt sind. Er war der fähigste von Miss Bartletts Widersachern, zugleich aber auch der ungefährlichste. Waren sie erst wieder in der Stadt, brauchten sein Scharfblick und sein Wissen englische Ladies nicht mehr zu beunruhigen. Selbstverständlich war es höchst unangenehm; sie hatte seinen schwarzen Kopf in den Sträuchern gesehen; gut möglich, daß er in der Taverne über sie herzog. Doch was haben wir schließlich mit Tavernen zu tun? Die wahre Bedrohung kommt aus dem Salon. Und so waren es die Gäste im

Salon, an die Miss Bartlett dachte, als sie hinunterfuhren, hinein in die schwindende Sonne. Lucy saß neben ihr; der ihr gegenübersitzende Mr. Eager versuchte, ihren Blick aufzufangen; irgendwie war er argwöhnisch. Sie sprachen über Alesso Baldovinetti.

Regen und Dunkelheit überfielen sie gleichzeitig. Die beiden Damen drängten sich unter einem völlig unzureichenden Sonnenschirm aneinander. Es blitzte, und Miss Lavish, die nervös war, schrie im Wagen vor ihnen auf. Beim nächsten Blitz schrie auch Lucy, und Mr. Eager kam mit geistlichem Beistand.

»Mut, Miss Honeychurch, Mut und Gottvertrauen! Wenn ich es so sagen darf: Dieser Aufruhr der Elemente hat fast etwas Gotteslästerliches. Sollen wir im Ernst davon ausgehen, daß all diese Wolken und diese gewaltige Zurschaustellung von elektrischen Entladungen nur geschaffen wurden, um Sie oder mich auszulöschen?« – »Nein ... natürlich ...«

»Selbst von einem wissenschaftlichen Standpunkt sind die Chancen, daß wir getroffen werden, minimal. Die Stahlmesser, die einzigen Gegenstände, die den Strom anziehen könnten, sind in der anderen Kutsche. Und auf jeden Fall sind wir hier unendlich viel sicherer, als wenn wir zu Fuß gingen. Mut ... Mut und Glauben!«

Lucy spürte unter dem Reiseplaid den freundlichen Druck der Hand ihrer Cousine. Unser Bedürfnis nach einer verständnisvollen Geste ist bisweilen so groß, daß es uns ziemlich gleichgültig ist, was genau sie bedeutet oder wieviel wir möglicherweise hinterher dafür zu zahlen haben. Miss Bartlett gewann durch diese genau zum richtigen Zeitpunkt eingesetzte Muskelkontraktion mehr, als sie durch stundenlanges Predigen und Kreuzverhöre bekommen hätte.

Sie wiederholte sie, als die beiden Wagen auf der halben Strecke in die Stadt hinunter stehenblieben.
»Mr. Eager!« rief Mr. Beebe. »Wir bedürfen Ihrer Hilfe. Ob Sie wohl für uns dolmetschen würden?«
»George!« rief Mr. Emerson. »Fragen Sie Ihren Kutscher, in welche Richtung George gegangen ist. Wer weiß, vielleicht hat er sich verlaufen. Es kann ihm was zugestoßen sein. Vielleicht ist er tot.«
»Gehen Sie, Mr. Eager«, sagte Miss Bartlett. »Nein, fragen Sie unseren Kutscher nicht; unser Kutscher hilft uns nicht weiter. Gehen Sie und unterstützen Sie den armen Mr. Beebe; der ist ja fast von Sinnen.«
»Es kann ihm was zugestoßen sein!« rief der alte Mann. »Vielleicht ist er tot.«
»Typisch, dies Verhalten«, sagte der Kaplan beim Aussteigen aus der Kutsche. »Mit der Realität konfrontiert, brechen solche Menschen unweigerlich zusammen.«
»Was mag er wissen?« flüsterte Lucy, sobald sie allein waren. »Charlotte, wieviel weiß Mr. Eager?«
»Nichts, meine Liebste; er weiß nichts. Aber« – sie zeigte auf den Kutscher – »*der* weiß alles. Liebste, meinst du nicht, wir sollten . . .? Soll ich?« Sie kramte ihre Geldbörse hervor. »Es ist furchtbar, wenn man es mit Leuten aus der Unterschicht zu tun hat. Er hat alles gesehen.« Phaethon mit dem Reiseführer auf den Rücken klopfend, sagte sie: »Silenzio!« und bot ihm einen Franc an.
»Va bene«, erwiderte er und nahm das Geld. Ihm war es einerlei, wie der Tag für ihn endete. Doch Lucy, ein sterbliches Mädchen, war enttäuscht von ihm.
Weiter oben an der Straße krachte es. Der Sturm hatte in die

Oberleitung der Elektrischen eingeschlagen, und einer der großen Leitungsmasten war zusammengebrochen. Hätten sie nicht gerade gehalten, wer weiß, ob sie nicht darunter begraben worden wären. Sie ließen es sich angelegen sein, dies als eine wunderbare Fügung zu betrachten, und die Fluten von Liebe und Aufrichtigkeit, die angetan sind, jede Stunde des Lebens zu befruchten, brachen sich tumultuös Bahn. Sie stiegen aus; sie schlossen einander in die Arme. Es erregte nicht minder Freude, wenn einem vergangenes unwürdiges Verhalten verziehen wurde, als dieses zu verzeihen. Für einen Moment erkannten sie ungeahnte Möglichkeiten, Gutes zu tun.

Die älteren Leute ernüchterten rasch wieder. Als ihre Gefühlsaufwallungen den Höhepunkt erreicht hatten, begriffen sie, daß sie unmännlich waren und nicht ladylike. Miss Lavish rechnete aus, daß sie auch dann nicht in den Unfall verwickelt worden wären, wenn sie die Fahrt fortgesetzt hätten. Mr. Eager sprach halblaut ein gemäßigtes Dankgebet. Doch die Kutscher ließen ihrer Seele freien Lauf und vertrauten sie über Meilen der pechschwarzen und unheimlichen Straße den Dryaden und den Heiligen an, während Lucy die ihre ihrer Cousine anvertraute.

»Charlotte, liebste Charlotte, gib mir einen Kuß. Gib mir noch einen Kuß. Nur du kannst mich verstehen. Du hast mich gewarnt, auf der Hut zu sein. Und ich ... ich dachte, ich machte mich.«

»Weine nicht, Liebste. Laß dir Zeit.«

»Ich bin verstockt und töricht gewesen – schlimmer noch, als du weißt, viel schlimmer sogar. Einmal, am Fluß ... ach, es wird ihm doch nichts zugestoßen sein ... er wird doch noch am Leben sein, oder?«

Dieser Gedanke störte sie in ihrer Reue. Am schlimmsten wütete der Sturm auf der Straße; doch sie war der Gefahr nahe gewesen, und so meinte sie jetzt, jeder müsse ihr nahe gewesen sein.

»Ich glaube, ja? Man kann ja immer dafür beten.«

»Eigentlich ist er ... ich glaube, es hat ihn überrascht, genauso wie ich schon mal überrascht worden bin. Aber diesmal trifft mich wirklich keine Schuld; das mußt du mir glauben. Ich bin einfach in diese Veilchen reingerutscht. Nein, ich will ganz, ganz aufrichtig sein. Ein bißchen Schuld trifft mich schon. Ich hab' so albernes Zeug gedacht. Der Himmel war nämlich so golden, und der Boden so blau, und für einen Moment sah er aus wie jemand in einem Buch.«

»In einem Buch?«

»Helden ... Götter ... wovon Schulmädchen so träumen.«

»Und dann?«

»Aber Charlotte, du weißt doch, was dann geschah.«

Miss Bartlett schwieg. Mehr brauchte sie kaum zu wissen. Mit einem gewissen Maß an Scharfsinn zog sie ihre junge Cousine liebevoll an sich. Den ganzen Weg über wurde Lucy von tiefen Seufzern geschüttelt, die sie nicht unterdrücken konnte.

»Ich möchte ehrlich sein«, flüsterte sie. »Es ist so schwer, absolut ehrlich zu sein.«

»Mach dir keine Gedanken, meine Liebe. Warte, bis du dich ein bißchen beruhigt hast. Wir werden vorm Zubettgehen in meinem Zimmer darüber reden.«

So hielten sie einander bei den Händen und kehrten in die Stadt zurück. Für Lucy war es bestürzend zu entdecken, in welchem Maß sich die Gefühlsaufwallungen bei den anderen bereits wieder gelegt hatten. Das Unwetter war vorüber, und Mr.

Emerson machte sich nicht mehr soviel Sorgen um seinen Sohn. Mr. Beebe hatte seine gute Laune wiedergewonnen, und Mr. Eager zeigte Miss Lavish bereits die kalte Schulter. Da war nur Charlotte, deren sie sich sicher war – Charlotte, hinter deren Äußerem sich soviel Verständnis und Liebe verbarg.

Der Luxus, sich selbst rückhaltlos aufzuschließen, machte Lucy fast den ganzen langen Abend über glücklich. Sie dachte weniger darüber nach, was geschehen war, als darüber, wie sie es beschreiben sollte. All ihre Empfindungen, das Auflodern ihres Mutes, die Augenblicke völlig unsinniger Freude, ihre unerklärliche Unzufriedenheit – all das galt es, ihrer Cousine sorgsam darzulegen. Und dann würden sie diese Dinge geradezu göttlich vertrauensvoll auseinandersortieren und deuten.

›Endlich‹, dachte sie, ›werde ich mich selbst verstehen. Nie wieder werden Dinge mir etwas anhaben können, die sich einfach so ergeben; nie wieder werde ich das Gefühl haben, überhaupt nicht zu wissen, wo mir der Kopf steht.‹

Miss Alan bat sie zu spielen, doch sie lehnte das nachdrücklich ab. Musik kam ihr wie eine Art Kinderbeschäftigung vor. Sie setzte sich dicht neben ihre Cousine, die sich mit lobenswerter Geduld eine Geschichte über verlorenes Gepäck anhörte, um hinterher eine eigene Geschichte draufzusetzen. Lucy brachte diese Verzögerung schier zur Verzweiflung. Vergebens versuchte sie, sie davon abzuhalten oder die Erzählung zumindest zu beschleunigen. Doch erst zu später Stunde hatte Miss Bartlett ihr Gepäck wieder und konnte in dem nur ihr eigenen Ton eines sanften Vorwurfs sagen: »Nun, meine Liebe, ich jedenfalls bin bereit für Bedfordshire. Komm in mein Zimmer, damit ich dir das Haar gründlich durchbürsten kann.«

Unter viel Gewese wurde die Tür zugemacht und dem jungen

Mädchen ein Rohrstuhl hingestellt. Dann sagte Miss Bartlett: »Was soll jetzt geschehen?«

Auf diese Frage war Lucy nicht gefaßt. Ihr war nie in den Sinn gekommen, etwas *tun* zu müssen. Das einzige, worauf sie gezählt hatte, war eine bis ins einzelne gehende Offenlegung ihrer Gefühle gewesen.

»Was geschehen soll? Das ist etwas, was nur du allein entscheiden kannst, meine Liebe.«

Der Regen rann die schwarzen Fensterscheiben herunter, und es war kalt und feucht in dem großen Zimmer. Eine einzelne Kerze brannte zitternd auf einer Kommode ganz in der Nähe von Miss Bartletts Kappe, und der Lichtschein warf monströse und phantastische Schatten an die verriegelte Tür. Eine Elektrische kam ratternd in der Dunkelheit vorüber. Lucy war plötzlich von einer unerklärlichen Traurigkeit erfüllt; dabei hatte sie sich die Augen längst getrocknet. Jetzt hob sie sie zur Decke, wo Greife und Fagotts in farbloser Verschwommenheit verharrten – gleichsam nur noch ein blasser Abklatsch echter Freude.

»Jetzt regnet es fast schon seit vier Stunden«, sagte sie schließlich.

Miss Bartlett ging über die Bemerkung einfach hinweg.

»Wie, stellst du dir vor, soll er zum Schweigen gebracht werden?«

»Der Kutscher?«

»Aber nein, meine Liebe – Mr. George Emerson.«

Lucy ging im Zimmer auf und ab.

»Ich verstehe nicht«, sagte sie zuletzt.

Dabei verstand sie sehr wohl; nur war ihr die Lust vergangen, absolut ehrlich zu sein.

»Wie willst du ihn davon abhalten, darüber zu reden?«
»Ich habe so das Gefühl, daß darüber reden etwas ist, was er nie tun würde.«
»Auch ich bin ja bereit, nicht gleich den Stab über ihn zu brechen. Aber leider kenne ich den Typ. Solche Leute bringen es selten fertig, ihre Heldentaten für sich zu behalten.«
»Heldentaten?« rief Lucy und wand sich unter dem schrecklichen Plural.
»Aber meine Ärmste, glaubst du etwa dies wäre seine erste? Komm her und hör mir zu. Ich schließe doch nur aus dem, was er selbst gesagt hat. Erinnerst du dich an den Tag, wo er beim Mittagessen Miss Alan gegenüber erklärte, einen Menschen zu mögen, sei noch zusätzlich ein Grund, einen anderen gern zu haben?«
»Ja«, sagte Lucy, der diese Überlegung damals gefallen hatte.
»Nun, ich bin nicht prüde. Es besteht kein Anlaß, ihn einen verdorbenen jungen Mann zu nennen; doch zumindest geht ihm jedes Gefühl für die feinere Lebensart ab. Schieb das meinetwegen auf seine beklagenswerte Herkunft und seine Erziehung. Doch das bringt uns bei unserer Frage nicht weiter. Was, meinst du, willst du tun?«
Ein Gedanke stürmte Lucy durch den Kopf, der – wäre er ihr früher gekommen und hätte sie ihn sich rechtzeitig zu eigen gemacht – vielleicht *die* Lösung gewesen wäre.
»Ich denke, ich sollte mit ihm reden«, sagte sie.
Miss Bartlett ließ einen echten Entsetzensschrei vernehmen.
»Ach, verstehst du, Charlotte ... deine Herzensgüte ... ich werde sie nie vergessen. Aber ... wie du sagst ... es ist meine Angelegenheit. Meine und seine.« – »Willst du etwa hingehen und ihn *bitten* , ihn regelrecht *anflehen*, den Mund zu halten?«

»Selbstverständlich nicht. Da wäre keine Schwierigkeit. Worum du ihn auch bittest, er kann nur ja oder nein sagen; dann ist es vorüber. Früher habe ich Angst vor ihm gehabt; aber jetzt kein bißchen.«

»Aber wir haben Angst um *dich*, Liebste. Du bist noch so jung und unerfahren, hast dein Leben lang unter netten Leuten gelebt – du hast ja keine Ahnung, wie Männer sein können. Daß sie sich ein brutales Vergnügen draus machen können, eine Frau zu beleidigen, die dem als Frau hilflos ausgeliefert ist, und sich dann lustig über sie zu machen. Wenn ich zum Beispiel heute nachmittag nicht zufällig dazugekommen wäre – was wäre dann geschehen?«

»Das weiß ich nicht«, sagte Lucy ernsthaft.

Etwas an ihrer Stimme ließ Miss Bartlett ihre Frage wiederholen, sie noch nachdrücklicher vorbringen.

»Was wäre geschehen, wenn ich nicht dazugekommen wäre?«

»Das weiß ich nicht«, sagte Lucy nochmals.

»Wenn er dir zu nahe getreten wäre – wie hättest du darauf reagiert?«

»Ich hatte keine Zeit, darüber nachzudenken. Du kamst ja.«

»Ja, aber willst du mir nicht jetzt sagen, was du getan hättest?«

»Ich hätte ihn ...« Sie besann sich und sprach nicht weiter. Sie trat an das tropfende Fenster und spähte angestrengt hinaus ins Dunkel. Ihr wollte nicht klar werden, was sie getan hätte.

»Geh vom Fenster weg, Liebe«, sagte Miss Bartlett. »Man kann dich von der Straße aus sehen.«

Lucy gehorchte. Sie war in der Gewalt ihrer Cousine. Es wollte ihr nicht gelingen, den Ton der Selbsterniedrigung, in dem sie angefangen hatte, abzustreifen. Weder sie noch Charlotte kam wieder auf ihren Vorschlag zurück, mit George zu reden und

die Angelegenheit mit ihm zu regeln – was immer diese Angelegenheit auch sein mochte.
Miss Bartlett verfiel ins Lamentieren.
»Ach, hätten wir doch nur einen richtigen Mann! Wir sind nur zwei Frauen, du und ich. Mr. Beebe ist hoffnungslos. Da ist zwar Mr. Eager, doch dem traust du nicht. Ach, wäre doch nur dein Bruder hier! Er ist zwar noch jung, aber ich bin überzeugt, es würde den Leu in ihm wecken, wenn jemand seiner Schwester zu nahe getreten ist. Gott sei dank gibt es so etwas wie Ritterlichkeit noch! Es gibt immer noch ein paar Männer, die Frauen mit Hochachtung begegnen.«
Beim Sprechen streifte sie ihre Ringe ab, deren sie mehrere anhatte, und legte sie ordentlich auf dem Nadelkissen nebeneinander. Dann pustete sie in ihre Handschuhe und sagte:
»Es wird zwar äußerst knapp mit der Zeit werden, den Frühzug zu bekommen, aber wir müssen es versuchen.«
»Was für einen Zug?«
»Den Zug nach Rom.« Kritisch sah sie ihre Handschuhe an.
Das junge Mädchen nahm diese Ankündigung genauso leichthin auf, wie sie gemacht worden war.
»Wann fährt der Zug nach Rom denn?«
»Um acht.«
»Die Signora Bertolini würde sich furchtbar aufregen.«
»Das müssen wir in Kauf nehmen«, sagte Miss Bartlett, die nicht zugeben wollte, daß sie bereits Bescheid gesagt hatte.
»Sie wird den Preis für die ganze Woche von uns verlangen.«
»Das nehme ich auch an. Doch dafür werden wir es im Hotel der Vyses viel angenehmer haben. Gibt es den Nachmittagstee dort nicht umsonst?«
»Schon, dafür müssen sie aber den Wein extra bezahlen.«

Nach dieser Bemerkung blieb sie regungslos und schweigend sitzen. Für ihre müden Augen wallte und waberte Charlotte wie eine geisterhafte Erscheinung in einem Traum.
Sie fingen an, ihre Sachen zum Einpacken zurechtzulegen, denn es galt, keine Zeit zu verlieren, wenn sie den Zug nach Rom noch bekommen wollten. Auf eine Ermahnung ihrer Cousine hin ging Lucy zwischen den Zimmern hin und her und war sich dabei der Unbequemlichkeiten des Packens bei Kerzenlicht mehr bewußt als eines anderen, schwer deutbaren Unbehagens. Charlotte, die einen praktischen Sinn hatte, aber nicht sonderlich fähig war, kniete neben einem leeren Koffer und versuchte vergebens, den Boden mit Büchern unterschiedlicher Dicke und Größe zu pflastern. Sie stieß zwei oder drei Seufzer aus, denn bei der kauernden Stellung tat ihr der Rücken weh, und trotz aller Diplomatie spürte sie, daß sie alt wurde. Das junge Mädchen hörte sie beim Eintreten und wurde von einer jener Gefühlsaufwallungen gepackt, für die sie nie einen besonderen Grund angeben konnte. Sie hatte einfach das Gefühl, daß die Kerze heller leuchten, das Packen leichter von der Hand gehen und die Welt ganz allgemein glücklicher sein würde, wenn sie ein wenig menschliche Liebe geben und empfangen könnte. Diese Regung überwältigte sie heute nicht das erste Mal, dafür aber mit einer bisher nicht dagewesenen Macht. Sie kniete sich neben ihre Cousine auf den Boden und nahm sie in die Arme. Miss Bartlett erwiderte die Umarmung mit Zartgefühl und Herzlichkeit. Aber sie war keine dumme Frau und wußte sehr wohl, daß Lucy sie nicht liebte, sondern sie brauchte um zu lieben. Daher kam es in einem ominösen Ton, als sie nach einer langen Pause sagte:
»Liebste Lucy, wie willst du mir jemals verzeihen?«

Lucy war sofort auf der Hut, denn sie wußte aus bitterer Erfahrung, was es bedeutete, Miss Barlett zu verzeihen. Ihr Gefühlsüberschwang verflog; sie änderte die Haltung ihrer Arme ein wenig und sagte:
»Was meinst du, liebste Charlotte? Als ob ich etwas zu verzeihen hätte!«
»Du hast sehr viel zu verzeihen, und ich selbst habe auch eine ganze Menge zu verzeihen. Ich weiß sehr wohl, daß ich dich alle Augenblicke ärgere.«
»Aber nein ...«
Miss Bartlett nahm ihre Lieblingsrolle an, die der vorzeitig gealterten Märtyrerin.
»Aber ja doch! Ich merke doch, daß unser Ausflug heute kaum der Erfolg gewesen ist, den ich mir erhofft hatte. Ich hätte das von vornherein wissen müssen. Du brauchst jemand, der jünger und stärker ist als ich und mehr in Einklang mit dir steht. Ich bin zu uninteressant und altmodisch – nur gut dazu, deine Sachen zu packen und wieder auszupacken.« – »Bitte ...«
»Mein einziger Trost war ja, daß du Leute kennenlerntest, die mehr nach deinem Geschmack wären und mir häufig gestatten würden daheimzubleiben. Ich hatte meine eigenen armseligen Vorstellungen davon, was eine Dame zu tun hat, nur hoffe ich, ich habe sie dir nicht mehr aufgezwungen, als unbedingt nötig war. Wenigstens mit diesen Zimmern hast du ja deinen Kopf durchgesetzt.«
»Solche Dinge darfst du nicht sagen«, erklärte Lucy leise.
Noch immer klammerte sie sich daran, daß sie und Charlotte einander liebten und ein Herz und eine Seele wären. Schweigend fuhren sie fort zu packen.
»Ich habe versagt«, sagte Miss Bartlett, als sie sich mit den Rie-

men und Lucys Koffer abmühte, statt ihren eigenen zuzumachen. »Ich habe es weder geschafft, dich glücklich zu machen, noch meine Pflicht deiner Mutter gegenüber zu erfüllen. Dabei ist sie so generös zu mir gewesen; nach dieser Katastrophe kann ich ihr nie wieder unter die Augen treten.«
»Aber Mutter wird es verstehen. Es ist schließlich nicht deine Schuld, dieser Schlamassel, und eine Katastrophe ist es auch nicht.«
»Es ist meine Schuld, und es ist eine Katastrophe. Sie wird mir nie verzeihen, und das mit Recht. Was hatte ich zum Beispiel für ein Recht, mich mit Miss Lavish anzufreunden?«
»Nun, jedes Recht.«
»Wo ich doch um deinetwillen hier war? Wenn ich dich geärgert habe, stimmt es auch, daß ich dich vernachlässigt habe. Das wird deine Mutter genauso deutlich erkennen wie ich, wenn ich es ihr erzähle.«
Aus einem verzagten Wunsch heraus, die Situation zu verbessern, sagte Lucy:
»Muß Mutter denn unbedingt davon erfahren?«
»Aber du erzählst ihr doch alles.«
»Ja, im allgemeinen schon.«
»Und ich will doch dein Vertrauen nicht mißbrauchen. Das hat etwas Heiliges. Es sei denn, du hättest das Gefühl, es ist etwas, was du ihr nicht erzählen könntest.«
Soweit wollte das Mädchen sich nun nicht erniedrigen.
»Selbstverständlich müßte ich es ihr erzählen. Aber falls sie dir in irgendeiner Weise Schuld gibt, verspreche ich dir, daß ich es nicht tun werde. Dazu bin ich sehr wohl bereit. Ich werde weder ihr noch irgend jemand sonst gegenüber je davon sprechen.« Dieses Versprechen brachte das Gespräch zu einem

plötzlichen Ende. Miss Bartlett tupfte ihr auf jede Wange einen Kuß, wünschte ihr eine gute Nacht und schickte sie hinüber in ihr Zimmer.

Einen Moment trat der ursprüngliche Kummer in den Hintergrund. Möglich, daß George sich wie ein Tolpatsch benommen hatte; vielleicht war das die allgemeine Ansicht, zu der sie sich schließlich durchrang. Doch im Augenblick klagte sie ihn weder an, noch verdammte sie ihn; sie fällte überhaupt kein Urteil. Gerade in dem Augenblick, da sie im Begriff gewesen war, ihn zu verurteilen, war ihre Cousine dazwischengekommen, und seither war es immer Miss Bartlett, die das letzte Wort gehabt hatte; Miss Bartlett, die sie selbst in diesem Augenblick noch durch einen Spalt in der Trennwand hindurch aufseufzen hörte; Miss Bartlett, die wirklich weder nachgiebig, noch demütig, noch inkonsequent gewesen war. Sie hatte gearbeitet wie eine große Künstlerin; für eine Weile – jahrelang sogar – war sie bedeutungslos gewesen, doch am Ende bot sich dem jungen Mädchen das vollständige Bild einer freund- und lieblosen Welt, in der die Jungen dem Unglück entgegeneilen, bis sie eines besseren belehrt werden – eine verschämte Welt der Vorsicht und Schranken, die das Böse fernhalten können, gleichwohl jedoch nichts Gutes zu bringen scheinen, falls es gestattet ist, nach denen zu urteilen, die sich ihrer am meisten bedient haben.

Lucy litt unter dem schlimmsten Unrecht, das die Welt bisher entdeckt hat: ihre Aufrichtigkeit, ihre Sehnsucht nach Zuneigung und Liebe waren geschickt ausgenutzt worden. Ein solches Unrecht vergißt man nicht so ohne weiteres. Nie wieder würde sie sich rückhaltlos und ohne Vorsichtsmaßnahmen etwaigen Vorwürfen gegenüber öffnen und aufschließen. Ein

solches Unrecht kann sich verheerend auf die Seele auswirken.
Es schellte an der Haustür, und sie trat an die Fensterläden heran. Doch noch als sie im Begriff war, das zu tun, zögerte sie, drehte sich um und blies die Kerze aus. So kam es, daß – wiewohl sie jemand unten in der Näße stehen sah – er, wiewohl er heraufschaute, sie nicht sah.
Um sein Zimmer zu erreichen, mußte er an dem ihren vorüber. Sie war noch angezogen. Ihr kam der Gedanke, daß sie vielleicht auf den Gang hinausschlüpfen und bloß sagen könnte, daß sie abführe, und daß ihre ungewöhnliche Beziehung zu Ende sei.
Ob sie das wirklich fertiggebracht hätte, sollte nie bewiesen werden. Denn genau im kritischen Augenblick machte Miss Bartlett ihre Tür auf und sagte:
»Ich hätte gern ein Wort mit Ihnen gesprochen – im Salon, Mr. Emerson.«
Bald kehrten ihre Schritte zurück, und Miss Bartlett sagte: »Gute Nacht, Mr. Emerson.«
Von ihm kam als Antwort nur ein schweres, ausgepumptes Atmen; die Anstandsdame hatte ihr Werk vollbracht.
Laut rief Lucy: »Es ist nicht wahr. Es kann einfach nicht wahr sein. Ich will nicht, daß man in meinem Leben herumpfuscht. Ich möchte schneller älter werden.«
Miss Bartlett klopfte an die Wand.
»Geh sofort zu Bett, meine Liebe! Du brauchst soviel Schlaf, wie du bekommen kannst.«
Am Morgen fuhren sie nach Rom ab.

Zweiter Teil

Achtes Kapitel

Mittelalterlich

Die Wohnzimmervorhänge von *Windy Corner* waren so dicht zugezogen, daß sie keinen Spalt freiließen, denn der Teppich war neu und verdiente es, vor der Augustsonne geschützt zu werden. Es waren schwere Vorhänge, die fast bis auf den Boden reichten, und das Licht, das dennoch hindurchschimmerte, war gedämpft und unterschiedlich hell. Ein Dichter – es war keiner da – hätte Shelley mit seinem »Leben, wie eine Kuppel aus vielfarbenem Glas« zitieren, oder die Vorhänge mit Schleusentoren vergleichen können, die gegen das unerträgliche Anbranden der Himmelsgezeiten herabgelassen worden waren. Draußen hingegossen ein Meer aus Strahlen; drinnen die Herrlichkeit, wiewohl immer noch vorhanden, durch Menschenhand merklich abgeschwächt.

Zwei reizende Menschen saßen in dem Zimmer. Der eine – ein junger Mann von neunzehn Jahren – studierte ein kleines Handbuch der Anatomie und blickte gelegentlich zu einem Knochen hinüber, der auf dem Klavier lag. Von Zeit zu Zeit hüpfte er auf seinem Stuhl auf und ab und ließ aufstöhnend die Luft aus den geblähten Backen entweichen, denn der Tag war heiß, das Gedruckte klein und der Körper des Menschen erschreckend gebaut; und seine Mutter – die dabei war, einen Brief zu schreiben – las ihm ständig laut vor, was sie geschrieben hatte. Immer wieder stand sie auf, trat an die Vorhänge heran, zog sie einen spaltweit auseinander, so daß ein Rinnsal von Licht auf den Teppich fiel, und verkündete jedesmal, sie seien immer noch da.

»Wo sind sie nicht?« sagte der junge Mann – Freddy, Lucys Bruder. »Ich kann dir sagen, mir kommt es schon hoch.«

»Um Himmels willen, dann verschwinde aus meinem Wohnzimmer!« rief Mrs. Honeychurch, die hoffte, ihren Kindern den Slang dadurch auszutreiben, daß sie das Gesagte wörtlich nahm.

Freddy rührte sich nicht, reagierte aber auch sonst nicht.

»Ich meine, es kommt jetzt zu einer Entscheidung«, bemerkte sie, der es eigentlich darum ging zu erfahren, was ihr Sohn von der Sache hielt – falls das möglich war, ohne ihn regelrecht auf den Knien darum zu bitten.

»Wird auch Zeit, daß sie sich dazu durchringen.«

»Ich freue mich, daß Cecil sie noch einmal darum bittet.«

»Das ist jetzt sein dritter Anlauf, nicht wahr?«

»Freddy, ich finde, die Art, wie du darüber sprichst, ist geradezu unfreundlich.«

»Ich wollte aber gar nicht unfreundlich sein.« Und dann fügte er hinzu: »Allerdings meine ich, Lucy hätte das schon in Italien hinter sich bringen sollen. Ich weiß ja nicht, wie Mädchen sowas machen, aber sie kann unmöglich schon mal klipp und klar ›Nein‹ gesagt haben, sonst brauchte sie das jetzt nicht nochmal zu tun. Ich weiß nicht, aber mir ist bei der ganzen Sache nicht so recht wohl.«

»Ist das wirklich so, mein Lieber? Wie interessant!«

»Mir ist so... ach, lassen wir das.«

Er wandte sich wieder seiner Arbeit zu.

»Hör nur noch, was ich an Mrs. Vyse geschrieben habe. Ich hab' geschrieben: ›Liebe Mrs. Vyse. . .‹«
»Ja, Mutter, das hast du mir ja schon vorgelesen. Ist ein toll guter Brief.«
»Ich habe geschrieben: ›Liebe Mrs. Vyse, Cecil hat mich gerade um Erlaubnis gebeten, es zu tun, und ich wäre entzückt, wenn Lucy einverstanden wäre. Aber. . .‹« Sie hörte auf zu lesen. »Eigentlich hat es mich amüsiert, daß Cecil mich überhaupt um Erlaubnis bat. Er hat doch sonst immer was für unkonventionelles Vorgehen übrig, und was haben die Eltern damit zu tun und so weiter. Wenn's aber ums Ganze geht, kommt er eben doch nicht ohne mich aus.« – »Und ohne mich auch nicht.«
»Ohne *dich*?«
Freddy nickte.
»Was soll das heißen?«
»Daß er auch mich um Erlaubnis gefragt hat.«
»Wie überaus komisch von ihm!« entfuhr es seiner Mutter.
»Warum das denn?« fragte der Sohn und Erbe. »Warum sollte er mich nicht um Erlaubnis bitten?«
»Was weißt denn du von Lucy oder überhaupt von Mädchen oder sonst was? Ja, und was hast du gesagt?«
»›Nimm sie, oder laß sie‹, habe ich zu Cecil gesagt. ›Mich geht das nichts an.‹«
»Was für eine hilfreiche Antwort!« Doch ihre eigene Antwort war, wenn auch normaler formuliert, auf das gleiche hinausgelaufen.
»Das Vertrackte ist ja«, begann Freddy.
Dann nahm er seine Arbeit wieder auf; er war zu schüchtern zu sagen, was das Vertrackte sei. Mrs. Honeychurch trat abermals ans Fenster.

»Freddy, du mußt unbedingt herkommen. Sie sind immer noch da.«

»Ich finde, du solltest aufhören, dauernd hinter der Gardine zu stehen und zu spionieren!«

»Hinter der Gardine zu stehen und zu spionieren! Darf ich denn nicht aus meinem eigenen Fenster hinausschauen?« Aber sie kehrte an ihren Schreibsekretär zurück und meinte, als sie an ihrem Sohn vorüberkam: »Immer noch auf Seite 322?« Freddy stieß ein verächtliches Schnauben aus und blätterte zwei Seiten weiter. Eine kurze Zeitlang waren beide still. Ganz in der Nähe, jenseits der Vorhänge, hatte das sanfte Gemurmel eines langen Gesprächs nie ausgesetzt.

»Das Vertrackte ist, daß ich bei Cecil ganz schrecklich ins Fettnäpfchen getreten bin.« Freddy stieß nervös auf. »Er hat sich nämlich nicht mit meiner ›Erlaubnis‹ zufriedengegeben, die ich ihm natürlich gab – ›Ich hab' nichts dagegen‹, hab' ich gesagt – nein, er wollte unbedingt auch noch wissen, ob ich denn nicht außer mir sei vor Freude. Praktisch hat er es so ausgedrückt: ›Meinst du nicht, es wäre toll für Lucy und für *Windy Corner*, wenn ich sie heiratete?‹ Darauf wollte er unbedingt eine Antwort – sagte, es würde ihn ermuntern, besonders energisch vorzugehen.«

»Hoffentlich hast du ihm eine sorgfältig abgewogene Antwort gegeben, mein Lieber.«

»Ich habe ›Nein‹ gesagt«, gestand Freddy zähneknirschend.

»Siehst du! Nun fahr doch nicht gleich aus der Haut! Ich konnte einfach nicht anders – ich mußte das sagen. Ich mußte ›Nein‹ sagen. Hätte er mich doch bloß nie gefragt!«

»Törichtes Kind!« rief seine Mutter. »Du bildest dir ein, die Redlichkeit und Aufrichtigkeit in Person zu sein, dabei bist du nur schrecklich eingebildet! Glaubst du etwa, ein Mann wie Cecil würde sich auch nur das geringste aus irgend etwas machen, das du sagst? Ich hoffe, er hat dir tüchtig eins hinter die Löffel gegeben. Wie kannst du es wagen, ›Nein‹ zu sagen?«

»Ach, beruhige dich, Mutter! Ich mußte ›Nein‹ sagen, wo ich doch nicht ›Ja‹ sagen konnte! Ich hab' versucht zu lachen, so zu tun, als ob ich nicht richtig meinte, was ich da sagte, und da Cecil gleichfalls lachte und dann wegging, ist vielleicht gar kein Porzellan zerteppert. Trotzdem glaube ich, ich bin ins Fettnäpfchen getreten. Ach, sei still und laß mich meine Arbeit tun!«

»Nein«, erklärte Mrs. Honeychurch mit der Miene derer, die gründlich über etwas nachgedacht hatte, »ich werde nicht still sein. Du weißt alles, was sich in Rom zwischen ihnen abgespielt hat; du weißt, warum er jetzt hergekommen ist, und doch kränkst du ihn mit Absicht und versuchst, ihn aus meinem Hause zu vertreiben.«

»Kein bißchen!« verwahrte er sich. »Ich hab' nur rausgelassen, daß ich ihn nicht mag. Ich hasse ihn zwar nicht, aber mögen tu ich ihn auch nicht. Was mich so ärgert ist, daß er es Lucy stekken wird.«

Bedrückt schaute er auf den Vorhang.

»Nun, *ich* mag ihn«, sagte Mrs. Honeychurch. »Ich kenne seine Mutter. Er ist gut, er ist klug, er ist reich, er hat gute Beziehungen – nun tritt doch nicht gleich das Klavier! – er hat gute Beziehungen – ich werd's nochmal sagen, wenn du möchtest: Er hat gute Beziehungen.« Sie hielt inne, als gälte es, sich ihre Lobrede einzuprägen, doch ihr Gesicht blieb unzufrieden. Dann fügte sie hinzu: »Und er hat wunderschöne Manieren.«

»Ich hab' ihn gemocht, bis vorhin. Wahrscheinlich liegt es daran, daß er Lucy die erste Woche daheim verhunzt. Und dann ist da noch was – etwas, das Mr. Beebe gesagt hat, völlig ahnungslos.«

»Mr. Beebe?« fragte seine Mutter, bemüht, sich nicht anmerken zu lassen, wie sehr sie das interessierte. »Ich wüßte nicht, was Mr. Beebe damit zu tun hat.«

»Du kennst ja Mr. Beebes komische Art; man weiß bei ihm nie ganz genau, was er meint. Er sagte: ›Mr. Vyse ist ein idealer Junggeselle.‹ Ich hab' mich ganz schlau angestellt und ihn gefragt, wie er das meinte. Er sagte: ›Ach, er ist wie ich – besser ohne Bindungen!‹ Mehr ließ sich nicht aus ihm herausholen, aber ich hab' darüber nachdenken müssen. Seit Cecil hinter Lucy her ist, ist er nicht mehr so nett, jedenfalls. . . ach, ich kann es nicht erklären.«

»Das kannst du nie, mein Lieber; ich aber wohl. Du bist eifersüchtig auf Cecil, weil Lucy dir dann vielleicht keine Seidenschlipse mehr strickt.«

Die Erklärung schien einleuchtend, und Freddy bemühte sich, sie zu akzeptieren. Gleichwohl lauerte im Hintergrund seines Denkens ein unbestimmtes Mißtrauen. Cecil trug zu dick auf, wenn er einen lobte, ein guter Sportler zu sein. Ob es das war? Cecil brachte einen dazu, so zu reden wie er, statt daß er einen reden ließ, wie man selbst wollte. Das ermüdete einen. Ob es das war? Und Cecil gehörte zu denen, die nie die Ansicht eines anderen gelten ließen – geschweige denn, sie sich zu eigen machten! Freddy hatte keine Ahnung, wie tiefgründig er dachte, und so rief er sich selbst zur Ordnung. Es mußte Eifersucht sein, sonst könnte er aus so läppischen Gründen nichts gegen jemand haben.

»Geht es so?« rief seine Mutter. »›Liebe Mrs. Vyse, Cecil hat mich gerade um Erlaubnis gebeten, es zu tun, und ich wäre entzückt, wenn Lucy einverstanden wäre.‹ Und dann habe ich oben drüber eingefügt: ›und habe Lucy das auch gesagt.‹ Ich muß den Brief nochmal abschreiben. ›. . . und habe Lucy das auch gesagt. Aber Lucy scheint sehr unentschlossen, und die Entscheidung müssen die jungen Leute heutzutage schon selbst treffen.‹ Das habe ich geschrieben, damit Mrs. Vyse uns nicht für altmodisch hält. Sie hat ja was für Vorträge übrig und meint, man müsse sich weiterbilden, und dabei hat sie unter den Betten immer eine dicke Schicht Staubflocken liegen, und man sieht die schmutzigen Fingerabdrücke des Dienstmädchens, wenn man das elektrische Licht anknipst. In ihrer Wohnung sieht es alles andere als adrett aus. . .«

»Mal angenommen, Lucy heiratet Cecil – würde sie da in einer Wohnung leben oder auf dem Lande?«

»Unterbrich mich doch nicht mit so törichten Fragen. Wo war ich? Ach ja – ›. . . die Entscheidung müssen die jungen Leute heutzutage schon selbst treffen. Ich weiß, daß Lucy Ihren Sohn mag, denn sie erzählt mir alles, und das hat sie mir auch schon aus Rom geschrieben, gleich zu Anfang, als ich sie danach fragte.‹ Nein, das letzte streiche wieder – das sieht so nach Herablassung aus. Ich werde nach dem ›sie erzählt mir alles‹ aufhören. Oder soll ich das auch noch streichen?«

»Streiche es«, sagte Freddy. Mrs. Honeychurch ließ es stehen.

»Dann lautet der ganze Brief also: ›Liebe Mrs. Vyse, Cecil hat mich gerade um Erlaubnis gebeten, es zu tun, und ich wäre entzückt, wenn Lucy einwilligte, und das habe ich Lucy auch gesagt. Aber Lucy scheint recht unentschlossen, und die Entscheidung müssen die jungen Leute heutzutage schon selbst treffen. Ich weiß, daß Lucy Ihren Sohn mag, denn sie erzählt mir alles. Aber ich weiß nicht. . .‹«

»Paß auf!«

Die Vorhänge teilten sich.

Cecils erste Bewegung verriet Unsicherheit. Er fand die Angewohnheit der Honeychurches, im Dunkeln zu sitzen, um die Möbel zu schonen, unerträglich. Instinktiv versetzte er den Vorhängen einen Stoß, so daß sie an den Stangen entlangrutschten. Helligkeit machte sich breit. Man sah eine Terrasse, wie viele Villen sie aufweisen, mit Bäumen zu beiden Seiten, darauf eine rustikale Bank und zwei Blumenbeete. Verklärt wurde das ganze jedoch durch den weiten Ausblick; denn *Windy Corner* lag auf einem Höhenzug, von dem aus man den Sussex Weald überblickte. Lucy auf der kleinen Sitzbank wirkte wie am Rand eines grünen Zauberteppichs, der oberhalb der wabernden Welt in der Luft schwebte.

Cecil trat ein.

Da Cecil nun so spät in der Geschichte auftritt, muß er augenblicklich beschrieben werden. Er war mittelalterlich. Wie eine gotische Skulptur. Groß und vergeistigt, mit Schultern, die unter Willensaufbietung gestrafft schienen, einem Kopf, den er ein wenig höher gereckt trug als die übliche Sehweise zu erfordern schien, glich er den anspruchsvollen Heiligen, welche die Portale französischer Kathedralen bewachen. Gut erzogen, gut ausgestattet und in körperlicher Hinsicht nicht zu kurz gekommen, blieb er im Griff eines gewissen Teufels, den die moderne Welt unter der Bezeichnung Verklemmtheit kennt und den die noch nicht ganz so klarsichtige mittelalterliche Welt als Asketentum verehrte. Eine gotische Skulptur ist irgendwie gleichbedeutend mit Ehelosigkeit, genauso wie eine griechische gleichbedeutend mit Fruchtbarkeit, und vielleicht war es dies, was Mr. Beebe gemeint hatte. Und Freddy, der von

Geschichte und Kunst keine Ahnung hatte, meinte vielleicht auch das gleiche, als er sagte, er könne sich nicht vorstellen, daß Cecil die Meinung eines anderen gelten lasse oder sie sich gar zu eigen mache.

Mrs. Honeychurch ließ ihren Brief auf dem Schreibsekretär liegen und ging auf ihren jungen Bekannten zu.

»Ach, Cecil!« rief sie aus... »ach, Cecil, *sagen* Sie es mir!«

»I promessi sposi«, sagte er.*

Gespannt sahen sie ihn an.

»Sie hat angenommen«, sagte er, und das in seiner eigenen Sprache ausgesprochen zu hören, ließ ihn erröten, erfreut lächeln und menschlicher erscheinen als zuvor.

»Ach, da bin ich froh!« sagte Mrs. Honeychurch, während Freddy ihm die von Chemikalien gelb verfärbte Hand hinstreckte. Sie wünschten, auch sie könnten italienisch, denn die Floskeln, mit denen wir Zustimmung oder Erstaunen ausdrükken, werden so sehr im Zusammenhang mit Banalitäten gebraucht, daß wir uns scheuen, sie im Zusammenhang mit großen Dingen zu gebrauchen. Es bleibt uns gar nichts anderes übrig, als unbestimmt poetisch zu werden oder auf die Heilige Schrift zurückzugreifen.

»Willkommen im Schoß der Familie!« sagte Mrs. Honeychurch und wies mit wedelnder Handbewegung auf die Möbel. »Das nenne ich wahrhaftig einen Freudentag! Ich bin überzeugt, du wirst die liebe Lucy glücklich machen.«

---

* *I promessi sposi,* zwischen 1825 und 1827 in seiner endgültigen Form erschienener Roman von Alessandro Manzoni (1785–1873). Gilt als der bedeutendste Roman in italienischer Sprache und trägt in den deutschen Übersetzungen den – für das Verständnis dieser Textstelle Forsters bedeutsamen – Titel: *Die Verlobten. A.d.Ü.*

»Das hoffe ich«, erwiderte der junge Mann mit frommem Augenaufschlag.
»Wir Mütter« – Mrs. Honeychurch setzte ein geziertes Lächeln auf und merkte, daß sie affektiert, sentimental und schwülstig war – all das, was sie am meisten haßte. Warum konnte sie nicht sein wie Freddy, der steif in der Mitte des Zimmers stand, dabei mit sich selbst in Hader liegend, und fast hübsch aussah?
»Komm doch, Lucy!« rief Cecil, denn die Unterhaltung schien ins Stocken zu geraten.
Lucy stand von der Bank auf. Sie kam über den Rasen und lächelte sie an, nicht anders, als wollte sie sie auffordern mitzukommen und Tennis zu spielen. Dann sah sie, was für ein Gesicht ihr Bruder machte. Ihre Lippen öffneten sich, und sie schloß ihn in die Arme. Er sagte: »Nun mal immer mit der Ruhe!«
»Und ich bekomme keinen Kuß?« fragte ihre Mutter.
Lucy gab auch ihr einen Kuß.
»Willst du nicht mit ihnen rausgehen in den Garten und Mrs. Honeychurch alles erzählen?« schlug Cecil vor. »Ich könnte dann hierbleiben und es meiner Mutter sagen.«
»Wir gehen mit Lucy?« sagte Freddy, als nehme er einen Befehl entgegen. »Ja, geh du mit Lucy raus.«
Sie traten ins Sonnenlicht hinaus. Cecil sah ihnen nach, wie sie die Terrasse überquerten und dann die Treppe hinunterstiegen und seinem Blick entschwanden. Sie würden noch weiter hinabgehen – er kannte sich bei ihnen aus –, an den Sträuchern und am Tennisplatz sowie dem Dahlienbeet vorüber, bis sie den Gemüsegarten erreichten. Dort, angesichts von Kartoffeln und Erbsen, würden sie sich über das große Ereignis unterhalten.

Nachsichtig lächelnd, steckte er sich eine Zigarette an und ließ die Ereignisse, die zu einem so glücklichen Ende geführt hatten, noch einmal an seinem geistigen Auge vorüberziehen. Gekannt hatte er Lucy schon seit einigen Jahren, freilich nur als ganz gewöhnliches Mädchen, das zufällig musikalisch war. Er wußte noch genau, wie bedrückt er an jenem Nachmittag in Rom gewesen war, als sie und ihre gräßliche Cousine wie aus heiterem Himmel auf ihn zugekommen waren und verlangt hatten, daß er sie zum Petersdom führe. An diesem Tag war sie ihm als die typische Touristin erschienen – laut, ungeschliffen, und hager vom Reisen. Doch Italien hatte, was sie betraf, irgendein Wunder bewirkt. Es schenkte ihr Licht und – in seinen Augen noch kostbarer – es schenkte ihr Schatten. Bald entdeckte er eine wunderbare Zurückhaltung und Verschwiegenheit an ihr. Sie war wie eine Frau von Leonardo da Vinci, die wir nicht so sehr um ihrer selbst willen lieben als vielmehr wegen der Dinge, die sie uns nicht verrät. Der Dinge, die nun ganz gewiß nicht von dieser Welt sind; keine der Frauengestalten Leonardos könnte etwas so Gewöhnliches wie eine ›Geschichte‹ haben. Lucy entwickelte sich vielmehr auf ganz wunderbare Weise von einem Tag auf den anderen mehr.
So war es gekommen, daß er von herablassender Höflichkeit langsam zwar nicht zur Leidenschaft, doch zumindest zu tiefsitzender Beunruhigung übergegangen war. Schon in Rom hatte er ihr gegenüber angedeutet, daß sie zueinander passen könnten. Es hatte ihn tief berührt, daß sie bei dieser Andeutung nicht gleich davongelaufen war. Sie hatte ihn klar und behutsam abgewiesen; und hinterher war sie – wie es so schrecklich hieß – genauso zu ihm gewesen wie zuvor. Drei Monate später, am Rande Italiens, inmitten der blütengewandeten Alpen, hat-

te er in armselig-herkömmlicher Weise noch einmal um sie angehalten. Mehr denn je hatte sie ihn an einen Leonardo erinnert; ihre sonnengebräunten Züge wurden von phantastischen Felsen beschattet; auf seine Worte hin hatte sie sich umgedreht und – hinter sich unermeßliche Ebenen – zwischen ihm und dem Licht gestanden. Ohne, daß er sich hatte schämen müssen und sich in gar keiner Weise wie ein zurückgewiesener Freier vorkommend, war er mit ihr heimgekehrt. Die Dinge, die wirklich Bedeutung besaßen, waren nicht erschüttert worden.

Und so hatte er sie jetzt ein drittes Mal gefragt, und klar und behutsam wie immer, hatte sie Ja gesagt, hatte nicht kokett irgendwelche Gründe für ihr langes Zögern angeführt, sondern schlicht gesagt, sie liebe ihn und werde ihr Bestes tun, um ihn glücklich zu machen. Auch seine Mutter würde sich freuen; sie hatte ihm zu diesem Schritt geraten; er mußte ihr ausführlich berichten.

Mit einem Blick auf seine Hand, gleichsam um sich zu vergewissern, daß keine von Freddys Chemikalien daran haften geblieben waren, trat er an den Sekretär. Dort sah er ›Liebe Mrs. Vyse‹ samt den vielen Radierspuren. Er zuckte davor zurück, ohne weiterzulesen, setzte sich nach einigem Zögern dann wo anders nieder und schrieb auf den Knien mit dem Bleistift eine kurze Nachricht.

Dann zündete er sich eine weitere Zigarette an, die ihm nicht ganz so wunderbar erschien wie die erste, und überlegte, was man tun könne, um dem Wohnzimmer von *Windy Corner* ein wenig mehr Charakter zu verleihen. Mit einem Ausblick wie diesem sollte es ein wirklich gelungenes Zimmer sein, doch die Spuren der Tottenham Court Road waren unübersehbar vorhanden; er sah sie förmlich vor sich, die Möbelwagen von Messrs Shoolbred und Messrs Maple*, wie sie an der Haustür vorfuhren und diesen Sessel und jene gelackten Bücherregale und diesen Schreibsekretär ausluden. Der Sekretär erinnerte an Mrs. Honeychurchs Brief. Er wollte diesen Brief nicht lesen – dahin ging die Versuchung nicht; trotzdem beunruhigte er ihn. Es war seine eigene Schuld, daß sie sich mit seiner Mutter über ihn unterhielt; er hatte sich bei diesem dritten Versuch, Lucy zu gewinnen, ihre Unterstützung erwünscht; es lag ihm daran zu spüren, daß andere, wer sie auch seien, einer Meinung mit ihm waren, und so hatte er sie um ihre Erlaubnis gebeten. Mrs. Honeychurch war, wiewohl in den wesentlichen Dingen etwas beschränkt, immerhin höflich gewesen, wohingegen Freddy...

›Er ist ja noch ein Junge‹, überlegte er. ›Ich repräsentiere für ihn alles, was er verachtet. Warum sollte er mich zum Schwager haben wollen?‹

Die Honeychurches waren eine achtbare Familie, doch ahnte er nachgerade, daß Lucy aus anderem Holz geschnitzt war; vielleicht sollte er sie – er legte sich da nicht fest – sobald wie möglich in Kreise einführen, die ihr mehr entsprachen.

»Mr. Beebe!« sagte das Dienstmädchen, und der neue Pfarrer von Summer Street wurde hereingebeten; aufgrund von Lucys lobenden Worten in ihren Briefen aus Florenz hatte er von Anfang an auf freundliche Beziehungen zählen können.

Cecil begrüßte ihn eher distanziert.

»Ich bin zum Tee gekommen, Mr. Vyse. Was meinen Sie, ob ich wohl welchen bekomme?«

---

*Damals bekannte Einrichtungshäuser in der Londoner Tottenham Court Road. *A.d.Ü.*

»Das glaube ich schon. Etwas angeboten bekommt man hier immer – setzen Sie sich nicht auf den Sessel da; der junge Honeychurch hat einen Knochen darauf liegen lassen.«

»Pfui!«

»Ich weiß«, sagte Cecil, »ich weiß. Mir ist auch nicht klar, wieso Mrs. Honeychurch da nicht mal ein Machtwort spricht.«

Denn Cecil sah den Knochen und die Möbel von Maple's unabhängig voneinander; er begriff nicht, daß sie – zusammengenommen – das Zimmer zu jenem Leben erweckten, um das es ihm ging.

»Ich bin zum Tee und zum Klatsch gekommen. Ist das nicht eine großartige Neuigkeit?«

»Neuigkeit? Ich verstehe Sie nicht«, sagte Cecil. »Was für eine Neuigkeit?« Mr. Beebe, dessen Neuigkeit mit etwas ganz anderem zu tun hatte, plapperte munter drauflos.

»Ich bin auf dem Herweg Sir Harry Otways begegnet und habe daher allen Grund zu der Annahme, der erste zu sein. Er hat Mr. Flack Cissie und Albert abgekauft.«

»Hat er das?« sagte Cecil in dem Bemühen, sich wieder zu fassen. Welchen grotesken Fehler er da machte! War es möglich, daß ein Geistlicher und ein Gentleman auf so frivole Weise auf seine Verlobung anspielten? Dennoch legte er seine Steifheit nicht ab, und noch während er sich erkundigte, wer denn Cissie und Albert wären, hielt er Mr. Beebe für einen rechten Flegel.

»Eine unverzeihliche Frage! Nunmehr seit einer Woche in *Windy Corner* zu wohnen und Cissie und Albert nicht kennengelernt zu haben, die beiden Doppelhäuser, die gegenüber von der Kirche errichtet worden sind! Ich werde Mrs. Honeychurch bitten, Ihnen auf die Sprünge zu helfen.«

»Ich bin, was die Lokalangelegenheiten hier betrifft, erschreckend unwissend«, erklärte der junge Mann sichtlich uninteressiert. »Ich weiß nicht einmal mehr den Unterschied zwischen einem Gemeinderat und der Gemeindeverwaltung. Vielleicht gibt es da keinen Unterschied, oder vielleicht sind es nicht die richtigen Bezeichnungen. Ich bin nur aufs Land gefahren, um meine Freunde zu besuchen und die Landschaft zu genießen. Das ist alles sehr unaufmerksam von mir. Italien und London sind die einzigen Orte, wo ich das Gefühl habe, nicht nur geduldet zu werden.«
Mr. Beebe war bekümmert, daß die Neuigkeit über Cissie und Albert so wenig Begeisterung geweckt hatte, und nahm sich vor, das Thema zu wechseln.
»Sagen Sie, Mr. Vyse – ich hab's leider schon wieder vergessen –, welchem Beruf gehen Sie doch nach?«
»Ich habe keinen Beruf«, sagte Cecil. »Das ist ein weiteres Beispiel dafür, wie dekadent ich bin. Meine Einstellung dazu – die sich durch nichts rechtfertigen läßt – ist, daß ich, solange ich niemand im Wege bin oder zur Last falle, ein Recht habe, zu tun, was mir beliebt. Ich weiß, ich sollte Geld aus den Menschen herausholen oder mich Dingen widmen, die mich keinen Pfifferling interessieren, aber irgendwie habe ich es immer noch nicht geschafft, damit anzufangen.«
»Sie sind sehr vom Glück begünstigt«, erklärte Mr. Beebe. »Es ist ja etwas Wunderbares darum – Muße zu haben.«
Seine Stimme klang ziemlich salbaderig, doch brachte er es irgendwie nicht fertig, einfach natürlich zu antworten. Wie alle, die einer regelmäßigen Beschäftigung nachgehen, fand er, alle anderen müßten das auch tun.
»Freut mich, daß Sie nichts dagegen haben. Ich wage es nicht,

jemand Gesundem ins Auge zu blicken – zum Beispiel Freddy Honeychurch.«

»Ach, Freddy ist doch aber ein guter Kerl, oder?«

»Und ob, und ob! Er ist von der Art jener, die England zu dem gemacht haben, was es ist.«

Insgeheim fragte Cecil sich: Warum war er ausgerechnet heute so hoffnungslos darauf aus, wider alle Stachel zu löcken? Er bemühte sich, das wieder gutzumachen, indem er sich überschwenglich nach Mr. Beebes Mutter erkundigte, einer alten Dame, für die er gar nicht so besonders viel übrig hatte. Dann schmeichelte er dem geistlichen Herrn, lobte seine liberale Einstellung und seine Aufgeschlossenheit der Philosophie und den Naturwissenschaften gegenüber.

»Wo sind denn die anderen?« fragte Mr. Beebe schließlich. »Ich muß darauf bestehen, vor dem Abendgottesdienst meinen Tee zu schnorren.«

»Ich nehme an, Anne hat ihnen nicht Bescheid gesagt, daß Sie hier sind. In diesem Hause gewöhnt man sich von dem Tag an, da man ankommt, an die Dienerschaft. Das Schlimme mit Anne ist, daß sie einen auch dann noch um Verzeihung bittet, wenn sie einen genau gehört hat, und die Stuhlbeine mit Fußtritten traktiert. Die Fehler von Mary – nun, ich weiß nicht mehr, welche sie hat, aber es sind sehr schwerwiegende. Wollen wir im Garten nachsehen?«

»Ich kenne die Fehler von Mary. Sie läßt die Kehrschaufel auf der Treppe stehen.«

»Und Euphemia hat den Fehler, daß sie den Nierentalg nicht klein genug hackt – sie tut es einfach nicht.«

Sie lachten beide, und von da an lief es etwas besser zwischen ihnen.

»Die Fehler von Freddy...«, fuhr Cecil fort.
»Ah, aber er hat einfach zuviele! Außer seiner Mutter schafft es keiner, sie alle zu behalten. Aber versuchen Sie's mit den Fehlern von Mrs. Honeychurch; deren gibt es nicht unendlich viele.«
»Sie hat überhaupt keine«, erklärte der junge Mann mit aufrichtigem Ernst.
»Da stimme ich Ihnen zu. Im Augenblick hat sie keine.«
»Im Augenblick?«
»Das ist keineswegs zynisch von mir gemeint. Ich denke dabei nur an meine Lieblingstheorie betreffs *Miss* Honeychurch. Ist es denn zu fassen, daß sie so wunderbar spielt und ein so stilles Leben führt? Ich gehe davon aus, daß sie eines Tages in *beidem* großartig sein wird. Die wasserdicht gegeneinander abgeschotteten Bereiche ihres Willens werden ineinanderfließen und Leben und Musik sich durchdringen. Dann werden wir sie heldenhaft gut oder heldenhaft schlecht erleben – vielleicht *zu* heldenhaft, daß Gut oder Schlecht noch eine Rolle spielten.«
Cecil fand seinen Gefährten plötzlich interessant.
»Und im Augenblick, meinen Sie, ist sie in Hinblick auf das Leben nicht so wunderbar?«
»Nun, ich muß dazu sagen, daß ich sie nur in Tunbridge Wells erlebt habe, und da war sie nicht so wunderbar. Und in Florenz. Seit ich nach Summer Street gekommen bin, ist sie ja fort gewesen. Sie haben sie in Rom erlebt, nicht wahr, und in den Alpen? Aber ja doch, fast hätte ich's vergessen, aber Sie kannten sie ja schon vorher. Nein, auch in Florenz war sie nicht wunderbar; ich hatte allerdings immer darauf gewartet, daß sie es sein würde.«
»In welcher Beziehung?«

Die Unterhaltung hatte inzwischen für beide eine angenehme Wendung genommen, und sie gingen auf der Terrasse auf und ab.

»Ich könnte Ihnen genau sagen, was sie als nächstes anstellen wird. Man hatte einfach das Gefühl, daß ihr Flügel gewachsen wären und sie entschlossen sei, sie zu gebrauchen. Ich könnte Ihnen ein wunderschönes Bild in meinem italienischen Tagebuch zeigen: Miss Honeychurch als Drachen, den Miss Bartlett an der Leine hält. Bild Nummer zwei: die Leine reißt.«

Die Skizze befand sich zwar in seinem Tagebuch, war aber erst hinterher entstanden, als er die Dinge künstlerisch betrachtete. In Florenz hatte er ja selber zu wiederholten Malen an der Leine gezogen.

»Aber wirklich zerrissen ist die Leine nie?«

»Nein. Möglich, daß mir das Steigen von Miss Honeychurch entgangen wäre; aber den Sturz von Miss Bartlett hätte ich bestimmt mitbekommen.«

»Jetzt ist sie gerissen«, sagte der junge Mann mit leiser, volltönender Stimme.

Er erkannte augenblicklich, daß von allen dünkelhaften, lächerlichen und verachtenswerten Arten, eine Verlobung bekanntzugeben, diese die allerschlimmste war. Er verfluchte seine Liebe zur Metapher; hatte er durchblicken lassen, er sei ein Stern und Lucy schicke sich an, sich rauschend in die Höhe zu schwingen, um ihn zu erreichen?

»Gerissen? Wie meinen Sie das?«

»Ich wollte damit sagen«, erklärte Cecil steif, »daß sie mich heiraten wird.«

Der Pfarrer war sich einer bitteren Enttäuschung bewußt, die er nicht aus seiner Stimme heraushalten konnte.

»Es tut mir leid; ich muß mich entschuldigen. Ich hatte ja keine Ahnung, daß Sie in so inniger Beziehung zu ihr standen, sonst hätte ich nie auf diese frivole und oberflächliche Weise von ihr gesprochen. Mr. Vyse, Sie hätten mir Einhalt gebieten sollen.« Und dann sah er unten im Garten Lucy selbst; jawohl, er war enttäuscht.

Cecil, dem Gratulationen selbstverständlich lieber waren als Entschuldigungen, zog einen Mundwinkel herunter. War dies der Empfang, dem sein Handeln von der Welt zuteil werden würde? Natürlich verachtete er die Welt als Ganzes; jeder denkende Mensch sollte das tun; diese Einstellung ist fast so etwas wie der Beweis von geistiger Verfeinerung. Gleichwohl war er sich der aufeinanderfolgenden Teile dieser Verfeinerung bewußt, denen er begegnet war.

Manchmal konnte er recht grob sein.

»Tut mir leid, daß ich Ihnen einen Schock versetzt habe«, sagte er trocken. »Ich fürchte, Lucys Wahl findet nicht Ihre Billigung.«

»Das nicht. Aber Sie hätten mir Einhalt gebieten sollen. Ich kenne Miss Honeychurch, was den Zeitraum unserer Bekanntschaft betrifft, nur sehr wenig. Vielleicht hätte ich mich keinem Menschen gegenüber so freimütig über sie äußern sollen; Ihnen gegenüber jedenfalls auf keinen Fall.«

»Sind Sie sich bewußt, etwas Indiskretes gesagt zu haben?«

Mr. Beebe riß sich zusammen. Wirklich, Mr. Vyse verstand sich trefflich auf die Kunst, einen in die unmöglichsten Situationen zu bringen. Er sah sich genötigt, von den Vorrechten seines geistlichen Standes Gebrauch zu machen.

»Nein, ich habe nichts Indiskretes gesagt. In Florenz habe ich vorausgesehen, daß ihre stille, ereignislose Kindheit ein Ende haben müßte, und jetzt hat sie geendet. Irgendwie habe ich dunkel geahnt, daß sie irgendeinen bedeutenden Schritt tun könnte. Jetzt hat sie ihn getan. Sie hat erfahren – Sie werden gestatten, daß ich genauso freimütig fortfahre, wie ich angefangen habe –, sie hat erfahren, was es heißt zu lieben: das ist, wie manche Leute Ihnen sagen werden, die größte Erfahrung, die unser irdisches Leben vorsieht.« Es war an der Zeit, dem sich nähernden Trio mit dem Hut zu winken. Er unterließ es nicht, dies zu tun. »Sie hat das durch Sie erfahren« – wenn seine Stimme immer noch etwas Salbaderiges hatte, dann jetzt zusätzlich auch etwas Aufrichtiges –, »lassen Sie es sich daher angelegen sein, dafür zu sorgen, daß sie aus dieser Erfahrung Nutzen zieht.«

»Grazie tante!« sagte Cecil, der etwas gegen Pfarrer hatte.

»Haben Sie schon gehört?« rief Mrs. Honeychurch, als sie sich den böschungsartig ansteigenden Garten herauf mühte. »Ach, Mr. Beebe, haben Sie die schöne Nachricht schon vernommen?« Freddy, jetzt, ganz Herzlichkeit, pfiff den Hochzeitsmarsch. Am fait accompli hat Jugend selten etwas auszusetzen.

»Aber gewiß habe ich das!« rief Mr. Beebe. Er sah Lucy an. In ihrer Gegenwart brachte er es nicht fertig, noch länger den Pfarrer zu spielen – jedenfalls nicht, ohne sich dafür zu entschuldigen. »Mrs. Honeychurch, ich werde tun, was ja eigentlich immer meines Amtes ist, wozu ich jedoch im allgemeinen zu schüchtern bin. Ich möchte allen Segen des Himmels auf sie herabflehen, auf daß es ernst und heiter sei in ihrem Leben und Großes gebe und Kleines. Ich wünschte, daß sie ihr Leben lang unvergleichlich gut und als Mann und Frau, als Vater und Mutter unvergleichlich glücklich werden. Und jetzt hätte ich gern meinen Tee.«

»Sie kommen gerade zur rechten Zeit«, entgegnete die Dame. »Wie können Sie es in *Windy Corner* wagen, ernst zu sein?«
Er übernahm die Tonart von ihr: nichts da mehr von schwerblütigem Wohlwollen, kein Versuch mehr, der Situation mit Hilfe von Dichtkunst oder Bibel weihevolle Würde zu verleihen. Keiner von ihnen wagte es oder war mehr imstande, ernst zu sein.
Eine Verlobung ist etwas so Mächtiges, daß alle, die darüber reden, früher oder später in einen Zustand fröhlicher Ehrfurcht versetzt werden. Allein für sich, etwa in der Einsamkeit ihres Zimmers, konnten Mr. Beebe und sogar Freddy wieder kritisch werden. Doch im Bannkreis der Verlobungsfeier und in Gesellschaft der anderen waren sie alle aufrichtig vergnügt. Sie übte eine merkwürdige Macht aus, denn sie bezwingt nicht nur die Lippen, sondern auch das Herz. Die größte Parallele – um eines mit dem anderen zu vergleichen – ist die Macht, die ein Tempel eines uns fremden Glaubens auf uns ausübt. Stehen wir draußen davor, machen wir uns darüber lustig oder widersetzen uns ihm; höchstens, daß wir schrecklich sentimental werden. Sind wir jedoch einmal eingetreten, werden wir – sofern echte Gläubige in der Nähe sind – selbst zu echten Gläubigen, und wenn die Heiligen und Götter zehnmal nicht die unseren sind.
So kam es, daß sie sich nach dem unsicheren Herumgetaste, dem Zweifel und den bösen Ahnungen des Nachmittags alle zusammenrissen und eine sehr harmonische Teerunde bildeten. Wurde geheuchelt, waren sie sich dessen nicht bewußt und ihre Heuchelei hatte jede Chance, sich zu setzen und zu etwas Wahrem und Echtem zu werden. Anne, die jede Untertasse vor sie hinstellte, als wäre es ein Hochzeitsgeschenk,

wirkte überaus anregend. Sie konnten unmöglich hinter ihrem Lächeln zurückstehen, mit dem sie sie bedachte, ehe sie die Wohnzimmertür mit einem Fußtritt hinter sich zuwarf. Mr. Beebe zirpte. Freddy überschlug sich förmlich mit geistreichen Bemerkungen und sprach von Cecil als von Lucys ›Fiasco‹ – eine im Familienkreis geschätzte geistreiche Verballhornung von *fiancé*. Mrs. Honeychurch – ebenso amüsant wie würdevoll – versprach, eine gute Schwiegermutter abzugeben. Und was Lucy und Cecil betraf, für die der Tempel errichtet worden war, so entzogen sie sich dem lustigen Ritual nicht, harrten jedoch, wie es ernsten Andächtigen geziemt, der Enthüllung eines noch heiligeren Schreins der Freude.

Neuntes Kapitel

Lucy als Kunstwerk

Wenige Tage, nachdem die Verlobung bekanntgegeben worden war, veranlaßte Mrs. Honeychurch Lucy und ihren Fiasco, sie auf eine kleine Gartenparty in der Nachbarschaft zu begleiten; denn selbstverständlich wollte sie den Leuten zeigen, daß ihre Tochter einen vorzeigbaren Mann heiratete.

Cecil war mehr als vorzeigbar; er sah distinguiert aus, und es war sehr hübsch anzusehen, wie seine schlanke Gestalt neben Lucy Schritt hielt und sein schönes, schmales Gesicht reagierte, wenn Lucy mit ihm sprach. Die Leute gratulierten Mrs. Honeychurch, was, glaube ich, als Fauxpas gilt, sie jedoch erfreute und dazu bewog, Cecil ziemlich wahllos ein paar biederen Matronen vorzustellen.

Beim Tee kam es zu einem kleinen Unglück: eine Tasse fiel um und der Inhalt ergoß sich über Lucys geblümtes Seidenes. Lucy tat, als wäre nichts weiter geschehen, doch ihre Mutter tat genau das Gegenteil, zog sie ins Haus hinein und ließ den Rock dort von einem verständnisvollen Dienstmädchen behandeln. Sie blieben eine ganze Weile verschwunden, und Cecil war die ganze Zeit über den alten Damen ausgeliefert. Als Lucy und ihre Mutter zurückkehrten, war er nicht mehr so nett wie zuvor.

»Gehst du oft auf solche Parties?« fragte er auf der Heimfahrt.
»Naja, ab und zu«, sagte Lucy, die sich ganz gut amüsiert hatte.
»Sind solche Parties typisch für die Gesellschaft auf dem Lande?«
»Ich nehme an. Mutter, wie siehst du das?«
»Eine Menge Gesellschaften«, sagte Mrs. Honeychurch, die versuchte, sich an den Schnitt eines bestimmten Kleides zu erinnern, das sie gesehen hatte.
Da er sah, daß sie in Gedanken ganz woanders war, beugte Cecil sich zu Lucy hinüber und sagte:
»Ich fand es ausgesprochen schrecklich, abscheulich und nichts Gutes verheißend.«
»Tut mir leid, daß wir dich allein lassen mußten.«
»Das nicht – ich meine die Glückwünsche. Wirklich widerlich, wie so ein Verlöbnis als eine Art öffentlichen Eigentums betrachtet wird – eine Art Abfallplatz, wo jeder Außenseiter seinen vulgären Gefühlen Luft machen kann. Wie all diese alten Schachteln gefeixt haben!«
»Durch so was muß man wohl durch. Beim nächstenmal bemerken sie uns gar nicht mehr.«
»Aber mir geht es doch gerade darum, daß ihre ganze Einstellung falsch ist. Eine Verlobung – allein schon das Wort! Scheußlich! – eine Verlobung ist eine Privatangelegenheit und sollte wie eine solche behandelt werden.«
Und doch taten die feixenden alten Damen – mochten sie sich im einzelnen auch noch so falsch verhalten – insgesamt (was den Fortbestand der ganzen Menschheit betrifft) genau das richtige. Durch sie lächelte der Geist der Generationen und jubelte über die Verlobung von Cecil und Lucy, weil darin das Versprechen für den Fortbestand des Lebens auf der Erde lag.

Cecil und Lucy versprach sie etwas ganz anderes – persönliche Liebe. Daher Cecils Gereiztheit und Lucys Überzeugung, daß diese Gereiztheit gerechtfertigt sei.

»Wie ärgerlich!« sagte sie. »Hättest du nicht Tennisspielen gehen können?«

»Ich spiele nicht Tennis – zumindest nicht in der Öffentlichkeit. Die romantische Vorstellung, daß ich ein Sportler wäre, muß die Nachbarschaft sich abschminken. Wenn ich was Romantisches habe, dann das des Inglese italianato.«

»Des Inglese italianato?«

»È un diavolo incarnato! Du kennst dieses Sprichwort?«*

Sie kannte es nicht. Auch schien es nicht gerade anwendbar auf einen Engländer, der mit seiner Mutter einen stillen Winter in Rom verbracht hatte. Doch seit seiner Verlobung gab Cecil sich gern kosmopolitisch frech und unbekümmert, was er eigentlich gar nicht war.

»Nun«, sagte er, »ich kann nichts machen, wenn sie mich ablehnen. Zwischen ihnen und mir sind gewisse unüberwindbare Schranken aufgerichtet, und mit denen muß ich mich abfinden.«

»Wir haben wohl alle unsere Grenzen«, sagte Lucy.

»Manchmal werden sie uns aber aufgezwungen«, erklärte Cecil, der ihrer Bemerkung entnahm, daß sie seine Einstellung nicht ganz verstand.

»Wieso das?«

»Es ist schließlich ein Unterschied, ob wir uns selbst eingrenzen, oder aber ob wir durch Schranken ausgegrenzt werden, die andere errichten, findest du nicht auch?«

---

* Inglese italianato – oder moderner: italianizzato –, diavolo incarnato! – Ein zum Italiener gewordener Engländer ist der Teufel in Person. *A.d.Ü.*

Sie überlegte einen Moment und stimmte dann zu, daß das in der Tat ein Unterschied sei.
»Unterschied?« rief Mrs. Honeychurch plötzlich putzmunter. »Ich sehe keinen Unterschied. Barrieren sind Barrieren, insbesondere, wenn sie an der gleichen Stelle stehen.«
»Wir sprachen von Beweggründen«, sagte Cecil, dem die Unterbrechung wider den Strich ging.
»Schau her, mein lieber Cecil.« Sie spreizte die Knie und legte sich ihr Kartentäschchen auf den Schoß. »Das bin ich. Das hier ist *Windy Corner*. Und was sonst noch auf dem Muster ist, das sind die anderen Leute. Beweggründe, alles schön und gut – aber die Grenze, die liegt hier.«
»Wir haben ja nicht von richtigen Grenzen gesprochen«, sagte Lucy lachend.
»Ach so, ich verstehe – ihr sprecht von Dichtung.«
Seelenruhig lehnte sie sich zurück. Cecil fragte sich, warum Lucy das so amüsiert hatte.
»Ich will euch sagen, wer keine ›Grenzen‹ hat, wie ihr es nennt«, fuhr sie fort. »Mr. Beebe nämlich.«
»Ein Pfarrer ohne Grenzen – das würde bedeuten, daß er sich nicht verteidigen kann.«*
Lucy kam zwar dem Wortsinn dessen, was die Leute sagten, immer erst langsam auf die Spur, begriff aber immer sofort, worauf sie hinauswollten. So begriff sie Cecils Epigramm zwar nicht, spürte aber augenblicklich, was er damit meinte.
»Magst du Mr. Beebe nicht?« fragte sie nachdenklich.
»Das habe ich nicht behauptet!« rief er. »Für mich steht er weit über dem Durchschnitt. Ich habe nur in Abrede gestellt,

* Unübersetzbares engl. Wortspiel: »A parson *fenceless* would mean a parson *defenceless*. *A.d.Ü.*

daß ...« Und damit erging er sich ausführlich nochmals über das Thema von Grenzen und Barrieren und brillierte damit.

»Ja, und weißt du, ein Pfarrer, den ich hasse«, sagte sie in dem Bemühen, etwas Verständnisvolles zu sagen, »ein Pfarrer, der sehr wohl Grenzen hat und Barrieren aufrichtet, und zwar ganz scheußliche, das ist Mr. Eager, der englische Kaplan in Florenz. Der war wirklich unredlich – hat sich nicht nur unglücklich benommen. Er war ein Snob und so eingebildet, daß er die häßlichsten Dinge gesagt hat.«

»Was für Dinge?«

»Da war ein alter Mann in der Pension – von dem hat er behauptet, er habe seine Frau ermordet.«

»Vielleicht hat er das getan.«

»Wieso, nein.«

»Und wieso – ›nein‹?«

»Weil er meiner Meinung nach ein wirklich netter alter Mann war.« Cecil lachte über ihre weibliche Inkonsequenz.

»Nun, ich habe versucht, der Sache nachzugehen. Mr. Eager wollte ja nie richtig mit der Sprache heraus. Er hält am liebsten immer alles im Vagen, behauptet, der alte Mann habe ›praktisch‹ seine Frau ermordet, habe sie in den Augen Gottes umgebracht.«

»Psst, meine Liebe!« sagte Mrs. Honeychurch ziemlich abwesend.

»Ja, ist es denn nicht unerträglich, daß ein Mann, der uns als Vorbild hingestellt wird, rumgeht und üble Nachrede über seine Mitmenschen verbreitet? Meiner Meinung nach hat es vor allem an ihm gelegen, daß man den alten Mann hat fallen lassen. Die Leute taten so, als hätte er kein Benimm, aber das stimmte einfach nicht.«

»Der arme alte Mann. Wie hieß er denn?«
»Harris«, sagte Lucy leichthin.
»Hoffen wir, daß er so'n Mensch nich' war«, sagte ihre Mutter. Cecil erkannte die Anspielung und nickte intelligent.*
»Gehört Mr. Eager nicht zum Typ des kulturbeflissenen Pfarrers?« fragte er.
»Ich weiß nicht. Ich hasse ihn. Ich habe ihn einen Vortrag über Giotto halten hören. Ich hasse ihn. Engstirnigkeit läßt sich nicht übertünchen. Ich *hasse* ihn!«
»Aber Himmelherrgottnochmal, Kind!« sagte Mrs. Honeychurch. »Du bringst mich noch um! Was gibt es da, sich dermaßen zu ereifern? Ich verbiete dir und Cecil, noch irgendwelche anderen Pfarrer zu hassen!«
Er lächelte. Lucys moralische Empörung über Mr. Eager hatte in der Tat etwas Übertriebenes. Es war, als sollte man an der Decke der Sixtinischen Kapelle unbedingt einen Leonardo entdecken. Ihm war danach, ihr zu verstehen zu geben, daß dort ihre Berufung nicht liege; daß Macht und Liebreiz einer Frau im Geheimnisvollen lägen und nicht darin, blindwütig um sich zu schlagen. Doch möglicherweise ist die Fähigkeit zu schimpfen ein Zeichen von Vitalität; zwar tut sie der Schönheit einer Frau Abbruch, beweist aber, daß sie lebendig ist. Nach einigem Überlegen betrachtete er ihr errötetes Gesicht und ihre erregten Gesten mit einer gewissen Beifälligkeit und nahm Abstand davon, das jugendliche Feuer unterdrücken zu wollen.
Die Natur – der einfachste aller Gesprächsgegenstände, dachte

* In Dickens' Martin Chuzzlewit spricht Mrs. Gamp in ihrem Cockney-Gerede ständig von einer Mrs. Harris, die es aber offenbar nur in ihrer Phantasie gibt. *A.d.Ü.*

er – dehnte sich rings um sie her. Er fand lobende Worte für die Fichtenwälder, die tiefen Adlerfarn-Teiche, die scharlachroten Blätter, mit denen die Bickbeeren gesprenkelt waren, die brauchbare Schönheit der Landstraße. In der freien Natur kannte er sich nicht so gut aus, und bisweilen irrte er sich bei etwas Selbstverständlichem. Mrs. Honeychurchs Mundwinkel zuckten, als er vom ewigen Grün der Lärchen sprach.
»Ich halte mich selbst für vom Glück begünstigt«, schloß er. »Bin ich in London, meine ich, nie woanders leben zu können. Und bin ich auf dem Lande, habe ich dort das gleiche Gefühl. Schließlich finde ich, daß Vögel und Bäume und Himmel zu den schönsten Dingen im Leben gehören, und daß die Menschen, die unter ihnen leben, zu den besten gehören müssen. Gewiß, in neun von zehn Fällen scheinen sie überhaupt nichts wahrzunehmen. Der auf dem Lande lebende Gentleman und der Landarbeiter gehören jeder auf seine Weise zu den wenigst erhebenden Gefährten, die man sich vorstellen kann. Und doch leben sie vielleicht in einem stillschweigenden Einklang mit dem Wirken der Natur, wie es uns Städtern versagt ist. Ergeht Ihnen das auch so, Mrs. Honeychurch?«
Mrs. Honeychurch fuhr zusammen und lächelte. Sie hatte nicht zugehört.
Cecil, der auf dem Vordersitz des Viktoria-Phaeton ziemlich beengt saß, war reizbar und entschlossen, nichts Interessantes mehr zu sagen.
Lucy war gleichfalls nicht bei der Sache gewesen. Sie hatte die Stirn gerunzelt und machte immer noch ein wütendes Gesicht – die Folge, wie er fand, von zuviel moralischer Gymnastik. Wie traurig, sie den Schönheiten eines August-Waldes gegenüber so blind zu sehen.

»›*Come down, O maid, from yonder mountain height*‹«, zitierte er und berührte ihr Knie mit dem seinen.
Sie errötete neuerlich und sagte: »Was für einer Höhe?«

»Come down, O maid, from yonder mountain height:
What pleasure lives in height (the shepherd sang),
*In height and in the splendour of the hills?«**

»Halten wir uns an den Rat deiner Mutter und hören wir auf, Geistliche zu hassen. Was ist das für ein Ort hier?«
»Summer Street, natürlich«, sagte Lucy und erhob sich.
Der Wald hatte sich aufgetan, um Raum für eine langsam abfallende dreieckige Wiese zu geben. Hübsche kleine Häuser säumten sie auf zwei Seiten; der obere und dritte Schenkel wurde von einer neuen steingebauten Kirche eingenommen, die von teurer Einfachheit zeugte und einen reizvollen, schindelbedachten Turm aufwies. Mr. Beebes Haus stand ganz in der Nähe der Kirche, und was die Höhe betraf, so unterschied es sich kaum von den anderen Häuschen. Zwar gab es durchaus ein paar große Landhäuser, doch die standen versteckt zwischen den Bäumen. Der Anblick erinnerte eher an eine Almmatte in der Schweiz als an den Schrein und Mittelpunkt einer Welt der Muße; nur zwei häßliche kleine Villen wirkten wie ein Schandfleck – jene Doppelhäuser, die mit Cecils Verlöbnis konkurriert hatten und von Sir Harry Otway an demselben Nachmittag erworben worden waren, da Lucy von ihm erworben worden war.

---

* Komm herab, oh, Mädchen, von der Bergeshöh dort drüben: / Welche Lust lebt auf der Höh (sang der Schäfer) / Lebt auf der Höh und in der Großartigkeit der Berge? – Alfred Tennyson, *The Princess*. – Cecil zitiert nicht ganz korrekt. Der dritte Vers müßte lauten: *In height and cold, the splendor of the hills. A.d.Ü.*

›Cissie‹ hieß eine der Villen, ›Albert‹ die andere – welchselbige Namen nicht nur in schwer lesbarer Fraktur an den Gartenpforten prangten, sondern ein zweitesmal am Vorbau, wo sie in Blockschrift auf dem Halbrund über der Haustür standen. Albert war bewohnt. In den schmalen, zu dieser Haushälfte gehörenden Garten eingezwängt leuchteten Geranien und Lobelien und blankgeputzte Muscheln. Die kleinen Fenster waren keusch mit Nottingham-Spitze drapiert. Cissie hingegen war noch zu vermieten. Drei Anschläge, die Hausmaklern aus Dorking gehörten, hingen windschief am Zaun und verkündeten diese nicht verwunderliche Tatsache. Die Gartenwege waren bereits verunkrautet und der taschentuchgroße Rasen gelb vom Löwenzahn.

»Das Dorf ist verschandelt!« riefen die Damen wie aus einem Mund. »Summer Street wird nie wieder sein, was es einmal war.«

Als der Kutschwagen vorüberrollte, öffnete sich die Tür von Cissie und ein Herr trat hervor.

»Halt!« rief Mrs. Honeychurch und stieß den Kutscher mit der Spitze ihres Sonnenschirms an. »Das ist Sir Harry. Jetzt wollen wir es wissen. Sir Harry, reißen Sie die Dinger sofort ab!«

Sir Harry Otway – der nicht beschrieben zu werden braucht – trat an den Victoria-Phaeton heran und sagte:

»Mrs. Honeychurch, das hatte ich auch vor. Aber ich kann es nicht, ich kann Miss Flack nicht einfach auf die Straße setzen.«

»Hab' ich nicht recht gehabt? Sie hätte längst vor Unterzeichnung des Vertrages ausziehen müssen. Lebt sie immer noch mietfrei hier, wie schon zu Zeiten ihres Neffen?«

»Was soll ich tun?« Er senkte die Stimme. »Eine alte Dame, so schrecklich gewöhnlich und so gut wie bettlägerig!«

»Werfen Sie sie raus«, erklärte Cecil mutig.
Sir Harry seufzte auf und wandte den Blick bekümmert den beiden Villen zu. Man hatte ihn, was Mr. Flacks Absichten betraf, durchaus gewarnt, und er hätte das Grundstück noch vor Baubeginn erwerben können, war jedoch zu dickfellig und säumig gewesen. Summer Street war ihm seit Jahren so vertraut gewesen, daß er sich einfach nicht hatte vorstellen können, wie man es verschandeln könnte. Jedenfalls nicht, bevor Mrs. Flack den Grundstein gelegt hatte. Und erst, als das Monstrum aus roten und cremefarbenen Ziegeln angefangen hatte, in die Höhe zu wachsen, war ihm der Schrecken in die Glieder gefahren. Er sprach bei Mr. Flack vor, dem örtlichen Bauunternehmer – einem durchaus vernünftigen und von Hochachtung erfüllten Mann –, der auch meinte, ein Ziegeldach würde wohl künstlerischer wirken, doch Schiefer sei nun einmal billiger. Was jedoch die korinthischen Säulen betraf, die sich wie die Blutegel an die Rahmen der Erkerfenster schmiegten, so erlaubte er sich, anderer Meinung zu sein; denn was ihn betreffe, so lockere er die Fassade eben gern durch ein paar Verzierungen auf. Sir Harry gab zu bedenken, daß eine Säule möglichst nicht nur dekorativ wirken, sondern auch eine tragende Funktion haben solle. Woraufhin Mr. Flack erwiderte, sämtliche Säulen seien nun mal bestellt, und noch hinzusetzte, »eine jede mit einem anderen Kapitell – eins mit Drachen im Laubwerk, eins, das sich dem jonischen Stil annähert, ein drittes, das Mrs. Flacks Initialen trägt – eben jedes anders.« Er habe nämlich Ruskin gelesen. Seine Villen baue er seinen Wunschvorstellungen entsprechend. Erst, als er eine nicht an einen anderen Ort zu verpflanzende gelähmte Tante in einem von ihnen untergebracht hatte, kaufte Sir Harry das Doppelhaus.

Diese sinnlose und keinerlei Gewinn abwerfende Transaktion erfüllte den Edelmann, als er sich auf Mrs. Honeychurchs Kutsche lehnte, mit Trauer. Er war den Pflichten, die er den Leuten gegenüber hatte, nicht nachgekommen; jetzt machten die Leute sich auch noch über ihn lustig und lachten ihn aus. Er hatte Geld ausgegeben, und trotzdem war Summer Street so verschandelt wie zuvor. Jetzt bleibe ihm nichts anderes übrig, als zumindest einen annehmbaren Mieter für Cissie zu finden – jemand, den man hier wirklich gern sähe.

»Der Mietzins ist lächerlich gering«, sagte er ihnen, »und vielleicht bin ich auch ein umgänglicher Vermieter. Nur – es hat eben diese unmögliche Größe – für die Klasse der Landarbeiter zu groß, und für Leute ungefähr so wie wir zu klein.«

Cecil war unentschlossen gewesen, wen er nun verachten sollte, die Villen oder Sir Harry, daß er sie verachtete. Letztere Regung schien ihm nachgerade am fruchtbarsten.

»Es sollte wahrhaftig nicht schwerfallen, einen Mieter dafür zu finden«, sagte er boshaft. »Für einen Bankangestellten wäre so was doch geradezu das Paradies.«

»Richtig«, erklärte Sir Harry aufgeregt. »Genau das fürchte ich eben, Mr. Vyse. Es werden sich die falschen Leute angesprochen fühlen. Die Eisenbahnverbindungen sind besser geworden – eine fatale Verbesserung, wenn Sie mich fragen. Und was sind im Zeitalter des Fahrrades, in dem wir leben, heute schon fünf Meilen?«

»Das müßte allerdings schon ein sehr kräftiger Angestellter sein«, sagte Lucy.

Cecil, der voll steckte von mittelalterlicher Boshaftigkeit, erwiderte, daß die Körperkraft der unteren Mittelklasse sich erschreckend schnell verbessere. Sie erkannte, daß er sich über

ihren harmlosen Nachbarn lustig machte, und erhob sich, um dem Einhalt zu gebieten.
»Sir Harry!« rief sie aus. »Ich habe eine Idee. Wie wär's mit zwei unverheirateten alten Damen?«
»Das wäre großartig, meine liebe Lucy. Kennen Sie jemand?«
»Ja; ich habe sie im Ausland kennengelernt.«
»Hochwohlgeborene Damen aus guter Familie?« erkundigte er sich vorsichtig.
»Jaja, selbstverständlich, und im Augenblick ohne Heim. Gerade vorige Woche habe ich von ihnen gehört. Miss Teresa und Miss Catharine Alan. Ich mache wirklich keinen Spaß. Das sind genau die richtigen Leute. Mr. Beebe kennt sie auch. Soll ich ihnen sagen, sie sollten sich an Sie wenden?«
»Ich wäre Ihnen sehr verbunden«, rief er. »Da haben wir ja schon eine Lösung unseres Problems. Wie wunderbar! Sie sollen in den Genuß besonderer Vorteile kommen – bitte, schreiben sie ihnen, daß ich ihnen mit dem Preis entgegenkomme; so brauchen Sie zum Beispiel keine Maklercourtage zu bezahlen! Ach, diese Makler! Was für schreckliche Leute die zu mir geschickt haben! Einer Frau schrieb ich – einen taktvollen Brief, Sie verstehen – und bat sie, mir ihre gesellschaftliche Stellung zu umreißen, woraufhin sie erwiderte, sie werde die Miete im voraus bezahlen! Als ob es darum gegangen wäre! Und etliche Referenzen, denen ich nachging, stellten sich als höchst unbefriedigend heraus – die Leute Schwindler oder zumindest nicht anständig. Und ach, wie man hinters Licht geführt wird! Vorige Woche habe ich eine ganze Menge Unerfreuliches zu sehen gekriegt. Diese Falschheit bei den vielversprechendsten Leuten! Meine liebe Lucy, diese Falschheit!«
Sie nickte.

»Wenn Sie mich fragen«, mischte Mrs. Honeychurch sich jetzt ein, »so kann ich Ihnen nur raten, sich nicht auf Lucys verblühte hochwohlgeborene Damen einzulassen. Den Typ kenne ich. Man bewahre mich vor Leuten, die bessere Tage gesehen haben und Erbstücke mitbringen, die das ganze Haus muffig riechen lassen. Es ist zwar traurig, aber ich würde lieber an jemand vermieten, der in der Welt aufsteigt als an jemand, der abgestiegen ist.«

»Ich glaube, ich verstehe, was Sie meinen«, sagte Sir Harry, »aber wie Sie schon sagten, es ist eine sehr traurige Sache.«

»So sind die Miss Alans aber nicht!« verwahrte Lucy sich laut.

»Doch sind sie das!« erklärte Cecil. »Ich habe sie gar nicht persönlich kennengelernt, aber ich meine, sie wären wirklich eine höchst unpassende Bereicherung für die Gegend.«

»Hören Sie nicht auf ihn, Sir Harry ... er kann einem ganz schön auf die Nerven gehen.«

»Ich bin es, der andere nervt«, erwiderte er. »Ich sollte junge Leute nicht mit meinen Sorgen behelligen. Aber ich weiß wirklich nicht mehr ein noch aus, und Lady Otway erklärt mir immer nur, daß man nicht vorsichtig genug sein kann, was mir auch nicht weiterhilft.«

»Dann darf ich also meinen Miss Alans schreiben?«

»Ich bitte darum!« erklärte er laut.

Doch seine Augen flackerten, als er Mrs. Honeychurch ausrufen hörte:

»Hüten Sie sich! Sie haben bestimmt Kanarienvögel. Sir Harry, hüten Sie sich vor Kanarienvögeln. Die verstreuen ihre Futterhülsen durch die Käfigstäbe, und das lockt Mäuse an. Überhaupt, hüten Sie sich vor Frauen! Vermieten Sie nur an einen Mann!«

»Wirklich ...«, murmelte er beherzt, sah jedoch ein, wie klug das war, was sie sagte.

»Männer klatschen jedenfalls nicht beim Tee. Und wenn sie sich betrinken, hat es irgendwann ein Ende mit ihnen – sie legen sich behaglich nieder und schlafen ihren Rausch aus. Sind sie vulgär, behalten sie das irgendwie für sich. Sie posaunen das nicht heraus. Ich würde immer einen Mann nehmen – natürlich vorausgesetzt, er ist sauber.«

Sir Harry lief rot an. Weder er noch Cecil genossen die unverhohlenen Komplimente, die ihrem Geschlecht da gemacht wurden. Selbst bei Ausschluß der Schmutzigen blieb ihnen nicht viel an Auszeichnung! Sir Harry schlug vor, wenn sie Zeit habe, solle Mrs. Honeychurch doch aussteigen und sich Cissie einmal selbst ansehen. Sie war entzückt. Die Natur hatte sie ursprünglich dazu ausersehen, arm zu sein und in einem solchen Hause zu leben. Wie ein Haus eingerichtet war, interessierte sie immer, insbesondere dann, wenn es sich um kleine Häuser handelte.

Cecil zog Lucy zurück, als sie ihrer Mutter folgte.

»Mrs. Honeychurch«, sagte er, »wie wäre es, wenn wir beiden zu Fuß heimgingen und Sie jetzt allein ließen?«

»Aber gewiß doch«, lautete ihre huldvolle Antwort.

Sir Harry schien nicht minder froh, sie loszusein. Wissend strahlte er sie an und sagte: »Aha! Junge Leute, junge Leute, junge Leute!« Dann beeilte er sich, das Haus aufzuschließen.

»Hoffnungsloser Emporkömmling!« rief Cecil, kaum daß sie außer Hörweite waren.

»Aber Cecil!«

»Ich kann mir nicht helfen. Es wäre unrecht, diesen Mann nicht zu verabscheuen.«

»Er ist vielleicht ungebildet, aber er ist doch nett.«
»Nein, Lucy, er repräsentiert alles, was schlecht ist am Landleben. In London wüßte er, wo er hingehört. Dort wäre er Mitglied irgendeines hirnlosen Clubs, und seine Frau würde hirnlose Dinnerparties geben. Aber hier führt er sich mit seinem bißchen guter Erziehung auf wie ein kleiner Gott, mit seiner Herablassung, seiner Pseudo-Ästhetik, und alle – selbst deine Mutter – lassen sich von ihm einwickeln.«
»Alles, was du sagst, stimmt zwar«, erklärte Lucy, obwohl sie ganz verzagt war. »Ich frage mich – frage mich nur, ob das alles wirklich so wichtig ist.«
»Aber es ist wichtiger als alles andere. Sir Harry ist die personifizierte Gartenparty. Mein Gott, wie wütend ich bin! Wie ich hoffe, daß er irgendeinen ganz gewöhnlichen Mieter in diese Villa hineinbekommt – irgendeine Frau, die so vulgär ist, daß er es auch richtig merkt. *Hochwohlgeboren!* Ausgerechnet der mit seiner Glatze und dem fliehenden Kinn! Aber vergessen wir ihn!«
Nichts tat Lucy im Augenblick lieber als das. Wenn Cecil etwas gegen Sir Harry Otway und Mr. Beebe hatte, was garantierte ihr, daß er Leute, die ihr wirklich etwas bedeuteten, ungeschoren davonkommen ließ? Zum Beispiel Freddy? Freddy war weder besonders klug und gebildet, noch feinfühlig oder schön – was also hielt Cecil davon ab, im nächsten Augenblick zu sagen: »Es wäre unrecht, Freddy nicht zu verabscheuen?« Und was sollte sie dazu sagen? Weiter als Freddy ging sie nicht, doch das war für sie schon beängstigend genug. Sie konnte sich nur immer wieder versichern, daß Cecil Freddy seit geraumer Zeit kannte und daß sie immer ganz gut miteinander ausgekommen waren, ausgenommen vielleicht die letzten paar Tage, und das konnte Zufall sein.

»Welchen Weg wollen wir einschlagen?« fragte sie ihn.
Die Natur – das einfachste aller Gesprächsstoffe – lag rings um sie her ausgebreitet. Summer Street lag tief in den Wäldern versteckt, und sie war dort stehengeblieben, wo ein Fußweg von der Landstraße abzweigte.
»Gibt es denn mehrere Wege?«
»Vielleicht ist es vernünftiger, der Landstraße zu folgen, wo wir doch so fein angezogen sind.«
»Ich würde lieber durch den Wald gehen«, sagte Cecil mit jenem unterdrückten Ärger, den sie bereits den ganzen Nachmittag an ihm bemerkt hatte. »Wie kommt es, daß du immer die Straße vorschlägst, Lucy? Bist du dir darüber im klaren, daß du seit unserer Verlobung mit mir noch kein einziges Mal auf den Feldern oder im Wald gewesen bist?«
»Bin ich das nicht? Dann durch den Wald«, sagte Lucy und erschrak über diese Schrulle, die er ihr aber, davon war sie überzeugt, früher oder später erklären würde. Es entsprach nicht seiner Gewohnheit, sie in bezug auf das, was er meinte, im unklaren zu lassen.
Sie ging voran in die flüsternden Fichten hinein und in der Tat erklärte er es, kaum, daß sie ein Dutzend Schritte gemacht hatten.
»Ich hatte mir eingebildet – womit ich mich vielleicht irre – daß du dich in einem Zimmer mehr mit mir zuhause fühlst.«
»In einem Zimmer?« wiederholte sie, hoffnungslos verwirrt.
»Ja, oder doch zumindest in einem Garten oder auf einer Straße. Niemals jedoch in der freien Natur wie jetzt.«
»Aber Cecil, was meinst du nur? Ein solches Gefühl habe ich noch nie gehabt. Du redest, als wäre ich eine Art Dichterin oder so.«

»Was du bist, weiß ich nicht. Ich jedenfalls bringe dich mit einem Ausblick in Verbindung – einer bestimmten Art von Aussicht. Warum solltest du mich da nicht mit einem Zimmer in Verbindung bringen?«
Sie dachte einen Moment nach und sagte dann lachend:
»Weißt du, daß du damit recht hast? Das tue ich wirklich. Ich muß doch eine Dichterin sein. Wenn ich an dich denke, stelle ich mir dich immer in einem Zimmer vor. Wie komisch!«
Zu ihrer Verwunderung schien ihn das zu ärgern.
»In einem Salon? Ohne Aussicht?«
»Ja, ohne Aussicht, denke ich. Warum nicht?«
»Mir«, sagte er vorwurfsvoll, »mir wäre es lieber, du brächtest mich mit der freien Natur in Verbindung.«
Und wieder sagte sie: »Ach, Cecil, was meinst du nur?«
Da von ihm keine Erklärung kam, schüttelte sie das Thema als für ein Mädchen zu schwierig ab, führte ihn weiter in den Wald hinein, und blieb ab und zu an ganz besonders schönen oder ihr vertrauten Baumgruppen stehen. Sie kannte den Wald zwischen Summer Street und *Windy Corner,* seit sie allein umherlaufen konnte; sie hatte mit Freddy Haschen darin gespielt, als Freddy noch ein kleines Kind mit violett angelaufenem Gesicht gewesen war; und wiewohl sie inzwischen in Italien gewesen war, hatte der Wald nichts von seinem Zauber für sie verloren.
Schließlich traten sie auf eine kleine Lichtung inmitten der Fichten hinaus – wieder eine winzige grüne Almmatte, ganz einsam diesmal, die einen seichten Teich in ihrem Busen barg.
»Der Heilige Teich!« rief sie.
»Warum nennst du ihn so?«
»Warum, weiß ich nicht mehr. Wahrscheinlich habe ich das

aus irgendeinem Buch. Jetzt ist es nur eine größere Pfütze, aber siehst du den Bach, der mitten hindurchfließt? Nun, nach schweren Regenfällen kommt eine Menge Wasser herunter, das kann nicht alles abfließen, und dann wird der Teich ziemlich groß und wunderschön. Freddy hat dann immer hier gebadet. Er tut das sehr gern.«

»Und du?«

Was er meinte, war: ›Badest du auch gern?‹, doch sie antwortete verträumt: »Ich habe auch hier gebadet, bis man dahinterkam. Dann hat es einen fürchterlichen Krach gegeben.«

Zu einem anderen Zeitpunkt wäre er vielleicht schockiert gewesen, denn er war keineswegs frei von tiefsitzender Prüderie. Doch jetzt, wo er aus seiner Liebe zur freien Natur und der frischen Luft einen Kult machte, war er entzückt von ihrer bewundernswürdigen Einfachheit. Er sah zu ihr auf, wie sie am Rand des Teiches stand. Sie war, wie sie es ausgedrückt hatte, fein angezogen, und sie erinnerte ihn an eine schimmernde Blume, die selbst keinerlei Blätter aufweist, sondern unvermittelt einer Welt aus Grün erwächst.

»Wer ist denn dahintergekommen?«

»Charlotte«, murmelte sie. »Sie war gerade auf Besuch bei uns. Charlotte – Charlotte.«

»Du ärmste!«

Sie lächelte ernst. Ein gewisses Vorhaben, vor dem er bislang zurückgeschreckt war, schien unversehens in greifbare Nähe gerückt.

»Lucy!«

»Ja, ich glaube, wir sollten jetzt gehen«, lautete ihre Antwort.

»Lucy, ich möchte dich um etwas bitten, worum ich dich bisher noch nie gebeten habe.«

Als sie hörte, in welch ernstem Ton er das sagte, trat sie offen und freundlich auf ihn zu.
»Was denn, Cecil?«
»Ich habe dich – nicht einmal an dem Tag auf dem Rasen, als du einwilligtest, meine Frau zu werden ...«
Er wurde verlegen und sah sich um, als gälte es, sich zu vergewissern, daß niemand sie beobachtete. Der Mut hatte ihn schon wieder verlassen.
»Ja?«
»Ich habe dich bis jetzt noch nie geküßt.«
Sie lief puterrot an, als ob er es höchst undelikat ausgedrückt hätte.
»Nein ... das hast du wirklich nicht«, stammelte sie.
»Dann bitte ich dich – darf ich, jetzt?«
»Selbstverständlich darfst du, Cecil. Du hättest es auch schon früher tun dürfen. Ich kann mich schließlich nicht auf dich stürzen.«
In diesem großen Augenblick war er sich nur größter Unsinnigkeiten bewußt. Ihre Antwort war unangemessen. Jetzt hob sie auch noch ihren Schleier auf so sachlich-nüchterne Weise in die Höhe. Als er sich ihr näherte, fand er die Zeit zu wünschen, er könnte zurückzucken. Als er sie berührte, geriet sein goldenes Pince-nez ins Rutschen und wurde zwischen ihnen eingeklemmt.
Soviel zu Umarmung und Kuß. Er betrachtete beides – durchaus zu recht – als mißglückt. Leidenschaft sollte sich für unwiderstehlich halten. Dabei sollte man auf höfliches Betragen und Rücksichtnahme samt allen anderen Flüchen einer verfeinerten Natur pfeifen. Vor allem aber sollte sie nie danach fragen, ob etwas gestattet ist oder nicht. Warum konnte er

nicht vorgehen, wie jeder Arbeiter oder Handwerker – nein, wie jeder junge Ladenschwengel es getan hätte? Er inszenierte die Szene für sich noch einmal. Lucy stand einer Blume gleich am Rand des Wassers; er flog auf sie zu und schloß sie in die Arme; sie stieß ihn zurück, ließ ihn dann doch gewähren und bewunderte ihn hinterher ob seiner Männlichkeit. Denn er glaubte, Frauen bewunderten Männer ob ihrer Männlichkeit.

Schweigend verließen sie nach dieser einen Begegnung den Teich. Er wartete darauf, daß sie irgendeine Bemerkung dazu machte, die ihm ihre innersten Gedanken enthüllten. Schließlich ergriff sie das Wort, und zwar mit geziemendem Ernst.

»Emerson hieß er, nicht Harris.«

»Hieß wer?«

»Der alte Mann.«

»Was für ein alter Mann?«

»Der alte Mann, von dem ich dir erzählt habe. Der, dem gegenüber Mr. Eager sich so unfreundlich benommen hat.«

Woher sollte er ahnen, daß dies das persönlichste Gespräch war, das sie jemals geführt hatten?

ZEHNTES KAPITEL

Cecil als Humorist

Die Gesellschaft, aus der Cecil Lucy herausholen wollte, war vielleicht nichts besonders Erlauchtes, aber immerhin ging von ihr mehr Glanz aus, als Lucy ihrer Herkunft nach eigentlich zustand. Ihr Vater, ein wohlhabender Anwalt aus der Gegend, hatte *Windy Corner* als Spekulationsobjekt in einer Zeit erbaut, da das Land hier erschlossen wurde; dann hatte er sich in seine eigene Schöpfung verliebt und war zum Schluß selbst dort eingezogen. Bald nach seiner Heirat fing die gesellschaftliche Atmosphäre an, sich zu verändern. Es wurden noch andere Villen auf dem Kamm des steilen Südhangs erbaut; in den Fichtenwaldungen dahinter sowie weiter nördlich auf dem Kalkrücken der Downs noch weitere. Die meisten dieser Häuser waren größer als *Windy Corner*, und sie wurden von Leuten bezogen, die nicht aus der Gegend stammten, sondern überwiegend aus London – und die nun irrtümlich annahmen, die Honeychurches wären die letzten Reste der hiesigen Oberschicht. Ihm selbst machte das angst, doch seine Frau akzeptierte die Situation ohne Stolz und ohne ein Gefühl der Demütigung. »Ich weiß nicht, wie die Leute reagieren«, pflegte sie zu sagen, »aber für die Kinder ist das regelrecht ein Glücksfall.« Sie machte überall Besuch, ihre Besuche wurden allseits begeistert erwidert, und als die Leute dahinterkamen, daß sie nicht ganz aus ihren Kreisen stammte, hatten sie sie längst liebgewonnen, und es schien keine Rolle mehr zu spielen. Als Mr. Honeychurch starb, hatte er die Genugtuung – die nur wenige rechtschaffene Anwälte *nicht* genießen würden – seine Familie in der bestmöglichen Gesellschaft verwurzelt zu wissen.

Der bestmöglichen. Viele der neu Zugezogenen waren ziemlich beschränkt, was Lucy seit ihrer Rückkehr aus Italien besonders auffiel. Bisher hatte sie ihre Ideale fraglos hingenommen – ihre Freundlichkeit und Wohlhabenheit, ihre nicht zu Gefühlsüberschwang neigende Religion, ihre Abneigung gegen Papiertüten, Orangenschalen und zerbrochene Flaschen. Als eine in der Wolle gefärbte Liberale, lernte sie voller Entsetzen über die Vorortsgesellschaft sprechen. Das Leben bestand – soweit sie sich der Mühe unterzog, sich überhaupt eine Vorstellung davon zu machen – aus einem Kreis reicher, angenehmer Leute mit gleichen Interessen und gleichen Feinden. Innerhalb dieses Kreises dachte, heiratete und starb man. Außerhalb davon gab es Armut und Gewöhnlichkeit, Dinge, die ständig versuchten, in diesen Kreis einzubrechen, ähnlich wie der Londoner Nebel, der sich durch die Täler zwischen den Hügeln im Norden herüberwälzte, in die Fichtenwälder selbst einzudringen versuchte. Doch in Italien, wo jeder, der will, sich an der Gleichheit erwärmen kann wie an der Sonne, kam ihr diese Lebensauffassung abhanden. Ihre Sinne breiteten die Flügel aus; sie fand, daß es niemand gäbe, den sie, wenn sie wollte, nicht gernhaben könnte, daß die gesellschaftlichen Schranken zwar unverrückbar, wohl aber nicht besonders hoch waren. Man konnte sie überspringen, genauso, wie man im Apennin über das Mäuerchen hinwegspringen konnte, das den Olivenhain irgendeines Bauern begrenzte, der sich dann auch noch freute, einen zu sehen. Sie kehrte mit neuen Augen zurück.

Genauso war es Cecil ergangen; bloß hatte Italien Cecil nicht weitherzig und duldsam gemacht, sondern ihn verwirrt. Er erkannte, daß die Gesellschaft von Summer Street kleinkariert war, doch statt sich zu fragen: ›Ist das so wichtig?‹, begehrte er dagegen auf und versuchte, sie durch jene Gesellschaft zu ersetzen, die er großzügig nannte. Er begriff nicht, daß Lucy ihre Umwelt durch die tausend kleinen Artig- und Gefälligkeiten geweiht hatte, die mit der Zeit so etwas wie Feingefühl und Freundlichkeit entstehen lassen, und daß ihre Augen zwar erkannten, woran es dieser Gesellschaft mangelte, ihr Herz sich jedoch weigerte, sie deshalb rundheraus zu verachten. Und noch etwas – das noch wichtiger war – entging ihm: daß, wenn sie zu groß für diese Gesellschaft war, sie das für jede Gesellschaft gewesen wäre und sie jenes Stadium erreicht hatte, wo nur ganz persönliche Beziehungen sie zufriedenstellen konnten. Sie war zwar eine Rebellin, aber eine von einer Art, die er nicht verstand – eine Rebellin, der es nicht um einen größeren Salon ging, sondern darum, gleichberechtigt neben dem Manne zu stehen, den sie liebte. Denn Italien bot ihr das kostbarste aller Besitztümer – ihre eigene Seele.

Beim Spatzen-Tennis mit Minnie Beebe, der dreizehnjährigen Nichte des Pfarrers – ein altes und sehr ehrenwertes Spiel, bei dem es darum geht, Tennisbälle hoch in die Luft zu schlagen, so daß sie über das Netz fallen und möglichst hoch aufspringen; manche treffen Mrs. Honeychurch; andere gehen verloren. Dieser Satz ist durcheinandergeraten, beschreibt aber um so besser Lucys Gemütszustand, denn sie versuchte, gleichzeitig zu spielen und sich mit Mr. Beebe zu unterhalten.

»Ach, ist das eine Plage – erst er, dann sie –, niemand hatte eine Ahnung, was sie wollten, und alle so unangenehm.«
»Aber jetzt kommen sie wirklich«, sagte Mr. Beebe. »Ich habe Miss Teresa vor ein paar Tagen einen Brief geschrieben – sie wollte wissen, wie oft der Metzger kommt, und meine Auskunft, einmal im Monat, muß sie günstig beeindruckt haben. Sie kommen. Ich habe heute morgen von ihnen gehört.«
»Diese Miss Alans gehen mir bestimmt schrecklich auf die Nerven«, rief Mrs. Honeychurch. »Bloß weil sie alt und dämlich sind, dauernd in den höchsten Tönen ›Ach wie reizend‹ sagen zu müssen! Mich nervt dieses ständige Getue! Und die arme Lucy abgezehrt und nur noch ein Schatten ihrer selbst – geschieht ihr ganz recht!«
Mr. Beebe sah den Schatten über den Tennisplatz hüpfen und hörte ihn schreien. Cecil war nicht da – man spielte kein Spatzen-Tennis wenn er da war.
»Naja, wenn sie kommen – nicht, Minnie, nicht Saturn!« Saturn war ein Tennisball, dessen Nähte an einigen Stellen geplatzt waren. War er in Bewegung, wurde sein Rund von einem Ring umschlossen. »Wenn sie kommen, wird Sir Harry sie schon vor dem neunundzwanzigsten einziehen lassen, und den Passus über das Deckentünchen streicht er bestimmt, weil der sie nervös gemacht hat, und ersetzt ihn durch einen fairen Abnutzung-und-Renovierungsparagraphen. – Der zählt nicht. Ich hab' dir doch gesagt, nicht Saturn!«
»Aber für Spatzen-Tennis geht doch Saturn ohne weiteres«, rief Freddy, der sich zu ihnen gesellte. »Minnie, hör nicht auf das, was sie sagt.«
»Saturn springt aber nicht.« – »Saturn springt genug.« »Nein, tut er nicht.«

»Unsinn, er springt besser als die Schöne Weiße Teufelin.«*

»Aber, aber, mein Lieber!« kam es von Mrs. Honeychurch.

»Nun sieh dir diese Lucy an – da beschwert sie sich über Saturn und hat die ganze Zeit über die Schöne Weiße Teufelin in der Hand, bereit, sie hinzuschmettern. Richtig, Minnie, hol sie dir – knall ihr einen mit dem Schläger vors Schienbein –, knall ihr eins vors Schienbein!«

Lucy stürzte; die Schöne Weiße Teufelin rollte ihr aus der Hand.

Mr. Beebe hob sie auf und sagte: »Dieser Ball heißt Vittoria Corombona, bitte«, doch verhallte die Korrektur ungehört.

Freddy besaß in hohem Maße die Fähigkeit, kleine Mädchen zur Raserei zu treiben, und binnen einer halben Minute hatte er Minnie von einem wohlerzogenen Kind in eine heulende Furie verwandelt. Cecil oben im Haus hörte das Geschrei, und wiewohl er voll war von unterhaltsamen Neuigkeiten, kam er nicht herunter, sie den anderen mitzuteilen; schließlich lief er dann Gefahr, sich zu verletzen. Er war zwar kein Feigling und ertrug nötigen Schmerz so gut wie jeder andere Mann. Aber er haßte die körperliche Gewalttätigkeit der Jungen. Wie recht er hatte! Tatsächlich endete alles in Wehgeschrei.

»Ich wünschte, die Miss Alans könnten dies sehen«, meinte Mr. Beebe, gerade als Lucy, die dabei war, Minnie, die sich wehgetan hatte, zu trösten, ihrerseits von ihrem Bruder in die Höhe gehoben wurde.

---

* Anspielung auf Vittoria Corombona oder Accoramboni, 1557–85, in englischsprachigen Ländern bekannt aus John Websters Tragödie *The White Devil*, 1608; bei uns nahm Ludwig Tieck den Stoff als Vorwurf für seinen letzten großen, 1840 erschienen Roman *Vittoria Accorombona. A.d.Ü.*

»Wer sind die Miss Alans?« wollte der schweratmende Freddy wissen.
»Sie haben die Villa Cissie gemietet.«
»Die heißen aber ganz anders.«
Als er das sagte, rutschte er aus und fiel weich aufs Gras. Eine Pause entstand.
»Wer hieß anders?« fragte Lucy, die den Kopf ihres Bruders im Schoß hatte.
»Sie hießen nicht Alan. Die Leute, an die Sir Harry Cissie vermietet.«
»Unsinn, Freddy, du hast doch keine Ahnung davon.«
»Unsinn, *du*! Ich habe ihn doch gerade eben gesehen. Er sagte zu mir: ›Hm, Honeychurch‹« – Freddy war kein besonders guter Mime –, »›Hm! Hm! Jetzt habe ich endlich wirklich wünschenswerte Mieter gefunden.‹ Ich sagte: ›Na, prima, altes Haus!‹ und klopfte ihm auf den Rücken.«
»Richtig. Die Miss Alans?«
»Nein, nein. Irgend etwas wie Anderson.«
»Um alles in der Welt, jetzt nicht noch ein neues Kuddelmuddel!« ließ Mrs. Honeychurch sich vernehmen. »Siehst du, Lucy, wie recht ich immer habe? Ich habe dich *gewarnt*, du sollst dich bei Cissie nicht einmischen. Ich habe immer recht. Es ist mir wirklich unangenehm, immer recht zu behalten.«
»Das ist doch nur ein neues Kuddelmuddel von Freddy. Freddy kennt doch nicht mal den Namen der Leute, von denen er behauptet, daß sie sie statt dessen gemietet hätten.«
»Doch kenne ich den. Sie heißen Emerson.« – »Wie bitte?«
»Emerson. Ich wette alles, was du willst.«
»Wie wetterwendisch Sir Harry doch ist«, sagte Lucy leise. »Ich wünschte, ich hätte nie etwas unternommen!«

Dann legte sie sich auf den Rücken und starrte in den wolkenlosen Himmel hinauf. Mr. Beebe, dessen Hochachtung vor ihr von Tag zu Tag stieg, flüsterte seiner Nichte zu, *so* eben benehme man sich, wenn mal irgendwas schiefgelaufen sei.
Der Name der neuen Mieter lenkte Mrs. Honeychurch von der Betrachtung ihrer eigenen Fähigkeiten ab.
»Emerson, Freddy? Weißt du denn, was für Emersons?«
»Ich weiß nicht, zu welchen Emersons sie gehören«, erwiderte Freddy, der demokratisch war. Genauso wie seine Schwester und wie überhaupt die meisten jungen Leute, fühlte er sich ganz natürlich angezogen von der Vorstellung der Gleichheit, und die unleugbare Tatsache, daß es verschiedene Familien Emerson gab, ärgerte ihn über die Maßen.
»Hoffentlich sind das die richtigen Leute. Schön, Lucy« – sie hatte sich wieder aufgesetzt – »ich sehe, du rümpfst die Nase und meinst, deine Mutter wäre versnobt. Aber es *gibt* nun mal passende und *un*passende Leute.«
»Emerson ist doch ein sehr verbreiteter Name«, meinte Lucy. Sie schaute beiseite. Auf einem Vorsprung sitzend, konnte sie sehen, wie ein bewaldeter Höhenzug nach dem anderen sich zum Weald hinunterzog. Je weiter man den Park hinunterstieg, desto herrlicher wurde diese seitliche Aussicht.
»Ach, Freddy, ich wollte ja nur sagen, ich ginge davon aus, daß es sich nicht um Verwandte des Philosophen Emerson handelt, der schon ein sehr anstrengender Mann ist.*
»Aber ja doch«, murmelte er. »Und dich wird es freuen, wenn ich dir sage, daß es sich um Freunde von Cecil handelt; also« –

---

* Ralph Waldo Emerson, 1803–1882, schwerblütiger, von den deutschen Transzendentalphilosophen beeinflußter amerikanischer Philosoph und Dichter. *A.d.Ü.*

dies übertrieben ironisch – »wirst du genauso wie die anderen Familien hier auf dem Lande aufatmen; eure Stellung ist ungefährdet.«

»*Cecil!*« rief Lucy.

»Benimm dich, mein Lieber«, sagte seine Mutter ruhig. »Und du, Lucy, kreisch nicht so! Das wird nachgerade zu einer schlechten Angewohnheit.«

»Aber hat Cecil ...«

»Freunde von Cecil«, wiederholte Freddy, »und so wün-schenswerte Leute. ›Hm. Honeychurch, ich habe ihnen gerade ein Telegramm geschickt.«

Sie erhob sich aus dem Gras.

Der Vorwurf traf Lucy schwer. Mr. Beebe hatte großes Mitgefühl mit ihr. Solange sie gemeint hatte, die Ablehnung der Miss Alans sei von Sir Harry ausgegangen, hatte sie das beherrscht ertragen. Wer jedoch wollte es ihr verdenken, daß sie ›kreischte‹, als sie hörte, daß dies zum Teil auf ihren Verlobten zurückging. Mr. Vyse war schon ein Quälgeist, ja, schlimmer noch als das; es schien ihm ein boshaftes Vergnügen zu bereiten, anderen Knüppel zwischen die Beine zu werfen. Der Pfarrer, der dies wußte, betrachtete Miss Honeychurch mit mehr als seiner gewöhnlichen Freundlichkeit.

Als sie ausrief: »Aber Cecils Emersons ... es können doch unmöglich dieselben sein ... das geht doch nicht ...«, hielt er diesen Ausbruch nicht für sonderbar, sondern sah darin nur eine Gelegenheit, die Unterhaltung in andere Bahnen zu lenken, damit sie ihre Fassung wiedergewann. Die Ablenkung schaffte er auf folgende Weise:

»Die Emersons, die in Florenz waren, meinen Sie? Nein, das werden sie wohl nicht sein. Daß das Freunde von Mr. Vyse wären, ist ja wohl nicht gut vorstellbar. Ach, Mrs. Honeychurch, wirklich putzige Leute! So was Verschrobenes! Was uns beide betrifft, so haben wir sie gemocht, nicht wahr?« Damit wandte er sich an Lucy. »Es hat eine furchtbare Szene wegen irgendwelcher Veilchen gegeben. Sie haben Veilchen gepflückt und sämtliche Vasen in dem Zimmer besagter Miss Alans damit gefüllt, die nun nicht in die Villa Cissie eingezogen sind. Die armen kleinen Damen! Ebenso erschrocken wie geschmeichelt. Es wurde dann zu einer von Miss Catharines Lieblingsgeschichten. ›Meine liebe Schwester liebt Blumen ja so‹, begann sie. Sie stellten fest, daß das ganze Zimmer ein einziges Meer von Blau war – Vasen und Krüge voll – und enden tat die Geschichte mit: ›So gar nicht die Art von einem Gentleman, und doch so wunderschön. Es ist alles so schwierig.‹ Jawohl, ich bringe diese florentinischen Emersons immer mit Veilchen in Verbindung.«

»Das hat dir diesmal dein Fiasco eingebrockt«, erklärte Freddy, der nicht sah, daß seine Schwester puterrot im Gesicht war. Sie konnte sich nicht wieder fassen. Mr. Beebe sah das und fuhr mit seinem Ablenkungsmanöver fort.

»Diese Emersons, von denen wir sprechen, das waren ein Vater und ein Sohn – der Sohn ein recht annehmbarer, wo nicht gar guter junger Mann; kein Dummkopf, wie ich mir denke, sondern nur noch sehr unreif – Pessimismus, et cetera. Unsere besondere Freude war der Vater – so ein gefühlvoller lieber Mann, dabei behaupteten die Leute, er habe seine Frau umgebracht.«

Normalerweise hätte Mr. Beebe derlei Gerede nicht weitergetragen, doch war er bemüht, Lucy aus der Patsche zu helfen und wiederholte nun jeden Unsinn, der ihm in den Sinn kam.

»Umgebracht? Seine Frau?« sagte Mrs. Honeychurch. »Lucy, verlaß uns jetzt nicht – spiel weiter Spatzen-Tennis. Wirklich, diese Pension Bertolini muß schon ein merkwürdiges Nest gewesen sein. Das ist jetzt schon der zweite Mörder, von dem man mir erzählt und der dort gewohnt hat. Wie ist Charlotte nur auf die Idee gekommen, ausgerechnet dort abzusteigen? Übrigens, wir müssen unbedingt Charlotte demnächst einladen.«

An einen zweiten Mörder konnte Mr. Beebe sich nicht erinnern und meinte, seine Gastgeberin müsse sich irren. Als sie spürte, daß jemand anderer Meinung war, geriet sie geradezu in Eifer. Sie sei sich völlig sicher, daß noch ein zweiter Tourist in der Pension gewesen sei, von dem man die gleiche Geschichte erzählt habe. Der Name sei ihr entfallen. Wie habe er doch noch gleich geheißen? Ja, wie? In dem Versuch, auf den Namen zu kommen, faltete sie die Hände um die Knie. Irgendwas aus Thackeray. Sie schlug sich an die altdamenhafte Stirn.

Lucy fragte ihren Bruder, ob Cecil im Haus sei.

»Ach, geh nicht rein!« rief er und versuchte, sie bei den Fußgelenken zu packen.

»Ich muß gehen«, sagte sie ernst. »Sei nicht albern. Du mußt immer übertreiben, wenn du spielst.«

Als sie ging, hallte der laute Ruf ihrer Mutter – »Harris!« – in der stillen Luft wider und erinnerte sie daran, daß sie gelogen hatte, ohne es jemals richtiggestellt zu haben. Und noch dazu eine so sinnlose Lüge, die ihre Nerven angriff und sie dazu brachte, diese Emersons, Cecils Freunde, mit zwei unterschiedlichen Touristen in Verbindung zu bringen. Bisher war es ihr nie sonderlich schwer gefallen, immer bei der Wahrheit zu bleiben. Sie erkannte, daß sie in Zukunft mehr auf der Hut sein und –

absolut bei der Wahrheit – bleiben mußte. Nun, jedenfalls durfte sie nicht lügen. Immer noch schamrot, lief sie den Park hinauf. Ein Wort von Cecil würde sie bestimmt beruhigen.

»Cecil!«

»Hallo!« rief er und lehnte sich zum Fenster des Rauchsalons heraus. Er schien glänzend gelaunt. »Ich hatte gehofft, du würdest kommen. Ich hörte euch alle rumtoben, aber hier oben ist es viel lustiger. Ich, sogar ich, habe einen großen Sieg für die komische Muse errungen. George Meredith hat recht – der Urgrund für die Komödie und der Urgrund für die Wahrheit sind eigentlich ein und dasselbe; und ich, ausgerechnet ich, habe Mieter für die unselige Villa Cissie gefunden. Werd' nicht wütend! Werd' nicht gleich wütend! Du verzeihst mir bestimmt, wenn du alles gehört hast.«

Wenn er strahlte, sah er wirklich sehr attraktiv aus, und so zerstreute er ihre lächerlichen bösen Ahnungen auf der Stelle.

»Ich hab' schon gehört«, sagte sie. »Freddy hat es uns erzählt. Ungezogener Cecil. Aber ich muß dir wohl verzeihen. Doch überleg einmal, daß all meine Liebesmüh umsonst war! Gewiß, die Miss Alans sind nicht gerade besonders aufregend, und nette Freunde von dir sind mir bestimmt lieber. Aber du hättest einen nicht so auf den Arm nehmen sollen.«

»Freunde von mir?« Er lachte. »Aber Lucy, wie komisch das ganze ist, ahnst du ja noch nicht einmal! Komm her!« Doch sie blieb wie angewurzelt stehen. »Weißt du, wo ich diese wünschenswerten Mieter getroffen habe? In der National Gallery, als ich vorige Woche meine Mutter besuchte.«

»Ein sonderbarer Ort, sich zu treffen«, sagte sie nervös. »Ich verstehe nicht recht.«

»Im Umbrien-Saal. Leute, die mir völlig fremd waren. Sie stan-

den bewundernd vor Luca Signorelli – selbstverständlich ohne jedes tiefere Verständnis. Aber immerhin kamen wir ins Gespräch, und ich fand sie recht erfrischend. Sie waren gerade in Italien gewesen.«
»Aber, Cecil ...«
Lachend fuhr er fort:
»Und im Laufe der Unterhaltung sagten sie, sie suchten nach einem Haus auf dem Lande – der Vater, um dort zu wohnen und der Sohn, um die Wochenenden dort zu verbringen. Ich dachte: ›Das ist *die* Gelegenheit, Sir Harry mal eins auszuwischen!‹ Ich ließ mir ihre Adresse geben, sie nannten mir eine Referenz in London, ich fand heraus, daß sie nicht gerade zum Küchenpersonal gehören – das hat wahnsinnig Spaß gemacht! –, ich hab' ihm geschrieben und herausgefunden ...«
»Cecil! Nein, das ist nicht fair. Wahrscheinlich kenne ich sie bereits ...«
Er schnitt ihr das Wort ab.
»Doch, durchaus fair. Alles ist fair, was einen Snob in die Schranken verweist. Der alte Mann wird der ganzen Nachbarschaft gut tun. Dieser Sir Harry mit seinen ›verblühten hochwohlgeborenen Damen‹ ist unerträglich. Ich hatte ohnehin vorgehabt, ihm mal eins auf den Deckel zu geben. Nein, Lucy, die verschiedenen Klassen müssen sich miteinander vermischen, und es wird nicht lange dauern, und du wirst einer Meinung mit mir sein. Es sollte geheiratet werden zwischen den Klassen – alles mögliche. Ich glaube an die Demokratie ...«
»Nein, tust du nicht!« versetzte sie bissig. »Du hast keine Ahnung, was das Wort bedeutet.«
Er starrte sie an und hatte abermals das Gefühl, sie habe nichts Leonardohaftes mehr. »Nein, das weißt du nicht!« Wie

unkünstlerisch ihr Gesicht war – die Fratze eines erbosten Mannweibs!

»Es ist nicht fair, Cecil. Ich muß dich rügen – muß dich sogar sehr rügen! Du hattest keinerlei Recht, das, was ich für die Miss Alans eingefädelt hatte, kaputtzumachen und mich dadurch der Lächerlichkeit preiszugeben. Du nennst das, Sir Harry eins auswischen – aber bist du dir darüber im klaren, daß du das auf meine Kosten tust? Ich finde, das war ausgesprochen illoyal mir gegenüber.«

Sie verließ ihn.

›Launen!‹ dachte er und schob die Augenbrauen in die Höhe. Nein, es war schlimmer als eine Laune – es war versnobt. Solange Lucy geglaubt hatte, seine eleganten Freunde wären es, die die Miss Alans verdrängen sollten, hatte sie nichts dagegen gehabt. Ihm ging auf, daß diese neuen Mieter erzieherisch von Wert sein könnten. Er nahm sich vor, den Vater zu dulden und den Sohn, der den Mund nicht aufmachte, zum Reden zu bringen. Im Interesse der Komischen Muse wie der Wahrheit – er würde die beiden in die Villa *Windy Corner* bringen.

Elftes Kapitel

In Mrs. Vyse' gut eingerichteter Wohnung

Wenngleich die Komische Muse durchaus in der Lage war, sich um ihre eigenen Angelegenheiten zu kümmern, verschmähte sie die Mithilfe von Mr. Vyse nicht. Sie fand seine Idee, die Emersons nach *Windy Corner* zu bringen, ausgesprochen gut und brachte die Verhandlungen ungesäumt zu Ende. Sir Harry Otway unterschrieb den Vertrag, lernte Mr. Emerson kennen und war gebührend desillusioniert. Die Miss Alans waren gebührend beleidigt und schrieben Lucy – die sie dafür verantwortlich hielten, daß es nicht geklappt hatte – einen in würdigem Ton gehaltenen Brief. Mr. Beebe nahm sich vor, den neu Zugezogenen angenehme Stunden zu bereiten und sagte Mrs. Honeychurch, Freddy müsse ihnen gleich nach ihrem Eintreffen einen Besuch abstatten. Ja, die Muse fuhr mit so schwerem Geschütz auf, daß Mr. Harris, der ohnehin nie ein besonders robuster Missetäter gewesen war, sich erlauben konnte, den Kopf sacken zu lassen, vergessen zu werden und zu sterben.

Lucy – die ja aus strahlendem Himmel zurück mußte auf die Erde, wo es Berge und damit auch Schatten gibt –, Lucy stürzte erst in Verzweiflung, rang sich jedoch nach einigem Überlegen dazu durch, daß es überhaupt keine Rolle spiele. Jetzt, wo sie verlobt war, würden die Emersons sie wohl kaum verletzen und wären daher in der Nachbarschaft willkommen. Und Cecil konnte jeden in die Nachbarschaft bringen, den er wollte. Infolgedessen konnte Cecil auch die Emersons in die Nachbarschaft bringen. Aber wie gesagt, dies bedurfte einiger Überlegungen, und – so unlogisch sind Mädchen nun mal – so blieben die Ereignisse größer und bedrohlicher als eigentlich gerechtfertigt gewesen wäre. Sie war daher froh, daß ein Besuch bei Mrs. Vyse fällig wurde; die Mieter zogen in die Villa Cissie ein, während sie sicher in der Londoner Wohnung weilte.

»Cecil – Cecil, Liebling«, flüsterte sie am Abend ihrer Ankunft und stahl sich in seine Arme.

Cecil zeigte sich seinerseits gefühlvoll. Er erkannte, daß das nötige Feuer in Lucy entzündet war. Endlich sehnte sie sich nach Aufmerksamkeit, so wie eine Frau es tun sollte, und sah zu ihm auf, weil er ein Mann war.

»Dann liebst du mich also ein bißchen, Kleines?« murmelte er.

»Ach, Cecil, selbstverständlich tue ich das, selbstverständlich. Ich wüßte nicht, was ich ohne dich tun sollte.«

Etliche Tage vergingen. Dann erhielt sie einen Brief von Miss Bartlett.

Die Beziehung zwischen den beiden Cousinen war merklich abgekühlt, und sie hatten einander nicht mehr geschrieben, seit sie im August auseinandergegangen waren. Diese Abkühlung datierte von dem an, was Charlotte die ›Flucht nach Rom‹ nennen würde, und hatte sich in Rom erstaunlich vertieft. Denn die Gefährtin, die keinerlei Geistesverwandtschaft mit der mittelalterlichen Welt aufweist, ist in der klassischen hoffnungslos verloren. Charlotte, auf dem Forum noch die Selbstlosigkeit in Person, wäre liebend gern, mehr noch als Lucy, die Sanftmut selbst gewesen, und als sie in den Thermen des Caracalla angekommen waren, hatten sich bei ihnen Zweifel gemeldet, ob sie ihre Reise überhaupt gemeinsam fortsetzen sollten. Lucy hatte erklärt, sie würde sich gern den Vyses anschließen – Mrs. Vyse war eine Bekannte ihrer Mutter; infolgedessen hatte dieser Plan nichts Anstößiges – und Miss Bartlett hatte erklärt, sie sei es ja gewohnt, plötzlich fallen gelassen zu werden. Schließlich geschah überhaupt nichts; doch die Abkühlung blieb und wurde für Lucy sogar noch verstärkt, als sie den Brief, der ihr von *Windy Corner* aus nachgeschickt worden war, aufmachte und las:

Tunbridge Wells
im September

Liebste Lucia –
Endlich höre ich zumindest über Dich! Miss Lavish ist mit dem Fahrrad durch Eure Gegend gefahren, war sich jedoch nicht sicher, ob ein Besuch bei Euch willkommen gewesen wäre. Sie hat in der Nähe von Summer Street eine Reifenpanne gehabt; der Reifen wurde geflickt, und während sie tiefbetrübt in dem hübschen Kirchhof saß, sah sie gegenüber eine Tür sich öffnen und zu ihrem Erstaunen Mr. Emerson jr. heraustreten. Er erzählte, sein Vater habe das Haus gemietet. Er sagte auch, er hätte keine Ahnung, daß Du in der Nachbarschaft wohntest (?). Er machte keinerlei Anstalten, Eleanor eine Tasse Tee anzubieten. Liebste Lucy, ich mache mir große Sorgen und rate Dir, Deiner Mutter, Freddy und Mr. Vyse reinen Wein darüber einzuschenken, wie er sich in Florenz benommen hat. Mr. Vyse wird ihm gewiß das Haus verbieten etc. Das war ein großes Mißgeschick, und ich darf wohl annehmen, daß Du es ihnen bereits gesagt hast. Mr. Vyse ist ein so feinfühliger Mensch. Ich weiß noch, wie sehr ich ihm in Rom auf die Nerven gegan-

gen bin. Mir tut das alles sehr leid, doch würde ich mich nicht wohl fühlen in meiner Haut, wenn ich Dich nicht gewarnt hätte.
Glaub mir,
Deiner besorgten und Dich liebende Cousine
Charlotte.

Lucy ärgerte sich sehr und antwortete wie folgt:

Beauchamp Mansions, S.W.

Liebe Charlotte –
Vielen Dank für Deine Warnung. Als Mr. Emerson sich auf dem Hügel vergaß, hast Du mir das Versprechen abgenommen, Mutter nichts davon zu erzählen. Du sagtest, sie würde Dir Vorwürfe machen, daß Du nicht immer bei mir geblieben wärest. Ich habe dies Versprechen gehalten und kann es ihr jetzt unmöglich sagen. Sowohl ihr als auch Cecil habe ich erklärt, ich hätte die Emersons in Florenz kennengelernt, und es seien anständige Leute – was ich auch wirklich glaube; daß er Miss Lavish keinen Tee angeboten hat, lag vermutlich daran, daß er selber keinen hatte. Sie hätte es im Pfarrhaus versuchen sollen. Wo die Dinge jetzt so weit gediehen sind, kann ich nicht plötzlich anfangen, mich groß darüber aufzuregen. Du wirst ja wohl einsehen, daß das völlig absurd wäre. Sollte den Emersons zu Ohren kommen, ich hätte mich über sie beschwert, würden sie sich womöglich noch was darauf einbilden, und so wichtig sind sie nun auch wieder nicht, im Gegenteil. Ich mag den alten Vater und freue mich, ihn wiederzusehen. Was den Sohn betrifft, so tut er *mir bei einer eventuellen Begegnung mehr leid als ich mir selber. Cecil kennt sie; es geht ihm gut, und gerade vor kurzem hat er noch von Dir gesprochen. Die Hochzeit soll im Januar stattfinden.*
Viel kann Miss Lavish Dir nicht über mich erzählt haben, denn ich weile ja gar nicht in Windy Corner *sondern hier. Bitte, schreib nicht*

mehr ›Persönlich!‹ auf den Briefumschlag. Kein Mensch macht meine Post auf.

Herzliche Grüße
L.M. Honeychurch

Heimlichtuerei hat folgenden Nachteil: Man verliert das Augenmaß; man kann nicht mehr sagen, ob ein Geheimnis wichtig ist oder nicht. Steckten Lucy und ihre Cousine mit etwas Großem unter einer Decke, das Cecils Leben zerstören würde, wenn er davon erfuhr, oder mit etwas Kleinem, das er lachend abtun würde? Miss Bartlett meinte, ersteres sei der Fall. Vielleicht hatte sie recht. Zumindest war jetzt etwas Großes daraus geworden. Wäre es ihr selbst überlassen geblieben, hätte Lucy ihrer Mutter und ihrem Geliebten völlig arglos davon erzählt, und es wäre etwas Kleines geblieben. »Emerson, nicht Harris« – nur das war es vor wenigen Wochen noch gewesen. Sie versuchte, es Cecil sogar jetzt noch zu erzählen, als sie beide über irgendeine schöne Dame lachten, in die Cecil in der Schulzeit bis über beide Ohren verknallt gewesen war. Doch ihr Körper benahm sich so lächerlich, daß sie es abbrach.

Sie und ihr Geheimnis blieben noch zehn weitere Tage in der Hauptstadt und besuchten die Szenen, an die sie sich später so gut erinnern sollte. Es schadet ihr nichts, dachte Cecil, das Gesellschaftssystem kennenzulernen, während die Gesellschaft nicht da war, sondern auf den Golfplätzen oder bei der Jagd weilte. Es herrschte kühles Wetter, das ihr nicht schadete. Trotz der Jahreszeit gelang es Mrs. Vyse, eine Dinner-Party zusammenzukratzen, die ausschließlich aus den Enkelkindern von berühmten Leuten bestand. Das Essen war bescheiden, doch die Unterhaltung war von einer geistvollen Langeweile, die das junge Mädchen beeindruckte. Offenbar hing einem alles zum Halse heraus. Man steigerte sich nur in Begeisterung hinein, um anmutig zusammenzubrechen und sich unter mitfühlendem Gelächter wieder zu berappeln. In dieser Atmosphäre kam einem die Pension Bertolini und die Villa *Windy Corner* gleichermaßen unfein vor, und Lucy erkannte, daß ihr Leben in London sie ein wenig allem entfremden würde, was sie in der Vergangenheit geliebt hatte.

Die Enkelkinder baten sie, ihnen auf dem Klavier etwas vorzuspielen. Sie spielte Schumann. »Und jetzt etwas von Beethoven«, rief Cecil, als die klagende Schönheit der Musik verklungen war. Sie schüttelte den Kopf und spielte einen weiteren Schumann. Die Melodie entfaltete sich, ihr Zauber verpuffte. Sie zerbrach, wurde gebrochen, wieder aufgenommen und legte nicht ein einziges Mal ganz den Weg zwischen Wiege und Bahre zurück. Die Trauer des Unvollkommenen - jene Trauer, die oft das Leben ist, nie jedoch Kunst sein sollte - zuckte in den einzelnen Melodiefetzen und brachte auch die Nerven der Zuhörer zum Zucken. So hatte sie auf dem kleinen Stutzflügel in der Bertolini nicht gespielt, und ›Zuviel Schumann‹ war denn auch nicht das, was Mr. Beebe bei ihrer Rückkehr zu sich sagte.

Als die Gäste sich verabschiedet hatten und Lucy zu Bett gegangen war, durchmaß Mrs. Vyse immer aufs neue die ganze Länge des Salons und unterhielt sich mit ihrem Sohn über ihre kleine Party. Mrs. Vyse war eine nette Frau, nur war ihre Persönlichkeit - ähnlich der vieler anderer - von London erdrückt worden, denn es bedarf eines starken Willens, unter vielen Menschen zu leben. Der allzu große Kreis ihres Schicksals hatte sie zermalmt; sie hatte für ihre Fähigkeiten zuviele Saisons erlebt, zuviele Städte, zuviele Männer, und selbst Cecil gegenüber war sie mechanisch und verhielt sich, als wäre er nicht *ein* Sohn, sondern sozusagen eine Sohnes-Menge.

»Mach Lucy zu einer der unseren«, sagte sie, blickte sich am Ende eines jeden Satzes intelligent um und nahm verkrampft die Lippen auseinander, ehe sie weitersprach. »Lucy wird wunderbar – wunderbar.«

»Ihr Klavierspiel ist immer wunderbar gewesen.«

»Schon, aber sie befreit sich zusehends von dem Honeychurch-Makel – sind ja höchst ehrenwerte Leute, diese Honeychurches, aber du weißt schon, was ich meine. Sie zitiert nicht mehr ständig irgendwelche Dienstboten oder fragt einen, wie ein bestimmter Pudding zubereitet wird.«

»Das ist auf Italien zurückzuführen.«

»Vielleicht«, murmelte sie und dachte an das Museum, das Italien für sie darstellte. »Durchaus möglich. Ach, Cecil, heirate sie nächsten Januar. Sie ist schon jetzt eine von uns.«

»Aber ihr Klavierspiel!« rief er aus. »Dieser Stil! Wie sie bei Schumann blieb, wo ich in meiner Hirnlosigkeit Beethoven wollte. Schumann war richtig für diesen Abend, genau richtig! Weißt du, Mutter, ich werde unsere Kinder genauso erziehen lassen wie Lucy. Sollen sie doch unter redlichen Landbewohnern aufwachsen – das verleiht ihnen diese Frische; um der Verfeinerung willen schicken wir sie dann nach Italien, und dann – aber erst dann – lassen wir sie nach London kommen. Ich halte nichts davon, wie man hier in London seine Kinder erzieht . . .« Er brach ab, mußte daran denken, daß er selbst eine solche Erziehung genossen hatte, und schloß: »Zumindest für Mädchen ist das nichts.« – »Mach sie zu einer der unseren«, wiederholte Mrs. Vyse und begab sich zu Bett.

Als sie gerade einschlafen wollte, ertönte aus Lucys Zimmer ein Schrei – der Schrei des Alptraums. Lucy konnte nach dem Mädchen klingeln, wenn sie wollte, doch hielt Mrs. Vyse es für besonders fürsorglich, wenn sie selbst hinging. Die Hände an die Wangen gedrückt, saß das Mädchen aufrecht im Bett.
»Tut mir leid, Mrs. Vyse – es sind diese Träume.«
»Nur Träume?«
»Nur Träume.«
Lächelnd küßte die ältere Dame sie und erklärte sehr deutlich: »Dir hätten die Ohren klingeln sollen, wie wir über dich geredet haben, meine Liebe. Er bewundert dich mehr denn je. Träum doch davon!«
Lucy erwiderte den Kuß, bedeckte jedoch eine Wange immer noch mit der Hand. Mrs. Vyse zog sich in ihr Schlafzimmer zurück. Cecil, den der Schrei nicht geweckt hatte, schnarchte. Dunkelheit umhüllte die Wohnung.

Zwölftes Kapitel

Kapitel zwölf

Es war ein Samstagnachmittag, heiter und strahlend nach ausgiebigen Regenfällen, und der Geist der Jugend wohnte darin, obwohl Herbst war. Alles, was anmutig war, triumphierte. Wenn Automobile durch Summer Street hindurchkamen, wirbelten sie nur wenig Staub auf, und der Gestank wurde bald durch den Wind vertrieben und vom Duft von Birken und Fichten ersetzt. Mr. Beebe, der es sich leisten konnte, sich den Annehmlichkeiten des Lebens in Muße hinzugeben, lehnte über der Gartenpforte des Pfarrhauses. Freddy lehnte neben ihm und rauchte eine Hängepfeife.

»Wie wär's wenn wir die neuen Mieter drüben ein wenig von der Arbeit abhielten?«

»Hm ... m.« – »Möglich, daß Sie sie amüsant finden.«

Freddy, den seine Mitmenschen nie amüsierten, meinte, die Neueingezogenen hätten vielleicht noch alle Hände voll zu tun und so weiter, doch schließlich zogen sie einfach los.

»Mein Vorschlag war, sie ein wenig von der Arbeit abzuhalten«, sagte Mr. Beebe. »Es lohnt sich.« Die Gartenpforte aufklinkend, schlenderte er über das dreieckige kleine Rasenstück vor der Villa Cissie. »Hallo!« rief er laut in die offenstehende Tür hinein, durch die viel Schmutz und Durcheinander zu sehen waren.

Eine ernste Stimme antwortete: »Hallo.«
»Ich habe jemand gebracht, den Sie kennenlernen müssen.«
»Ich bin gleich unten.«
Der Flur wurde von einer Garderobe versperrt, die die Umzugsleute nicht die Treppe hatten hinaufbringen können. Mr. Beebe schob sich unter Schwierigkeiten um sie herum. Das Wohnzimmer selbst war von vielen Büchern blockiert.
»Sind diese Leute große Leser?« flüsterte Freddy. »Sind das solche Leute?«
»Ich nehme an, lesen können sie – was gar nicht so häufig vorkommt. Was haben sie denn da? Byron. Selbstverständlich. *Ein Junge aus Shropshire*. Nie gehört. *Der Weg allen Fleisches*. Nie gehört. Gibbon. Hallo! Der gute George liest deutsch. Hm ... hm ... Schopenhauer, Nietzsche und so weiter und so fort. Naja, ich nehme an, Ihre Generation weiß, wo's langgeht, Honeychurch.«
»Sehen Sie sich das an!« sagte Freddy in ehrfurchtsvollem Ton. Auf den Rahmen der Garderobe hatte ein Laie folgende Inschrift gepinselt: ›Mißtraue allen Unternehmungen, die neue Kleider erfordern.‹
»Ich weiß. Ist das nicht lustig? Mir gefällt das. Ich bin überzeugt, das geht auf den alten Mann zurück.«
»Das finde ich schon sehr komisch von ihm.«
»Ja, Sie sind doch nicht etwa anderer Meinung, oder?«
Aber Freddy war der Sohn seiner Mutter und fand, Möbel wären nicht zu verunzieren.
»Bilder!« fuhr der geistliche Herr fort und stelzte im Zimmer umher. »Giotto – haben sie bestimmt aus Florenz.«
»Dasselbe, das auch Lucy hat.«
»Ach, übrigens, hat Miss Honeychurch London genossen?«

»Sie ist seit gestern wieder hier.«
»Darf man annehmen, daß sie sich gut amüsiert hat?«
»Ja, ja«, sagte Freddy und nahm ein Buch zur Hand. »Sie und Cecil sind ein Herz und eine Seele – mehr denn je.«
»Das hört man gern.«
»Ich wünschte, ich wäre nicht so ungebildet, Mr. Beebe.«
Mr. Beebe überhörte die Bemerkung.
»Früher war Lucy ja fast so unbedarft wie ich, doch das wird sich jetzt ändern, sagt Mutter. Sie wird alle möglichen Bücher lesen.«
»Und Sie gewiß auch.«
»Nur medizinische Fachliteratur. Keine Bücher, über die man sich hinterher unterhalten kann. Cecil bringt Lucy jetzt Italienisch bei; er sagt, ihr Klavierspiel sei wunderbar. Es lägen alle mögliche Dinge darin, die wir nie bemerkt hätten.Cecil sagt ...« »Was zum Teufel, machen diese Leute da oben bloß? Emerson – ich glaube, wir kommen besser ein andermal wieder.«
George kam die Treppe heruntergesprungen und schob sie in das Zimmer, ohne eine Wort zu sagen.
»Ich möchte Sie mit Mr. Honeychurch bekanntmachen, einem Nachbarn.«
Woraufhin Freddy einen Donnerkeil der Jugend losließ. Vielleicht, weil er verlegen war, vielleicht, um freundlich zu sein, vielleicht aber auch, weil er meinte, daß George sich das Gesicht waschen müsse – jedenfalls begrüßte er ihn mit folgenden Worten: »Wie geht's? Kommen Sie mit baden.«
»Ach, naja, schön«, sagte George ungerührt.
Mr. Beebe fand das überaus belustigend.
»Wie geht's, wie steht's? Kommen Sie mit baden!« Er gluckste vor Vergnügen. »Das ist die schönste Einleitung für ein Ge-

spräch, die ich je gehört habe. Aber so was geht wohl nur zwischen Männern. Können Sie sich vorstellen, daß eine Dame, die von einer anderen vorgestellt wird, den Austausch von Höflichkeiten damit beginnt, daß sie sagt: ›Wie geht's? Kommen Sie mit baden?‹ Und da behaupte einer, es gäbe keinen Unterschied zwischen den Geschlechtern!«

»Und ich sage Ihnen, daß es keinen geben sollte«, ließ Mr. Emerson sich vernehmen und kam langsam die Treppe heruntergestiegen. »Guten Tag, Mr. Beebe. Ich sage Ihnen, sie sollen Kameraden sein, und George ist der gleichen Meinung.«

»Wir sollen die Damen also zu uns erheben?« wollte der Geistliche wissen.

»Der Garten Eden«, fuhr Mr. Emerson, immer noch im Herunterkommen begriffen, fort, »den Sie in die Vergangenheit verlegen, steht uns in Wirklichkeit noch bevor. Wir werden in ihn eingehen, wenn wir aufhören, unseren Leib zu verachten.«

Mr. Beebe verwahrte sich dagegen, den Garten Eden irgendwohin zu verlegen. »In dieser Beziehung - nicht in anderen Dingen - sind wir Männer einen Schritt voraus. Wir verachten den Leib weniger als Frauen es tun. Doch erst, wenn wir Kameraden geworden sind, werden wir ins Paradies eingehen.«

»Nun, wie steht es mit einem Bad?« murmelte Freddy, erschrocken über die Masse von Philosophie, die auf ihn zukam.

»Früher habe ich einmal an die Rückkehr zur Natur geglaubt. Doch wie sollen wir zu ihr zurückkehren, wo wir nie bei ihr gewesen sind? Heute glaube ich, daß es gilt, die Natur zu entdecken. Nach vielen Eroberungen werden wir Einfachheit erlangen. Das ist unser Erbe.«

»Gestatten Sie, daß ich Ihnen Mr. Honeychurch vorstelle, an dessen Schwester Sie sich gewiß aus Florenz erinnern.«

»Wie geht es Ihnen? Freut mich, Sie kennenzulernen, und daß Sie George zum Baden mitnehmen wollen. Freut mich sehr, daß Ihre Schwester heiraten will. Es ist die Pflicht des Menschen zu heiraten. Ich bin sicher, sie wird glücklich werden, denn wir kennen ja auch Mr. Vyse. Er ist außerordentlich freundlich zu uns gewesen. Wir haben ihn zufällig in der *National Gallery* kennengelernt, und er hat es auf sich genommen, sich um die Anmietung dieses bezaubernden Hauses für uns zu kümmern. Hoffentlich habe ich Sir Harry Otway nicht verprellt. Ich bin bis heute nur wenigen liberalen Großgrundbesitzern begegnet, deshalb war mir sehr daran gelegen, seine Haltung den Jagdgesetzen gegenüber mit der Einstellung der Konservativen zu vergleichen. Ach, dieser Wind! Recht haben Sie, gehen Sie nur baden! Ihre Heimat ist ein wunderbarer Fleck Erde, Mr. Honeychurch.«

»Kein bißchen«, murmelte Freddy. »Ich muß – das heißt, ich muß sogar unbedingt – mir das Vergnügen erlauben, Ihnen später einen Besuch abzustatten, sagt meine Mutter.«

»Einen *Besuch abstatten*, mein junger Freund? Wer hat Ihnen denn dieses gezierte Salon-Gerede beigebracht? Statten Sie doch Ihrer Großmutter einen Besuch ab! Horchen Sie, wie der Wind zwischen den Fichten rauscht! Ein herrliches Land, Ihre Heimat!« Mr. Beebe eilte ihm zur Hilfe.

»Mr. Emerson, er wird Ihnen einen Besuch abstatten, ich werde Ihnen einen Besuch abstatten; Sie oder Ihr Sohn werden unsere Besuche noch vor Ablauf von zehn Tagen erwidern. Ich hoffe, das mit den zehn Tagen haben Sie begriffen. Es zählt nicht, daß ich Ihnen gestern mit den Treppenhausfenstern geholfen habe. Und es zählt auch nicht, daß die beiden heute nachmittag baden gehen.«

»Ja, geh mit baden, George! Warum hältst du dich mit artigem Geplauder auf? Bring sie mit zum Tee. Und bring etwas Milch, Gebäck und Honig mit. Die Abwechslung wird dir gut tun. George hat in seinem Büro sehr hart gearbeitet. Ich glaube, es geht ihm nicht gut.«

Verstaubt und mit düsterer Miene senkte George den Kopf und verströmte den eigentümlichen Geruch dessen, der Möbel geschleppt hat.

»Möchten Sie wirklich baden?« fragte Freddy ihn. »Es ist nämlich nur ein kleiner Teich, müssen Sie wissen. Ich nehme an, Sie sind weit Besseres gewöhnt.«

»Ja – ich hab' doch schon Ja gesagt.«

Mr. Beebe sah sich genötigt, seinem jungen Freund zu helfen und führte die kleine Gesellschaft aus dem Haus hinaus in den Fichtenwald hinein. Wie herrlich es war! Eine kleine Weile verfolgte sie noch die Stimme des alten Mr. Emerson und bedachte sie mit guten Wünschen und weisen Ratschlägen. Sie verstummte, und das einzige, was sie hörten, war der Wind in Fichten und Farn.

Mr. Beebe, der zwar selbst schweigen, jedoch kein Schweigen ertragen konnte, sah sich gezwungen ständig zu reden, denn dem Ausflug schien kein Erfolg beschieden, und keiner seiner Gefährten wollte ein Wort sagen. Er erzählte von Florenz. George hörte ernst zu und stimmte mit leichten, jedoch entschlossenen Gesten zu oder bekundete, daß er anderer Meinung war; und diese Gesten waren genauso unerklärlich wie die Bewegungen der Baumwipfel über ihnen.

»Und welch ein Zufall, daß sie ausgerechnet Mr. Vyse begegnen sollten! Ist Ihnen eigentlich klar gewesen, daß die ganze Pension Bertolini hier unten versammelt wäre?«

»Ich selbst bin nicht darauf gekommen. Aber Miss Lavish hat es mir erzählt.«

»Als ich noch jung war, hatte ich immer den Plan, einmal eine ›Geschichte des Zufalls‹ zu schreiben.«

Keine Begeisterung.

»Dabei sind Zufälle weit weniger häufig, als wir annehmen. So ist es zum Beispiel, wenn man genauer darüber nachdenkt, kein reiner Zufall, daß wir hier sind.«

Zu seiner Erleichterung fing jetzt George an zu sprechen.

»Doch, das ist es. Ich habe darüber nachgedacht. Es ist das Schicksal. Alles ist Schicksal. Das Schicksal wirft uns zusammen, das Schicksal reißt uns wieder auseinander – zusammengeworfen, auseinandergerissen. Wir sind dem Spiel der zwölf Winde preisgegeben – wir von uns aus bestimmen nichts ...«

»Sie haben eben nicht gründlich genug nachgedacht«, wies der Geistliche ihn zurecht. »Lassen Sie sich einen nützlichen Tip von mir geben, Emerson: Schreiben sie nie etwas dem Schicksal zu. Sagen Sie nicht: ›Ich habe dies nicht getan‹, denn ich wette zehn zu eins, Sie *haben* es getan. Gestatten Sie, daß ich Sie ins Kreuzverhör nehme. Wo haben Sie Miss Honeychurch und mich kennengelernt?«

»In Italien.«

»Und wo sind Sie Mr. Vyse, dem Bräutigam von Miss Honeychurch, begegnet?«

»In der *National Gallery*.«

»Als er dabei war, sich italienische Kunst anzusehen. Da haben Sie's – und da reden Sie von Zufall und von Schicksal. Selbstverständlich interessieren Sie sich für Italienisches, genauso wie wir und unsere Freunde. Das engt den Bereich beträchtlich ein, und wir begegnen einander darin.«

»Es ist Schicksal, daß ich hier bin.« George ließ sich von seiner Überzeugung nicht abbringen. »Nennen Sie es meinetwegen Italien, wenn Sie das weniger unglücklich macht.«
Solch schwergewichtiger Behandlung des Themas versuchte Mr. Beebe sich zu entziehen. Gleichwohl war er der Jugend gegenüber unendlich duldsam und hatte keinerlei Verlangen, George die kalte Schulter zu zeigen.
»Und aus diesen und auch noch aus anderen Gründen wartet meine ›Geschichte des Zufalls‹ bis heute darauf, geschrieben zu werden.«
Schweigen.
In dem Wunsch, die Episode abzurunden, fügte er noch hinzu: »Wir alle freuen uns so sehr, daß Sie gekommen sind.«
Schweigen.
»Da wären wir!« rief Freddy. »Ach, gut!« ließ Mr. Beebe sich vernehmen und tupfte sich die Stirn ab.
»Da drin liegt der Teich. Ich wünschte, er wäre größer«, fügte er in entschuldigendem Ton hinzu.
Sie kletterten eine schlüpfrige, tannennadelnübersäte Böschung hinunter. In eine kleine grüne Wiese eingebettet, lag der Teich da – ein Weiher zwar nur, aber groß genug, einen menschlichen Körper aufzunehmen, und so rein, daß der Himmel sich klar darin spiegelte. Der Regenfälle wegen hatte das Wasser das Gras ringsum überflutet; es wirkte wie ein wunderschöner smaragdgrüner Pfad, der den Fuß geradezu einlud, bis zum Teich in der Mitte vorzugehen.
»Ein Teich, wie er sein sollte«, sagte Mr. Beebe. »Jedenfalls sind dafür keine Entschuldigungen vonnöten.«
George setzte sich an einer trockenen Stelle auf den Boden und nestelte trübselig seine Schnürsenkel auf.

»Ist nicht diese Fülle von Weidenröschen herrlich? Ich liebe Weidenröschen, besonders, wenn sie gerade abgeblüht sind. Wie heißt diese wohlduftende Pflanze?«

Keiner wußte es, und es schien auch niemand zu interessieren.

»Dieser unverhoffte Wechsel in der Vegetation – diese kleine schwammige Fläche von Wasserpflanzen, und auf der anderen Seite alles, was wächst, zäh oder spröde – Heide, Farn, Bickbeeren, Fichten. Ganz bezaubernd, ganz bezaubernd.«

»Mr. Beebe, kommen Sie denn nicht mit baden?« rief Freddy, als er sich auszog. Mr. Beebe meinte, lieber doch nicht.

»Das Wasser ist wunderbar!« rief Freddy und hüpfte hinein.

»Wasser ist Wasser!« murmelte George. Sich erst das Haar naß machend – ein unverkennbares Zeichen von Interesselosigkeit –, folgte er Freddy in das göttliche Naß, genauso gleichgültig, als wäre er eine Statue und der Teich ein Eimer Seifenlauge. Es war nötig, die Muskeln zu gebrauchen. Es war nötig, sich sauber zu halten. Mr. Beebe sah ihnen nach und verfolgte, wie die flughaarbehafteten Samenkapseln der Weidenröschen wie im Chor über ihren Köpfen wogten.

»*Apooshoo, apooshoo, apooshoo*«, kam es von Freddy, als er zwei Züge in jede Richtung schwamm, dann jedoch entweder mit Schilf oder Schlamm zu kämpfen hatte.

»Lohnt es sich?« fragte der andere, wie eine Skulptur von Michelangelo am überschwemmten Ufer.

Das Ufer brach jäh ab, und er landete im Teich, ehe der die Frage gebührend erwogen hatte.

»*Hee – poof* – ich hab' eine Kaulquappe verschluckt. Mr. Beebe, das Wasser ist herrlich, das Wasser ist einfach kolossal.«

»Nicht so schlecht, das Wasser«, sagte George, nachdem er wieder aufgetaucht war und in die Sonne hineinprustete.

»Das Wasser ist wunderbar, Mr. Beebe, kommen Sie doch!«
»*Apooshoo, kouf.*«
Mr. Beebe, dem heiß war und der – wenn irgend möglich – nie jemand etwas abschlug, sah sich um. Er konnte kein Schäfchen seiner Herde entdecken, nur die Fichten, die ringsum ragten und einander vorm Blau zunickten. Wie herrlich es war! Die Welt der Automobile und der Superintendenten wich in weite Ferne. Wasser, Himmel, Immergrün, Wind – das sind Dinge, denen nicht einmal die Jahreszeiten etwas anhaben können, und gewiß sind sie dem Zugriff des Menschen entzogen, oder?
»Warum mich nicht doch auch waschen?« sagte er sich, und gleich darauf bildeten seine Kleidungsstücke einen kleinen Haufen auf dem Gras, und auch er bestätigte das Wundersame des Wassers.
Es war ganz gewöhnliches Wasser, und viel war es auch nicht, und – wie Freddy sagte – man hatte das Gefühl, in Salat zu schwimmen. Die drei Herren zogen in dem brusttiefen Weiher ihre Runden, gleich den Nymphen in der *Götterdämmerung*. Doch vielleicht deshalb, weil die Regenfälle dem Wasser zusätzlich Frische verliehen hatten, oder weil die Sonne eine himmlische Hitze verströmte, oder weil zwei der Herren jung an Jahren waren und der dritte jung im Geiste – jedenfalls wurden sie plötzlich alle anderen Sinnes, und sie vergaßen Italien, Botanik und Schicksal und fingen an zu spielen. Mr. Beebe und Freddy spritzten sich gegenseitig naß. Dann, etwas rücksichtsvoll, George. Er war still; sie fürchteten, ihn verletzt zu haben. Dann brachen sämtliche Kräfte der Jugend sich Bahn. George lächelte, warf sich auf sie, spritzte seinerseits sie naß, tauchte sie unter, trat nach ihnen, rieb sie mit Schlamm ein und zog sie schließlich aus dem Teich heraus.

»Wer als erster einmal rum ist!« rief Freddy, und sie rannten im Sonnenschein, und George nahm eine Abkürzung und machte sich die Schienbeine schmutzig und mußte ein zweites Mal baden gehen. Dann willigte auch Mr. Beebe ein zu laufen – ein wahrhaft denkwürdiger Anblick.

Sie liefen, um trocken zu werden, sie badeten, um sich abzukühlen, sie spielten Indianer inmitten der Weidenröschen und des Farnkrauts, badeten wieder um sauber zu werden. Und die ganze Zeit über lagen diskret drei kleine Bündel auf dem Gras und verkündeten:

»Nein. Auf uns kommt es an. Ohne uns darf nichts unternommen werden. Zu uns muß am Ende alles Fleisch zurückkehren.«

»Ein Schuß aufs Tor! Ein Schuß aufs Tor!« schrie Freddy laut, packte Georges Bündel und legte es neben einen imaginären Torpfosten.

»Fußball, nicht Rugby!« ging George darauf ein und schickte Freddys Bündel mit einem Fußtritt in alle Himmelsrichtungen.

»Tor!«

»Tor!«

»Spiel ihn zu mir!«

»Aufpassen, meine Uhr!« rief Mr. Beebe.

Kleiderstücke flogen links und rechts durch die Gegend.

»Bitte, gebt Obacht auf meinen Hut! Nein, das reicht jetzt, Freddy! Ziehen Sie sich an! Nein, sage ich!«

Aber die beiden jungen Männer waren außer Rand und Band und nicht zu bremsen. Aufblitzend verschwanden sie zwischen den Bäumen, Freddy eine klerikale Weste unterm Arm und George einen Schlapphut auf dem triefnassen Haar.

»Das reicht!« rief Mr. Beebe, dem plötzlich einfiel, daß er nicht in der Ferne war, sondern auf dem Boden seiner eigenen Pfarrgemeinde weilte. Seine Stimme veränderte sich, als wäre jede einzelne Fichte ein Superintendent. »He! Stehenbleiben! Ich sehe Leute kommen, ihr beiden!«
Gellende Schreie und immer weiter gezogene Kreise über die kleiderübersäte Erde.
»He! He! *Damen*!«
Weder George noch Freddy waren wahrhaft gesittet. Doch wie dem auch sei, sie hörten Mr. Beebes letzten Warnruf nicht, sonst wären sie Mrs. Honeychurch, Cecil und Lucy bestimmt ausgewichen, die herunterkamen, um einen Besuch bei der alten Mrs. Butterworth zu machen. Freddy ließ die Weste fahren, daß sie ihnen zu Füßen fiel, und verschwand in irgendwelchen Farnen. George keuchte ihnen ins Gesicht, machte auf der Stelle kehrt und lief schliddernd – Mr. Beebes Schlapphut immer noch auf dem Kopf – den Pfad zum Teich hinunter.
»Heiliger Bimbam!« rief Mrs. Honeychurch. »Wer waren denn diese Unseligen? Oh, meine Lieben, seht nicht hin! Und der arme Mr. Beebe auch? Was mag denn bloß geschehen sein?«
»Kommen Sie augenblicklich hier entlang!« befahl Cecil, der stets meinte, Frauen führen zu müssen, obwohl er selbst nicht wußte wohin, und sie zu beschützen, wiewohl er nicht wußte, vor wem. Jetzt führte er sie auf die Farne zu, in denen Freddy hockte und sich versteckte.
»Oh, der arme Mr. Beebe! War das nicht seine Weste, die er auf dem Pfad hat liegen lassen? Cecil, Mr. Beebes Weste ...«
»Das geht uns überhaupt nichts an«, sagte Cecil mit einem Blick auf Lucy, die ganz Sonnenschirm war und offensichtlich meinte, es gehe sie sehr wohl etwas an.

»Ich nehme an, Mr. Beebe ist wieder in den Teich gesprungen.«
»Hier entlang, bitte, Mrs. Honeychurch, hier entlang!«
Sie folgten ihm die Böschung hinauf und bemühten sich, die angespannte, gleichwohl jedoch gleichmütige Miene zur Schau zu tragen, die man für Damen bei derlei Gelegenheiten für passend hält.
»Naja, *ich* kann nicht anders«, erklärte eine Stimme unmittelbar vor ihnen, und Freddy reckte sein sommersprossiges Gesicht und seine schneeweißen Schultern aus den Farnwedeln heraus. »Schließlich kann ich nicht zulassen, daß man auf mich tritt, oder?«
»Ach du liebe Güte! Du also! Wie führst du dich nur auf! Warum nicht daheim ein bequemes Bad nehmen, wo man heiß und kalt zulaufen lassen kann?
»Ach hör zu, Mutter: Man muß baden, man muß trocken werden, und wenn ein anderer ...«
»Zweifellos hast du recht wie immer, mein Lieber, nur bist du nicht in der Position, argumentieren zu können. Komm, Lucy!« Sie machten kehrt. »Oh, schau – nein, sieh weg! Ach, der arme Mr. Beebe. Wieder Pech ...«
Denn Mr. Beebe kroch aus dem Teich heraus, auf dessen Oberfläche Kleidungsstücke höchst delikater Natur trieben; während George, der weltüberdrüssige George, Freddy zurief, er habe einen Fisch gefangen.
»Und ich, ich hab' was verschluckt!« antwortete dieser aus dem Farndickicht heraus. »Ich hab' eine Kaulquappe verschluckt, die sich jetzt in meinem Bauch windet und zappelt. Ich geh' noch ein – Emerson, Sie Biest, Sie haben meine Unterhosen an!«
»Leise, leise, ach du liebes bißchen!« sagte Mrs. Honeychurch,

die es unmöglich fand, weiterhin schockiert zu sein. »Und sieh zu, daß du dich erstmal gründlich abtrocknest. Diese ganzen Erkältungen kommen nur davon, daß man sich nicht gründlich abtrocknet.«

»Mutter, laß uns gehen«, sagte Lucy. »Ach, um Gottes willen, komm jetzt!«

»Hallo!« rief George, so daß die Damen stehenblieben.

George betrachtete sich als angekleidet. Barfuß und mit bloßer Brust, strahlend und von stattlicher Statur stand er vorm dunklen Waldrain und rief:

»Hallo, Miss Honeychurch! Hallo!«

»Verneig dich, Lucy! Verneig dich besser! Wer ist denn das nun wieder? Ich verneig' mich!«

Miss Honeychurch verneigte sich.

Diesen Abend und die ganze Nacht hindurch verlief sich das Wasser. Am Morgen war der Teich auf seine alte Größe zusammengeschrumpft und hatte alle Herrlichkeit verloren. Ein Ruf an das Blut war von ihm ausgegangen und eine Aufforderung, bewußten Willen einmal hintanzustellen. Ein vorübergehender Segen war es gewesen, dessen Wirkung nicht verging, etwas Heiliges, ein Zauber, ein flüchtiger Kelch für Jugend.

Dreizehntes Kapitel

Wieso Miss Bartletts Boiler so auf die Nerven ging

Wie oft hatte Lucy diese Verneigung, diese Aussprache nicht schon geprobt! Nur hatte sie das stets drinnen und nicht im Freien getan, und mit bestimmtem Zubehör, wie wir gewiß annehmen dürfen. Wer hätte auch vorhersehen können, daß sie und George einander wiedersahen, wo die Zivilisation sich in heilloser Flucht befand, inmitten einer Armee von Röcken und Kragen und Stiefeln, die in strahlendem Sonnenschein auf der Strecke blieben? Was sie erwartet hatte, war ein junger Mr. Emerson, der vielleicht schüchtern oder verlegen oder gleichgültig war oder versuchte, hinter dem Rücken anderer zudringlich zu werden. Auf all das war sie gefaßt gewesen. Nie jedoch wäre es ihr in den Sinn gekommen, daß er glücklich sein und sie mit dem Ruf des Morgensterns begrüßen könnte.

Selber drinnen in einem Haus, während sie mit der alten Mrs. Butterworth den Tee nahmen, überlegte sie, daß es unmöglich war, die Zukunft auch nur annähernd genau vorherzusagen, ja, daß es unmöglich ist, Leben zu proben. Ein Fehler in den Kulissen, ein Gesicht im Publikum, der Umstand, daß Zuschauer plötzlich auf die Bühne stürmen, und all unsere sorgfältig einstudierten Gesten bedeuten nichts, oder sie bedeuten zuviel. ›Ich werde mich verneigen‹, hatte sie gedacht. ›Die

Hand gebe ich ihm nicht. Das wird genau das sein, was sich gehört.‹ Sie hatte sich verneigt – doch vor wem? Vor Göttern, vor Helden, vor einem Schulmädchenschwarm? Sie hatte sich über den Unsinn hinweg verneigt, der die Welt beschwert. Diesen Lauf nahmen ihre Gedanken, während ihre gesellschaftliche Gewandheit mit Cecil beschäftigt war. Es war wieder einer von diesen gräßlichen Antrittsbesuchen. Mrs. Butterworth hatte ihn sehen wollen, und er wollte nicht gesehen werden. Er hatte keine Lust, von Hortensien zu hören, und warum die an der Küste eine andere Färbung bekommen. Er hatte keine Lust, der Wohlfahrtsgesellschaft beizutreten. Wenn er sich ärgerte, war er immer redselig und gab kluge, weitschweifige Antworten auf Fragen, bei denen ein einfaches ›Ja‹ oder ›Nein‹ genügt hätte. Lucy beschwichtigte ihn und bastelte in einer Art und Weise an der Konversation, die vielversprechend war für ihre Ehe. Niemand ist vollkommen, und sicher ist es weiser, den Unvollkommenheiten vor der Hochzeit auf die Spur zu kommen als hinterher. Miss Bartlett hatte ihr durch Taten, wenn auch nicht mit Worten, begreiflich gemacht, daß dieses unser Leben nichts wirklich Befriedigendes enthält. Wenn Lucy die Lehrerin auch nicht mochte, so betrachtete sie doch das, was sie lehrte, als sehr tiefsinnig und wendete es auf ihren Liebsten an.

»Lucy«, sagte ihre Mutter beim Nachhausekommen, »stimmt mit Cecil was nicht?«

Diese Frage verhieß nichts Gutes: Bis jetzt hatte Mrs. Honeychurch immer Nachsicht walten lassen und sich in Zurückhaltung geübt.

»Nein, das glaube ich nicht, Mutter. Mit Cecil ist alles in Ordung.«

»Vielleicht ist er müde.«
Lucy lenkte ein; vielleicht sei Cecil *ein bißchen* müde.
»Denn sonst« – sie zog ihre Hutnadeln zunehmend mißvergnügt heraus – »denn sonst kann ich mir das nicht erklären.«
»Ich meine wirklich, Mrs. Butterworth ist ziemlich ermüdend, falls es das ist, was du meinst.«
»Das zu meinen, hat Cecil dir eingeredet. Als kleines Mädchen hast du sie geliebt; es ist nicht zu sagen, wie gut sie zu dir war, als du deinen Typhus durchmachtest. Nein – es ist überall das gleiche.«
»Laß mich deinen Hut wegbringen, darf ich?«
»Er hätte ihr doch gewiß für eine halbe Stunde anständig Rede und Antwort stehen können, oder?«
»Cecil stellt hohe Ansprüche an die Menschen«, erklärte Lucy kläglich und sah voraus, daß es unangenehm werden würde. »Das gehört zu seinen Idealen – eigentlich ist es das, was einem manchmal den Eindruck vermittelt, als ob er . . .«
»Ach, papperlapapp! Wenn hehre Ideale einen jungen Mann dazu bringen, unhöflich zu werden, sollte er sehen, daß er sie so bald wie möglich über Bord wirft«, erklärte Mrs. Honeychurch und reichte ihr den Hut.
»Aber Mutter! Ich habe doch selbst erlebt, wie du wütend auf Mrs. Butterworth warst!«
»Aber nicht so. Manchmal könnte ich ihr den Hals umdrehen. Aber *so* nicht. Nein. Es ist immer dasselbe mit Cecil!«
»Übrigens – ich habe es dir nie erzählt. Ich habe einen Brief von Charlotte bekommen, als ich in London war.«
Dieser Versuch, das Gespräch in andere Bahnen zu lenken, war allzu kindisch, und das fuchste Mrs. Honeychurch.
»Seit Cecil aus London zurück ist, paßt ihm anscheinend über-

haupt nichts mehr. Jedesmal, wenn ich ihn anspreche, zuckt er zusammen – ich habe schließlich Augen im Kopf, Lucy; es hat also keinen Sinn, es abzustreiten. Kein Zweifel, ich bin weder besonders künstlerisch, noch literarisch, noch intellektuell noch musikalisch, aber für die Möbel im Salon kann ich nichts: die hat dein Vater gekauft, und ich muß mich damit abfinden. Wenn Cecil das in Zukunft bitte berücksichtigen würde!«

»Ich ... ich verstehe, was du meinst. Natürlich sollte Cecil sich nicht so gehen lassen. Aber es ist nicht seine Absicht, unhöflich zu sein – er hat mir das einmal erklärt –, was ihn aufregt, das sind *Sachen* – häßliche Sachen lassen ihn ganz leicht aus der Fasson geraten –, aber unhöflich *Menschen* gegenüber ist er nicht.«

»Ist es eine Sache oder ein Mensch, wenn Freddy singt?«

»Von einem wirklich musikalischen Menschen kannst du nicht verlangen, daß er lustige Lieder so genießt wie wir.«

»Warum hat er dann das Zimmer nicht verlassen? Warum ist er auf seinem Stuhl hin- und hergerutscht, hat geniest und den Leuten die Freude verdorben?«

»Wir dürfen nicht ungerecht sein!« sagte Lucy kleinlaut. Irgend etwas hatte sie geschwächt, und das Eintreten für Cecil, das sie in London so vollkommen gelernt hatte, wollte ihr nicht recht gelingen. Die beiden Zivilisationen waren aneinandergeraten – Cecil hatte bereits angedeutet, daß das geschehen könnte –, und sie war erschrocken und wußte nicht mehr ein noch aus, gleichsam als hätte der Glanz, der hinter aller Zivilisation liegt, sie geblendet. Guter Geschmack und schlechter Geschmack, das waren nur Schlagworte, Gewänder von unterschiedlichem Zuschnitt; und Musik selbst löst sich auf und wird zu einem Raunen in den Fichten, wo ernster Gesang von lustigen Liedern nicht zu unterscheiden ist.

In tiefe Verlegenheit gestürzt, blieb sie zurück, während Mrs. Honeychurch sich fürs Abendessen umkleidete; und ab und zu sagte sie ein Wort, was aber die Sache auch nicht besser machte. Es hatte keinen Sinn, es zu verbergen – Cecil hatte seine Geringschätzung zeigen wollen, und das war ihm gelungen. Und Lucy – warum, wußte sie nicht – wünschte, die Schwierigkeit wären zu einem anderen Zeitpunkt aufgetaucht.

»Geh und zieh dich um, Liebling; sonst kommst du zu spät.«

»In Ordnung, Mutter ...«

»Sag nicht immer ›In Ordnung‹ und hör auf zu reden. Geh jetzt!«

Sie gehorchte, verweilte jedoch untröstlich am Fenster des Treppenabsatzes. Dies ging nach Norden hinaus, gewährte also nur wenig Ausblick, vor allem aber keinen auf den Himmel. Wie im Winter, hingen die Fichten auch jetzt nahe vor ihren Augen. Man brachte das Treppenhausfenster mit Niedergeschlagenheit in Verbindung. Zwar war sie von keinem bestimmten Problem bedroht, doch seufzte sie auf. ›Ach du liebe Güte, was soll ich tun, was soll ich tun?‹ sagte sie zu sich. Sie fand, daß alle anderen sich sehr schlecht benahmen. Und sie ihrerseits hätte Miss Bartletts Brief nicht erwähnen sollen. Sie mußte vorsichtiger sein; ihre Mutter war ziemlich neugierig und hätte fragen können, was denn drinstand. Ach du liebe Güte, was sollte sie nur tun? – Und dann kam Freddy die Treppe heraufgestürmt und gesellte sich zu der Schar derer, die sich schlecht benahmen.

»Ich muß schon sagen, die Leute sind super.«

»Mein lieber Kleiner, wie unangenehm das mit dir war! Wie kommst du dazu, sie zum Baden im Heiligen See mitzunehmen? So in aller Öffentlichkeit? Für dich mag es ja angehen, aber für jeden sonst ist es doch schrecklich peinlich. Du mußt vorsichtiger sein. Du vergißt, daß Summer Street fast schon so was wie ein Vorort ist.«

»Sag mal, liegt nächste Woche irgendwas an?«

»Nicht, daß ich wüßte.«

»Dann möchte ich die Emersons nächste Woche Sonntag zum Tennis herbitten.«

»Ach, das solltest du lieber nicht tun, Freddy, bei diesem ganzen Durcheinander – das solltest du wirklich nicht tun!«

»Aber der Tennisplatz ist doch ganz in Ordung. Und wenn man mal zusammenrasselt – die hätten bestimmt nichts dagegen. Außerdem habe ich neue Bälle bestellt.«

»Ich hab' gesagt, lieber nicht, und das war ernst gemeint.«

Er packte sie bei den Ellbogen und schwenkte sie gutgelaunt im Tanzschritt den Korridor entlang. Sie tat so, als mache ihr das nichts aus; dabei hätte sie schreien können vor Wut. Cecil warf ihnen auf dem Gang zu seiner Toilette einen Blick zu, und sie standen Mary mit ihrer Brut von Heißwasserkannen im Wege. Dann machte Mrs. Honeychurch ihre Tür auf und sagte: »Lucy, was für einen Krach du machst! Ich hab' dir was zu sagen. Hast du nicht gesagt, du hättest einen Brief von Charlotte bekommen?« Freddy suchte das Weite.

»Ja, aber ich kann nicht bleiben. Ich muß mich unbedingt umziehen.«

»Wie geht es Charlotte?«

»Sie ist in Ordnung!«

»Lucy!« – Sie war eben ein Pechvogel und kehrte zurück.

»Es ist eine schlechte Angewohnheit von dir, daß du immer mitten im Satz, wenn man was sagt, wegrennst. Hat Charlotte ihren Boiler erwähnt?«

»Ihren *was?*«
»Weißt du nicht mehr, daß ihr Boiler im Oktober rausgerissen werden sollte, und ihr Wasserbehälter vom Bad gründlich gereinigt werden und alle möglichen schrecklichen Sachen gemacht?«
»Ich kann mich nicht an all die Sorgen erinnern, die Charlotte hat«, erklärte Lucy verbittert. »Ich habe selbst genug, jetzt, wo du unzufrieden bist mit Cecil.«
Mrs. Honeychurch hätte aufbrausen können. Sie tat es nicht. Sie sagte: »Komm mal her, großes Kind – danke, daß du meinen Hut weggelegt hast –, gib mir einen Kuß.« Und wiewohl nichts vollkommen ist, hatte Lucy für einen Moment das Gefühl, daß ihre Mutter und *Windy Corner* und der Weald im Licht der untergehenden Sonne vollkommen wären.
So verschwand der Sand aus dem Getriebe des Lebens. Das war in *Windy Corner* im allgemeinen so. In letzter Minute, wenn die gesellschaftlichen Beziehungen hoffnungslos festgefahren waren, träufelte das eine oder das andere Familienmitglied ein wenig Öl hinein. Cecil verachtete ihre Methoden – vielleicht zu recht. Zumindest waren es nicht die seinen.
Das Abendessen sollte um halb acht stattfinden. Freddy leierte ein Tischgebet herunter, sie zogen die schweren Stühle heran und langten zu. Zum Glück waren die Männer hungrig. Bis zum Pudding geschah nichts Ungehöriges. Dann sagte Freddy:
»Lucy, wie ist dieser Emerson?«
»Ich hab' ihn in Florenz kennengelernt«, erwiderte Lucy in der Hoffnung, das würde als Antwort ausreichen.
»Ist er einer von diesen ganz Gescheiten, oder eher nett und unauffällig?«
»Frag Cecil; Cecil ist es, der ihn hergebracht hat.«

»Er gehört eher zu den Gescheiten, so wie ich«, sagte Cecil.
Zweifelnd sah Freddy ihn an.

»Wie gut hast du ihn denn in der Pension Bertolini gekannt?« fragte Mrs. Honeychurch.

»Ach, nur flüchtig. Ich meine, Charlotte hat ihn womöglich noch weniger gut gekannt als ich.«

»Ach, das erinnert mich – du hast mir nie gesagt, was Charlotte in ihrem Brief geschrieben hat.«

»Alles mögliche«, sagte Lucy und überlegte, ob sie es wohl schaffte, das Abendessen ohne Lüge zu überstehen. »Unter anderem, daß eine schreckliche Freundin von ihr mit dem Fahrrad durch Summer Street gekommen ist und überlegte, ob sie wohl mal reinschauen sollte, das aber glücklicherweise nicht getan hat.«

»Lucy, ich muß schon sagen, du hast eine sehr unfreundliche Art, über Menschen zu reden.«

»Sie schreibt Romane«, sagte Lucy listig. Das war eine geschickte Bemerkung, denn über nichts konnte Mrs. Honeychurch sich so sehr aufregen wie über schreibende Frauen. Sie ließ von jedem Thema ab, um über diese Frauen herzuziehen, die (statt sich um Haushalt und Kinder zu kümmern) versuchten, durch Gedrucktes traurige Berühmtheit zu erlangen. Ihre Einstellung war: ›Wenn unbedingt Bücher geschrieben werden müssen, sollten jedenfalls Männer sie schreiben‹; und über diese Maxime ließ sie sich jetzt des längeren und breiteren aus, während Cecil gähnte, Freddy die Pflaumensteine hin- und herschob und ›Noch dieses Jahr, nächstes Jahr, jetzt, nie‹ damit spielte und Lucy den Zorn ihrer Mutter kunstvoll schürte. Bald jedoch legte die Feuerbrunst sich, und in der Dunkelheit begannen die Gespenster sich zu versammeln. Es gingen deren viel zu viele um. Das ursprüngliche Gespenst – die Lippen, die ihr auf die Wange gedrückt worden waren – hatte gewiß längst Ruhe gegeben; es konnte ihr nichts mehr ausmachen, daß ein Mann sie einst auf einem Berg geküßt hatte. Nur hatte das einen ganzen Schwarm von Gespenstern gezeugt – Mr. Harris, Miss Bartletts Brief, Mr. Beebes Erinnerung an Veilchen – und das eine oder andere von diesen Gespenstern mußte sie immer wieder heimsuchen, und das ausgerechnet vor Cecils Augen! Jetzt war es Miss Bartlett, die zurückkehrte, und zwar mit erschreckender Lebendigkeit.

»Ich habe an diesen Brief denken müssen, den Charlotte dir geschrieben hat, Lucy. Wie geht es ihr?«

»Ich habe ihn zerrissen.«

»Hat sie nicht gesagt, wie es ihr geht? Wie klang sie? Fröhlich?«

»Oh ja, ich glaube schon – nein – nicht besonders fröhlich, würde ich meinen.«

»Dann *ist* es der Boiler, verlaß dich drauf. Ich weiß selbst, wie Wasser einem zusetzen kann. Mir wäre alles andere lieber – selbst Bauchgrimmen.«

Cecil bedeckte die Augen mit der Hand.

»Mir auch«, sagte Freddy und trat seiner Mutter an die Seite – wobei er mehr den Tenor ihrer Bemerkung meinte und nicht das, was sie genau gesagt hatte.

»Und ich hab' drüber nachgedacht«, setzte sie einigermaßen nervös hinzu, »wir könnten Charlotte doch eigentlich nächste Woche mit einplanen und dafür sorgen, daß sie ein paar schöne Tage bei uns verbringt, solange in Tunbridge Wells die Klempner am Werk sind. Ich habe die arme Charlotte schon so lange nicht gesehen.«

Das war mehr, als ihre Nerven aushalten konnten. Und den-

noch konnte sie nicht heftig aufbegehren, wo ihre Mutter oben doch so gut zu ihr gewesen war.
»Mutter, nein!« flehte sie. »Es geht einfach nicht. Wir können nicht zu allem anderen auch noch Charlotte hier haben. Wir treten einander doch schon so auf die Füße. Freddy hat einen Freund, der Dienstag kommt, Cecil ist da, und du hast versprochen, Minnie Beebe aufzunehmen, weil sie doch solche Angst vor der Diphterie hat. Es geht einfach nicht!«
»Unsinn! Selbstverständlich geht es.«
»Nur wenn Minnie im Badezimmer schläft. Sonst nicht.«
»Minnie wird bei dir schlafen.«
»Ich will sie aber nicht im Zimmer haben.«
»Wenn du so selbstsüchtig bist, muß Mr. Floyd eben das Zimmer mit Freddy teilen.«
»Miss Bartlett, Miss Bartlett, Miss Bartlett!« stöhnte Cecil und legte nochmals die Hand vor Augen.
»Es geht nicht«, wiederholte Lucy. »Ich will ja keine Schwierigkeiten machen, aber es ist wirklich nicht fair den Dienstmädchen gegenüber, das ganze Haus voll zu haben.«
O weh!
»Die Wahrheit ist doch, daß du Charlotte nicht magst, meine Liebe.«
»Ja, das stimmt. Und Cecil auch nicht. Sie geht uns auf die Nerven. Du hast sie in letzter Zeit nicht erlebt, deshalb begreifst du nicht, wie sie einen plagen kann, obwohl sie so gut ist. Deshalb, bitte, Mutter, verdirb uns nicht diesen letzten Sommer! Verwöhne uns lieber dadurch, daß du sie nicht einlädst.«
»Hört! Hört!« sagte Cecil.
Woraufhin Mrs. Honeychurch ernster als sonst und vor allem gefühlvoller, als sie es sich für gewöhnlich gestattete, erwiderte:

»Das ist wirklich nicht sehr freundlich von euch beiden. Ihr habt euch und die weiten Wälder, darin spazieren zu gehen, in denen es soviel Schönes gibt; und die arme Charlotte muß sich damit abfinden, daß ihr das Wasser abgedreht wird und sie auch noch die Klempner im Haus hat. Ihr seid jung, doch so gescheit junge Leute auch sind, und wenn sie noch soviele Bücher lesen, sie werden nie begreifen, was es heißt, alt zu werden.«
Cecil zerkrümelte sein Brot.
»Ich muß zugeben, Cousine Charlotte war sehr freundlich zu mir vor ein paar Jahren, als ich sie mit dem Fahrrad besuchte«, warf Freddy ein. »Sie hat mir für mein Kommen gedankt, bis ich mir vorkam wie ein Trottel, und machte ein Gewese darum, mir ein Ei zum Tee auch genau richtig zu kochen.«
»Ich weiß, mein Lieber, sie ist jedermann gegenüber so freundlich, und trotzdem macht Lucy diesen Aufstand, wo wir nur versuchen, ihr ein bißchen dafür zurückzugeben.«
Doch Lucy verhärtete ihr Herz. Es hatte keinen Sinn, freundlich zu Miss Bartlett zu sein. Das hatte sie zu oft und vor zu kurzer Zeit erst versucht. Vielleicht häufte man im Himmel einen Schatz dafür auf, wenn man es versuchte, doch auf Erden bereicherte man weder Miss Bartlett noch irgend jemand sonst damit. Ihr blieb nichts anderes übrig als zu sagen: »Ich kann mir nicht helfen, Mutter. Ich mag Charlotte nicht. Und ich gebe zu, das ist abscheulich von mir.«
»Nach deiner eigenen Aussage hast du ihr das deutlich zu verstehen gegeben.«
»Nun ja, sie wollte Florenz so dumm verlassen. Was hat sie sich bloß aufgeführt!«
Die Gespenster kehrten zurück; sie füllten Italien, ja, sie mach-

ten sich sogar an den Orten breit, die sie als Kind gekannt hatte. Nie mehr würde der Heilige See derselbe sein, und Sonntag in einer Woche würde sogar mit *Windy Corner* etwas passieren. Wie gegen Gespenster ankämpfen? Für einen Moment schwand die sichtbare Welt, und nur Erinnerungen und Gefühle schienen wirklich.

»Ich nehme an, Miss Bartlett muß her, wo sie doch Eier so trefflich kocht«, erklärte Cecil, der sich dank des ausgezeichneten Abendessens in recht glücklicher Verfassung befand.

»Ich habe nicht gemeint, daß das Ei *trefflich* gekocht war«, verbesserte Freddy ihn, »denn ehrlich gesagt, vergaß sie, es rauszunehmen, und außerdem mag ich Eier gar nicht. Ich hab' nur gemeint, wieviel Mühe Sie sich gemacht hat.«

Wieder runzelte Cecil die Stirn. Oh, diese Honeychurches! Eier, Boiler, Hortensien, Dienstmädchen – daraus bestand ihr Leben. »Dürfen Lucy und ich uns von unserem Platz erheben?« fragte er mit kaum verhohlener Überheblichkeit. »Wir möchten keinen Nachtisch.«

Vierzehntes Kapitel

Wie Lucy sich mutig der äußeren Situation stellte

Selbstverständlich nahm Miss Bartlett an. Und nicht minder selbstverständlich war sie überzeugt zu stören, weshalb sie bat, man möge ihr eines der leerstehenden Zimmer geben – irgend etwas ohne Aussicht, irgendeines. Für Lucy würde sie alles tun. Und selbstverständlich könne auch George Emerson am Wochenende gern zum Tennisspielen kommen.

Mutig stellte Lucy sich der Situation, wenn auch – wie es die meisten von uns tun – nur jener, die sie ganz persönlich betraf. Niemals warf sie einen Blick in ihr Inneres. Stiegen gelegentlich merkwürdige Bilder aus der Tiefe auf, schob sie das auf ihre Nerven. Als Cecil die Emersons nach Summer Street gebracht hatte, hatte das ihre Nerven in Aufruhr versetzt. Charlottte rührte gewiß vergangene Torheiten auf, und es konnte sein, daß dies ihre Nerven wieder in Aufruhr versetzte. Nachts war sie nervös. Als sie mit George sprach – sie sollte ihn gleich hinterher im Pfarrhaus wiedersehen –, rührte seine Stimme sie tief an, und es verlangte sie, in seiner Nähe zu bleiben. Wie schrecklich, wenn sie wirklich den Wunsch hatte, in seiner Nähe zu bleiben! Selbstverständlich lag es an ihren Nerven, daß sie es wünschte; Nerven spielen uns ja solche niederträchtigen Streiche. Einmal hatte sie an ›Sachen‹ gelitten, ›die aus dem Nirgendwo kamen und wer weiß was bedeuteten‹. Jetzt hatte Cecil ihr an einem feuchten Nachmittag erklärt, was Psychologie war, und es war ihr möglich, all die Probleme der Jugend in einer unbekannten Welt abzutun.

Der Leser hat leicht sagen: ›Sie liebt eben den jungen Emerson‹. Säße der Leser an Lucys Stelle, würde ihm das keineswegs so selbstverständlich erscheinen. Es ist leicht, das Leben aufzuzeichnen, aber erschreckend zu leben, und wir heißen mit Freuden ›die Nerven‹ oder jedwede andere Entschuldigung willkommen, die unser persönliches Verlangen verschleiert. Sie liebte Cecil; George machte sie nervös; würde der Leser die Güte haben, ihr zu erklären, daß diese Aussagen umgekehrt gültig wären?

Aber nach außen hin wird sie sich der Situation mutig stellen. Die Begegnung im Pfarrhaus war einigermaßen glimpflich verlaufen. Zwischen Mr. Beebe und Cecil stehend, hatte sie maßvoll ein paar Anspielungen auf Italien gemacht, und George war darauf eingegangen. Es war ihr sehr daran gelegen zu zeigen, daß sie unbefangen war und sich freute, daß auch er offenbar nicht befangen war.

»Ein netter Kerl«, sagte Mr. Beebe hinterher. »Mit der Zeit wird er schon alles Ungeschlachte ablegen. Ich mißtraue im allgemeinen jungen Männern, die so glatt und anmutig aufs Meer des Lebens auslaufen.«

Lucy sagte: »Er scheint besser gelaunt. Er lacht mehr.«

»Ja«, erwiderte der geistliche Herr. »Er wacht auf.«

Das war alles. Doch im Laufe der Woche fiel noch anderes, womit sie sich gegen ihn wappnete, von ihr ab, und in ihren Gedanken war er ein Mann von großer körperlicher Schönheit. Trotz deutlichster Anweisungen schaffte Miss Bartlett es, ihre Ankunft zu verpatzen. Sie sollte mit einem Zug der *South-East-*

ern-Eisenbahnlinie in Dorking-Mitte eintreffen, wohin Mrs. Honeychurch fuhr, um sie abzuholen. Tatsächlich kam sie jedoch auf dem etwas außerhalb gelegenen Bahnhof der Linie *London-Brighton* an und mußte sich von dort aus eine Mietdroschke nehmen. Kein Mensch war zu Hause, außer Freddy und seinem Freund, die ihr Tennisspiel unterbrechen und sich eine geschlagene Stunde um sie kümmern mußten. Cecil und Lucy tauchten um vier auf. So bildeten die Anwesenden zusammen mit der kleinen Minnie Beebe ein ziemlich klägliches Sextett, als sie auf dem oberen Rasen ihren Tee nahmen.
»Das verzeih' ich mir nie!« sagte Miss Bartlett, die immer wieder Anstalten machte, sich zu erheben und mit den vereinten Kräften der anderen gebeten werden mußte, sitzen zu bleiben. »Ich hab' aber auch alles vermasselt! Unverhofft junge Leute zu stören! Jedenfalls muß ich die Droschke unbedingt selbst bezahlen. Tut mir jedenfalls diese Liebe.«
»So etwas Abscheuliches tut unser Besuch nie!« sagte Lucy, während ihr Bruder, dessen Erinnerung an das hartgekochte Ei sich längst verflüchtigt hatte, in gereiztem Ton ausrief: »Genau das hab' ich Cousine Charlotte auch schon die ganze letzte halbe Stunde über immer wieder beibringen wollen, Lucy.«
»Na, schön, wenn du unbedingt willst! Fünf Shilling – außerdem hab' ich dem Kutscher einen Shilling Trinkgeld gegeben.« Miss Bartlett kramte in ihrer Geldbörse. Nur Sovereigns und Pennies.*

* Der Autor macht sich im folgenden über das komplizierte englische Geld- und Münzsystem lustig. Zum besseren Verständnis sei erwähnt, daß ein Pfund Sterling vor Einführung des Dezimalsystems im Jahre 1971 gleich 20 Shilling zu je 12 Pence war. / 1 Crown = Scheidemünze im Wert von 5 Shilling. / 1 Half-Crown = Scheidemünze im Wert von 2 Shilling, 6 Pence. / 1 Sovereign = Goldmünze im Wert von 1 Pfund Sterling. *A.d.Ü.*

Ob irgend jemand wechseln könne? Freddy hatte ein halbes Pfund bei sich und sein Freund vier Half-Crowns. Miss Bartlett nahm das Geld und sagte dann: »Und wem gebe ich jetzt den Sovereign?«

»Lassen wir es doch alles, bis Mutter zurückkommt«, schlug Lucy vor.

»Aber nicht doch, meine Liebe. Vielleicht macht deine Mutter jetzt eine ausgedehnte Spazierfahrt, wo ich ihr nicht hinderlich im Weg bin. Wir haben alle unsere kleinen Schwächen, und meine besteht darin, meine Schulden immer gleich zu bezahlen.«

An dieser Stelle machte Freddys Freund, Mr. Floyd, die einzige in diesem Zusammenhang erwähnenswerte Bemerkung: Er erbot sich, mit Freddy um Miss Bartletts halbes Pfund zu spielen, und zwar Zahl oder Krone. Eine Lösung schien in Sicht, und selbst Cecil, der es sich betont hatte angelegen sein lassen, seinen Tee angesichts der schönen Aussicht zu trinken, konnte sich dem Reiz des Zufalls nicht entziehen und drehte sich um. Doch auch das klappte nicht.

»Bitte ... bitte ... ich weiß, ich bin eine schreckliche Spielverderberin, aber ich wäre kreuzunglücklich. Denn praktisch würde ich ja den Verlierer um ein halbes Pfund bringen.«

»Freddy schuldet mir fünfzehn Shilling«, legte Cecil sich ins Mittel. »Es kommt also genau hin, wenn Sie mir das Pfund geben.«

»Fünfzehn Shilling?« sagte Miss Bartlett verdattert. »Wieso das, Mr. Vyse?«

»Weil Freddy unsere Droschke bezahlt hat, verstehen Sie. Geben Sie mir das Pfund, und wir vermeiden dies unselige Glücksspiel.«

Miss Bartlett, die im Kopfrechnen schwach war, wurde immer verwirrter und rückte unter dem unterdrückten Gepruste der anderen jungen Leute ihren Sovereign heraus. Für einen Moment schwamm Cecil in Glückseligkeit. Er trieb zusammen mit seinesgleichen Schabernack mit jemand. Dann sah er zu Lucy hinüber, in deren Gesicht läppische Ängste das Lächeln nicht ganz hochkommen ließen. Im Januar würde er seinen Leonardo aus dieser dämlichen Gesellschaft herausholen.

»Aber ich begreif' das nicht!« erklärte Minnie Beebe laut, die die listige Transaktion genauestens verfolgt hatte. »Ich begreif' einfach nicht, wieso Mr. Vyse dies Pfund bekommen soll.«

»Wegen der fünfzehn Shilling und der fünf«, erklärten sie mit todernstem Gesicht. »Fünfzehn Shilling und fünf Shilling machen ein Pfund, verstehst du?«

»Aber ich begreif' nicht ...«

Sie versuchten, ihr den Mund mit Kuchen zu stopfen.

»Nein, vielen Dank. Ich bin satt. Ich begreife nicht ... Freddy, nicht knuffen! Miss Honeychurch, Ihr Bruder tut mir weh! Au! Und wo bleiben Mr. Floyds zehn Shilling? Autsch! Nein, ich begreife nicht und werde nie begreifen, warum Miss Wieheißt-sie-doch-noch dem Kutscher nicht den Shilling Trinkgeld geben sollte.«

»Den Kutscher hatte ich ganz vergessen«, sagte Miss Bartlett und lief rot an. »Danke, meine Liebe, daß du mich dran erinnerst. Ein Shilling, nicht war? Kann jemand mir auf eine Half-Crown rausgeben?«

»Ich hole das Wechselgeld!«, sagte die junge Gastgeberin und stand entschlossen auf. »Cecil, gib mir den Sovereign. Nein – gib ihn mir jetzt. Ich werde Euphemia hinschicken, ihn kleinzumachen, und dann fangen wir mit der Sache noch einmal ganz von vorn an.«

»Lucy ... Lucy ... ach, was bin ich doch für eine Plage!« rief Miss Bartlett und folgte ihr über den Rasen. Mit aufgesetzter Unbekümmertheit hüpfte Lucy voran. Als sie außer Hörweite waren, hörte Miss Bartlett mit ihrem Gejammer auf und sagte ganz munter: »Hast du es ihnen schon gesagt?«

»Nein, das habe ich nicht«, sagte Lucy und hätte sich die Zunge abbeißen mögen vor Wut darüber, damit zu erkennen gegeben zu haben, genau zu wissen, was ihre Cousine meinte. »Mal sehen – also Kleingeld für einen Sovereign.«

Sie entwischte in die Küche. Diese plötzlichen Sprünge von Miss Bartlett waren ihr unheimlich. Manchmal hatte man das Gefühl, als ob sie jedes Wort, das sie sagte oder jemand anders zu sagen veranlaßte, mit Bedacht plante; als ob dieses ganze Gewürge um Droschken und Wechselgeld eine List gewesen wäre, um ihre – Lucys – Seele zu überraschen.

»Nein, ich habe es weder Cecil noch sonst jemand gesagt«, erklärte sie, als sie wieder zum Vorschein kam. »Ich hatte dir ja versprochen, es nicht zu tun. Hier hast du dein Geld – alles Shillinge, bis auf zwei Half-Crowns. Würdest du bitte nachzählen? Jetzt kannst du deine Schuld einfach begleichen.«

Miss Bartlett stand im Salon und starrte das gerahmte Photo des zum Himmel auffahrenden heiligen Johannes an.

»Wie gräßlich!« murmelte sie, »Ja, mehr noch als gräßlich, wenn Mr. Vyse aus irgendeiner anderen Quelle davon erfahren sollte.«

»Oh nein, Charlotte!« erklärte die junge Frau und stellte sich dem Kampf. »George Emerson ist in Ordnung, und welche andere Quelle sollte es sonst noch geben?«

Miss Bartlett dachte nach. »Zum Beispiel den Kutscher. Ich habe gesehen, wie er aus dem Gebüsch heraus zu dir herüberblickte. Ich weiß noch wie heute, daß er ein Veilchen zwischen den Zähnen hatte.«
Ein Schauder durchlief Lucy. »Diese alberne Sache wird uns noch Nerven kosten, wenn wir nicht acht geben. Wie sollte ein florentinischer Kutscher Cecil zu fassen kriegen?«
»Wir müssen jede Möglichkeit in Betracht ziehen.«
»Ach, ist schon in Ordnung.«
»Vielleicht weiß auch der alte Mr. Emerson Bescheid. Ja, ich bin ziemlich sicher, daß er Bescheid weiß.«
»Ist mir egal, ob er es tut oder nicht. Ich war dir ja dankbar für deinen Brief, aber selbst wenn es irgendwie rauskommt – ich glaube, ich kann mich darauf verlassen, daß Cecil es lachend abtut.«
»Daß er behauptet, es stimmt nicht?«
»Nein, daß er einfach darüber lacht.« Doch im tiefsten Herzensgrunde wußte sie, daß sie sich da nicht auf ihn verlassen konnte, denn er begehrte sie unberührt.
»Nun, meine Liebe, du wirst das am besten wissen. Vielleicht sind Herren heute anders als zu meiner Zeit. Die Damen haben sich jedenfalls gewiß verändert.«
»Aber Charlotte!« Spielerisch versetzte sie ihr einen Klaps. »Du liebes, besorgtes Ding! Was soll ich denn deiner Meinung nach nun wirklich tun? Erst sagst du: ›Erzähl es nicht!‹, und dann sagst du: ›Erzähle es!‹ Was von beidem denn nun? Rasch!«
Miss Bartlett seufzte. »Ich kann bei einer Diskussion mit dir nicht mithalten, meine Liebe. Ich bekomme einen roten Kopf, wenn ich daran denke, wie ich mich in Florenz eingemischt habe; dabei bist du sehr wohl imstande, dich um dich selbst zu

kümmern und bist in allem soviel klüger als ich. Du wirst mir nie verzeihen.«

»Wollen wir dann wieder hinaus? Sie zerschlagen uns noch das ganze Porzellan, wenn wir es nicht tun.«

Denn laut hallte das Gekreisch von Minnie durch die Luft, die mit einem Teelöffel skalpiert wurde.

»Noch einen Moment, Liebste – vielleicht haben wir so bald keine Gelegenheit wieder miteinander zu plaudern. Hast du den jungen Mann denn schon gesehen?«

»Ja, das habe ich.«

»Wieso ist das passiert?«

»Wir sind uns im Pfarrhaus begegnet.«

»Und welche Haltung nahm er ein?«

»Keine Haltung. Er redete über Italien, wie jeder andere auch. Es ist schon alles in Ordnung. Was hätte er denn davon, als ungehobelter Klotz dazustehen, um es einmal deutlich auszudrücken? Ach, könnte ich dich doch nur dazu bringen, es so zu sehen wie ich. Er macht bestimmt keine Ungelegenheiten, Charlotte.« – »Einmal ein ungehobelter Klotz, immer einer. Jedenfalls nach meiner unmaßgeblichen Meinung.«

Lucy blieb stehen. »Cecil hat mal gesagt – und ich fand das so tiefsinnig –, daß es zwei Arten von ungehobelten Klötzen gibt – die, die es bewußt sind, und die, die es unbewußt sind.« Wieder hielt sie inne; es war ihr wichtig, Cecils Tiefsinnigkeit Gerechtigkeit widerfahren zu lassen. Durchs Fenster sah sie Cecil selbst, wie er die Seiten eines Romans umblätterte. Es war ein neuer aus der Buchhandlung. Ihre Mutter mußte vom Bahnhof zurück sein.

»Einmal ein ungehobelter Klotz, immer einer«, leierte Miss Bartlett.

»Ich meine mit unbewußt, daß Mr. Emerson den Kopf verloren hat. Ich fiel in all die vielen Veilchen hinein, und er war albern, überrascht und leichtfertig. Ich finde, wir sollten ihm nicht alle Schuld in die Schuhe schieben. Was macht es nicht für einen Unterschied, wenn man aus heiterem Himmel jemand vor einem schönen Hintergrund sieht! So ist es doch; es macht einen gewaltigen Unterschied, und da hat er eben den Kopf verloren. Er ist kein bißchen in mich verschossen oder so. Freddy mag ihn recht gern und hat ihn für Sonntag rübergebeten; du kannst dir also selbst ein Urteil bilden. Er hat sich rausgemacht und sieht überhaupt nicht mehr so aus, als wollte er jeden Augenblick in Tränen ausbrechen. Er arbeitet in der Hauptverwaltung einer der großen Eisenbahngesellschaften – natürlich nicht als Gepäckträger! – und kommt übers Wochenende immer zu seinem Vater herunter. Sein Papa hatte was mit Journalismus zu tun, hat aber Rheuma und sich deshalb zur Ruhe gesetzt. So, und jetzt raus in den Park!« Sie packte ihren Gast am Arm. »Wie wär's, wenn wir diese alberne italienische Episode mit keinem Wort mehr erwähnten? Wir möchten, daß du schöne geruhsame Ferien auf *Windy Corner* verlebst und dir keine Sorgen machst.«
Lucy fand dies eine recht gute Rede. Der Leser könnte einen unglücklichen Ausrutscher darin entdeckt haben. Ob er Miss Bartlett gleichfalls aufgefallen ist, kann man nicht sagen; denn es ist unmöglich zu sagen, was im Kopf von älteren Leuten vorgeht. Vielleicht hätte sie noch mehr gesagt, doch wurden sie durch das Eintreten von Mrs. Honeychurch unterbrochen. Es kam zu Erklärungen, und während diese abgegeben wurden, entfloh Lucy, in deren Gemüt die Bilder noch ein bißchen lebendiger aufleuchteten.

Fünfzehntes Kapitel

Die Katastrophe im Inneren

Der Sonntag nach Miss Bartletts Ankunft war ein hinreißender Tag, so wie die meisten Tage dieses Jahres. Im Weald machte sich der Herbst bemerkbar und brach die grüne Eintönigkeit des Sommers auf, indem er in den Parks graue Nebelschwaden wogen ließ, die Buchen mit flammendem Rot überzog und die Eichen mit Gold sprenkelte. Droben auf den Höhen wurden Bataillone schwarzer Fichten – selber unwandelbar schwarz – Zeugen dieser Veränderung. Über beide Gebiete spannte sich ein wolkenloser Himmel, und in beiden vernahm man das Gebimmel der Kirchenglocken.

Der Park von *Windy Corner* lag verlassen da bis auf ein rotes Buch, das sich auf dem Kiesweg sonnte. Aus dem Haus kamen unzusammenhängende Laute, wie von Frauen, die sich zum Kirchgang vorbereiteten. »Die Männer sagen, sie bleiben zuhause.« – »Nun, ich kann ihnen das nicht verdenken!« – »Minnie fragt, ob sie unbedingt mit muß?« – »Sag ihr, sie soll bloß nicht auf dumme Gedanken kommen!« – »Anne! Mary! Hakt mich hinten zu!« – »Teuerste Lucia, wäre es unverschämt von mir, wenn ich dich um eine Hutnadel bäte?« Denn Miss Bartlett hatte verkündet, sie werde auf jeden Fall in die Kirche gehen.

Die Sonne stieg auf ihrer Reise höher, nicht von Phaethon begleitet, sondern von Apoll, tüchtig, unerschütterlich, göttlich. Ihre Strahlen fielen jedesmal auf die Damen, wenn sie sich den Schlafzimmerfenstern näherten; auf Mr. Beebe unten in Summer Street, als er über einen Brief lächelte, den er von Miss Catharine Alan erhalten hatte; auf George Emerson, als er die Stiefel seines Vaters putzte; und schließlich, um die Aufzählung von erinnerungswürdigen Dingen abzuschließen, auf das oben erwähnte rote Buch. Die Damen bewegen sich, Mr. Beebe bewegt sich, George bewegt sich und Bewegung kann Schatten erzeugen. Das Buch jedoch liegt regungslos, soll den ganzen Vormittag über von der Sonne geliebkost werden und leicht den Einband anheben, als gälte es, die Liebkosung zu erwidern.

Jetzt tritt Lucy aus dem bis auf den Boden gehenden Fenster des Salons. Ihr kirschrotes, neues Kleid ist kein Erfolg, denn es macht sie blaß, und sie sieht darin eher aufgedonnert aus. Am Hals trägt sie eine Granatbrosche, am Finger einen Ring mit einem Kranz von Rubinen – den Verlobungsring. Ihr Blick schweift über den Weald. Sie runzelt leicht die Stirn – nicht aus Zorn, sondern wie ein tapferes Kind, das die Stirn in Falten legt, wenn es sich bemüht, nicht zu weinen. Kein einziges menschliches Auge ist in dieser ganzen Weite der Landschaft auf sie gerichtet, und sie könnte die Stirn runzeln, ohne zurechtgewiesen zu werden, und die Räume abschätzen, die zwischen Apoll und den Bergen im Westen noch übriggeblieben sind.

»Lucy! Lucy! Was ist das für ein Buch? Wer hat ein Buch aus dem Regal genommen und es dann achtlos liegen lassen, daß es kaputtgehen kann?«

»Es ist nur das Buch aus dem Laden, das Cecil gelesen hat.«

»Heb es jedenfalls auf und steh nicht müßig herum wie ein Flamingo.«
Lucy hob das Buch auf und warf ohne sonderliches Interesse einen Blick auf den Titel: *Unter einer Loggia.* Sie selbst liest keine Romane mehr, sondern widmet in der Hoffnung, Cecil einzuholen, ihre ganze freie Zeit der Lektüre von handfester Sachliteratur.
Es war schrecklich, wie wenig sie wußte, und selbst wenn sie meinte, sich in etwas auszukennen, wie bei den italienischen Malern, stellte sie fest, daß sie es vergessen hatte. Erst heute morgen hatte sie Francesco Francia mit Piero della Francesca verwechselt, und Cecil hatte gesagt: »Was? Du vergißt doch wohl nicht schon dein Italien?« Auch das hatte zu der Besorgnis in ihrem Blick beigetragen, als sie jetzt die geliebte Aussicht und den schönen Park im Vordergrund grüßte und über ihnen, von anderswoher kaum vorstellbar, die liebe Sonne.
»Lucy, hast du einen Sixpence für Minnie und einen Shilling für dich selbst?«
Eilends begab sie sich zurück ins Haus zu ihrer Mutter, die sich schnell in eine Sonntags-Hektik hineinsteigerte.
»Es ist eine besondere Kollekte heute – wofür, hab' ich vergessen. Tut mir die Liebe, kein vulgäres Geklimper mit Half-Pennies auf dem Teller! Sorg dafür, daß Minnie einen schönen glänzenden Sixpence hat. Wo steckt das Kind eigentlich? Minnie! Der Einband von dem Buch hat sich ja ganz verworfen! (Himmel, wie hausbacken du aussiehst!) Leg es unter den Atlas, damit es wieder geradegepreßt wird! Minnie!«
»Ach, Mrs. Honeychurch ...« – aus den oberen Regionen.
»Minnie, daß du dich ja nicht verspätest! Da kommt schon das Pferd« – es hieß immer ›das Pferd‹, nie ›der Wagen‹. »Wo

bleibt Charlotte? Lauf hinauf und mach ihr Beine! Warum braucht sie so lange? Sie hatte doch gar nichts zu tun! Sie bringt nie was anderes mit als ein paar Blusen! Arme Charlotte - wie ich Blusen hasse! Minnie!«

Heidentum ist ansteckend - ansteckender sogar als Diphterie oder Frömmigkeit -, und die Nichte des Pfarrers mußte unter Protest in die Kirche gebracht werden. Wie gewöhnlich, sah sie nicht ein, warum. Warum sollte sie nicht mit den jungen Männern in der Sonne sitzen? Den jungen Männern, die inzwischen aufgetaucht waren und sich leicht stichelnd über sie lustig machten. Mrs. Honeychurch verteidigte das Althergebrachte, und inmitten des ganzen Durcheinanders kam Miss Bartlett - ganz auf der Höhe der Mode - die Treppe heruntergeschritten.

»Liebste Marian, es tut mir schrecklich leid, aber ich habe kein bißchen Kleingeld - nur lauter Sovereigns und Half-Crowns. Könnte irgend jemand mir ...«

»Ja, kein Problem. Steig ein! Donnerlittchen, wie elegant du aussiehst! Was für ein bezauberndes Kleid! Neben dir verblassen wir anderen alle.«

»Wenn ich mein bestes Zeug nicht jetzt trüge - wann sollte ich es dann tun?« sagte Miss Bartlett in vorwurfsvollem Ton. Sie stieg in den Victoria-Phaeton und setzte sich mit dem Rücken zum Pferd. Es kam, wie zu erwarten, zu Protest und Aufruhr, dann endlich fuhren sie los.

»Auf Wiedersehen! Seid schön brav!« rief Cecil ihnen hinterher.

Lucy biß sich auf die Unterlippe, denn der Ton, in dem er das tat, war höhnisch. Über das Thema ›Kirche und so weiter‹ hatten sie ein weniger erfreuliches Gespräch geführt. Er hatte gesagt, die Menschen sollten sich selbst gründlich prüfen, und sie hatte keine Lust, sich gründlich zu prüfen; sie wußte nicht, wie man das machte. Das aufrichtige Bekenntnis zum Althergebrachten respektierte Cecil; er ging jedoch immer davon aus, daß Aufrichtigkeit das Ergebnis einer inneren Krise sei; daß sie etwas Naturgegebenes und gleichsam Angeborenes war, das sich himmelwärts reckte wie eine Blume, konnte er sich nicht vorstellen. Alles, was er zu diesem Thema gesagt hatte, schmerzte sie, obwohl er aus jeder Pore Toleranz verströmte. Die Emersons waren da irgendwie anders.

Sie sah die Emersons nach der Kirche. Eine Reihe Kutschen stand auf der Straße, und der Wagen der Honeychurchs hielt zufällig gegenüber von der Villa Cissie. Um Zeit zu sparen, gingen sie über den Rasen hinüber zu den Emersons.

»Stell mich bitte vor«, sagte ihre Mutter. »Es sei denn, der junge Mann ginge davon aus, mich bereits zu kennen.«

Vermutlich tat er das; doch Lucy tat so, als gäbe es den Heiligen See nicht und stellte sie einander in aller Form vor. Der alte Mr. Emerson wandte sich ihr mit großer Herzlichkeit zu und erklärte, wie sehr er sich freue, daß sie heiraten werde. Sie sagte, ja, darüber freue sie sich auch; doch da Miss Bartlett und Minnie zurückgeblieben waren und noch ein wenig bei Mr. Beebe verweilten, wandte sie sich einem weniger verfänglichen Thema zu und fragte ihn, wie ihm sein neues Haus gefalle.

»Sehr gut«, erwiderte er, doch verriet der Ton, in dem er das sagte, daß er verletzt war; das hatte sie noch nie zuvor bei ihm erlebt. Und jetzt fuhr er fort: »Nur haben wir erfahren, daß eigentlich die Miss Alans kommen sollten und wir der Grund sind, daß sie das Nachsehen haben. Frauen wurmt so etwas, und jetzt macht mich das ganz krank.«

»Soweit ich weiß, hat es da ein Mißverständnis gegeben«, sagte Mrs. Honeychurch voller Unbehagen.

»Unserem Vermieter ist gesagt worden, wir wären ganz anders«, sagte George, der offenbar geneigt war, die Sache weiter zu verfolgen. »Er dachte, wir wären Künstler oder künstlerisch interessiert, und jetzt ist er enttäuscht.«

»Und ich frage mich, ob wir nicht den Miss Alans schreiben und uns erbieten sollten, wieder auszuziehen. Was meinen Sie?« Mit dieser Frage wandte er sich an Lucy.

»Ach, wo Sie nun mal hier sind, bleiben Sie doch«, erklärte Lucy leichthin. Sie mußte vermeiden, Cecil zu kritisieren. Denn Cecil war es, um den sich bei dieser kleinen Episode alles drehte – obwohl sein Name nicht fiel.

»Das sagt George auch. Er sagt, die Miss Alans müssen eben zurückstehen. Nur wirkt das so unfreundlich.«

»Es gibt nur ein bestimmtes Maß an Freundlichkeit in der Welt«, erklärte George und verfolgte, wie das Sonnenlicht auf den Scheiben der vorüberrollenden Kutschen aufblitzte.

»Ja!« rief Mrs Honeychurch. »Genau das sage ich auch. Was soll das ganze Gerede und dieses schlechte Gewissen wegen zwei Miss Alans?«

»Es gibt eine bestimmte Menge an Freundlichkeit, so wie es auch eine bestimmte Menge Licht gibt«, fuhr er bedächtig fort. »Wo immer wir stehen, wir werfen einen Schatten auf irgend etwas, und es hat keinen Sinn, von einer Stelle zur anderen zu gehen, um Dinge zu retten; denn der Schatten folgt immer nach. Man suche sich einen Ort, wo man keinen Schaden anrichtet – ja, man suche sich einen Ort, wo man möglichst wenig Schaden anrichtet, dort stelle man sich hin mit allem, was man ist, und gebe sich dem Sonnenschein preis.«

»Oh, Mr. Emerson, Sie sind ja ein hochgebildeter Mann!«
»Eh ...?«
»Ich sehe schon, Sie sind hochgebildet. Hoffentlich haben Sie sich nicht dem armen Freddy gegenüber so geriert.«
Georges Augen lachten, und Lucy argwöhnte, daß er und seine Mutter gut miteinander auskommen würden.
»Nein, ich mich ihm gegenüber nicht«, sagte er. »Im Gegenteil – er sich mir gegenüber. Das ist seine Philosophie. Nur fängt er das Leben damit an, wohingegen ich versucht habe, erst mit dem Fragezeichen anzufangen.«
»Was meinen Sie nun schon wieder? Ach, egal, was Sie meinen. Erklären Sie es mir nicht. Er freut sich jedenfalls darauf, Sie heute nachmittag zu sehen. Spielen Sie Tennis? Oder haben Sie was dagegen, am Sonntag Tennis zu spielen ...?«
»George und was dagegen haben, den Sonntag durch Tennisspielen zu entweihen! George, und nach der Erziehung, die er genossen hat, zwischen Sonn- und Alltag unterscheiden ...«
»Sehr gut. George hat nichts gegen Tennis am Sonntag. Bitte Mr. Emerson, wenn Sie es einrichten könnten, zusammen mit Ihrem Sohn zu kommen – wir würden uns freuen.«
Er dankte ihr, doch scheine der Weg ziemlich weit; er könne sich in letzter Zeit nicht mehr soviel zumuten.
Sie wandte sich an George: »Und dann will er das Haus für die Miss Alans aufgeben!«
»Ich weiß«, sagte George und legte seinem Vater den Arm um die Schulter. Plötzlich brach die Güte, die Mr. Beebe und Lucy immer in ihm vermutet hatten, durch wie Sonnenlicht, das eine weite Landschaft überflutet – ein Hauch der Morgensonne? Sie erinnerte sich, daß er bei all seiner Verdrehtheit nie ein Wort gegen herzliche Zuneigung gesagt hatte.

Miss Bartlett näherte sich.
»Sie kennen ja unsere Cousine, Miss Bartlett«, sagte Mrs. Honeychurch freundlich. »Sie haben Sie in Florenz zusammen mit meiner Tochter erlebt.«
»Aber ja doch!« sagte der alte Mann und schickte sich an, aus dem Garten herauszukommen, um die Dame zu begrüßen. Miss Bartlett hatte nichts besseres zu tun, als ihm mit dem Einsteigen in den Victoria-Phaeton zuvorzukommen. Dergestalt verschanzt, vollzog sie eine leichte förmliche Verneigung. Es wiederholte sich die Pension Bertolini, der Eßtisch mit der Reihe von Wein- und Wasserkaraffen. Es war der alte, uralte Kampf um das Zimmer mit der schönen Aussicht.
George reagierte auf die Verneigung nicht. Als wäre er ein kleiner Junge, errötete er und schämte sich; er wußte, daß die Anstandsdame sich erinnerte. Er sagte: »Wenn ... wenn ich es schaffe, komme ich zum Tennis rauf«, und verschwand im Haus. Vielleicht hätte alles, was er tat, Lucys Gefallen erregt, doch seine Verlegenheit und sein linkisches Verhalten gingen ihr geradewegs zu Herzen: Männer waren eben doch keine Götter, sondern genauso menschlich und unbeholfen wie Frauen; vielleicht litten sogar Männer unter unbestimmten Sehnsüchten und brauchten Hilfe. Für jemand, der so erzogen worden war und eine Bestimmung hatte wie sie, war die Tatsache, daß Männer Schwächen hatten, etwas Unbekanntes; doch schon in Florenz hatte sie das geahnt, als George ihre Photographien in den Arno geworfen hatte.
»George, bleib doch«, rief sein Vater, der meinte, es wäre eine ganz besondere Gunst, wenn sein Sohn sich mit ihnen unterhielt. »George ist heute so guter Laune gewesen, und ich bin sicher, er kommt heute nachmittag zu Ihnen.«

Lucy erhaschte den Blick ihrer Cousine. Irgend etwas an dem stummen Flehen, das darin lag, machte sie verwegen. »Ja«, sagte sie absichtlich laut, »ich hoffe, er kommt.« Dann trat sie an den Phaeton und murmelte: »Er hat es seinem Vater nicht gesagt; ich hab's ja gewußt, daß es in Ordnung ist.« Mrs. Honeychurch folgte ihr, und sie fuhren davon.

Zufrieden, daß Mr. Emerson von der florentinischen Eskapade nichts erzählt worden war; dennoch hätte Lucy innerlich nicht gleich frohlocken sollen, als hätte sie die Mauern des himmlischen Jerusalems erblickt; zufrieden; gleichwohl hatte sie diese Offenbarung übertrieben freudig begrüßt. Die ganze Heimfahrt über sangen die Pferdehufe ihr das Lied; »Er hat es ihm nicht erzählt! Er hat es ihm nicht erzählt!« Im Geiste erweiterte sie die Aussage: »Er hat es seinem Vater nicht erzählt – dem er sonst alles erzählt. Es war keine ›Heldentat‹. Er hat sich hinterher nicht lustig über mich gemacht.« Sie hob die Hand an die Wange. »Lieben tut er mich nicht. Nein. Wie schrecklich, wenn er es täte! Aber er hat es seinem Vater nicht erzählt. Er wird es nicht herumerzählen.«

Am liebsten hätte sie es laut hinausgeschrien: »Es ist in Ordnung. Es wird für immer ein Geheimnis zwischen uns beiden bleiben. Cecil wird nie davon erfahren.« Jetzt war sie sogar froh darüber, daß Miss Bartlett ihr an dem letzten dunklen Abend in Florenz, als sie in seinem Zimmer gekniet und gepackt hatten, das Versprechen abgenommen hatte, kein Wort zu sagen. Das Geheimnis – ob nun groß oder klein – war wohl behütet. Nur drei Engländer in der Welt wußten darum.

So deutete sie sich ihre Freude. Sie begrüßte Cecil ungewöhnlich strahlend, denn sie fühlte sich sicher. Als er ihr beim Aussteigen aus dem Phaeton die Hand reichte, sagte sie:

»Die Emersons sind so nett gewesen. George Emerson hat sich enorm herausgemacht.«

»Ach ja – wie geht es meinen Protégés?« fragte Cecil, der sich im Grunde gar nicht für sie interessierte und längst seinen Vorsatz vergessen hatte, sie aus erzieherischen Gründen nach *Windy Corner* zu bringen.

Denn die einzige Beziehung, die Cecil sich vorstellen konnte, war feudal: die zwischen Beschützer und Beschütztem. Er hatte nicht die geringste Ahnung von der Kameradschaft, nach welcher die Seele seiner jungen Verlobten dürstete.

»Wie es deinen Protégés geht, wirst du selbst sehen. George Emerson kommt heute nachmittag her. Es ist überaus interessant, sich mit ihm zu unterhalten. Nur . . .« – ums Haar hätte sie gesagt: Sei nicht gönnerhaft zu ihm. Doch es wurde zum Lunch geklingelt, und wie so oft, hatte Cecil nicht weiter auf das geachtet, was sie sagte. Charme und nicht Geistesschärfe hatte ihre Stärke zu sein.

Der Lunch verlief sehr lustig. Für gewöhnlich war Lucy bei den Mahlzeiten niedergeschlagen. Irgend jemand mußte immer beschwichtigt werden – entweder Cecil oder Miss Bartlett oder ein Wesen, das sterblichen Augen nicht sichtbar war –, ein Wesen, das ihrer Seele zuflüsterte: »Diese Fröhlichkeit wird nicht von Dauer sein. Im Januar mußt du nach London und Gastgeberin spielen für die Enkelkinder berühmter Männer und sie unterhalten.« Aber heute hatte sie das Gefühl, daß ihr etwas zugesichert werde. Ihre Mutter würde immer hier sitzen, ihr Bruder dort. Die Sonne würde nie hinter den Bergen im Westen verborgen sein, auch wenn sie seit heute morgen kaum ihren Stand verändert hatte. Nach dem Lunch forderten sie sie auf zu spielen. Sie hatte in diesem Jahr eine Aufführung von Glucks

Armida gesehen und spielte aus der Erinnerung die Musik aus dem Zaubergarten – die Musik, zu der Rinaldo sich im Licht einer ewigen Morgendämmerung nähert, jene Musik, die nie an- und nie abschwillt, sondern für immer dahinplätschert wie die gezeitenlosen Wellen aus dem Märchenland. Eine solche Musik ist nichts fürs Klavier, und Lucys Publikum wurde unruhig. Cecil, unzufrieden wie die anderen, rief: »Und jetzt spiel uns den anderen Garten – den aus dem *Parsifal*.«

Sie klappte das Instrument zu.

»Nicht besonders pflichtbewußt«, ließ sich die Stimme ihrer Mutter vernehmen.

Da er Angst hatte, sie gekränkt zu haben, wandte Cecil sich rasch herum. Da stand George. Er war, ohne sie zu unterbrechen, leise hereingekommen.

»Ach, ich hatte ja keine Ahnung!« rief sie laut aus und lief puterrot an – um dann, ohne ein Wort der Begrüßung, das Klavier wieder aufzuklappen. Cecil sollte seinen *Parsifal* haben und alles, was ihm sonst gefiel.

»Unsere Künstlerin hat es sich anders überlegt«, sagte Miss Bartlett; vielleicht wollte sie damit andeuten: ›Sie wird das Stück jetzt für Mr. Emerson spielen.‹ Lucy wußte weder, was sie tun, noch was sie lassen sollte. Recht stümperhaft spielte sie ein paar Takte aus dem Blumenmädchen-Lied, dann hörte sie auf.

»Ich bin für Tennis«, sagte Freddy, entsetzt über das zusammengestoppelte Programm.

»Ich auch.« Ein zweitesmal klappte sie das unselige Klavier zu.

»Ich bin dafür, ihr spielt ein Herren-Doppel.«

»Einverstanden.«

»Nein, mich laßt draußen, vielen Dank«, sagte Cecil. »Ich

möchte die Gruppierung nicht schwächen.« Ihm ging überhaupt nicht auf, daß ein schlechter Spieler sich dadurch beliebt machen kann, wenn er sich erbietet, den vierten Mann abzugeben.

»Ach, nun hab' dich nicht so, Cecil. Ich bin schlecht, mit Floyd ist auch kein Staat zu machen und mit Emerson vermutlich auch nicht.«

George belehrte ihn eines besseren: »Ich bin nicht schlecht.« Jemand rümpfte daraufhin die Nase. »Dann spiele ich bestimmt nicht mit«, sagte Cecil, während Miss Bartlett, die sich einbildete, George verächtlich behandelt zu haben, hinzusetzte: »Ganz Ihrer Meinung, Mr. Vyse. Es ist wirklich besser, Sie spielen nicht mit. Viel besser sogar.«

Minnie, die unbekümmert hereinplatzte, wo Cecil Angst hatte aufzutreten, verkündete, sie werde spielen. »Ich schlag' sowieso bei jedem Ball daneben, was spielt es also für eine Rolle.« Doch der Sonntag legte sich ins Mittel und trampelte auf dem freundlich gemeinten Vorschlag herum.

»Dann wird eben Lucy spielen müssen«, sagte Mrs. Honeychurch. »Da müßt ihr schon mit Lucy vorlieb nehmen. Einen anderen Ausweg gibt es nicht. Lucy, geh und zieh dir einen Tennisdress an.«

Lucys Sonntage waren immer von dieser Doppelnatur. Vormittags hielt sie ohne jede Heuchelei Sabbatruhe, und am Nachmittag brach sie diese ohne jedes Zögern. Beim Umkleiden überlegte sie, ob wohl Cecil sich jetzt lustig über sie machte; sie mußte sich wirklich noch einmal gründlich prüfen und über alles klar werden, ehe sie ihn heiratete.

Mr. Floyd war ihr Partner. Sie mochte Musik, doch wieviel schöner schien Tennis. Wieviel besser es doch war, in bequemen Kleidern herumzulaufen, statt am Klavier zu sitzen und sich unter den Armen eingezwängt zu fühlen. Wieder wollte das Klavierspielen ihr als Kinderkram vorkommen. George machte die Angabe und überraschte sie durch seinen Wunsch zu gewinnen. Sie erinnerte sich, wie er unter den Grabsteinen von Santa Croce aufgeseufzt hatte, weil alles nicht zusammenpaßte; wie er nach dem Tod jenes obskuren Italieners am Arnoufer über dem Geländer gehangen und zu ihr gesagt hatte: »Ich will leben, sage ich Ihnen.« Eben dies wollte er jetzt, leben und beim Tennis gewinnen, mit all dem, was er war, sich dem Sonnenschein preisgeben – jener Sonne, die bereits im Abstieg begriffen war und ihr in die Augen schien; und er gewann.

Ach, wie wunderschön der Weald aussah! Über dem Strahlen, das von ihm ausging, traten die Berge deutlich hervor, so wie Fiesole über der toskanischen Ebene, und die South Downs waren, wenn man so wollte, die Berge von Carrara. Möglich, daß sie ihr Italien vergaß; dafür fielen ihr in ihrem England jetzt mehr Dinge auf als früher. Man konnte ein neues Spiel mit dieser Aussicht spielen und versuchen, in den zahllosen Bergfalten irgendein Städtchen oder ein Dorf zu finden, das Florenz darstellte. Ach, wie wunderbar der Weald aussah!

Doch jetzt forderte Cecil sein Anrecht auf sie ein. Er war zufällig gerade in einer klarsichtig-kritischen Stimmung und hatte mit Gefühlsüberschwang nichts im Sinn. Das ganze Tennisspiel über war er eine rechte Pest gewesen; denn der Roman, den er las, war so schlecht, daß er sich genötigt sah, anderen laut daraus vorzulesen. Immer wieder stolzierte er um den Tennisplatz herum und rief: »Nun hör dir das hier an, Lucy. Drei Infinitive nacheinander!« – »Entsetzlich!« sagte Lucy und verfehlte den Ball. Nachdem sie ihren Satz beendet hatten, las er immer noch weiter vor; es handele sich um eine Mordszene, und alle mußten zuhören. Freddy und Mr. Floyd blieb nichts anderes übrig, als im Lorbeergebüsch nach einem verlorenen Ball zu suchen, doch die anderen willigten ein.

»Die Szene spielt in Florenz.«

»Ach, ist das lustig, Cecil! Lies schon. Kommen Sie, Mr. Emerson, setzten Sie sich, wo Sie sich so verausgabt haben.« Sie hatte George ›vergeben‹, wie sie es ausdrückte, und war betont nett zu ihm.

Er sprang übers Netz, nahm zu Lucys Füßen Platz und fragte: »Und Sie – sind Sie müde?«

»Selbstverständlich nicht.«

»Macht es Ihnen was aus zu verlieren?«

Schon wollte sie ›Nein‹ sagen, da ging ihr auf, daß es ihr durchaus etwas ausmachte, und so sagte sie: »Ja.« Fröhlich fügte sie noch hinzu: »Wie ich gesehen habe, sind Sie aber doch kein so brillanter Spieler. Sie hatten die Sonne hinter sich, während sie mir ins Gesicht schien.«

»Das habe ich nie behauptet.«

»Aber natürlich haben Sie das.«

»Sie haben nicht genau zugehört.«

»Sie haben gesagt – ach, wer in diesem Hause nimmt schon alles genau! Wir alle übertreiben und sind sehr böse auf Menschen, die das nicht tun.«

»Die Szene spielt in Florenz«, wiederholte Cecil mit ein wenig gekünstelter Stimme. Lucy faßte sich wieder.

»›Sonnenuntergang. Leonora eilte . . .‹«

Lucy unterbrach ihn. »Leonora? Ist Leonora die Heldin? Von wem ist das Buch denn?«

»Von Joseph Emery Prank.*« ›Sonnenuntergang. Leonara eilte über die Piazza. Bei allen Heiligen, sie durfte nicht zu spät kommen! Sonnenuntergang – italienischer Sonnenuntergang! unter Orcagnas Loggia – der Loggia dei Lanzi, wie wir sie heute bisweilen nennen ...‹«
Lucy brach in Lachen aus. »›Joseph Emery Prank‹ – wahrhaftig! Das kann doch nur Miss Lavish sein. Es ist Miss Lavishs Roman, und sie hat ihn unter anderem Namen veröffentlicht.«
»Und wer, wenn man fragen darf, ist Miss Lavish?«
»Ach, eine fürchterliche Person – Mr. Emerson, Sie erinnern sich doch an Miss Lavish, nicht wahr?« Von dem schönen Nachmittag noch ganz aufgeregt, klatschte sie in die Hände. George sah auf. »Selbstverständlich. Ich sah sie an dem Tag, da ich hierher kam nach Summer Street. Sie war es, die mir erzählt hat, daß Sie hier wohnten.«
»Haben Sie sich da nicht gefreut?« Sie meinte, Miss Lavish zu sehen, doch als er den Kopf senkte, das Gras besah und ihr die Antwort schuldig blieb, ging ihr auf, daß man es möglicherweise auch anders verstehen konnte. Sie betrachtete seinen Kopf, der fast auf seinem Knie ruhte, und sie meinte zu bemerken, daß er rote Ohren bekam. »Kein Wunder, daß es ein schlechter Roman ist«, fuhr sie fort. »Ich habe Miss Lavish nie gemocht. Aber man wird ihn wohl lesen müssen, wo man die Autorin kennt.«
»Moderne Bücher taugen eben alle nichts«, sagte Cecil, den es ärgerte, daß sie ihn überhaupt nicht beachtete, und seinen Zorn an der Literatur ausließ. »Heutzutage schreiben sie doch alle nur für Geld.«

---

* Unübersetzbares Wortspiel mit dem Nachnamen, der Streich und Schelmenstück zugleich bedeutet. *A.d.Ü.*

»Ach, Cecil . . .!«
»So ist es doch. Jedenfalls werde ich euch Joseph Emery Prank nicht weiter zumuten.«
Cecil war den ganzen Nachmittag über wie ein schimpfender Spatz. Das Auf und Ab in seiner Stimme war durchaus zu bemerken, aber es ließ sie völlig kalt. Sie war von Wohlklang und Bewegung gefangen gewesen, und ihre Nerven weigerten sich, auf sein Gezeter zu reagieren. Ohne sich um sein Mißvergnügen zu kümmern, ließ sie den Blick wieder lange auf dem schwarzen Schopf verweilen. Zwar wollte sie nicht liebevoll darüber hinwegstreichen, doch ertappte sie sich bei dem Gedanken, wie schön es sein müßte, wenn sie diesen Wunsch verspürte; eine merkwürdige Empfindung.
»Wie gefällt Ihnen unsere Aussicht, Mr. Emerson?«
»Für mich ist eine Aussicht meist wie die andere.«
»Wie meinen Sie das?«
»Weil sie sich alle gleichen. Weil alles, worauf es dabei ankommt, nur Weite und Luft sind.«
»Hm«, machte Cecil, unsicher, ob er diese Bemerkung nun bemerkenswert finden sollte oder nicht.
»Mein Vater« – dabei sah er auf, sah sie an und errötete ein wenig – »sagt, es gibt nur eine vollkommene Aussicht – die in den Himmel über uns. Alle anderen Ausblicke auf Erden seien nichts weiter als schlechte Kopien davon.«
»Ich nehme an, Ihr Herr Vater hat Dante gelesen«, sagte Cecil und fingerte an seinem Roman herum, denn nur dieser erlaubte es ihm, bei dieser Unterhaltung die erste Stimme abzugeben.
»Neulich hat er zu uns gesagt, Aussichten seien eigentlich Mengen – Mengen von Bäumen und Häusern und Hügeln –, deshalb müßten sie einander notwendigerweise ähneln wie Men-

schenmengen – und die Macht, die sie auf uns ausübten, wäre aus irgendeinem Grund etwas Übernatürliches.«
Lucys Lippen lösten sich voneinander.
»Denn eine Menschenmenge sei mehr als die Summe der Menschen, die sie bildeten. Etwas komme noch hinzu – niemand wisse, wieso –, genauso wie zu diesen Bergen da noch etwas hinzukommen muß.«
Mit dem Schläger wies er auf die South Downs.
»Was für eine herrliche Vorstellung«, murmelte sie. »Es wird mir ein Vergnügen sein, Ihren Vater wieder reden zu hören. Tut mir leid, daß es ihm nicht recht gut geht.«
»Nein, es geht ihm nicht gut.«
»Hier in diesem Buch steht die absurde Beschreibung einer Aussicht«, sagte Cecil.
»Auch, daß es zwei Arten von Menschen gibt – solche, die Aussichten vergessen, und solche, die sie nicht vergessen, selbst solche aus kleinen Zimmern nicht.«
»Mr. Emerson, haben Sie noch Geschwister?« –»Nein. Warum?«
»Sie sprachen von ›uns‹.«
»Ich habe meine Mutter gemeint.«
Geräuschvoll klappte Cecil den Roman zu.
»Ach, Cecil ... wie du mich erschreckt hast!«
»Ich werde euch Joseph Emery Prank nicht länger zumuten.«
»Ich erinnere mich noch, wie wir alle drei hinausfuhren aufs Land und ganz weit sehen konnten, bis nach Hindhead. Das ist das erste, woran ich mich im Leben erinnere.«
Cecil erhob sich: Dieser Mann besaß keine Kinderstube – hatte ja auch die Jacke nach dem Tennis nicht wieder übergezogen –, er paßte nicht zu ihnen. Cecil wäre davongeschlendert, hätte Lucy ihn nicht davon abgehalten.

»Cecil, bitte lies uns doch die Stelle über den Ausblick vor!«
»Nicht, solange Mr. Emerson hier ist und uns unterhält.«
»Nein . . . lies doch. Ich finde nichts komischer, als alberne Sachen laut vorgelesen zu bekommen. Wenn Mr. Emerson uns für leichtfertig hält, kann er gehen.«
Das fand Cecil sehr subtil ausgedrückt; das gefiel ihm. Durch diese Bemerkung stempelte sie ihren Besuch zum Banausen. Ein wenig besänftigt, setzte er sich wieder hin.
»Mr. Emerson, gehen Sie und suchen Sie Tennisbälle.« Sie schlug das Buch auf. Cecil durfte nicht um sein Vorlesen gebracht werden und mußte alles bekommen, was er sich wünschte. Nur wandte ihre Aufmerksamkeit sich Georges Mutter zu, die – nach Mr. Eager – in den Augen Gottes umgebracht worden war und – nach ihrem Sohn – ganz bis nach Hindhead gesehen hatte.
»Muß ich wirklich gehen?« frage George.
»Nein, selbstverständlich nicht«, antwortete sie.
»Zweites Kapitel«, sagte Cecil und gähnte. »Such mir das zweite Kapitel raus, wenn es dir nichts ausmacht.«
Das zweite Kapitel wurde gefunden, und sie warf einen Blick auf die ersten Sätze.
Sie meinte, den Verstand verlieren zu müssen.
»Komm – gib mir das Buch.«
Sie hörte, wie ihre Stimme sagte: »Es lohnt sich nicht, es vorzulesen – es ist zu albern, es vorzulesen – so einen Schund habe ich noch nie gesehen – so was dürfte gar nicht gedruckt werden!« Er nahm ihr das Buch ab.
»›Leonora‹«, las er, »›saß nachdenklich und allein da. Vor ihr lag die abwechslungsreiche toskanische Campagna, darin wie hingetupft so mancher lächelnde Weiler. Es war Frühling.‹«

Miss Lavish wußte irgendwie Bescheid und hatte die Vergangenheit in schleppender Prosa drucken lassen, auf daß Cecil es vorlese und George es höre.
»›Ein goldener Dunst‹«, las er. Und dann weiter: »›In der Ferne die Türme von Florenz, während die Böschung, auf der sie saß, ein Teppich von Veilchen bedeckte. Ungesehen schlich sich Antonio von hinten an sie heran ...‹«
Aus Angst, daß Cecil mitbekam, was in ihrem Gesicht vorging, wandte sie sich George zu und sah sein Gesicht.
Cecil fuhr fort vorzulesen: »›Kein Bekenntnis kam von seinen Lippen, wie es unter Verlobten üblich ist. Er war nicht wortgewandt, litt jedoch auch nicht darunter, es nicht zu sein. Er schlang ganz einfach die männlichen Arme um sie.‹«
Schweigen.
»Das ist nicht die Stelle, die ich eigentlich wollte«, erklärte er ihnen. »Da war eine, die war noch viel komischer, weiter hinten.« Er blätterte weiter.
»Wollen wir hineingehen zum Tee?« sagte Lucy, deren Stimme keinerlei Unsicherheit verriet.
Sie ging den Weg nach oben voran. Nach ihr kam Cecil, und am Schluß George. Sie meinte, einer Katastrophe ausgewichen zu sein. Doch als sie in das Gebüsch eintraten, kam sie. Als hätte es noch nicht genug Schaden angerichtet – das Buch war vergessen worden, und Cecil mußte zurück und es holen; und George, der leidenschaftlich liebte, konnte auf dem schmalen Weg ja gar nicht um sie herum.
»Nein!« keuchte sie atemlos und wurde ein zweitesmal von ihm geküßt.
Als wäre mehr nicht möglich, lief er zurück; Cecil holte sie wieder ein; gemeinsam mit ihm erreichte sie den oberen Rasen.

Sechzehntes Kapitel

George wird angelogen

Aber Lucy hatte sich seit dem Frühjahr entwickelt. Das heißt, sie war jetzt besser imstande, jene Gefühle zurückzudrängen, die Konventionen und Welt mißbilligen. Obwohl die Gefahr diesmal größer war, wurde sie nicht von Schluchzern geschüttelt. Sie sagte zu Cecil: »Ich komme nicht mit rein zum Tee – sag Mutter das –, ich muß ein paar Briefe schreiben«, und ging auf ihr Zimmer. Dort bereitete sie sich aufs Handeln vor. Liebe empfunden und erwidert, Liebe, die der Leib fordert und die das Herz verklärt hat, Liebe, die das Wirklichste ist, dem wir jemals begegnen werden – diese Liebe tauchte jetzt als der Feind der Welt wieder auf, und sie mußte sie unterdrükken.

Sie schickte nach Miss Bartlett.

Bei dem Ringen ging es nicht um Liebe oder Pflicht. Vielleicht gibt es diesen Konflikt überhaupt nicht. Es ging vielmehr um eine Auseinandersetzung zwischen Wirklichkeit und Schein, und Lucys erste Regung war, sich selbst eine Niederlage beizubringen. Als ihr Denken sich trübte, als die Erinnerung an die Aussichten verschwamm und die Worte aus dem Buch dahinschwanden, ergab sie sich wieder ihrer alten Entschuldigung für alles: Es waren eben die Nerven. Sie ›besiegte ihren Zusammenbruch‹. Während sie die Wahrheit zurechtzubiegen suchte, vergaß sie, daß es die Wahrheit überhaupt gegeben hatte. Da sie sich ins Gedächtnis zurückrief, mit Cecil verlobt zu sein, zwang sie sich zu verwirrten Erinnerungen an George: Er bedeutete ihr nichts, hatte ihr nie etwas bedeutet; er hatte sich abscheulich benommen; sie hatte ihn nie ermutigt. Der Panzer der Unehrlichkeit wird unmerklich aus Dunkel erschaffen und verbirgt einen Menschen nicht nur vor anderen, sondern auch vor seiner eigenen Seele. Nach wenigen Minuten war Lucy zum Kampf gerüstet.

»Etwas Furchtbares ist geschehen«, begann sie, kaum daß ihre Cousine eingetreten war. »Hast du eine Ahnung, worum es bei Miss Lavishs Roman geht?« – Miss Bartlett machte ein erstauntes Gesicht und sagte, sie habe das Buch weder gelesen, noch gewußt, daß es veröffentlicht sei; Eleanor sei im tiefsten Herzensgrund eine sehr zurückhaltende Frau.

»Es kommt eine bestimmte Szene darin vor. Der Held und die Heldin lieben einander zärtlich. Weißt du das?«

»Wie bitte ...?«

»Ob du das weißt, möchte ich gern wissen! – Die Szene spielt an einem Berghang, und in der Ferne liegt Florenz.«

»Mein Gott, Lucia – ich schwimme vollständig. Ich habe nicht die geringste Ahnung.«

»Der Hügel ist übersät von Veilchen. Ich kann einfach nicht glauben, daß das Zufall ist. Charlotte! Charlotte! Wie *konntest* du es ihr nur erzählen! Ich habe es mir genau überlegt, ehe ich nach dir schickte; das kannst nur *du* gewesen sein.«

»Ihr was erzählen?« fragte sie mit zunehmender Erregung.

»Von jenem unseligen Nachmittag im Februar.«

Miss Bartlett war ehrlich betroffen. »Aber Lucy, liebste Lucy – sie hat das doch wohl nicht in ihrem Buch verarbeitet?«

Lucy nickte.
»Doch jedenfalls nicht so, daß man es wiedererkennen kann?«
»Doch.«
»Dann kann Eleanor Lavish nie – nie – nie mehr meine Freundin sein.«
»Dann hast du es ihr also erzählt?«
»Aber doch nur zufällig – als ich in Rom den Tee mit ihr nahm –, eher beiläufig im Laufe der Unterhaltung.«
»Aber Charlotte – was ist mit dem Versprechen, das du mir beim Packen gegeben hast? Warum hast du es Miss Lavish erzählt, wo du nicht einmal wolltest, daß ich es wenigstens meiner Mutter erzähle?«
»Das kann ich Eleanor nie verzeihen. Sie hat mein Vertrauen mißbraucht.«
»Trotzdem – *warum* hast du es ihr erzählt? Dies ist eine sehr ernste Sache!«
Warum erzählt man jemand etwas? Das ist eine ewige Frage, und es nimmt daher nicht wunder, daß Miss Bartlett statt einer Antwort nur leicht aufseufzte. Sie habe unrecht getan – das gebe sie zu; sie könne nur hoffen, daß kein Schaden damit angerichtet worden sei; sie habe es Eleanor nur unter dem Siegel der Verschwiegenheit erzählt. Zornig stampfte Lucy auf.
»Cecil hat mir und Mr. Emerson ausgerechnet diese Passage zufällig laut vorgelesen; Mr. Emerson hat es furchtbar aufgeregt, und da ist er mir nochmals zu nahe getreten. Hinter Cecils Rücken! Uff! Ist es möglich, daß Männer solche Scheusale sind? Hinter Cecils Rücken, als wir den Pfad von unten heraufkamen.«
Miss Bartlett brach in Selbstanklagen aus und beteuerte immer wieder, wie sehr sie alles bedauere.

»Und was soll jetzt geschehen? Kannst du mir das einmal sagen?« – »Ach, Lucy – ich werde mir das nie verzeihen, bis an mein Lebensende nicht. Man stelle sich nur einmal vor, deine Aussichten ...«

»Ich weiß«, sagte Lucy und zuckte bei dem Wort zusammen. »Jetzt begreife ich, warum du unbedingt wolltest, daß ich es Cecil sagte, und was du mit ›noch einer anderen Quelle‹ meintest. Du warst dir genau darüber im klaren, daß du es Miss Lavish erzählt hattest und daß man sich auf sie nicht verlassen kann.« Jetzt war es an Miss Bartlett zusammenzuzucken.

»Nun ja«, sagte Lucy, ganz Verachtung für die Unzuverlässigkeit ihrer Cousine. »Was geschehen ist, ist geschehen. Du hast mich in eine schrecklich peinliche Situation gebracht. Wie komme ich aus der jetzt wieder heraus?«

Das wußte Miss Bartlett auch nicht. Die Tage, da sie voller Energie gewesen war, waren vergangen. Sie war Besuch auf *Windy Corner*, keine Anstandsdame, und ein Besucher zudem, der sich selbst in Mißkredit gebracht hatte. Händeringend stand sie da, während Lucy sich in die nötige Wut hineinsteigerte.

»Er muß ... dieser Mann muß einmal so zurechtgestutzt werden, daß er es nie wieder vergißt. Und wer soll das tun? Mutter kann ich es jetzt nicht mehr sagen – dafür hast du gesorgt! Und Cecil auch nicht – auch dafür hast du gesorgt! Wie ich mich auch drehe und wende – ich sitze in einer Zwickmühle. Ich glaube, ich werde noch wahnsinnig. Ich habe keinen Menschen, der mir hilft. Deshalb habe ich nach dir geschickt. Was hier gebraucht wird, das ist ein Mann mit einer Peitsche.«

Miss Bartlett pflichtete ihr bei; was gebraucht wurde, war ein Mann mit einer Peitsche.

»Ja – aber mit Beipflichten allein ist es nicht getan? Was sollen wir *tun*? Wir Frauen jammern nur hilflos herum. Was *macht* ein Mädchen, wenn es an einen groben Klotz von Herzensbrecher gerät?«

»Ich habe ja immer gesagt, er ist ein grober Klotz, meine Liebe. Das jedenfalls mußt du mir zugestehen, daß ich recht hatte. Vom ersten Augenblick an – als er sagte, sein Vater sitze in der Badewanne.«

»Ach, ist doch egal, wer recht hat und wer unrecht! Wir haben das beide verpatzt. George Emerson ist immer noch unten im Park – soll er nun ungestraft davonkommen oder nicht? Das möchte ich wissen.«

Miss Barlett war vollkommen hilflos. Daß sie selbst decouvriert worden war, hatte sie an den Rand ihrer Nerven gebracht; jetzt stießen die Gedanken in ihrem Gehirn schmerzlich aneinander. Schwach trat sie ans Fenster und versuchte, den weißen Tennisdress des ungehobelten Burschen zwischen den Lorbeerbüschen zu entdecken.

»In der Pension Bertolini hattest du nichts besseres zu tun, als mit ihm zu reden – ehe du mich überstürzt nach Rom abreisen ließest. Kannst du es jetzt nicht noch einmal tun?«

»Ich wäre ja bereit, Himmel und Hölle in Bewegung zu setzen . . .«

»Ich erwarte aber etwas Handfesteres«, erklärte Lucy verächtlich. »Redest du mit ihm? Das ist doch wohl das mindeste, was du tun kannst – wenn man bedenkt, daß das alles nur deshalb passiert ist, weil du dein Wort gebrochen hast.«

»Nie wieder soll Eleanor Lavish meine Freundin sein!«

Wirklich, Charlotte übertraf sich selbst.

»Ja oder nein, bitte! Ja oder nein?«

»So etwas kann doch nur ein Mann in Ordnung bringen.« Einen Tennisball in der Hand, kam George Emerson den Gartenpfad herauf.

»Nun ja!« sagte Lucy mit einer zornigen Geste. »Keiner will mir helfen. Dann werde ich selbst mit ihm reden.« Sagte es und begriff im selben Augenblick, daß ihre Cousine genau dies von Anfang an im Sinn gehabt hatte.

»Hallo, Emerson!« rief Freddy von unten. »Haben Sie den verlorenen Ball gefunden? Gut gemacht! 'ne Tasse Tee?« Aus dem Haus kam jemand auf die Terrasse herausgestürzt.

»Ach Lucy, wie mutig von dir! Ich bewundere dich ...«

Sie hatten sich um George herum versammelt, der sie, wie sie deutlich spürte, über den ganzen Unsinn, über die unsauberen Gedanken und über das uneingestandene Sehnen hinweg, das anfing, ihr Herz zu beklemmen, lockte und rief. Als sie ihn sah, war ihr ganzer Zorn verflogen. Auf ihre Weise waren die Emersons feine Menschen. Sie mußte den Ansturm ihres Blutes unterdrücken, ehe sie sagte:

»Freddy hat ihn ins Eßzimmer gebracht. Die anderen gehen den Park hinunter. Komm. Bringen wir es rasch hinter uns. Komm, ich möchte selbstverständlich, daß du dabei bist.«

»Lucy, hast du es dir auch wirklich gut überlegt?«

»Wie kannst du nur so was Lächerliches fragen?«

»Arme Lucy ...« sie streckte die Hand aus. »Ich bringe offenbar überall nur Unglück, wohin ich auch gehe.« Lucy nickte. Sie erinnerte sich an ihren letzten Abend in Florenz – an das Kofferpacken, die Kerze, den Schatten von Miss Bartletts Kappe an der Tür. Dem Versuch ihrer Cousine, sie zu streicheln, ausweichend, ging sie die Treppe hinunter voran. »Versuchen Sie die Marmelade«, sagte Freddy gerade. »Die Marmelade ist toll.«

Groß und mit zerzaustem Haar tigerte George im Eßzimmer auf und ab. Als sie eintrat, blieb er stehen und sagte:
»Nein, nichts zu essen.«
»Geh du runter zu den anderen«, sagte Lucy. »Charlotte und ich kümmern uns schon um Mr. Emerson. Wo ist Mutter?«
»Sie ist bei ihrem sonntäglichen Briefeschreiben. Im Salon.«
»In Ordnung. Geh du jetzt nur!«
Singend trollte er sich.
Lucy nahm am Tisch Platz. Miss Bartlett, die eine furchtbare Angst hatte, nahm ein Buch zur Hand und tat so, als läse sie darin.
Sie wollte sich nicht hinreißen lassen, eine lange Rede zu halten. Sie sagte einfach: »Ich kann das nicht zulassen, Mr. Emerson. Ich kann nicht einmal mit Ihnen sprechen. Verlassen Sie dies Haus, und kommen Sie nie wieder hierher, solange ich hier lebe ...« Während sie das sagte, errötete sie und zeigte auf die Tür. »Ich hasse Streit. Gehen Sie, bitte.«
»Was ...«
»Keine Diskussion.«
»Aber ich kann doch unmöglich ...«
Sie schüttelte den Kopf. »Gehen Sie, bitte. Ich möchte nicht Mr. Vyse hereinrufen.«
»Sie haben doch nicht ...«, sagte er, ohne im geringsten auf Miss Bartlett zu achten, »Sie haben doch nicht etwa vor, diesen Mann zu heiraten?«
Diese Frage kam völlig unerwartet.
Sie zuckte mit den Achseln, als sei sie seine Gewöhnlichkeit leid. »Sie machen sich nur lächerlich«, sagte sie leise.
Dann erhoben seine Worte sich ernst über die ihren: »Sie können mit Vyse nicht zusammenleben. Er taugt nur zu einem gu-

ten Bekannten. Er ist für Gesellschaft und kultiviertes Geplauder. Er sollte mit keinem Menschen richtig vertraut sein, und am allerwenigsten mit einer Frau.«

Das warf neues Licht auf Cecils Charakter.

»Haben Sie sich jemals mit Vyse unterhalten, ohne hinterher völlig erschöpft zu sein?«

»Ich kann mich ja wohl mit Ihnen nicht über ...«

»Nein, aber ist das jemals geschehen? Er gehört zu denen, die ganz in Ordnung sind, solange es um Dinge geht – Bücher, Bilder – aber tödlich sind, sobald Menschen ins Spiel kommen. Das ist der Grund, warum ich trotz allem, was geschehen ist, frei heraus spreche. Es ist schon erschreckend genug, Sie überhaupt zu verlieren, aber im allgemeinen geziemt es einem Mann, sich sein Glück zu versagen; deshalb hätte ich mich auch zurückgehalten, wäre Ihr Cecil ein anderer Mensch. Nie hätte ich mich dann hinreißen lassen. Aber zuerst begegnet bin ich ihm in der *National Gallery*, wo er zusammenzuckte, bloß weil mein Vater die Namen großer Maler falsch aussprach. Dann bringt er uns hierher, und wir müssen feststellen, daß er das nur getan hat, um einem freundlichen Nachbarn irgendeinen albernen Streich zu spielen. Da haben Sie den ganzen Mann – Menschen, der heiligsten Form des Lebens, die es überhaupt gibt, dumme Streiche zu spielen! Dann treffe ich Sie beide zusammen und stelle fest, daß er sich gönnerhaft vor Ihnen aufspielt und Ihnen und Ihrer Mutter beibringt, sich schockiert zu zeigen, wo es an *Ihnen* lag, sich darüber klarzuwerden, ob Sie nun schockiert waren oder nicht. Cecil, wie er leibt und lebt! Er wird nie zulassen, daß eine Frau selbst etwas entscheidet. Er ist der Typ, der Europa tausend Jahre lang in der Entwicklung gehemmt hat. Jeden Augenblick seines Lebens formt er Sie, sagt er Ihnen, was bezaubernd ist oder amüsant oder *ladylike* und sagt er Ihnen, was ein Mann fraulich findet; und Sie, ausgerechnet Sie, hören auf das, was er sagt, statt auf Ihre eigene innere Stimme zu hören. So war es im Pfarrhaus, als ich Sie beide wiedersah; und so war es heute den ganzen Nachmittag über. Deshalb – nicht, weil das Buch mich dazu brachte –, habe ich Sie geküßt, und ich wünschte weiß Gott, ich besäße mehr Selbstbeherrschung. Aber ich schäme mich nicht, und ich entschuldige mich auch nicht. Nur hat es Sie erschreckt, und vielleicht haben Sie nicht bemerkt, daß ich Sie liebe. Könnten Sie mich sonst fortschicken, würden Sie sonst mit etwas so Großem so leichtfertig umgehen? Nun, deshalb – deshalb habe ich für mich beschlossen, gegen ihn zu kämpfen.«

Lucy suchte nach etwas wirklich Schlagfertigem.

»Sie behaupten, Mr. Vyse möchte, daß ich auf ihn höre, Mr. Emerson. Verzeihen Sie, wenn ich Sie darauf hinweise, daß sie ihm darin in nichts nachstehen.«

Und er steckte den billigen Tadel ein und verlieh ihm Unsterblichkeit, indem er sagte:

»Ja, das tue ich«, und sank nieder, als wäre er plötzlich erschöpft. »In meinem Inneren bin ich genauso ein Unhold wie er. Dieses Verlangen, eine Frau zu beherrschen – das sitzt sehr tief, und Männer und Frauen müssen es gemeinsam bekämpfen, ehe sie das Paradies erlangen. Aber ich liebe Sie – und ganz gewiß auf eine bessere Art als er.« Er dachte nach. »Jawohl – wirklich auf eine bessere Art. Ich möchte, daß Sie Ihre eigenen Gedanken denken, selbst dann, wenn ich Sie in den Armen halte.« Er streckte sie nach ihr aus. »Lucy – rasch –, uns bleibt keine Zeit, jetzt lange miteinander zu reden – komm zu mir, wie du es im Frühling getan hast, und hinterher werde ich sanft und behutsam sein und alles erklären. Du gehst mir nicht mehr aus dem Sinn, seit jener Mann zu Tode kam. Ich kann nicht ohne dich leben. ›Es geht nicht‹, habe ich mir gesagt, ›sie heiratet einen anderen. Doch dann bin ich dir wieder begegnet, da die ganze Welt herrlich war – nichts als Wasser und Sonne. Als du durch den Wald kamst, da wußte ich, daß alles andere bedeutungslos ist. Ich bin gekommen. Ich wollte leben und meinen Anteil am Glück.«

»Und Mr. Vyse?« sagte Lucy, die eine lobenswerte Ruhe bewahrte. »Ist der auch bedeutungslos? Daß ich Cecil liebe und bald seine Frau werden soll? Eine solche Kleinigkeit darf man doch nicht ganz außer acht lassen, oder?«

Doch er streckte über den Tisch hinweg die Arme nach ihr aus.

»Darf ich fragen, was Sie durch eine solche Bekundung zu gewinnen beabsichtigen?«

Er sagte: »Es ist unsere letzte Chance. Ich werde alles tun, was in meinen Kräften steht.« Und als hätte er alles sonst versucht, wandte er sich Miss Bartlett zu, die einem Zeichen von böser Vorbedeutung gleich vor dem Abendhimmel saß. »Wenn Sie verstünden, würden Sie uns nicht ein zweitesmal in die Quere kommen«, sagte er. »Ich bin im Dunkel gewesen und werde wieder dorthin zurückkehren, es sei denn, Sie versuchten zu verstehen.«

Ihr langer schmaler Kopf fuhr vor und wieder zurück, als gälte es, ein unsichtbares Hindernis zu zertrümmern.

»Jung zu sein«, sagte er ruhig, hob den Schläger vom Boden auf und wandte sich zum Gehen, »und sicher zu sein, daß Lucy mich im Grunde liebt. Liebe und Jungsein – das ist geistig von Bedeutung.«

Schweigend beobachteten die beiden Frauen ihn. Seine letzte

Bemerkung, das wußten sie, war Unsinn; aber ob er danach nun ging oder nicht? Oder würde er, der ungehobelte Klotz, der Luftikus, nach einem noch dramatischeren Abgang suchen? Nein. Offenbar gab er sich zufrieden. Er verließ sie und machte sorgfältig die Haustür hinter sich zu; und als sie durch das Dielenfenster hinter ihm herblickten, sahen sie ihn die Zufahrt entlanggehen und durch den welken Farn die Hänge hinterm Haus hinaufsteigen. Ihre Zungen lösten sich, und verstohlen frohlockten sie.

»Ach, Lucia – komm wieder her – ach, was für ein gräßlicher Mann!«

Lucy zeigte keine Reaktion – zumindest *noch* nicht. »Nun, er amüsiert mich«, sagte sie. »Entweder, ich bin verrückt, oder er ist es, und ich neige dazu, letzteres anzunehmen. Noch mal Aufregendes durch dich überstanden, Charlotte. Vielen Dank! Ich denke jedoch, es wird das letztemal gewesen sein. Mein Verehrer wird mich ja wohl kaum noch einmal belästigen.«

Und auch Miss Bartlett versuchte, den Schalk herauszulassen: »Nun, nicht jede kann sich einer solchen Eroberung rühmen, nicht wahr, meine Liebste? Ach, eigentlich dürfte man über so was nicht lachen. Vielleicht ist es ihm wirklich ernst gewesen. Aber du warst so vernünftig und so mutig – so ganz anders als die jungen Mädchen zu meiner Zeit.«

»Gehen wir hinunter zu den anderen.«

Doch als sie ins Freie traten, blieb sie stehen. Irgendein Gefühl – Mitleid, Schrecken, Liebe –, jedenfalls ein sehr starkes Gefühl, wallte ihn ihr auf, und plötzlich merkte sie, daß es Herbst war. Der Sommer ging zu Ende, und der Abend trug ihr den Duft von Verfall zu, der einen um so tiefer berührte, als er an den Frühling gemahnte. Sollte das eine oder andere geistig wirklich von Bedeutung sein? Ein heftig hochgewirbeltes Blatt tanzte an ihr vorüber, während anderes Laub regungslos dalag. Daß die Erde sich beeilte, sich wieder ins Dunkel zu hüllen, und die Schatten jener Bäume sich verstohlen auf *Windy Corner* legten?

»Hallo, Lucy! Es ist noch hell genug für einen Satz, wenn wir beide uns beeilen.«

»Mr. Emerson mußte gehen.«

»Wie dumm! Dann ist es nichts mit einem Herren-Doppel. Ach, Cecil, sei doch nett und spiel mit. Es ist Floyds letzter Tag. Tu uns doch dies eine Mal den Gefallen und spiel Tennis mit uns!«

Cecils Stimme ließ sich vernehmen: »Mein lieber Freddy, ich bin kein Sportler. Wie du selbst noch heute morgen so treffend bemerkt hast: ›Es gibt welche, die taugen nur was bei Büchern.‹ Ich bekenne mich schuldig, so einer zu sein; deshalb werde ich euch nicht zumuten, mit mir zu spielen.«

Lucy fiel es wie Schuppen von den Augen. Wie hatte sie Cecil auch nur einen einzigen Augenblick mögen können? Er war absolut unerträglich. Noch am selben Abend löste sie die Verlobung.

Siebzehntes Kapitel

Cecil wird angelogen

Er fiel aus allen Wolken. Er wußte nicht, was er sagen sollte. Er war nicht einmal wütend, sondern stand mit einem Glas Whisky zwischen beiden Händen da und bemühte sich zu begreifen, was sie zu einem solchen Schluß gebracht hatte.

Sie hatte den Augenblick vorm Zubettgehen gewählt, da sie – im Einklang mit ihren bürgerlichen Gewohnheiten – den Männern etwas zu trinken reichte. Freddy und Mr. Floyd zogen sich gewiß mit ihren Gläsern zurück, während Cecil unweigerlich verweilte und an dem seinen nippte, während sie das Sideboard zuschloß.

»Es tut mir so leid«, sagte sie. »Ich habe gründlich über alles nachgedacht. Wir sind zu verschieden; ich muß dich bitten, mich freizugeben und zu versuchen zu vergessen, daß es jemals ein so törichtes Mädchen gegeben hat.«

Das waren passende Worte, doch sie war eher zornig, als daß es ihr leid getan hätte, und ihre Stimme verriet das.

»Verschieden ... wieso denn ... wieso denn ...?«

»Zunächst einmal habe ich keine wirklich gute Ausbildung genossen«, fuhr sie, immer noch auf den Knien vor dem Sideboard, fort. »Meine Italienreise kam zu spät, und ich vergesse schon alles wieder, was ich dort gelernt habe. Ich werde mich nie gebildet mit deinen Freunden unterhalten können oder mich benehmen, wie es deiner Frau geziemte.«

»Ich verstehe dich nicht. Du bist so anders als sonst. Du bist müde, Lucy.«
«Müde?« fuhr sie ihn an und fing sofort an, sich zu ereifern. »Typisch du! Du denkst immer, Frauen meinten nicht, was sie sagen.« – »Nun, du hörst dich an, als ob du müde wärest, als ob irgend etwas dich quälte.«
»Und wenn das so wäre! Jedenfalls hindert es mich nicht daran, die Wahrheit zu erkennen. Ich kann dich nicht heiraten; eines Tages wirst du mir noch dankbar sein, daß ich das gesagt habe.«
»Du hattest gestern diese schlimmen Kopfschmerzen – schon gut« – denn sie hatte sich empört dagegen verwahrt – »ich sehe, es ist weit mehr als Kopfschmerzen. Aber gib mir ein wenig Zeit.« Er machte die Augen zu. »Du mußt entschuldigen, wenn ich dummes Zeug rede, aber mir platzt der Schädel. Ein Teil lebt noch in der Zeit vor drei Minuten, wo es sicher war, daß du mich liebtest, und der andere Teil – mir fällt es schwer –, wahrscheinlich sage ich jetzt genau das Falsche.«
Es überraschte sie, daß er sich gar nicht so schlecht verhielt, was ihre Gereiztheit freilich nur verstärkte. Was sie wollte, war ein Krach, keine Auseinandersetzung. Um die Krisis anzuheizen, sagte sie:
»Es gibt Tage, an denen man klar sieht; so ein Tag ist heute. Irgendwann muß es zu einer Entscheidung kommen, und bei mir ist das nun mal heute der Fall. Wenn du es unbedingt wissen willst – es ist wirklich eine Kleinigkeit, die mich dazu bringt, offen mit dir zu sprechen –, daß du mit Freddy nicht Tennis spielen wolltest.«
»Ich spiele aber nie Tennis«, sagte Cecil fassungslos und schmerzlich berührt. »Ich hab' es nie gekonnt; ich verstehe kein Wort von dem, was du sagst.«

»Du spielst gut genug, um einen vierten Mann abzugeben, wenn es sein muß. Ich fand deine Weigerung abscheulich egoistisch.«

»Nein, tu' es nicht – aber lassen wir das Tennis. Warum hast du mich nicht ... warum hast du mich nicht gewarnt, mir gesagt, daß dir irgendwas gegen den Strich ging? Noch beim Lunch hast du von unserer Hochzeit gesprochen – oder zumindest mich davon reden lassen.«

»Ich wußte, du würdest es nicht verstehen«, sagte Lucy richtig erbost. »Ich hätte wissen müssen, daß es zu diesen grauenvollen Erklärungen kommen muß. Selbstverständlich geht es nicht um Tennis – das hat nur das Faß zum Überlaufen gebracht. Seit Wochen ist mir nicht wohl in meiner Haut. Aber natürlich war es besser, erst dann etwas zu sagen, wenn ich mir ganz sicher wäre.« Sie führte diese Einstellung weiter aus. »Wie oft habe ich mich nicht schon gefragt, ob ich wirklich die richtige Frau für dich wäre – zum Beispiel in London; und bist du der richtige Mann für mich? Ich glaube das nicht. Du magst weder Freddy noch meine Mutter. Es hat immer vieles gegen unsere Verlobung gesprochen, Cecil; bloß schienen all unsere Verwandten hocherfreut, wir sahen uns so oft, und es hatte keinen Sinn, es zur Sprache zu bringen, bis ... nun ja, bis alles sich zuspitzte. Das ist heute der Fall gewesen. Ich sehe das ganz klar. Ich *mußte* es sagen. Das ist alles.«

»Ich finde nicht, daß du recht hast«, sagte Cecil sanft. »Warum, kann ich dir nicht sagen. Obwohl alles, was du sagst sich so anhört, als ob es stimmte, habe ich das Gefühl, daß du mir gegenüber nicht fair bist. Es ist allzu schrecklich!«

»Was nützt eine Szene?« – »Nichts, selbstverständlich. Aber ich habe doch wohl ein Recht, noch etwas mehr zu hören?«

Er setzte sein Glas ab und machte das Fenster auf. Von der Stelle aus, auf der sie kniete und mit dem Schlüsselbund klirrte, konnte sie einen Streifen Dunkelheit sehen, in den sie hineinspähte, als könnte ihm das jenes ›etwas mehr‹ verraten, und sah sie sein schmales, nachdenkliches Gesicht.
»Mach das Fenster nicht auf; und am besten ziehst du auch noch die Vorhänge zu. Freddy oder sonst jemand könnte draußen sein.« Er gehorchte. »Ich finde wirklich, wir sollten zu Bett gehen, wenn du nichts dagegen hast. Ich sage höchstens noch Dinge, die mich hinterher unglücklich machen. Wie du schon gesagt hast, es ist alles furchtbar, und es hat keinen Sinn zu reden.«
Doch jetzt, da er im Begriff war, sie zu verlieren, erschien sie Cecil von Augenblick zu Augenblick begehrenswerter. Statt durch sie hindurchzusehen, sah er sie an – zum ersten Mal, seit sie verlobt waren. Aus einem Leonardo war eine lebendige Frau geworden, mit eigenen Geheimnissen und Kräften und Eigenschaften, die sich selbst der Kunst entzogen. Sein Gehirn erholte sich von dem Schock, und in einem Ausbruch echten Gefühls rief er: »Aber ich liebe dich, und ich habe geglaubt, auch du liebtest mich!«
»Das habe ich nicht getan«, sagte sie. »Zuerst habe ich gemeint, es zu tun. Es tut mir leid, und ich hätte dir auch jenes letztemal verweigern sollen.«
Er begann, im Zimmer hin- und herzugehen, und sie machte sein würdiges Benehmen immer verstörter. Sie hatte damit gerechnet, daß er kleinlich sein würde. Das hätte es ihr leichter gemacht. Doch eine grausame Ironie wollte, daß sie alles mobilisiert hatte, was fein und edel an ihm war.
»Offensichtlich liebst du mich nicht, und ich muß sagen: Recht

hast du. Nur würde es ein bißchen weniger schmerzen, wenn ich wüßte, warum.«
»Weil . . .« – ihr fiel eine Formulierung ein, die sie sich zu eigen machte – »weil du zu denen gehörst, die mit niemand richtig vertraut sein können.«
Ein Ausdruck des Entsetzens trat ihm in die Augen.
»*So* meine ich das nun auch wieder nicht. Aber du setzt mir mit Fragen zu, obwohl ich dich gebeten habe, es nicht zu tun, und so muß ich schließlich etwas sagen. Das ist es – mehr oder weniger. Als wir nur gute Bekannte waren, ließest du zu, daß ich ich selbst war; aber jetzt bist du ständig dabei, mich zu bevormunden.« Ihre Stimme schwoll an. »Ich will aber nicht bevormundet werden. Ich will selbst entscheiden, was *ladylike* und richtig ist. Mich davor bewahren zu wollen, ist kränkend. Ist es denn so, daß ich der Wahrheit nicht ins Auge sehen darf, sondern sie gleichsam aus zweiter Hand durch dich serviert bekommen muß? Wo eine Frau hingehört! Du verachtest meine Mutter – ich weiß, daß du das tust –, bloß weil sie konventionell ist und sich für Puddingrezepte interessiert! Aber, mein Gott«, sie stand auf, »konventionell, genau das bist du doch; du hast vielleicht Verständnis für Schönes, aber du weißt nicht, es zu gebrauchen; und umgibst dich mit Kunst und Büchern und Musik und willst, daß auch ich mich darin vergrabe. Ich will mich aber nicht vergraben, auch in der herrlichsten Musik nicht, denn Menschen sind noch herrlicher, und die enthältst du mir vor! Das ist der Grund, warum ich mein Verlöbnis löse. Solange du dich an Dinge hieltest, warst du in Ordnung, aber als Menschen ins Spiel kamen . . .« Sie sprach nicht weiter.
Es entstand eine Pause. Dann erklärte Cecil mit großer Gefühlsaufwallung: »Das stimmt.«

»Es stimmt im großen und ganzen«, korrigierte sie ihn, von irgendeinem unbestimmten Schamgefühl erfüllt.
»Es ist wahr, jedes einzelne Wort. Es ist eine Offenbarung. So bin ... so bin ich.«
Er wiederholte: »›... gehörst zu denen, die nicht richtig vertraut mit jemand sein können.‹ Das ist wahr. Ich bin gleich an dem ersten Tag, da wir uns verlobten, völlig gescheitert. Beebe und deinem Bruder gegenüber habe ich mich benommen wie ein Bauernklotz. Du bist noch toller als ich dachte.« Sie wich einen Schritt zurück. »Nur keine Sorgen meinetwegen! Du bist viel zu gut für mich. Nie werde ich vergessen, wie einsichtig du mich durchschaut hast! Vorwürfe mach' ich dir nur insofern, als du mir schon im Anfangsstadium eine Warnung hättest zukommen lassen sollen, ehe du meintest, mich nicht heiraten zu können. Dann hättest du mir vielleicht die Möglichkeit gegeben, mich zu bessern. Ich habe dich bis jetzt ja überhaupt nicht gekannt. Ich habe dich bloß als Haken benutzt, an dem ich meine albernen Vorstellungen davon, was eine Frau sein sollte, aufhängen konnte. Aber heute abend bist du ein ganz anderer Mensch: Du hast neue Gedanken ... sogar eine neue Stimme ...«
»Was soll das heißen – eine neue Stimme?« fragte sie, von ununterdrückbarem Zorn gepackt.
»Ich meine, daß durch sie eine neue Persönlichkeit aus dir spricht«, sagte er.
Woraufhin es um ihr Gleichgewicht geschehen war. Laut sagte sie: »Wenn du glaubst, ich liebte jemand anders, irrst du dich gewaltig.«
»Natürlich glaube ich das nicht. So eine bist du schließlich nicht, Lucy.«

»Und doch glaubst du das. Das machen deine alten Denkgewohnheiten, die Europa in der Entwicklung gehemmt haben ... ich meine die Vorstellung, daß Frauen an nichts anderes denken als an Männer. Wenn ein Mädchen seine Verlobung löst, sagt jeder gleich: ›Ach, sie denkt an einen anderen; sie glaubt, einen anderen kriegen zu können.‹ Das ist widerlich und unmenschlich! Als ob man ein Verlöbnis nicht lösen könnte, bloß um frei zu sein!«

Er antwortete ehrfürchtig: »Möglich, daß ich das früher einmal gesagt habe. Aber ich werde es nie wieder sagen. Du hast mich eines besseren belehrt.«

Ihr Gesicht überzog sich mit feiner Röte, und sie tat so, als betrachtete sie wieder die Fenster.

»Selbstverständlich ist von ›einem anderen‹ oder von ›Untreue‹ oder irgendwelchem anderen widerwärtigen Unsinn überhaupt nicht die Rede. Ich bitte demütigst um Verzeihung, falls ich irgend etwas in dieser Richtung angedeutet haben sollte. Ich habe nur gemeint, daß eine Kraft in dir ist, von der ich bis jetzt nichts geahnt hatte.«

»Schön, Cecil, das reicht. Du mußt dich mir gegenüber nicht entschuldigen. Es war mein Fehler.«

»Es ist eine Frage der Ideale, deiner und meiner – reiner, abstrakter Ideale, und die deinen sind nun mal die edleren. Ich war völlig den alten, verderbten Vorstellungen verhaftet, wohingegen du die ganze Zeit über wunderbar und neu warst.« Die Stimme brach ihm. »Ich muß dir aufrichtig dankbar sein für das, was du getan hast – mir zeigen, was ich wirklich bin. Ich danke dir feierlich dafür, mir eine richtige Frau gezeigt zu haben. Willst du mir die Hand geben?«

»Selbstverständlich tue ich das«, sagte Lucy und verkrallte sich mit der anderen in den Vorhängen. »Gute Nacht, Cecil. Leb wohl! Ist schon in Ordnung. Mir tut es leid. Vielen, vielen Dank für dein Verständnis.«

»Erlaube, daß ich deine Kerze anzünde, ja?«

Sie traten hinaus auf die Diele.

»Vielen Dank. Und nochmals, gute Nacht. Gott segne dich, Lucy!«

Sie sah ihm nach, wie er sich die Treppe hinaufschlich und die Schatten der Geländerstäbe über sein Gesicht hingingen wie Flügelschläge. Auf dem Treppenabsatz blieb er, stark in seinem Verzicht, stehen und bedachte sie mit einem Blick, so schön, daß sie ihn nie vergessen sollte. Bei aller Kultiviertheit, war Cecil im tiefesten Herzensgrund ein Asket, und nichts in seiner Liebe stand ihm so wohl an wie der Abschied von ihr.

Sie konnte nie heiraten. Das stand bei aller Aufgewühltheit ihrer Seele fest. Cecil glaubte an sie; irgendwann mußte sie selbst an sich glauben. Sie mußte eine der Frauen sein, die sie so beredt gepriesen hatte, jener Frauen, denen es um die Freiheit ging und nicht um Männer; sie mußte vergessen, daß George sie liebte, daß George durch sie gedacht und ihr diesen ehrenhaften Ausweg geschaffen hatte, daß George – in was verschwunden war? – im Dunkel.

Sie machte die Lampe aus.

Es hatte keinen Sinn nachzudenken oder – was das betraf – sich Gefühlen hinzugeben. Sie gab es auf, sich selbst verstehen zu wollen, und reihte sich in das gewaltige Heer der Unwissenden, die weder ihrem Herzen noch ihrem Verstand folgen, sondern kraft irgendwelcher Schlagworte ihrem Schicksal entgegengehen. Diese Heere werden aus netten und redlichen Menschen gebildet. Gleichwohl waren diese dem einzigen

Gegner gewichen, auf den es ankommt – dem Feind im eigenen Inneren. Sie haben sich gegen Leidenschaft und Wahrheit versündigt, und all ihr Trachten nach Höherem bleibt vergeblich. Im Laufe der Jahre werden sie gewogen und für zu leicht befunden. Ihre Nettigkeit und ihre Redlichkeit weisen Risse auf, ihr scharfer Verstand verkommt zu Zynismus, ihre Selbstlosigkeit zu Heuchelei; wohin sie sich auch wenden, sie empfinden Unbehagen und verbreiten solches. Sie haben wider Eros und Pallas Athene gesündigt, und diese Gottheiten, die Hand in Hand miteinander gehen, werden gerächt, nicht durch irgendein himmlisches Eingreifen, sondern durch den ganz gewöhnlichen Gang der Ereignisse.

Lucy reihte sich in dieses Heer ein, als sie George gegenüber so tat, als liebte sie ihn nicht, und Cecil glauben machte, als liebte sie überhaupt niemand. Die Nacht nahm sie auf, so wie diese vor dreißig Jahren Miss Bartlett aufgenommen hatte.

Achtzehntes Kapitel

Es werden angelogen: Mr. Beebe, Mrs. Honeychurch, Freddy und die Dienstboten

W*indy Corner* lag nicht auf dem Kamm des Höhenzugs, sondern ein paar hundert Fuß tiefer am Südhang, dort, wo eine der großen Auffaltungen vorsprang, die den Hügel abstützten. Zu beiden Seiten tat sich eine nicht gerade tiefe, fichten- und farnbestandene Schlucht auf, und durch die Schlucht linkerhand verlief noch die Landstraße, die in den Weald hineinführte.

Jedesmal, wenn Mr. Beebe über den Kamm herüberkam, die noble Gestaltung der Erde in sich aufnahm und – genau in der Mitte davon – *Windy Corner* aufragen sah, lachte er. Die Lage war so herrlich, und das Haus selbst so alltäglich, um nicht zu sagen: unverschämt. Der verstorbene Mr. Honeychurch hatte an einen Würfel gedacht, weil der ihm den meisten Platz für sein Geld bot, und das einzige, was seine Witwe hinzugefügt hatte, war ein kleiner Turm in der Form eines Nashorn-Horns, wo sie bei feuchtem Wetter sitzen und die Wagen die Straße heraufkommen und hinunterfahren sehen konnte. So unverschämt – und trotzdem ›paßte‹ das Haus, denn es war das Zuhause von Menschen, die ihre Umgebung von ganzem Herzen liebten. Andere Villen in der Nachbarschaft waren von teuren Architekten erbaut worden, und über noch andere hatten sich die Bewohner die Köpfe heiß geredet; trotzdem eignete all diesen Gebäuden etwas Zufälliges und Vorläufiges; *Windy Corner* hingegen wirkte so unvermeidlich wie etwas Häßliches, das die Natur selbst geschaffen hatte. Man konnte über das Haus zwar lachen, nie jedoch packte einen bei seinem Anblick das Grauen.

Es war Montag, und Mr. Beebe kam mit ein paar Neuigkeiten herübergeradelt. Er hatte von den Miss Alans gehört. Diese trefflichen Damen hatten – da ihnen der Einzug in die Villa Cissie verwehrt worden war – ihre Pläne geändert. Sie wollten statt dessen nach Griechenland reisen.

»Da Florenz meiner armen Schwester so unendlich gut getan hat«, schrieb Miss Catherine, »sehen wir nicht ein, warum wir es diesen Winter nicht mit Athen versuchen sollen. Selbstverständlich ist Athen ein Sprung ins kalte Wasser, und der Arzt hat ihr auch ein besonderes verdauungsförderndes Mittel verschrieben; aber das können wir schließlich mitnehmen, und man muß ja auch nur zuerst auf einen Dampfer und dann in einen Zug. Ob es dort aber eine englische Kirche gibt?« und weiter hieß es in dem Brief: »Ich nehme nicht an, daß wir weiter reisen werden als bis nach Athen, aber wenn Sie eine wirklich bequeme Pension in Konstantinopel wüßten, wären wir Ihnen sehr dankbar.«

Lucy würde diesen Brief genießen, und so galt das Lächeln, mit dem Mr. Beebe *Windy Corner* begrüßte, zum Teil ihr. Sie würde bestimmt sehen, wie komisch der Brief war und teilweise wie schön, denn Schönes erkannte sie gewiß sofort. Obwohl sie, was Bilder betraf, einfach hoffnungslos war und sie sich manchmal so unpassend kleidete – ach, dieses kirschrote Kleid, das sie gestern in der Kirche angehabt hatte! –, im Leben mußte sie Schönes sehen, sonst könnte sie nicht so Klavier spielen, wie sie es tat. Er vertrat die Ansicht, daß Musiker unendlich kompliziert seien und weit weniger als andere Künstler wüßten, was sie wollten und wer sie waren; daß sie nicht nur ihre Freunde verwirren, sondern sich selbst auch; und daß ihre Psychologie eine moderne Entwicklung darstellt, die bis jetzt noch niemand so recht begriffen hat. Diese Theorie – hätte er sie in Worte zu fassen gewußt – wäre möglicherweise gerade durch Tatsachen illustriert worden. Ahnungslos in bezug auf die Ereignisse gestern, fuhr er hinüber, um seinen Tee dort zu bekommen, seine Nichte zu besuchen und um festzustellen, ob Miss Honeychurch Schönes in dem Wunsch der beiden alten Damen sehen konnte, Athen zu besuchen.

Eine Kutsche hielt vor *Windy Corner* und setzte sich just in dem Augenblick in Bewegung, da er das Haus vor sich erblickte; sie rumpelte die Auffahrt hinunter und hielt unvermittelt, als sie die Straße erreichte. Es mußte also das Pferd sein, das stets erwartete, daß die Menschen ausstiegen und den Hügel zu Fuß hinaufgingen, um es nicht so anzustrengen. Gehorsam ging der Wagenschlag auf, und es stiegen zwei Herren aus, in denen Mr. Beebe Cecil und Freddy erkannte. Ein höchst ungleiches Paar, daß sie gemeinsam eine Spazierfahrt machen sollten; doch dann sah er neben den Beinen des Kutschers einen großen Reisekoffer stehen. Cecil, eine Melone auf dem Kopf, mußte wohl abreisen, während Freddy – mit Mütze – ihn offenbar zum Bahnhof brachte. Sie schlugen eine rasche Gangart ein, nahmen Abkürzungswege und erreichten den höchsten Punkt der Straße, während die Kutsche noch den Windungen der Straße folgte.

Sie schüttelten dem geistlichen Herrn die Hand, sagten aber nichts.

»Sie wollen also für kurze Zeit fort, Mr. Vyse?« erkundigte er sich.
Cecil sagte: »Ja«, während Freddy ein wenig zur Seite trat.
»Ich wollte Ihnen diesen köstlichen Brief von den Freundinnen von Miss Honeychurch zeigen.« Er zitierte daraus. »Ist das nicht wunderbar? Und so romantisch! Sie fahren mit Sicherheit weiter nach Konstantinopel. Sie sind dem Zauber des Reisens verfallen, dem sie sich nicht entziehen können. Nächstens machen sie noch eine Reise rund um die Welt!«
Cecil hörte höflich zu und sagte, Lucy sei bestimmt interessiert und werde sich köstlich amüsieren.
»Hat nicht Romantik etwas sehr Launisches? Bei jungen Leuten fällt mir das nie auf; ihr spielt nur Tennis und behauptet, die Romantik sei tot, wohingegen die Miss Alans sich mit allen Waffen der Wohlanständigkeit gegen seine Verführung wehren. ›Eine wirklich bequeme Pension in Konstantinopel‹. So nennen sie das anstandshalber, doch im Grunde ihres Herzens wünschen sie sich eine Pension, deren Zauberfenster hinausgehen auf gischtbrodelnde Meere unsäglicher Märchenlande à la Keats.«
»Tut mir schrecklich leid, Sie zu unterbrechen, Mr. Beebe«, sagte Freddy, »aber haben Sie zufällig Streichhölzer bei sich?«
»Ich habe welche dabei«, sagte Cecil, und es entging Mr. Beebes Aufmerksamkeit nicht, daß er den Jungen freundlicher behandelte als früher.
»Sie haben diese Miss Alans nie kennengelernt, nicht wahr, Mr. Vyse?«
»Nein, nie.«
»Dann können Sie auch nicht begreifen, was für ein Wunder dieser Griechenlandbesuch ist. Ich selbst bin nie in Griechen-

land gewesen und habe auch nicht vor hinzufahren, kann mir aber auch nicht vorstellen, daß irgendwelche von meinen Freunden hinfahren. Das übersteigt unsere Möglichkeiten einfach. Meinen Sie nicht auch? Italien, das schaffen wir vielleicht gerade noch. Italien ist heroisch, aber Griechenland – das ist göttlich oder teuflisch – was, wage ich nicht ganz zu entscheiden; auf jeden Fall aber geht es absolut über unseren von der Suburbia geprägten Horizont hinaus. Schon gut, Freddy – ich bin nicht besonders geistreich, gewiß bin ich das nicht – ich hab' das von jemand anders übernommen; und geben Sie mir diese Zündhölzer, wenn Sie sie nicht mehr brauchen.« Er steckte sich eine Zigarette an und redete weiter auf die beiden jungen Männer ein. »Wie ich schon sagte: Wenn unser armes kleines Cockney-Leben denn einen Hintergrund braucht, soll es doch Italien sein! Groß genug ist es, das muß man ihm lassen! Was mich betrifft, so reicht mir die Decke der Sixtinischen Kapelle. Mit dem, was dort alles so ganz anders ist, komme ich gerade noch zurecht. Aber nicht mit dem Parthenon, nicht mit dem Fries des Phidias, koste es, was es wolle! Da kommt schon Ihr Phaeton!«
»Ganz recht, ganz recht«, sagte Cecil. »Griechenland, das ist nichts für unser einen.« Womit er einstieg. Dem Pfarrer zunikkend, folgte Freddy ihm; er konnte sich nicht wirklich vorstellen, daß dieser sie auf den Arm nehmen wollte. Sie hatten noch kein Dutzend Schritt zurückgelegt, da sprang er wieder aus dem Wagen und lief zurück, um Vyses Zündholzschachtel zu holen, die nicht zurückgegeben worden war. Während er sie in Empfang nahm, sagte er: »Bin ich froh, daß Sie nur von Büchern sprachen. Cecil ist in den Grundfesten erschüttert. Lucy will ihn nicht heiraten. Hätten Sie dauernd von ihr gespro-

chen, so wie Sie über *sie* gesprochen haben, ich glaube, das hätte ihm den Rest gegeben.«

»Aber wann ...«

»Gestern abend. Und jetzt muß ich laufen.«

»Vielleicht können sie mich dort unten jetzt nicht gebrauchen.«

»Doch, fahren Sie nur hin. Wiedersehen.«

»Gott sei Dank!« rief Mr. Beebe für sich aus und nahm beifällig auf dem Sattel seines Fahrrads Platz. »Das war das einzig Törichte, das sie jemals gemacht hat. Ach, wie herrlich, daß sie den los ist!« Und nach einigem Überlegen schaffte er den Hang nach *Windy Corner* hinunter ganz unbeschwert. Das Haus war wieder so, wie es sein sollte – abgeschnitten von Cecils versnobter Welt.

Miss Minnie fand er bestimmt unten im Garten.

Im Salon war Lucy dabei, eine Mozart-Sonate zu klimpern. Er zögerte einen Moment, ging dann jedoch wie geheißen weiter hinunter. Dort stieß er auf eine traurige Gesellschaft. Es war ein stürmischer Tag, und der Wind war über die Dahlien hergefallen und hatte viele davon geknickt. Mrs. Honeychurch war verärgert dabei, sie wieder hochzubinden, während ihr Miss Bartlett, vollkommen unpassend gekleidet, mit ihren Angeboten, ihr zu helfen, nur hinderlich war. Ein wenig weiter weg stand Minnie und das ›Garten-Kind‹, eine zierliche Zugezogene, und eine jede hielt das Ende einer langen Bastfaser in der Hand.

»Ach, wie geht es Ihnen, Mr. Beebe? Himmel, wie kaputt hier alles ist! Sehen Sie sich nur meine violetten Pompondahlien an; der Wind bläht einem den Rock auf, und der Boden ist so hart, daß Pflanzstöcke einfach nicht hineinwollen, und dann

mußte auch noch die Kutsche raus, wo ich doch damit gerechnet hatte, daß Powell mir zur Hand geht, der – das muß man ihm lassen – die Dahlien jedenfalls richtig hochbindet.«
Mrs. Honeychurch war offensichtlich am Boden zerstört.
»Guten Tag, Mr. Beebe«, sagte Miss Bartlett und sah ihn bedeutungsvoll an, als wollte sie sagen, daß mehr als nur Dahlien von diesen Herbststürmen geknickt worden wären.
»Komm, Lennie, den Bast«, rief Mrs. Honeychurch. Das Garten-Kind, das nicht wußte, was Bast war, stand von Entsetzen gepackt wie angewurzelt auf dem Gartenweg. Minnie lief zu ihrem Onkel und flüsterte ihm zu, heute wären alle ganz eklig, und es sei nicht ihre Schuld, daß die Dahlien-Bindfäden sich der Länge nach durchtrennen, aber nicht durchreißen ließen.
»Komm, laß uns einen Spaziergang machen«, sagte er zu ihr.
»Du hast ihnen Kummer genug gemacht. Mrs. Honeychurch, ich bin nur so vorbeigekommen. Ich werde zur Bienenkorb-Schenke mit ihr gehen und dort Tee mit ihr trinken, wenn Sie nichts dagegen haben.«
»Ach, muß das sein? Doch, tun Sie's nur! – Nicht die Schere, nein, vielen Dank, Charlotte; wo ich doch schon beide Hände voll habe. Ich bin ganz sicher, daß die gefüllte Semicactus zum Teufel geht, ehe ich zu ihr hinkomme.«
Mr. Beebe, der sich trefflich darauf verstand, schwierige Situationen zu bereinigen, forderte Miss Bartlett auf, ihn und seine kleine Nichte zu der kleinen Schnabuliererei zu begleiten.
»Aber ja doch, Charlotte, ich brauche dich nicht – geh nur! Es gibt nichts, was dich davon abhalten sollte, weder im Haus noch hier draußen.«
Miss Bartlett erklärte, ihre Pflicht sei das Dahlien-Beet, doch als sie alle mit Ausnahme von Minnie fast zur Verzweiflung ge-

bracht hatte, indem sie sich zierte mitzukommen, besann sie sich eines Besseren und brachte Minnie dadurch zur Verzweiflung, daß sie doch annahm. Als sie den Hang hinaufgingen, fiel der flammenfarbene Semicactus um, und das letzte, was Mr. Beebe sah, war das Garten-Kind, das die Blume umfing wie ein Liebhaber und seinen dunklen Schopf in einer Fülle von Blüten barg.

»Es ist ja schrecklich, wie der Sturm in den Blumen gewütet hat.«

»Es ist immer schrecklich, wenn das Versprechen von Monaten von einem Augenblick auf den anderen kaputtgemacht wird«, verkündete Miss Bartlett.

»Vielleicht sollten wir Miss Honeychurch zu ihrer Mutter hinunterschicken. Oder kommt sie mit uns?«

»Ich glaube, wir überlassen Lucy lieber sich selbst und ihren Angelegenheiten.«

»Sie sind böse mit Miss Honeychurch, weil sie zu spät zum Frühstück kam«, flüsterte Minnie, »und Mr. Floyd ist abgereist, und Mr. Vyse ist auch fort, und Freddy will nicht mit mir spielen. Wirklich, Onkel Arthur, das Haus ist *überhaupt nicht* mehr das, was es gestern war!«

»Hab dich nicht so!« sagte ihr Onkel Arthur. »Geh und zieh deine Stiefel an!«

Er betrat den Salon, in dem Lucy immer noch sehr aufmerksam dem Spiel ihrer Mozart-Sonaten oblag. Als er eintrat, hörte sie auf zu spielen.

»Wie geht es Ihnen? Miss Bartlett und Minnie wollen den Tee mit mir im Bienenkorb nehmen. Hätten Sie Lust mitzukommen?«

»Nein, lieber nicht, vielen Dank.«

»Ich hatte mir schon gedacht, daß Sie es nicht sonderlich reizvoll finden würden.«
Lucy wandte sich wieder dem Flügel zu und stimmte ein paar Akkorde an.
»Wie elegant diese Sonaten sind!« sagte Mr. Beebe, obwohl er sie im tiefsten Herzensgrunde für alberne kleine Stücke hielt.
Lucy ging zu Schumann über.
»Miss Honeychurch!«
»Ja.«
»Ich bin ihnen auf dem Weg begegnet. Ihr Bruder hat es mir gesagt.«
»Ach, wirklich?« Sie klang verärgert. Mr. Beebe war verletzt, denn er hatte angenommen, es wäre ihr recht, wenn er Bescheid wüßte.
»Ich brauche wohl nicht zu sagen, daß ich es nicht weitertrage.«
»Mutter, Charlotte, Cecil, Freddy, Sie«, sagte Lucy und schlug für jeden von ihnen, der Bescheid wußte, eine Taste an – und dann noch eine sechste.
»Wenn Sie mir gestatten, das zu sagen: Ich bin sehr froh, und ich bin überzeugt, daß Sie das richtige getan haben.«
»Das, hoffte ich, würden auch andere Leute meinen, doch sieht es nicht danach aus.«
»Ich konnte bemerken, daß Miss Bartlett es für unklug hielt.«
»Das tut Mutter auch. Mutter hat sogar sehr was dagegen.«
»Das tut mir unendlich leid«, sagte Mr. Beebe gefühlvoll.
Mrs. Honeychurch, die alle Veränderungen haßte, hatte in der Tat etwas dagegen, allerdings bei weitem nicht soviel, wie ihre Tochter tat, und auch das nur im Augenblick. Im Grunde war das ganze eine List von Lucy, um zu rechtfertigen, daß sie niedergeschlagen war – eine List, deren sie sich selbst nicht be-

wußt war, marschierte sie doch in den Reihen der Heere des Dunkels mit.
»Und Freddy hat auch was dagegen.«
»Dabei konnte Freddy doch wirklich nicht besonders mit Mr. Vyse, oder? Soweit ich gesehen habe, hatte er durchaus etwas gegen die Verlobung und fürchtete, sie könnte Sie ihm entfremden.«
»Jungen sind so komisch.«
Durch den Flur konnte man hören, wie Minnie mit Miss Bartlett stritt. Den Tee im Bienenstock zu nehmen, erforderte offenbar, sich vollständig umzukleiden. Mr. Beebe sah, daß Lucy – wie es sich ja auch gehörte – nicht den Wunsch hatte, über das, was sie getan hatte, mit ihm zu diskutieren, und so sagte er, nachdem er ihr noch einmal sein aufrichtiges Mitgefühl bekundet hatte: »Ich habe einen absurden Brief von Miss Alan erhalten. Der ist eigentlich der Grund meines Kommens. Ich dachte, er könnte Sie alle amüsieren.«
»Wie bezaubernd!« sagte Lucy ohne jede Begeisterung in der Stimme.
Um überhaupt etwas zu tun, las er ihr den Brief vor. Nach ein paar Worten kam plötzlich Leben in ihre Augen, und bald unterbrach sie ihn: »Sie gehen auf Reisen? Wann fahren sie los?«
»Nächste Woche, soweit ich sehe.«
»Hat Freddy gesagt, daß er gleich zurückkommt?«
»Nein, das hat er nicht.«
»Hoffentlich tratscht er nicht.«
Also wollte sie doch über die Auflösung des Verlöbnisses reden. Stets zu Gefälligkeiten bereit, steckte er den Brief weg. Sie jedoch rief sogleich mit unnatürlich hoher Stimme aus: »Ach,

erzählen Sie mehr von den Miss Alans! Wie wunderbar von ihnen, wirklich, wieder auf Reisen zu gehen!«
»Ich möchte, daß sie sich in Venedig einschiffen und mit einem Frachtdampfer die illyrische Küste hinunterfahren.«
Sie lachte herzhaft. »Ach, wie schön! Ich wünschte, sie würden mich mitnehmen!«
»Hat Italien in Ihnen das Reisefieber entzündet? Vielleicht hat George Emerson recht. Er sagt, Italien ist nur ein schöneres Wort für Schicksal.«
»Aber nein, nicht Italien - Konstantinopel! Konstantinopel habe ich schon immer sehen wollen! Konstantinopel ist doch praktisch schon Asien, nicht wahr?«
Mr. Beebe erklärte ihr, daß die Miss Alans bis nach Konstantinopel kämen, sei immer noch sehr unwahrscheinlich; jedenfalls hätten sie sich bis jetzt nur Athen zum Ziel genommen, »und vielleicht noch Delphi, wenn die Straßen sicher sind«. Doch das tat ihrer Begeisterung keinen Abbruch. Sie habe schon immer nach Griechenland reisen wollen, ja, dorthin eigentlich noch mehr als nach Konstantinopel. Zu seinem Erstaunen erkannte er, daß sie es anscheinend ernst meinte.
»Mir war nicht klar, daß Sie und die Miss Alans immer noch so gute Freundinnen wären - nach dem Desaster mit der Villa Cissie.«
»Ach, das macht doch nichts; ich versichere Ihnen, das mit der Villa Cissie bedeutet mir gar nichts. Ich würde alles dafür geben, mit ihnen zu reisen.«
»Würde Ihre Mutter Sie denn schon so bald wieder entbehren können? Sie sind doch kaum ein Vierteljahr wieder daheim.«
»Sie *muß* mich entbehren können!« rief Lucy laut und wurde immer aufgeregter. »Ich *muß* einfach fort. Ich muß!« Fahrig

fuhr sie sich mit den Fingern durchs Haar. »Verstehen Sie denn nicht, daß ich einfach fort *muß?* Das war mir bis jetzt noch nicht so klar – und selbstverständlich möchte ich unbedingt Konstantinopel sehen!«

»Sie meinen, seit Sie Ihre Verlobung gelöst haben, fühlen Sie sich …«

»Ja, ja, ich wußte ja, daß Sie mich verstehen würden!«

Mr. Beebe verstand durchaus nicht. Warum konnte Miss Honeychurch sich nicht im Schoß ihrer Familie erholen? Cecil hatte offensichtlich beschlossen, sich würdig zu verhalten und sie in Ruhe zu lassen. Dann kam ihm der Gedanke, daß es vielleicht ihre eigene Familie war, die ihr keine Ruhe ließ. Er deutete das ihr gegenüber an, und sie nahm diese Andeutung dankbar auf.

»Ja, selbstverständlich; nach Konstantinopel zu reisen, bis sie sich ›damit abgefunden haben‹ und meinen, jetzt sei ›Gras darüber gewachsen‹.«

»Es muß wohl ganz schrecklich gewesen sein«, sagte er zartfühlend.

»Nein, keineswegs. Cecil war sogar sehr verständnisvoll; nur – nun, ich erzähle Ihnen wohl besser die ganze Wahrheit, wo Sie doch nur so wenig gehört haben –, nur, daß er so herrschsüchtig war. Ich stellte fest, daß er mich nicht so wollte, wie ich war. Er wollte mich erziehen, wo an mir nichts zu erziehen ist. Cecil konnte nicht zulassen, daß eine Frau selbst entscheidet, was sie für gut und richtig hält – ja, er hat Angst davor. Was für einen Unsinn ich da rede! Aber so ist das nun mal.«

»Diesen Eindruck habe ich nach meinen Beobachtungen von Mr. Vyse selbst gewonnen; und das habe ich nach dem, wie ich Sie kenne, auch vermutet. Ich habe tiefstes Mitgefühl mit

Ihnen und stimme Ihnen aus ganzem Herzen zu. Ich stimme so sehr zu, daß Sie mir gestatten müssen, eine kleine Kritik anzubringen: Lohnt es sich wirklich, ganz nach Griechenland zu fliehen?«

»Aber ich muß doch irgendwohin!« rief sie. »Den ganzen Morgen über habe ich mir die größten Sorgen gemachte, und da bietet sich genau die Gelegenheit, die ich brauche.« Mit geballten Fäusten hämmerte sie sich auf die Knie und wiederholte: »Ich *muß!* Die viele Zeit, die ich noch mit Mutter verbringen werde, und das viele Geld, das sie letztes Frühjahr für mich ausgegeben hat. Alle haben eine viel zu hohe Meinung von mir! Ich wünschte, Sie wären nicht so freundlich zu mir!« In diesem Augenblick trat Miss Bartlett ein, und Lucys Nervosität wurde noch größer. »Ich muß fort von hier, ganz weit weg! Ich muß mir darüber klar werden, was ich will und wohin ich will.«

»Nun kommt schon! Tee, Tee, Tee«, sagte Mr. Beebe und schob seine beiden Gäste zur Haustür hinaus. Er trieb sie so sehr zur Eile an, daß er sogar seinen Hut vergaß. Als er noch einmal umkehrte, um ihn zu holen, hörte er zu seiner Erleichterung wie zu seiner Überraschung, daß eine Mozart-Sonate geklimpert wurde.

»Sie spielt wieder«, sagte er zu Miss Bartlett.

»Lucy kann immer spielen«, lautete die bittere Entgegnung.

»Man ist ja dankbar, daß sie soviel Reserven hat, davon zu zehren. Selbstverständlich ist sie völlig durcheinander und macht sich Sorgen – wie es ja auch sein soll. Ich weiß Bescheid. Die Hochzeit stand so nahe bevor, daß es ein harter Kampf gewesen sein muß, ehe sie sich dazu durchrang, es zu sagen.«

Miss Bartlett schien sich irgendwie zu winden, und er war auf eine Auseinandersetzung gefaßt. Miss Bartlett hatte er nie ganz ausgelotet. Wie er es sich selbst gegenüber in Florenz ausgedrückt hatte, ›möglich, daß sie noch ungeahnten, wo nicht gar bedeutsamen Tiefgang bewies‹. Nur war sie so unbeteiligt, daß man sich offensichtlich auf sie verlassen konnte. Davon ging er aus, und so zögerte er nicht, über Lucy mit ihr zu sprechen. Minnie war glücklicherweise dabei, Farnwedel zu pflükken.

Sie eröffnete das Gespräch damit, daß sie sagte: »Das beste ist, wir reden gar nicht darüber.«

»Nun, ich weiß nicht recht.«

»Es ist von höchster Wichtigkeit, daß in Summer Street nicht geredet wird. Es wäre tödlich, wenn im Moment darüber geklatscht würde, daß sie Mr. Vyse den Laufpaß gegeben hat.«

Mr. Beebe schob die Augenbrauen in die Höhe. Tödlich war schon starker Tobak – zu stark, gewiß. Schließlich war es keine Tragödie. Er sagte: »Selbstverständlich wird Miss Honeychurch die Tatsache auf ihre Weise bekannt machen – und zu einem Zeitpunkt, den sie für richtig hält. Freddy hat es mir nur erzählt, weil er wußte, daß sie nichts dagegen haben würde.«

»Ich weiß«, sagte Miss Bartlett höflich. »Trotzdem hätte Freddy nicht einmal Ihnen etwas sagen dürfen. Man kann nicht vorsichtig genug sein.« – »Richtig.«

»Ich bitte Sie inständig um absolute Verschwiegenheit. Ein zufälliges Wort zu einem geschwätzigen Freund . . .«

»Genau.« Er war solche nervösen alten Jungfern und die übertriebene Bedeutung, die sie Worten beimessen, gewohnt. Ein Pfarrer lebt in einem Netz von harmlosen Geheimnissen, vertraulichen Mitteilungen und Warnungen, und je klüger er ist, desto weniger mißt er ihnen irgendwelche Bedeutung bei. Er wechselt gegebenenfalls das Thema, so wie Mr. Beebe es jetzt tat, als er fröhlich erklärte: »Haben Sie in letzter Zeit irgend etwas von irgendwelchen Leuten aus der Pension Bertolini gehört? Wenn ich mich nicht täusche, haben Sie noch Kontakt mit Miss Lavish, nicht wahr? Es ist schon seltsam, wie wir Pensionsgäste, die wir doch allem Anschein nach einen bunt zusammengewürfelten Haufen bildeten, jetzt einer am Leben des anderen teilnehmen. Zwei, drei, vier, sechs von uns - nein, acht; ich hatte die Emersons vergessen - haben mehr oder weniger Verbindung miteinander gehalten. Da muß man der Signora wirklich dankbar sein.«

Da Miss Bartlett auf das Thema nicht einging, stiegen sie schweigend den Hügel hinauf; nur ab und zu nannte der Pfarrer den genauen Namen irgendeines Farns. Auf dem höchsten Punkt blieben sie stehen. Der Himmel hatte, seit Mr. Beebe vor einer Stunde das letztemal hier gestanden hatte, etwas zunehmend Wildes angenommen, das dem Land eine tragische Größe verlieh, die selten ist in Surrey. Graue Wolken rasten über weiße Lämmerwölkchen dahin, die sich auseinanderzogen, zerrissen und langsam in Fetzen gingen, bis man durch die letzten Schichten hindurch eine Ahnung von dem verschwindenden Blau entdeckte. Der Sommer war auf dem Rückzug. Der Wind stöhnte auf, die Bäume ächzten, und doch schienen die Geräusche den gewaltigen Umschichtungen am Himmel nicht angemessen. Das Wetter war dabei umzuschlagen, schlug um, war umgeschlagen, und es ist mehr ein Gefühl für das Angemessene als für das Übernatürliche, das derlei Krisen mit den Salven himmlischer Artillerie ausstatten möchte. Mr. Beebes Augen ruhten auf *Windy Corner,* wo Lucy am Flügel saß und Mozart übte. Kein Lächeln umspielte seine Lippen, und nochmals das Thema wechselnd, sagte er: »Regen wird es zwar keinen geben, aber es wird dunkel werden; beeilen wir uns daher. Das Dunkel gestern abend war erschreckend.«

Gegen fünf Uhr erreichten sie die Bienenkorb-Schenke. Das liebenswerte Gasthaus besitzt eine Veranda, auf der die Jungen und Unklugen mit Vorliebe sitzen, wohingegen Gäste gesetzteren Alters einen angenehm mit Sand ausgestreuten Raum vorziehen und ihren Tee bequem an einem Tisch trinken. Mr. Beebe erkannte, daß Miss Bartlett frieren würde, wenn sie draußen säßen, und Minnie verstimmt wäre, wenn sie drinnen Platz nähmen, und so schlug er vor, die Kräfte zu teilen. Das Kind sollte seinen Tee und das Gebäck durchs Fenster hinausgereicht bekommen. Auf diese Weise wurde er außerdem zufällig instand gesetzt, über Lucys Los zu reden.

»Ich habe nachgedacht, Miss Bartlett«, sagte er, »und wenn Sie nicht wirklich etwas dagegen haben, würde ich das Gespräch gern wieder aufnehmen.« Sie neigte zustimmend den Kopf. »Nicht über das, was vergangen ist, möchte ich sprechen. Davon weiß ich nur wenig, und es interessiert mich eigentlich nicht mehr. Ich bin absolut sicher, daß man Ihrer Cousine keinerlei Vorwurf machen kann. Sie hat ebenso hochherzig wie richtig gehandelt; nur ihre Sanftheit und Bescheidenheit können sie dazu bringen zu behaupten, wir hätten eine zu hohe Meinung von ihr. Aber die Zukunft! Im Ernst, was halten Sie von diesem Plan, nach Griechenland zu fahren?« Wieder zog er den Brief hervor. »Ich weiß nicht, ob Sie es zufällig mitbekommen haben, aber am liebsten möchte sie sich den Miss Alans bei ihrem Wahnsinnsunternehmen anschließen. Es ist alles so ... ich kann es nicht erklären ... es ist nicht richtig.«

Schweigend las Miss Bartlett den Brief durch, legte ihn auf den Tisch, schien zu zögern und las ihn dann ein zweitesmal.

»Ich verstehe selbst nicht, warum sie es unbedingt möchte.«
Zu seinem Erstaunen erwiderte sie: »Da kann ich Ihnen nicht ganz zustimmen. Für mich liegt in diesem Wunsch Lucys Rettung.«
»Wirklich? Und wieso das?«
»Sie möchte fort von *Windy Corner*.«
»Ich weiß ... aber ich finde das merkwürdig, es entspricht so gar nicht ihrer Art ... ist so ... egoistisch, wollte ich sagen.«
»Es ist doch wohl nur natürlich, daß sie sich – nach solchen schmerzlichen Szenen – eine Veränderung erhofft.«
Das war anscheinend einer jener Punkte, die der männliche Verstand nicht begreift. Mr. Beebe rief: »Genau das sagt sie auch, und da noch eine Dame ihrer Meinung ist, muß ich zugeben, daß ich teilweise überzeugt bin. Vielleicht braucht sie wirklich eine Veränderung. Ich habe keine Schwestern und auch keine ... und ich verstehe diese Dinge nicht. Aber warum muß sie so weit weg, ganz bis nach Griechenland?«
»Es ist schon richtig, daß Sie das fragen«, sagte Miss Bartlett, die offensichtlich interessiert war und fast ihre ausweichende Art aufgegeben hätte. »Warum ausgerechnet Griechenland? (Was denn, Minnie – Marmelade?) Warum nicht Tunbridge Wells? Ach, Mr. Beebe! Ich hatte heute morgen ein langes und höchst unbefriedigendes Gespräch mit der lieben Lucy. Ich kann ihr nicht helfen; mehr will ich nicht sagen. Vielleicht habe ich bereits zuviel gesagt. Ich darf nicht darüber reden – etwas, worüber sie geradezu verbittert ist. Ich darf es einfach nicht. Ich wollte, daß sie für ein halbes Jahr zu mir nach Tunbridge Wells käme, aber sie wollte nicht.«
Mr. Beebe schob mit dem Messer eine Krume umher.
»Doch was für Gefühle mich bewegen, spielt keine Rolle. Ich

weiß nur allzu gut, daß ich Lucy auf die Nerven gehe. Unsere Italienreise war ein Fehlschlag. Sie wollte fort aus Florenz, und als wir nach Rom kamen, wollte sie auch dort nicht sein, und ich hatte die ganze Zeit das Gefühl, das Geld ihrer Mutter auszugeben ...«

»Bleiben wir doch bei der Zukunft«, unterbrach Mr. Beebe sie. »Ich möchte, daß Sie mir raten.«

»Nun denn«, sagte Charlotte mit erstickter Unvermitteltheit, die er zwar nicht an ihr kannte, Lucy jedoch sehr wohl. »Was mich betrifft, so möchte ich ihr helfen, nach Griechenland zu kommen. Sie auch?«

Mr. Beebe überlegte.

»Es ist absolut notwendig«, fuhr sie fort, ließ ihren Schleier herunter und flüsterte durch diesen hindurch mit einer Leidenschaftlichkeit und Intensität, die ihn überraschte. »Ich weiß Bescheid ... ich weiß wirklich Bescheid.« Es wurde allmählich dunkel, und er hatte das Gefühl, daß diese merkwürdige Frau wirklich Bescheid wüßte. »Sie darf keinen Moment mehr hier bleiben, und wir müssen den Mund halten, bis sie fährt. Ich bin überzeugt, die Dienstboten haben keine Ahnung. Hinterher – aber vielleicht habe ich schon zuviel gesagt. Nur sind Lucy und ich hilflos Mrs. Honeychurch gegenüber. Wenn Sie helfen, schaffen wir es vielleicht. Sonst ...«

»Sonst ...?«

»Sonst«, wiederholte sie, als enthielte das Wort etwas Endgültiges.

»Ja, ich werde ihr helfen«, erklärte der Geistliche und biß entschlossen die Zähne zusammen. »Kommen Sie, lassen Sie uns zurückkehren und die ganze Sache zu Ende bringen.«

Miss Bartlett erging sich überschwänglich in Dankesworten.

Das Gasthausschild - ein Bienenkorb, er über und über mit Bienen übersät war - quietschte draußen im Wind, und sie dankte ihm immer noch. Mr. Beebe verstand die Situation nicht so recht; doch recht besehen, wollte er sie auch nicht verstehen und vor allem nicht auf die Schlußfolgerung ›ein anderer Mann‹ springen, die sich einem weniger feinsinnigen Geist wohl aufgedrängt hätte. Er spürte nur, daß Miss Bartlett von irgendeinem unbestimmten Einfluß wußte, von dem Lucy befreit werden wollte und der durchaus aus Fleisch und Blut bestehen konnte. Gerade, daß er so unbestimmt war, spornte ihn dazu an, den edlen Ritter zu spielen. Sein Glaube an die Ehelosigkeit, so wenig dieser sich sonst aufdrängte und so sorgsam er sich auch hinter Toleranz und Bildung verbarg, brach sich jetzt machtvoll Bahn und entfaltete sich wie eine zarte Blüte. ›Die, die ehelichen, tun gut, doch die, die sich der Ehe enthalten, tun besser.‹ Dahin etwa ging sein Glaube, und er konnte sich eines leichten Gefühls der Freude nicht erwehren, wann immer er von einem gelösten Verlöbnis erfuhr. Im Falle Lucys wurde diese Freude noch dadurch verstärkt, daß er Cecil nicht mochte; er war sogar bereit, noch weiter zu gehen - und sie aus der Gefahr herauszuhalten, bis sie ihre Entschlossenheit, jungfräulich zu bleiben, erhärtet hätte. Seine Empfindungen waren sehr subtil und völlig undogmatisch, und er teilte sie keinem anderen von denen mit, die in diese Sache verstrickt waren. Gleichwohl waren sie vorhanden, und sie allein erklären sein weiteres Verhalten und den Einfluß, den er auf das Tun anderer ausübte. Der Pakt, den er im Bienenkorb mit Miss Bartlett schloß, sollte nicht nur Lucy helfen, sondern auch dem Glauben.

Durch eine grau-schwarze Welt eilten sie heim. Er plauderte

über anderes: darüber, daß die Emersons eine Haushälterin brauchten; über Dienstboten; italienische Dienstboten; Romane, die eine Absicht verfolgen; über die Frage, ob Literatur das Leben beeinflussen könne. *Windy Corner* blinkte auf. Im Garten kämpfte Mrs. Honeychurch – jetzt mit Unterstützung Freddys – immer noch um das Leben ihrer Blumen.

»Es wird zu spät«, sagte sie verzagt. »Das kommt davon, wenn man alles immer aufschiebt. Wir hätten wissen müssen, daß das Wetter sich nicht hält; und jetzt will Lucy auch noch nach Griechenland! Ich begreife die Welt nicht mehr.«

»Mrs. Honeychurch«, sagte er, »nach Griechenland muß sie. Kommen Sie nach oben ins Haus und lassen Sie uns darüber reden. Aber zunächst einmal wüßte ich gern, ob Sie etwas dagegen haben, daß sie mit Vyse gebrochen hat.«

»Mr. Beebe, ich bin dankbar – einfach dankbar.« – »Und ich auch«, sagte Freddy.

»Gut. Dann kommen Sie mit hinauf zum Haus.«

Eine halbe Stunde beratschlagten sie im Eßzimmer.

Allein wäre Lucy mit ihrem Griechenland-Vorhaben nie durchgekommen. Es war teuer und aufwendig – beides Dinge, die ihre Mutter haßte. Und Charlotte hätte es auch nicht geschafft. Die Ehre, das zu tun, fiel heute Mr. Beebe zu. Mit Hilfe seines Taktes und seines gesunden Menschenverstandes sowie mit Hilfe des Einflußes, den er als Geistlicher ausübte – denn ein Geistlicher, der kein Narr war, hatte durchaus Einfluß auf Mrs. Honeychurch –, verstand er es, sie dorthin zu bringen, wo sie sie haben wollten.

»Ich weiß zwar nicht, warum es unbedingt Griechenland sein muß«, sagte sie, »aber da Sie das offenbar wissen, wird es wohl richtig sein. Offenbar ist da etwas, das ich nicht verstehe. Lucy!«

»Sie spielt Klavier«, sagte Mr. Beebe. Er öffnete die Tür und hörte folgenden Liedtext:

»Schau nicht nach der Schönheit Zauber . . .«

»Ich habe ja gar nicht gewußt, daß Miss Honeychurch auch singt.«

»Bleib sitzen, wenn Kön'ge nach den Waffen greifen,
Koste nicht vom Wein, dem funkelnden . . .«

»Das ist ein Lied, das Cecil ihr geschenkt hat. Mädchen sind so komisch!«

»Was ist?« rief Lucy und hörte unvermittelt auf.

»Schon in Ordnung, Liebling«, sagte Mrs. Honeychurch freundlich. Sie begab sich hinüber in den Salon. Mr. Beebe hörte, wie sie Lucy einen Kuß gab und dann sagte: »Tut mir leid, daß ich so wütend war wegen Griechenland, aber du mußt verstehen: das auch noch, wo mir doch schon die Dahlien kaputt gegangen sind!«

Eine alles andere als weiche Stimme sagte: »Vielen Dank, Mutter; das macht überhaupt nichts.«

»Und recht hast du – das mit Griechenland geht in Ordnung; du kannst fahren, wenn die Miss Alans dich mithaben wollen.«

»Oh, wunderbar! Ach, vielen Dank!«

Mr. Beebe folgte ihr hinüber. Lucy saß, die Hände auf den Tasten, immer noch am Flügel. Sie freute sich, aber er hatte erwartet, daß diese Freude größer wäre. Ihre Mutter beugte sich über sie. Freddy, dem sie vorgesungen hatte, saß zurückgelehnt auf dem Boden, lehnte den Kopf an sie und hatte eine erloschene

Pfeife zwischen den Lippen. Sonderbar, aber die Gruppe wirkte ausgesprochen schön. Mr. Beebe, der die Kunst der Vergangenheit liebte, wurde an ein Lieblingsmotiv von ihm erinnert, die *Santa Conversazione*, bei der Menschen, die einander etwas bedeuten, in edler Unterhaltung begriffen dargestellt sind – ein Thema, das weder etwas Sinnliches noch Sensationelles hatte und daher von der Kunst heute vernachlässigt wird. Warum sollte Lucy den Wunsch haben zu heiraten oder zu reisen, wo sie daheim solche Freunde hatte?

»Koste nicht vom Wein, dem funkelnden,
Sprich nicht, wenn die Menschen lauschen.«

fuhr sie fort zu singen.

»Hier kommt Mr. Beebe.«

»Mr. Beebe weiß, wie unhöflich ich manchmal bin.«

»Es ist ein wunderschönes Lied – und ein sehr weises dazu«, sagte er. »Singen Sie weiter.«

»Es ist nicht besonders gut«, sagte sie schwunglos. »Ich weiß nicht, warum – irgendwas stimmt mit der Harmonie nicht.«

»Ich hatte mir schon gedacht, daß es von einem Dilettanten stammen müsse. Es ist so schön.«

»Die Melodie ist ja ganz in Ordnung«, sagte Freddy, »aber der Text ist doch Käse. Warum immer gleich die Flinte ins Korn werfen?«

»Was du für dummes Zeug redest«, sagte seine Schwester. Die *Santa Conversazione* zerbrach. Schließlich war kein Grund vorhanden, warum Lucy über Griechenland reden oder ihm dafür danken sollte, daß er ihre Mutter überzeugt hatte, und so verabschiedete er sich.

Freddy steckte unter der Vorhalle seine Fahrradlampe an und erklärte mit einer für ihn typischen glücklichen Wendung: »Das waren jetzt anderthalb Tage.«

»Halt dir die Ohren zu, wenn einer singt ...«

»Moment – sie singt das Lied noch zu Ende.«

»Streck die Hand nicht nach dem Golde aus!
Leeres Herz und Hand und Auge,
Unbeschwert leben und ruhig sterben.«

»Ich mag solches Wetter«, sagte Freddy.
Mr. Beebe radelte in dieses hinein.
Die beiden Hauptfakten waren klar. Sie hatte sich wunderbar verhalten, und er hatte ihr geholfen. Er konnte unmöglich erwarten, bei einem solchen Umbruch im Leben eines Mädchen auch noch über die Einzelheiten genau im Bilde zu sein. Wenn er hier und da nicht recht zufrieden war und sich keinen Vers darauf machen konnte – damit mußte er sich abfinden; sie hatte den besseren Teil erwählt.

»Leeres Herz und Hand und Auge ...«

Vielleicht sagte das Lied ein wenig zu stark etwas über ›den besseren Teil‹ aus. Halb stellte er sich vor, daß die schwelgerische Begleitung – die ihm trotz des Sturms nicht aus dem Ohr ging – eigentlich Freddy recht gab; und sanft kritisierte er die Worte, die sie verschönerte:

»Leeres Herz und Hand und Auge,
Unbeschwert leben und ruhig sterben.«

Wie dem auch sei. Zum vierten Mal lag *Windy Corner* genau an der richtigen Stelle erbaut unter ihm – diesmal als Leuchtfeuer im brausenden Hin und Her der Dunkelheit.

Neunzehntes Kapitel

Mr. Emerson wird angelogen

Die Miss Alans wurden in ihrem geliebten Temperenzler-Hotel in der Nähe von Bloomsbury aufgestöbert – einem sauberen, licht- und luftlosen Etablissement, das seine Gäste vornehmlich aus der englischen Provinz rekrutierte und sich großer Beliebtheit erfreute. Die beiden Damen nisteten sich stets hier ein, ehe sie die großen Meere überquerten, und deckten sich vorausschauend mit Kleidung, Reiseführern, Regenhauttüchern, Abführmitteln und anderen Dingen ein, die man auf dem Kontinent brauchte. Daß es dort – selbst in Athen – Geschäfte gibt, in denen man solche Dinge kaufen kann, kam ihnen nie in den Sinn; denn sie betrachteten das Reisen als eine Art Kriegsführung, die nur von solchen unternommen werden kann, die sich zuvor vollständig in den Londoner Kaufhäusern bewaffnet hatten. Chinin gebe es jetzt auch in Tablettenform, und seifengetränkte Reinigungstücher seien eine große Hilfe, wenn man sich unterwegs im Zug ein wenig frisch machen wolle. Lucy versprach, sich darum zu kümmern, war aber etwas niedergeschlagen.

»Aber selbstverständlich wissen Sie über all dies Bescheid, und Sie haben ja auch Mr. Vyse, der Ihnen behilflich ist. Ein Mann ist da eine solche Stütze.«

Mrs. Honeychurch, die ihre Tochter auf ihrer Fahrt in die Stadt begleitete, trommelte nervös auf ihrem Visitenkartenetui herum.

»Wir finden es beachtlich von Mr. Vyse, daß er Sie entbehren will«, fuhr Miss Catharine fort. »Nicht jeder junge Mann wäre so uneigennützig. Aber vielleicht kommt er ja nach und schließt sich Ihnen später an.«

»Oder hält ihn seine Arbeit in London fest?« sagte Miss Teresa, der hellere Kopf und die weniger freundliche der beiden Schwestern.

»Auf jeden Fall werden wir ihn ja sehen, wenn er Sie an den Zug bringt. Ich würde ihn so gern wiedersehen.«

»Niemand wird Lucy an die Bahn bringen«, legte Mrs. Honeychurch sich ins Mittel. »Sie mag das nicht.«

»Nein, ich hasse große Verabschiedungen«, sagte Lucy.

»Wirklich? Wie komisch! Ich hätte gedacht, in diesem Falle ...«

»Aber Mrs. Honeychurch, Sie wollen doch nicht schon gehen? Es ist eine solche Freude, Sie kennengelernt zu haben.«

Sie suchten fluchtartig das Weite, und Lucy erklärte erleichtert: »Ist schon in Ordnung. Diesmal sind wir gerade noch mal davongekommen.«

Aber ihre Mutter war verärgert. »Man wird mir sagen, meine Liebe, ich hätte kein Verständnis. Aber ich sehe nicht ein, warum du deinen Freunden das mit Cecil nicht sagst und es hinter dich bringst. Da haben wir die ganze Zeit über alles abwehren und fast lügen müssen – dabei hat man uns doch gewiß durchschaut, was im höchsten Maße unangenehm ist.«

Lucy hatte viel dagegen ins Feld zu führen. Sie beschrieb den Charakter der Miss Alans: solche Klatschtanten, und vertraute man es ihnen an, wäre es in Nullkommanichts überall herum.

»Aber warum soll es denn nicht in Nullkommanichts überall herum sein?«

»Weil ich mit Cecil abgemacht habe, nichts zu sagen, bis ich England verlassen habe. Dann werde ich es ihnen sagen. Das ist doch wesentlich angenehmer. Wie naß es ist. Laß uns hier reingehen.«

›Hier‹ war das Britische Museum. Mrs. Honeychurch weigerte sich. Wenn sie schon Schutz suchen mußten, dann jedenfalls in irgendeinem Geschäft. Lucy spürte Verachtung in sich aufsteigen, denn seit neuestem interessierte sie sich für griechische Skulpturen und hatte sich von Mr. Beebe sogar schon ein mythologisches Wörterbuch geliehen, um mit den Namen der Götter und Göttinnen zurechtzukommen.

»Ach, naja, dann eben ein Geschäft. Gehen wir in *Mudie's Buchhandlung*. Ich brauche noch einen Baedeker von Athen.«

»Weißt du, Lucy, du und Charlotte und Mr. Beebe gebt mir wieder zu verstehen, ich bin so dumm, und da werde ich's ja wohl sein; aber eines begreife ich nie: diese Heimlichtuerei. Cecil bist du los – schön und gut, und dankbar bin ich auch, daß er nicht mehr da ist, obwohl ich im ersten Augenblick wütend darüber war. Aber warum nicht jetzt bekanntmachen? Warum dies Vertuschen und Auf-Zehenspitzen-Gehen?«

»Es ist doch nur für ein paar Tage.«

»Aber warum überhaupt?«

Lucy schwieg. Sie entfernte sich ein Stück von ihrer Mutter. Wie leicht wäre es, einfach zu sagen: ›Weil George Emerson mir nachgestellt hat, und wenn der hört, daß ich Cecil den Laufpaß gegeben habe, fängt er womöglich wieder an‹. Ganz leicht wäre das; außerdem hätte es zufällig den Vorteil, der Wahrheit zu entsprechen. Aber sie konnte es nicht sagen. Sie hatte etwas gegen vertrauliche Mitteilungen, konnten diese doch zur Selbsterkenntnis führen und zu dem Gipfel aller Schrecken – zum Licht! Schon seit dem letzten Abend in Florenz hatte sie es für unklug gehalten, ihre Seele aufzudecken.

Auch Mrs. Honeychurch schwieg. Sie überlegte: ›Meine Tochter will mir keine Antwort geben; sie zieht es vor, mit diesen neugierigen alten Schachteln zusammenzusein statt mit Freddy und mir. Krethi und Plethi sind ihr recht als Vorwand, ihr Elternhaus zu verlassen.‹ Und als ob in Fällen wie diesen Gedanken nie lange unausgesprochen bleiben, entfuhr es ihr: »Du bist *Windy Corners* überdrüssig.«

Das traf den Nagel auf den Kopf. Lucy hatte, nachdem sie Cecil entkommen war, gehofft, nach *Windy Corner* zurückkehren zu können, machte jedoch die Entdeckung, daß es für sie kein Zuhause mehr gab. Für Freddy war *Windy Corner* das vielleicht noch; denn der dachte und lebte noch geradlinig; aber nicht für jemand, der sein Denken absichtlich krumme Wege gehen ließ. Sie gab nicht zu, daß ihr Denken krumme Wege ging, denn zu dieser Erkenntnis wäre je wiederum Denken nötig gewesen, und sie war gerade dabei, die grundlegenden Instrumente des Lebens funktionsuntüchtig zu machen. Sie fühlte nur: ›Ich liebe George nicht; ich habe meine Verlobung gelöst, weil ich George nicht liebte; ich muß nach Griechenland reisen, weil ich George nicht liebe; es ist wichtiger, die Götter im Wörterbuch nachzuschlagen, als meiner Mutter zu helfen; alle anderen verhalten sich sehr schlecht.‹ Sie war nur gereizt und quengelig und darauf erpicht zu tun, was man nicht von ihr erwartete. In diesem Geiste setzte sie die Unterhaltung fort.

»Ach, Mutter, was für einen Unsinn du redest! Selbstverständlich bin ich *Windy Corners* nicht überdrüssig.«

»Warum sagst du das dann nicht sofort, sondern mußt vorher eine halbe Stunde überlegen?«
Sie stieß ein kaum wahrnehmbares Lachen aus. »Eine halbe *Minute* käme der Wahrheit wohl näher.«
»Vielleicht möchtest du überhaupt nie wieder nach Hause zurück?«
»Pst, Mutter. Die Leute können dich hören!« Denn inzwischen hatten sie *Mudie's* betreten. Lucy erstand einen Baedeker und fuhr dann fort: »Selbstverständlich möchte ich zuhause leben; aber wo wir gerade davon sprechen, kann ich auch gleich sagen, daß ich in Zukunft häufiger fort möchte, als ich es bisher gewesen bin. Verstehst du, nächstes Jahr komme ich schließlich an mein Geld.«
Ihrer Mutter traten die Tränen in die Augen.
Von namenlosem Schrecken getrieben – dem, was ältere Leute ›Exzentrizität‹ zu nennen belieben –, beschloß Lucy, in diesem Punkt Klarheit zu schaffen. »Ich habe nur so wenig von der Welt gesehen – wie außen vor ich mir in Italien vorgekommen bin! Und kenne so wenig vom Leben; man sollte viel öfter nach London fahren – nicht mit einem billigen Retour-Billett wie heute, sondern um länger hier zu bleiben. Vielleicht nehme ich mir mit irgendeinem anderen Mädchen sogar eine Wohnung.«
»Und gibst dich mit Schreibmaschinen und Wohnungsschlüsseln ab«, platzte Mrs. Honeychurch. »Und demonstrierst und schreist rum und wirst strampelnd von der Polizei weggeschleppt. Und nennst das dann eine Aufgabe – dabei will dich kein Mensch haben! Und nennst es deine Pflicht – wo es doch nichts anderes bedeutet, als daß du es in deinem eigenen Zuhause nicht aushalten kannst. Und nennst es Arbeit – wo doch

bei der Konkurrenz, die heutzutage überall herrscht, Tausende verhungern. Und um dich auf all das vorzubereiten, suchst du dir zwei abgetakelte alte Jungfern aus und reist mit ihnen ins Ausland.«

»Ich will größere Unabhängigkeit«, sagte Lucy lahm; sie wußte, daß sie etwas wollte, und der Schrei nach Unabhängigkeit bot sich an; daß wir nicht unabhängig sind, können wir jederzeit behaupten. Sie versuchte, sich an ihre Gefühlsregungen in Florenz zu erinnern: Die waren ehrlich und leidenschaftlich gewesen und hatten an Schönheit gemahnt und nicht an kurze Suffragetten-Röcke und Wohnungsschlüssel. Und dennoch war Unabhängigkeit ihr Stichwort.

»Na schön. Nimm deine Unabhängigkeit und fahr los! Gondele in der Weltgeschichte herum und komme bei dem schlechten Essen dünn wie ein Hering zurück. Verachte das Haus, das dein Vater erbaut hat, den Garten, den er angelegt hat, und unsere wunderschöne Aussicht – dann teile dir eine Wohnung mit einem anderen Mädchen.«

Lucy schürzte die Lippen und sagte: »Vielleicht habe ich übereilt gesprochen.«

»Oh, mein Gott!« entfuhr es ihrer Mutter, »wie du mich an Charlotte Bartlett erinnerst!«

»*Charlotte*?« entfuhr es Lucy ihrerseits; das hatte ihr zumindest einen Stich versetzt.

»Jeden Augenblick mehr.«

»Ich weiß nicht, was du meinst, Mutter; Charlotte und ich sind uns überhaupt nicht ähnlich.«

»Nun, ich sehe die Ähnlickeit. Dieselbe ewige Miesmacherei, dasselbe Zurücknehmen von dem, was man gesagt hat. Wie ihr beiden, du und Charlotte, gestern abend versucht habt,

zwei Äpfel unter drei Leuten aufzuteilen – Schwestern hättet ihr sein können!«
»So ein Quatsch! Und wenn dir Charlotte so sehr gegen den Strich geht, ist es wirklich bedauerlich, daß du sie aufgefordert hast, so lange zu bleiben. Ich habe dich vor ihr gewarnt; hab' dich gebeten, dich angefleht, es nicht zu tun, aber natürlich hast du nicht auf mich gehört.«
»Da haben wir es wieder.« – »Wie bitte?«
»Wieder Charlotte, wie sie leibt und lebt, meine Liebe – bis in die einzelnen Worte hinein.«
Lucy knirschte mit den Zähnen. »Was ich sagen wollte, war doch, daß du Charlotte nicht hättest auffordern sollen, länger zu bleiben. Wenn du doch bei der Sache bliebest!« Die Unterhaltung geht im Streit unter.
Schweigend machten sie und ihre Mutter Einkäufe, wechselten im Zug nur wenige Worte, desgleichen im Victoria-Phaeton, mit dem sie am Bahnhof von Dorking abgeholt wurden. Es hatte den ganzen Tag geregnet, und als sie durch die tiefen Feldwege von Surrey hinauffuhren, kamen ganze Schauer von Regentropfen von den überhängenden Buchen herunter und prasselten auf das Verdeck. Lucy beschwerte sich, unter dem Verdeck sei es so stickig. Sich vorlehnend, schaute sie in das dampfende Abenddämmer hinaus und verfolgte, wie der Schein der Kutschlaternen dem Strahl einer Taschenlampe gleich über Laub und Matsch dahinstrich und nichts Schönes erkennen ließ. »Wenn Charlotte zusteigt, wird es eng wie in einer Sardinenbüchse«, meinte sie. Denn sie sollten Miss Bartlett in Summer Street abholen, wo sie sich hatte auf der Hinfahrt absetzen lassen, um Mr. Beebes betagter Mutter einen Besuch abzustatten.

»Wir müssen dann alle drei auf einer Bank sitzen, weil es von den Bäumen tropft; dabei regnet es gar nicht. Was gäbe ich nicht für ein bißchen frische Luft!« Dann lauschte sie dem Hufgetrappel der Pferde. ›Er hat es nicht rumerzählt – er hat es nicht rumerzählt.‹ Diese Melodie wurde von der ungepflasterten Straße verzerrt. »Können wir das Verdeck nicht doch runterlassen?« bat sie nachdrücklich, und ihre Mutter, von plötzlicher Zärtlichkeit erfüllt, sagte: »Na schön, alte Dame, dann laß das Pferd halten.« Das Pferd mußte halten, Lucy und Powell mühten sich mit dem Verdeck herum, und Mrs. Honeychurch lief ein Schwall Wasser den Nacken herunter. Doch jetzt, wo das Verdeck heruntergelassen war, sah Lucy etwas, das ihr sonst entgangen wäre – die Fenster der Villa Cissie waren nicht erleuchtet, und um die Gartenpforte meinte sie eine Kette samt Vorhängeschloß zu erkennen.

»Ist das Haus etwa wieder zu vermieten, Powell?« rief sie.

»Ja, Miss«, erwiderte dieser.

»Sind sie wieder ausgezogen?«

»Für den jungen Herrn ist es zu weit von London, und das Rheuma des Vaters ist wieder schlimmer geworden, so daß er nicht weiter allein wohnen kann. Jetzt versuchen sie, es möbliert zu vermieten«, lautete die Anwort.

»Dann sind sie also fort?« – »Ja, Miss, sie sind fort.«

Lucy sank zurück. Die Kutsche hielt vor dem Pfarrhaus. Sie stieg aus, um Miss Bartlett zu rufen. Die Emersons waren also fort, und so war der ganze Umstand mit Griechenland unnötig gewesen. Unnötig! Dies eine Wort schien die Summe ihres ganzen Lebens zu enthalten. Unnötige Pläne, unnötig ausgegebenes Geld, unnötige Liebe, und ihre Mutter hatte sie auch noch verletzt – völlig unnötig. War es möglich, daß sie (völlig unnötigerweise) alles verpfuscht hatte? Durchaus möglich! Sie wäre schließlich nicht der einzige Mensch, der so etwas fertiggebracht hatte! Als das Mädchen die Tür öffnete, konnte sie kein Wort hervorbringen und starrte wie vor den Kopf geschlagen in die Diele.

Miss Bartlett ließ sich sofort blicken und bat nach langer Vorrede um einen großen Gefallen: Ob sie wohl in die Kirche dürfe? Mr. Beebe und seine Mutter seien bereits dort, doch sie habe es abgelehnt hinzugehen, ehe sie nicht die ausdrückliche Erlaubnis ihrer Gastgeberin eingeholt hätte; schließlich würde es bedeuten, daß das Pferd noch zehn Minuten länger warten müsse.

»Aber gewiß doch«, sagte ihre Gastgeberin verdrossen. »Ich hatte ganz vergessen, daß wir heute Freitag haben. Gehen wir doch alle rüber. Powell kann ja nach hinten zu den Stallungen fahren.«

»Lucy, liebste ...«

»Ich gehe nicht mit in die Kirche, vielen Dank!«

Ein Seufzer, und sie machten sich auf den Weg. Die Kirche war unsichtbar, doch linkerhand im Dunkel war ein Schimmer von Farbe zu erkennen. Es handelte sich um die Fenstermalerei, durch die ein schwaches Licht drang, und als die Tür aufging, hörte Lucy Mr. Beebes Stimme einer winzigen Herde von Andächtigen die Litanei hersagen. Selbst ihre Kirche, die so kunstvoll mit ihrem schönen hochragenden Querschiff und dem mit silbrigen Schindeln gedeckten Turm am Hang des Berges gebaut worden war – selbst ihre Kirche hatte ihren Zauber verloren; und das, worüber man nie sprach – der Glaube – verblaßte und löste sich auf wie alles andere.

Sie folgte dem Dienstmädchen ins Pfarrhaus hinein.

Ob sie etwas dagegen habe, in Mr. Beebes Arbeitszimmer Platz zu nehmen? Nur dort brenne im Kamin ein Feuer.
Sie habe nichts dagegen.
Schon jemand war dort, denn Lucy hörte die Worte: »Eine Dame, die hier warten möchte, Sir.«
Der alte Mr. Emerson saß am Feuer und hatte einen Fuß auf dem Gicht-Schemel hochgelegt.
»Oh, Miss Honeychurch, daß ausgerechnet Sie es sind!« sagte er mit zitternder Stimme, und Lucy erkannte, welche Veränderung seit letzten Sonntag mit ihm vorgegangen war.
Kein einziges Wort wollte ihr über die Lippen. George hatte sie sich gestellt und hätte sie sich noch mal stellen können, doch wie sie sich seinem Vater gegenüber verhalten sollte, wußte sie nicht.
»Miss Honeychurch, meine Liebe, es tut uns so leid. George tut es so leid. Er meinte, ein Recht zu haben, es zu versuchen. Ich kann meinem Jungen keinen Vorwurf machen, und doch wünschte ich, er hätte zuvor mir alles erzählt. Er hätte es nicht versuchen sollen. Ich hatte von nichts eine Ahnung.«
Wenn ihr nur einfiele, wie sie sich verhalten sollte!
Er hob abwehrend die Hand. »Aber schimpfen dürfen Sie ihn nicht.«
Lucy kehrte ihm den Rücken zu und vertiefte sich in die Betrachtung von Mr. Beebes Büchern.
»Ich habe ihn«, fuhr er mit immer noch zittriger Stimme fort, »gelehrt, an die Liebe zu glauben. Ich habe ihm gesagt: ›Wenn die Liebe kommt, ist das die Wirklichkeit.‹ Ich habe gesagt: ›Leidenschaft macht nicht blind. Nein. Leidenschaft, das ist etwas Gesundes, und die Frau, die du liebst, ist der einzige Mensch, den du jemals richtig verstehen wirst.‹« Er stieß einen

Seufzer aus. »Das ist wahr, immer und ewig wahr, obwohl meine Zeit schon vorüber ist und obwohl dies dabei herausgekommen ist. Armer Junge. Es tut ihm so unendlich leid! Er sagte, er habe gewußt, es sei Wahnsinn, als Sie Ihre Cousine mitbrachten; daß, was immer Sie fühlten, Sie nicht meinten. Trotzdem« – seine Stimme gewann an Festigkeit; er sprach es aus, um ganz sicher zu gehen – »Miss Honeychurch, erinnern Sie sich noch an Italien?«
Lucy wählte ein Buch aus – einen Band Kommentare zum Alten Testament. Sich dieses unter die Nase haltend, sagte sie: »Ich möchte mich weder über Italien noch irgendein anderes Thema unterhalten, das mit Ihrem Sohn zu tun hat.«
»Aber Sie erinnern sich daran?«
»Er hat sich von Anfang an schlecht benommen.«
»Mir hat er erst letzten Sonntag erzählt, daß er Sie liebt. Verhaltensweisen habe ich noch nie beurteilen können. Ich ... ich nehme an, dann muß er es wohl getan haben.«
Sie fühlte sich ein wenig gestärkt, stellte das Buch zurück an seinen Platz und drehte sich zu ihm um. Sein Gesicht wirkte aufgedunsen und schlaff, doch aus seinen Augen blitzte, obwohl sie tief in den Höhlen lagen, der Wagemut eines Kindes.
»Nun, er hat sich abscheulich benommen«, sagte sie. »Mich freut, daß es ihm leid tut. Wissen Sie, was er getan hat?«
»Nein, abscheulich nicht«, berichtigte er sie sanft. »Er hat nur versucht, wo er nicht hätte versuchen sollen. Sie haben alles, was Ihr Herz begehrt, Miss Honeychurch: Sie werden den Mann heiraten, den Sie lieben. Entschwinden Sie nicht aus Georges Leben mit den Worten, er sei ›abscheulich‹.«
»Nein, selbstverständlich nicht«, sagte Lucy, die es mit Scham erfüllte, daß Cecil erwähnt worden war. »›Abscheulich‹ ist ein

viel zu starkes Wort. Es tut mir leid, daß ich es in bezug auf Ihren Sohn benutzt habe. Ich glaube, ich gehe jetzt doch in die Kirche. Meine Mutter und meine Cousine sind hinübergegangen. Ich sollte nicht so spät kommen ...«

»Zumal er völlig weggetreten ist«, sagte er leise.

»Wie beliebt?«

»Natürlich weggetreten.« Schweigend schlug er die Handflächen aneinander; der Kopf sank ihm auf die Brust.

»Ich verstehe nicht.«

»Wie seine Mutter.«

»Aber Mr. Emerson ... *Mr. Emerson*... wovon reden Sie?«

»Daß ich George nicht taufen lassen wollte«, sagte er.

Lucy bekam es mit der Angst.

»Sie war ja der gleichen Meinung, daß eine Taufe nichts sei, aber als er zwölf war, bekam er dieses Fieber, und da besann sie sich eines anderen. Sie hielt das für eine Strafe Gottes.« Ein Schauder überlief ihn. »Ach, furchtbar ist das, wo wir doch all das aufgegeben und uns von ihren Eltern losgesagt hatten. Ja, furchtbar – das schlimmste von allem –, schlimmer als der Tod, wenn man eine kleine Lichtung in der Wildnis geschaffen hat, seinen kleinen Acker bestellt, das Sonnenlicht hereingelassen ... und dann wuchert das Unkraut plötzlich wieder! Eine Strafe Gottes! Und unser Sohn sollte Typhus haben, bloß weil kein Geistlicher ihn in einer Kirche mit Wasser benetzt hatte! Ist so etwas möglich, Miss Honeychurch? Fallen wir denn für alle Zeit ins Dunkel zurück?«

»Ich weiß nicht«, sagte Lucy atemlos. »Ich verstehe solche Dinge nicht. Dafür bin ich nicht geschaffen.«

»Aber Mr. Eager – der kam, als ich nicht da war, und handelte seinen Grundsätzen entsprechend – ich mache weder ihm noch irgend jemand sonst einen Vorwurf... Doch als George dann wieder gesund war, wurde sie krank. Er brachte sie dazu, über die Sünde nachzudenken, und da sie darüber nachdachte, war sie verloren und trat völlig weg.«

So also hatte Mr. Emerson in den Augen Gottes seine Frau umgebracht.

»Oh, wie schrecklich«, sagte Lucy und vergaß endlich ihre eigenen Sorgen.

»Er wurde nicht getauft«, sagte der alte Mann. »Ich blieb fest.« Sagte es und ließ die Augen unerschütterlich über die Buchrücken wandern, als hätte er einen Sieg über sie errungen – doch um welchen Preis? »Mein Sohn soll unberührt zurückkehren auf die Erde.«

Sie fragte, ob der junge Mr. Emerson krank sei.

»Ach ... letzten Sonntag.« Er trat wieder in die Gegenwart ein. »George letzten Sonntag ... nein, nicht krank; nur weggetreten. Er ist nie krank. Aber er ist der Sohn seiner Mutter. Sie hatte seine Augen, und sie hatte diese Stirn, die ich so schön finde, und er wird meinen, es lohne nicht zu leben. Es stand immer auf Messers Schneide. Er wird weiterleben; aber er wird meinen, es lohne nicht zu leben. Er wird nie glauben, daß irgend etwas sich lohnt. Erinnern Sie sich an jene Kirche in Florenz?«

Lucy erinnerte sich daran, und daß sie vorgeschlagen hatte, George solle Briefmarken sammeln.

»Nachdem Sie aus Florenz abgereist waren ... schrecklich. Dann nehmen wir dies Haus hier, und er geht mit Ihrem Bruder baden und wurde wieder besser. Sie haben ihn baden sehen?«

»So leid es mir tut, aber es hat keinen Sinn, über diese Geschichte zu reden. Es tut mir wirklich schrecklich leid.«

»Dann war da noch irgend etwas mit einem Roman. Ganz begreifen tue ich das nicht; ich habe mir soviel anhören müssen; dabei hatte er was dagegen, es mir zu erzählen; er hält mich für zu alt. Na ja, man muß Niederlagen einstecken. Morgen kommt George her und bringt mich in seiner alten Londoner Wohnung unter. Er kann es nicht ertragen, hier zu sein, und ich gehöre dahin, wo er ist.«

»Mr. Emerson«, rief die junge Frau, »Gehen Sie nicht fort ... jedenfalls nicht meinetwegen! Ich reise nach Griechenland. Verlassen Sie nicht Ihr gemütliches Haus.«

Es war das erste Mal, daß ihre Stimme freundlich klang, und er lächelte. »Wie gütig alle sind! Allein, daß Mr. Beebe mich bei sich aufgenommen hat ... er kam heute morgen rüber und erfuhr, daß ich fortwollte! Hier am Feuer ist es sehr behaglich für mich.«

»Gewiß, aber Sie sollten nicht zurück nach London. Das ist absurd!«

»Ich gehöre zu George; und muß dafür sorgen, daß er gern lebt, und hier unten kann er das nicht. Er sagt, er hätte gedacht, Sie zu sehen und von Ihnen zu hören ... ich rechtfertige ihn ja nicht; ich sage nur was geschehen ist.«

»Ach, Mr. Emerson!« Sie ergriff seine Hand. »Sie dürfen nicht! Ich habe der Welt schon Unheil genug gebracht. Ich kann nicht zulassen, daß jetzt auch noch Sie aus Ihrem Haus ausziehen, wo es Ihnen doch gefällt, und vielleicht sogar noch Geld dadurch verlieren ... und das alles durch mich! Sie müssen bleiben! Ich stehe im Begriff, nach Griechenland zu reisen.«

»Ganz bis nach Griechenland?«

Sie wurde wieder kühler.

»Nach Griechenland?«

»Deshalb müssen Sie bleiben. Sie werden über diese Geschichte nicht reden, das weiß ich. Ich kann Ihnen beiden vertrauen.«
»Selbstverständlich können Sie das. Entweder, Sie spielen eine Rolle in unserem Leben, oder aber wir überlassen Sie dem Leben, das Sie erwählt haben.«
»Ich möchte ja nicht ...«
»Mr. Vyse ist wohl sehr böse auf George? Nein, es war nicht recht von George, es zu versuchen. Wir sind mit unseren Überzeugungen zu weit gegangen. Wir haben diesen Kummer wohl verdient.«
Sie wandte den Blick wieder den Büchern zu – Schwarz, Braun und dieses schreiende theologische Blau. Sie umgaben die Besucher von allen Seiten; gestapelt lagen sie auf den Tischen, waren bis unter die Decke gestopft. Lucy – die nicht erkennen konnte, daß Mr. Emerson ein tiefreligiöser Mann war und sich von Mr. Beebe hauptsächlich dadurch unterschied, daß er sich zu seiner Leidenschaft bekannte – mußte es schrecklich vorkommen, daß der alte Mann, wenn er unglücklich war, in einem solchen Studierzimmer Zuflucht suchen und von der Großzügigkeit eines Pfarrers abhängen sollte.
Überzeugter denn je, daß sie erschöpft war, bot er ihr seinen Sessel an.
»Nein, bitte, behalten Sie Platz. Ich glaube, ich setzte mich in die Kutsche.«
»Miss Honeychurch, Sie scheinen so erschöpft.«
»Kein bißchen«, sagte Lucy, und die Lippen zitterten ihr.
»Doch, doch; und sie wirken fast so wie George. Was sagten Sie doch noch, ins Ausland wollten Sie?«
Sie schwieg.
»Griechenland« – und sie erkannte, daß er über das Gesagte

nachsann – »Griechenland; aber Sie sollten doch noch dies Jahr heiraten, dachte ich.«
»Nein, nicht vor Januar«, sagte Lucy und verschränkte die Hände. Ob sie eine regelrechte Lüge aussprechen würde, wenn es drauf ankam?
»Ich nehme an, Mr. Vyse fährt mit. Ich hoffe ... es ist doch nicht etwa, weil George davon sprach, daß Sie beide fortwollten?«
»Nein.«
»Ich hoffe, Sie werden Griechenland mit Mr. Vyse genießen.«
»Vielen Dank.«
In diesem Augenblick kam Mr. Beebe aus der Kirche zurück. Seine Soutane war naßgeregnet. »Schon gut«, sagte er freundlich. »Ich habe mich darauf verlassen, daß Sie beide einander Gesellschaft leisten würden. Es schüttet wieder. Die ganze Gemeinde, die aus Ihrer Cousine, Ihrer Mutter und meiner Mutter besteht, wartet in der Kirche, daß die Kutsche sie abholt. Ist Powell nach hinten gefahren?«
»Das nehme ich an. Ich werde nachsehen.«
»Nein, das mache natürlich ich. Wie geht es den Miss Alans?«
»Sehr gut, vielen Dank.«
»Haben Sie Mr. Emerson von Ihren Griechenlandplänen erzählt?«
»Ich ... ich habe es getan.«
»Finden Sie das nicht sehr mutig von ihr, Mr. Emerson, es mit den beiden Miss Alans aufzunehmen? Nein, Miss Honeychurch, kommen Sie zurück, bleiben Sie im Warmen. Ich fnde, zu dritt zu reisen, das ist wirklich mutig.« Und damit eilte er hinaus zu den Stallungen.
»Er kommt nicht mit«, sagte sie heiser. »Ich hab' mich verspro-

chen. Mr. Vyse bleibt hier in England zurück.« Irgendwie war es unmöglich, dem alten Mann etwas vorzumachen. George und Cecil hätte sie ohne weiteres wieder anlügen können; er jedoch schien dem Ende der Dinge so nahe, bewies soviel Würde, wie er an den Abgrund herantrat, von dem er erzählte, und den Büchern, die ihn umgaben, ein weiterer Abgrund, so mild bei den rauhen Pfaden, die er abgeschritten, so daß die wahre Ritterlichkeit - nicht die abgenutzte Ritterlichkeit des Sex, sondern die wahre Ritterlichkeit, welche die Jungen allen Alten gegenüber beweisen können - in ihr wach wurde und so erzählte sie ihm, egal, was sie dabei riskierte, daß Cecil sie nicht nach Griechenland begleiten würde. Und sie sprach so ernst, daß das Risiko zur Gewißheit wurde und er die Augen aufhob und sagte: »Sie verlassen ihn? Sie verlassen den Mann, den Sie lieben?«

»Ich ... ich konnte nicht anders.«

»Warum, Miss Honeychurch, warum?«

Der Schrecken fuhr ihr in die Glieder, und sie log ihn nochmals an. Sie hielt die gleiche lange und überzeugende Ansprache, die sie auch Mr. Beebe gehalten hatte, und die sie der Welt hatte halten wollen, wenn sie bekanntgab, daß sie nicht mehr verlobt sei. Schweigend hörte er sie an, und dann sagte er: »Meine Liebe, ich mache mir Sorgen um Sie. Ich habe das Gefühl«, - verträumt; es schreckte sie nicht - »Sie sind völlig durch den Wind.«

Sie schüttelte den Kopf.

»Glauben Sie einem alten Mann: Es gibt nichts Schlimmeres auf der Welt, als völlig durch den Wind zu sein. Es ist leicht, dem Tod oder dem Schicksal oder den Dingen gegenüberzutreten, die so schrecklich klingen. Entsetzen packt mich heute nur, wenn ich an die Zeiten denke, wo ich völlig durch den Wind war – an die Dinge, die ich hätte vermeiden können. Wir können einander nur so wenig helfen. Früher habe ich gemeint, jungen Leuten das ganze Leben erklären zu können, aber heute weiß ich es besser, und alles, was ich George habe beibringen können, reduziert sich auf dieses: Hütet euch vor Situationen, wo ihr nicht mehr aus noch ein wißt. Erinnern Sie sich noch, in der Kiche, als Sie so taten, als ärgerten Sie sich über mich und taten es gar nicht? Erinnern Sie sich daran, wie es noch davor war, als Sie ablehnten, das Zimmer mit der schönen Aussicht zu nehmen? Das waren vertrackte Situationen – kleine, gewiß, aber unheilvolle – und ich fürchte, jetzt sind Sie wieder völlig durch den Wind.« Lucy schwieg. »Schenken Sie mir Vertrauen, Miss Honeychurch. Das Leben ist zwar herrlich, aber es ist auch schwierig.« Sie schwieg immer noch. »›Das Leben‹, hat ein Freund von mir geschrieben, ›ist eine öffentliche Darbietung auf der Geige, bei er man das Instrument im Weitergehen kennen – und spielen lernt‹. Ich finde, er hat das sehr gut ausgedrückt. Der Mensch muß, während er weitergeht, das heißt, sich entwickelt, den Gebrauch seiner Funktionen erlernen – insbesondere die Funktion der Liebe.« Dann brach es erregt aus ihm heraus: »Das ist es; das ist es, was ich meine. Sie lieben George!« Und nach der langen Vorrede brandeten diese drei Worte an Lucy an wie Wogen der offenen See. »Aber Sie tun«, fuhr er fort, ohne auf ihren Widerspruch zu warten. »Sie lieben den Jungen mit Leib und Seele, schlicht und einfach, genau so, wie er Sie liebt, und kein anderes Wort vermag es auszudrücken. Sie wollen den anderen Mann seinetwegen nicht heiraten.«

»Wie können Sie es wagen!« keuchte Lucy, und die Brandung

rauschte in ihren Ohren. »Typisch Mann! – ich meine, anzunehmen, daß eine Frau nichts Besseres zu tun hat, als unausgesetzt an einen Mann zu denken.«

»Aber Sie tun es.«

Sie bekundete körperlichen Widerwillen.

»Sie sind schockiert, aber ich wollte Sie schockieren. Darin liegt manchmal die einzige Hoffung. Anders erreiche ich Sie ja nicht. Sie müssen heiraten, oder Ihr Leben ist vertan. Sie sind zu weit gegangen, um jetzt noch zurück zu können. Ich habe keine Zeit, zartfühlend zu sein, für Kameradschaft und Poesie, und die Dinge, die wirklich wichtig sind und *um deretwillen* Sie heiraten. Ich weiß, mit George werden Sie sie finden, und daß Sie ihn lieben. Dann werden Sie doch seine Frau. Er ist schon jetzt ein Teil von Ihnen. Obwohl Sie bis nach Griechenland entfliehen und auch, wenn Sie ihn nie wiedersehen oder seinen Namen vergessen. George wird in Ihrem Denken wirksam sein, bis an Ihr Lebensende. Es ist nicht möglich, zu lieben und auseinanderzugehen. Sie werden wünschen, daß dem so wäre. Sie können die Liebe zu etwas anderem machen, können Sie ignorieren, sie verpatzen, aber niemals können Sie sie sich aus dem Herzen reißen. Ich weiß aus Erfahrung, daß die Dichter recht haben: Die Liebe ist ewig.«

Lucy brach vor Zorn in Tränen aus, doch wiewohl ihr Zorn rasch verflog, ihre Tränen blieben.

»Ich wünschte nur, die Dichter könnten auch dieses sagen: daß die Liebe körperlich ist; nicht der Körper, sondern körperlich. Ach, welches Elend wir uns ersparten, wenn wir uns dazu bekennen könnten. Ach, gäbe es doch ein wenig Offenheit, um die Seele zu befreien! Ihre Seele, liebste Lucy! Ich hasse das Wort heute, wegen der ganzen Verlogenheit, mit der Aberglaube es umkleidet hat. Trotzdem, wir besitzen nun mal eine Seele. Ich weiß nicht, woher sie kommt und wohin sie geht, aber wir haben sie, und ich sehe, wie Sie die Ihre zerstören! Ich kann das nicht mitansehen. Es ist wieder das Dunkel, das sich heranschleicht; es ist die Hölle!« Dann riß er sich zusammen. »Was für einen Unsinn ich da von mir gebe – alles so abstrakt und wenig greifbar! Und ich habe Sie zum Weinen gebracht! Mein liebes Mädchen, verzeihen Sie meine Weitschweifigkeit; heiraten Sie meinen Jungen. Wenn ich bedenke, was das Leben ist, und wie selten Liebe von Liebe erwidert wird – werden Sie seine Frau; es ist einer der Augenblicke, für die die Welt gemacht wurde.«

Sie konnte ihn nicht verstehen; seine Worte waren wirklich so wenig greifbar. Doch während er sprach, wurde das Dunkel zurückgezogen, Schleier um Schleier, und sie sah bis auf den Grund ihrer Seele.

»Also, Lucy ...«

»Sie haben mich erschreckt!« stöhnte sie. »Cecil ... Mr. Beebe ... die Fahrkarten sind schon gekauft ... alles.« Schluchzend ließ sie sich in den Sessel fallen. »Ich weiß nicht mehr aus noch ein. Von ihm getrennt, muß ich leiden und alt werden. Ich kann nicht um seinetwillen mein ganzes Leben umkrempeln. Sie haben mir vertraut.«

Ein Wagen fuhr vor der Haustür vor.

»Sagen Sie George von meiner Liebe – einmal wenigstens. Sagen Sie ihm: ›völlig durch den Wind!‹« Dann zog sie ihren Schleier zurecht, und darunter liefen ihr die Tränen über die Wangen. »Lucy ...«

»Nein ... sie sind in der Diele ... oh, bitte nicht, Mr. Emerson ... sie vertrauen mir.«

»Aber warum sollten sie, wo Sie ihnen doch etwas vorgemacht haben?«
Mr. Beebe machte die Tür auf und sagte: »Hier ist meine Mutter.«
»Sie sind ihres Vertrauens nicht würdig.«
»Was höre ich da?« sagte Mr. Beebe scharf.
»Ich sagte gerade: Warum sollten Sie ihr Vertrauen, wo sie Ihnen doch etwas vorgemacht hat?«
»Moment, Mutter.« Er trat ein und machte die Tür hinter sich zu.
»Da komme ich nicht mit, Mr. Emerson. Von wem sprechen Sie? Wem vertrauen?«
»Ich meine, sie hat getan, als liebte sie George nicht. Dabei haben sie sich die ganze Zeit über geliebt.«
Mr. Beebe sah das von Schluchzen geschüttelte junge Mädchen an. Er war sehr still, und sein weißes Gesicht mit dem rostfarbenen Backenbart wirkte plötzlich unmenschlich. Eine hohe schwarze Säule, stand er da und wartete auf ihre Anwort.
»Ich werde ihn nie heiraten«, rief Lucy mit zitternder Stimme.
Ein Ausdruck der Verachtung legte sich über seine Züge, und er sagte: »Warum nicht?«
»Mr. Beebe ... ich habe Sie getäuscht ... habe mich selbst getäuscht ...«
»Ach, Unsinn, Miss Honeychurch!«
»Es ist kein Unsinn!« erklärte der alte Mann aufgebracht. »Das ist der Teil der Menschen, den Sie nicht verstehen.«
Begütigend legte Mr. Beebe ihm die Hand auf die Schulter.
»Lucy! Lucy!« ließen sich Stimmen aus der Kutsche vernehmen.
»Mr. Beebe, könnten Sie mir helfen?«

Diese Bitte erstaunte ihn, und mit tiefer, strenger Stimme sagte er: »Ich bin betrübter, als ich sagen kann. Es ist bedauerlich, bedauerlich ... unglaublich!«
»Was ist denn an dem Jungen auszusetzen?« sagte der alte Mr. Emerson hitzig. »Nichts, Mr. Emerson, außer, daß er mich nicht mehr interessiert.«
»Heiraten Sie George, Miss Honeychurch. Er ist genau der richtige!«
Er ging hinaus und ließ sie allein. Sie hörten, wie er seine Mutter die Treppe hinaufbrachte.
»Lucy!« wurde gerufen.
Verzweifelt wandte sie sich Mr. Emerson zu. Aber als sie sein Gesicht sah, kam wieder Leben in sie. Es war das Gesicht eines Heiligen, der verstand.
»Im Augenblick ist alles dunkel. Es sieht aus, als hätte es Schönheit und Leidenschaft nie gegeben. Ich weiß. Aber denken Sie an die Hügel von Florenz und die Aussicht, die man von dort hat. Ach, meine Liebe, wäre ich George und gäbe Ihnen auch nur einen einzigen Kuß – das würde Ihnen Mut machen. Sie müssen kalt in eine Schlacht hinein, zu der man Wärme braucht, um sich herauszureißen aus dem Durcheinander, in das Sie sich hineinmanövriert haben, so daß Sie völlig durch den Wind waren. Ihre Mutter und alle Ihre Freunde werden Sie verachten, ach, meine Liebe, und zu recht, wenn es denn überhaupt recht ist, jemand zu verachten. George noch dunkel, das ganze Gezänk und Elend ohne ein Wort von ihm! Bin ich gerechtfertigt?« Jetzt traten ihm die Tränen in die Augen. »Jawohl, denn wir kämpfen um mehr als Liebe oder Lust: Es geht um Wahrheit! Die Wahrheit zählt! Die Wahrheit zählt wirklich!«

»Küssen *Sie* mich!« sagte das Mädchen. »Küssen *Sie* mich. Ich will's versuchen!«
Er vermittelte ihr das Gefühl, daß Götter miteinander versöhnt wären, das Gefühl, daß – wenn sie den Mann gewönne, den sie liebte – für die ganze Welt etwas gewonnen sei. Das ganze Elend der Heimfahrt über – sie brachte es ihnen sofort bei – blieb sein Gruß. Er befreite den Leib von seinem Makel, nahm Tadel und Schmähungen der Welt das, was so schmerzhaft an ihnen war; er hatte ihr gezeigt, wie heilig offenes Begehren ist. Sie habe ›nie richtig verstanden‹, sollte sie in späteren Jahren sagen, ›wie er es fertigbrachte, ihr Kraft zu geben. Es war, als hätte er ihr auf einmal die Augen dafür geöffnet, daß alles ein Ganzes ist‹.

Zwanzigstes Kapitel

Das Ende des Mittelalters

Die Miss Alans fuhren tatsächlich nach Griechenland, allerdings allein. Nur sie aus der kleinen Schar der hier Beschriebenen sollen das Kap Maleas umrunden und die Gewässer des Golfs von Saros durchpflügen. Nur sie sollen Athen und Delphi besuchen und dort beide lied- und eposgefeierten Schreine – den auf der Akropolis, umgeben von blauem Meer; und den zu Füßen des Parnass, wo die Adler ihr Nest bauen und der Rosselenker unverzagt der Unendlichkeit entgegenfährt. Zitternd, voller Angst und eingedeckt mit viel Abführmitteln reisten sie in der Tat weiter nach Konstantinopel, reisten sie um die Welt. Wir anderen müssen uns mit einem wunderschönen, gleichwohl weniger schwierig zu erreichenden Ziel begnügen. *Italiam petimus*: Kehren wir zurück in die Pension Bertolini.

George sagte, es sei sein altes Zimmer.

»Nein, das ist es nicht«, sagte Lucy, »denn es ist das Zimmer, in das ich eingezogen bin, und das war das Zimmer deines Vaters. Warum, weiß ich nicht mehr; aus irgendeinem Grund hat Charlotte mich dazu bewogen, es zu nehmen.«

Er kniete auf dem fliesenbedeckten Boden und barg sein Gesicht in ihrem Schoß.

»George, du Kindskopf, steh auf!«

»Warum soll ich nicht ein Kindskopf sein?« murmelte George. Außerstande, diese Frage zu beantworten, legte sie den Socken hin, den sie gerade stopfte, und schaute zum Fenster hinaus. Es war Abend und wieder Frühling.

»Ach, was geht uns Charlotte an!« sagte sie nachdenklich. »Woraus mögen solche Menschen nur gemacht sein?«

»Aus dem gleichen Stoff, aus dem die Pfarrer gemacht sind.«

»Unsinn.«

»Richtig. Unsinn.«

»Jetzt komm von dem kalten Fußboden hoch, sonst bekommst du auch noch Rheuma und hörst auf zu lachen und rumzualbern.«

»Warum sollte ich nicht lachen?« fragte er, hielt sie mit den Ellbogen fest und näherte sein Gesicht dem ihren. »Was gibt es da zu weinen? Küß mich hier!« Er zeigte auf die Stelle, wo ein Kuß willkommen wäre.

Er war eben doch ein Junge. Wenn es drauf ankam, war sie es, die sich an das Vergangene erinnerte, sie, in deren Seele das Eisen eingedrungen war, sie, die wußte, wem dieses Zimmer voriges Jahr gehört hatte. Bisweilen machte es ihn ihr sonderbar lieb, daß er nicht immer recht hatte.

»Irgendwelche Briefe?« fragte er.

»Nur ein paar Zeilen von Freddy.«

»Jetzt küß mich hier; und dann dort.«

Dann, abermals mit dem Rheuma bedroht, trat er gemächlich ans Fenster, machte es auf (wie Engländer es eben tun) und lehnte sich hinaus. Da war das Geländer, der Fluß und zur Linken die Ausläufer der Hügel. Der Kutscher, der ihn einst mit Schlangengezisch begrüßt hatte, konnte derselbe sein, dessen Phaeton vor zwölf Monaten sein Glück ins Rollen gebracht hatte. Eine Leidenschaft für die Dankbarkeit kam über den Ehemann – im Süden wird jedes Gefühl zur Leidenschaft –, und er segnete die Menschen und Dinge, die sich um eines jungen Toren willen so viel Mühe gegeben hatten. Zwar hatte er sich selbst geholfen, das stimmt schon, aber auf wie dumme Weise! Den ganzen Kampf, auf den es angekommen war, hatten andere und anderes für ihn ausgefochten – Italien, sein Vater, seine Frau.

»Lucy, komm her und schau dir die Zypressen an; und die Kirche, wie heißt sie doch noch, ist immer noch zu sehen.«

»San Miniato. Laß mich nur noch den Socken fertig stopfen.«

»Signorino, domani faremo un giro – junger Herr, morgen machen wir einen Ausflug«, rief der Kutscher mit einnehmender Gewißheit.

George sagte ihm, er irre sich; sie hätten kein Geld, es für Kutschfahrten zum Fenster hinauszuwerfen.

Und die Menschen, die nicht hatten helfen wollen – die Miss Lavishes, die Cecils, die Miss Bartletts! Stets bereit, die Rolle des Schicksals zu übertreiben, zählte George die Kräfte auf, die ihn diese Zufriedenheit hatten erlangen lassen.

»Steht was Gutes in Freddys Brief?«

»Noch nicht.«

Er selbst hätte zufriedener nicht sein können; bei ihr kam, was das betraf, einige Bitterkeit hoch: Die Honeychurchs hatten ihnen nicht verziehen; sie waren empört über ihre frühere Heuchelei; sie hatte sich *Windy Corners* entfremdet, vielleicht für immer.

»Was schreibt er denn?«

»Dummer Junge! Er glaubt, er sei die Würde in Person. Er wußte, daß wir im Frühling fahren würden – weiß das schon seit einem halben Jahr – und hat gewußt, daß, wenn Mutter nicht ihre Einwilligung gibt, wir die Sache selbst in die Hand nehmen würden. Wir haben sie fair gewarnt, und jetzt nennt er es ›Durchbrennen‹. So was Albernes!«

»Signorino, domani faremo un giro …«

»Aber zuletzt renkt sich bestimmt alles wieder ein. Er wird uns eben von Anfang an neu aufbauen müssen. Ich wünschte nur, Cecil wäre, was Frauen betrifft, nicht so zum Zyniker geworden. Jetzt ist er zum zweitenmal ein ganz anderer geworden. Warum müssen Männer über Frauen nur immer irgendwelche Theorien haben? Ich hab' doch auch keine über Männer. Und außerdem wünschte ich mir, Mr. Beebe …«

»Da kannst du lange warten.«

»Er wird uns nie verzeihen … ich meine, er wird sich nie wieder für uns interessieren. Ich wünschte, er würde sie in *Windy Corner* nicht so beeinflussen. Hätte er es doch bloß von Anfang an nicht getan – aber wenn wir die Wahrheit leben, werden die Menschen, die uns wirklich lieben, am Ende doch zu uns zurückkommen.«

»Vielleicht.« Etwas sanfter sagte er dann: »Nun, ich habe die Wahrheit gelebt – das war aber auch das einzige, was ich wirklich getan habe –, und du bist zu mir zurückgekommen. Möglich also, daß du recht hast.« Er wandte sich wieder zu ihr um. »Laß doch diesen Socken!« Er trug sie ans Fenster, auf daß auch sie die ganze schöne Aussicht genieße. Sie sanken auf die Knie, von der Straße aus nicht sichtbar, wie sie hofften, und flüsterten jeder dem anderen seinen Namen zu. Ach, wie es sich lohnte! Es war die große Freude, die sie sich erwartet, und ungezählte kleine Freuden, die sie sich nie erträumt hatten. Sie schwiegen.

»Signorino, domani faremo ...« – »Verdammt, dieser Kerl!« Doch Lucy erinnerte sich an den Photographien-Verkäufer und sagte: »Nein, sei nicht unfreundlich zu ihm.« Dann hielt sie die Luft an und murmelte: »Mr. Eager und Charlotte, die schreckliche erstarrte Charlotte! Wie grausam sie zu einem Menschen wie diesem wäre!«

»Schau die Lichter, die über die Brücke gehen.«

»Aber das Zimmer erinnert mich an Charlotte. Wie grauenhaft, so zu altern wie Charlotte! Sich vorzustellen, daß sie an dem Abend im Pfarrhaus keine Ahnung davon gehabt hat, daß dein Vater im Haus war. Denn dann hätte sie mich davon abgehalten hineinzugehen, und er war nun mal der einzige Mensch auf der ganzen Welt, der es hat fertig bringen können, mir den Kopf zurechtzurücken. Du hättest das nicht geschafft. Wenn ich sehr glücklich bin« – sie küßte ihn – »muß ich immer daran denken, von welchen Kleinigkeiten alles abhängt. Hätte Charlotte es gewußt, sie würde mich am Eintreten gehindert haben, hätte ich die dumme Griechenland-Reise gemacht und wäre für immer ein anderer Mensch geworden.«

»Aber sie *hat* es gewußt«, sagte George, »sie hat meinen Vater mit Sicherheit gesehen. Jedenfalls hat er mir das gesagt.«

»Oh nein, sie hat ihn nicht gesehen. Sie war oben bei der alten Mrs. Beebe, weißt du nicht, und ist dann geradewegs in die Kirche gegangen. Das hat sie selbst gesagt.«

Wieder zeigte George sich eigensinnig. »Mein Vater«, sagte er, »hat sie gesehen, und seinem Wort schenke ich Glauben. Er hat am Kamin im Studierzimmer gedöst, dann schlug er die Augen auf, und da hat er Miss Bartlett stehen sehen. Ein paar Minuten vor deinem Eintreten. Sie war im Begriff zu gehen, als er erwachte. Er hat sie nicht angesprochen.«

Dann redeten sie von anderen Dingen – sprangen von einem Thema zum anderen, so wie diejenigen es tun, die darum gekämpft haben, zueinander zu kommen, und deren Belohnung darin besteht, einer still in den Armen des anderen zu ruhen. Es dauerte eine ganze Weile, ehe sie wieder zu Miss Bartlett zurückkehrten, doch als sie es taten, schien deren Verhalten ihnen diesmal interessanter als zuvor. George, der grundsätzlich etwas gegen Dunkelheit hatte, sagte: »Es ist klar, daß sie Bescheid wußte. Und deshalb frage ich mich: Warum hat sie zugelassen, daß es zu diesem Treffen kam? Sie hat gewußt, daß er da war, und sie ist in die Kirche gegangen.«

Sie versuchten, sich einen Reim darauf zu machen.

Und während sie sich darüber unterhielten, kam Lucy ein unglaublicher Gedanke. Sie wies ihn als Lösung weit von sich und sagte: »Wirklich typisch Charlotte, ihr Werk im letzten Moment durch ein halbherziges Herumgepfusche kaputtzumachen.« Doch irgend etwas an dem sterbenden Abend, am Rauschen des Flußes, ja, an ihrer Umarmung warnte sie, daß das, was sie sagte, mit der Wirklichkeit nichts zu tun habe, und George flüsterte: »Oder hat sie es absichtlich getan?«

»Was absichtlich getan?«

»Signorino, domani faremo un giro ...«

Lucy beugte sich vor und sagte sanft: »Lascia, prego, lascia. Siamo sposati. Laß nur, bitte, laß nur, wir sind verheiratet.«

»Scusi tanto, signora!« erwiderte er genauso sanft und brachte sein Pferd mit der Peitsche in Trab.

»Buona sera – e grazie.«

»Niente.«

Singend fuhr der Kutscher davon.

»Hat absichtlich *was* getan, George?«

Er flüsterte: »Ist es das? Sollte es möglich sein? Ich gebe dir etwas, darüber nachzudenken. Daß deine Cousine immer gehofft hat. Daß sie vom ersten Augenblick unseres Kennenlernens an tief in ihrem Inneren hoffte, wir würden so sein ... natürlich ganz ganz tief innen. Daß sie sich an der Oberfläche gegen uns stellte und trotzdem hoffte. Anders kann ich sie mir nicht erklären. Du? Überleg doch mal, wie sie mich den ganzen Sommer über in dir lebendig gehalten hat; wie sie dir keine Ruhe gelassen hat; wie sie von einem Monat zum anderen immer exzentrischer und unzuverlässiger wurde. Unser Anblick hat sie nicht losgelassen – sonst hätte sie uns ihrer Freundin nicht so beschreiben können. Es gibt da Einzelheiten – es brannte. Ich habe das Buch hinterher gelesen. Sie ist nicht erstarrt, Lucy, sie ist keineswegs völlig vertrocknet. Zweimal hat sie uns auseinandergerissen, aber im Pfarrhaus an jenem Abend hatte sie noch einmal eine Chance, uns glücklich zu machen. Nie können wir uns mit ihr anfreunden oder ihr danken. Aber ich glaube, daß sie im tiefsten Herzensgrunde, tief unter allem, was sie sagt oder wie sie sich aufführt, froh ist.«
»Das ist unmöglich«, flüsterte Lucy, doch dann, eingedenk der Erfahrungen, die ihr eigenes Herz gemacht hatte, sagte sie: »Nein – es ist durchaus möglich.«
Die Jugend hüllte sie ein; das Lied Paethons kündete von erwiderter Leidenschaft und gewonnener Liebe. Gleichwohl waren sie sich einer Liebe bewußt, die noch geheimnisvoller ist als diese. Das Lied erstarb; sie hörten den Fluß, wie er den Schnee des Winters hinaustrug ins Mittelmeer.

Anhang

Aussicht ohne Zimmer

Z*immer mit Aussicht* wurde 1908 veröffentlicht. Heute schreiben wir 1958, und ich frage mich, was aus den Figuren in der Zwischenzeit wohl geworden ist. Geschaffen wurden sie sogar schon vor 1908. Die italienische Hälfte des Romans stellt so ziemlich meinen ersten schriftstellerischen Versuch dar. Ich legte ihn beiseite und schrieb und veröffentlichte zwei andere Romane; dann wandte ich mich ihm wieder zu und schrieb die zweite, die englische Hälfte. Es ist nicht mein liebster Roman – das ist *Die längste Reise* –, aber man kann ihn wohl zu Recht meinen schönsten nennen. Es gibt darin einen Helden und eine Heldin, die gute Menschen sein sollen, gut aussehen und einander lieben – und denen Glück verheißen wird. Haben sie es erlangt?

Lassen Sie mich überlegen.

Lucy (Mrs. George Emerson) muß jetzt Ende sechzig sein, George Anfang siebzig – ein hohes Alter, wenn auch nicht so hoch wie meines heute. Sie sind immer noch ein stattliches Paar und lieben sich sowie ihre Kinder und Enkelkinder. Doch wo leben sie? Tja, da liegt eine Schwierigkeit, und das ist der Grund, warum ich diesen Nachtrag *Aussicht ohne Zimmer* betitelt habe. Ich kann mir nicht vorstellen, wo George und Lucy leben.

Nach ihren Flitterwochen in Florenz haben sie sich wahrscheinlich in Hampstead niedergelassen. Nein – in Highgate. Das scheint mir ziemlich klar zu sein, und die nächsten sechs Jahre waren, vom Standpunkt der Annehmlichkeiten des Lebens aus gesehen, die besten, die sie erleben sollten. George kündigte bei der Eisenbahn und bekam eine besser bezahlte Beamtenstelle bei einer Regierungsbehörde. Lucy brachte eine schöne kleine Aussteuer mit in die Ehe, und sie waren viel zu vernünftig, diese nicht zu genießen; Miss Bartlett hinterließ ihnen das, was sie ›all das kleine bißchen, das ich habe‹ nannte. (Wer hätte das von Cousine Charlotte gedacht? Ich hätte nie etwas anderes angenommen.) Sie hatten ein Dienstmädchen, das auch bei ihnen schlief, und wurden einigermaßen wohlhabend; da ging der Erste Weltkrieg los – der Krieg, der Schluß machen sollte mit allen Kriegen – und verdarb alles.
George wurde sofort Kriegsdienstverweigerer. Er fand sich mit einer Zivildienstaufgabe ab, landete also nicht im Gefängnis, ging allerdings seiner Beamtenstellung verlustig und kam, als der Friede ausbrach, für ›Häuser für die Helden‹ nicht in Frage. Mrs. Honeychurch war das Verhalten ihres Schwiegersohnes schrecklich peinlich.
Jetzt setzte Lucy sich aufs hohe Roß, erklärte, auch sie sei Kriegsdienstverweigerin, und tat etwas, das eine viel unmittelbarere Gefahr bedeutete: Sie fuhr fort, Beethoven zu spielen, also Hunnenmusik! Irgend jemand hörte das und zeigte sie an, woraufhin die Polizei kam. Der alte Mr. Emerson, der bei dem jungen Paar wohnte, wandte sich an die Polizisten. Diese sagten ihm, er tue gut daran, sich vorzusehen. Kurz darauf starb er, der sich immer noch vorsah und fest davon überzeugt war, daß Liebe und Wahrheit letzten Endes obsiegen würden.

Sie sorgten dafür, daß die Familie heil durchkam, und das ist immerhin etwas. Keine Regierung hat jemals Liebe oder Wahrheit zu ihrem Recht verholfen und wird es auch nie tun, doch in diesem bestimmten Falle arbeiteten Liebe und Wahrheit gewissermaßen unter der Hand und halfen, den elenden Umzug von Highgate nach Carshalton überstehen. Die Emersons hatten jetzt zwei Mädchen und einen Jungen und sehnten sich nachgerade nach einem richtigen Heim – irgendwo auf dem Lande, wo sie Wurzeln schlagen und unauffällig eine Dynastie gründen konnten. Aber die Zivilisation entwickelte sich nicht in dieser Richtung. Die Figuren in meinen anderen Romanen machten ähnliche unangenehme Erfahrungen. *Howards End* ist die Jagd nach einem Heim und Geborgenheit. Indien stellt sowohl für Inder als auch für Engländer eine Passage, also ein Durchgangsstadium dar. Keinen Platz zum Ausruhen.

Eine Zeitlang wiegten sie sich in der Hoffnung, es könnte *Windy Corner* werden. Nach dem Tod von Mrs. Honeychurch gab es eine Chance, in das vielgeliebte Haus einzuziehen. Doch Freddy, der es erbte, war gezwungen, es zu verkaufen, denn er brauchte das Geld, um seine eigene Familie durchzubringen und seine Kinder zu erziehen. Als erfolgloser, gleichwohl jedoch fruchtbarer Arzt, blieb Freddy gar nichts anderes übrig, als zu verkaufen. *Windy Corner* verschwand, der Park wurde in Grundstücke aufgeteilt und bebaut, und der Name Honeychurch hatte in Surrey keinen besonderen Klang mehr.

Als es soweit war, brach dann der Zweite Weltkrieg aus – derjenige, der Schluß machte mit einem dauerhaften Frieden. George eilte sofort zu den Fahnen. Da er sowohl intelligent als auch leidenschaftlich war, konnte er unterscheiden zwischen einem

Deutschland, das nicht wesentlich schlechter war als England, und einem Deutschland, das teuflisch war. Mit fünfzig war er imstande, im Hitlerismus den Feind nicht nur des Herzens, sondern auch des Kopfes und der Künste zu erkennen. Er entdeckte, daß er gern kämpfte und durch das Nicht-kämpfen-Können ausgehungert war; außerdem entdeckte er, daß er, von seiner Frau getrennt, nicht keusch blieb.
Für Lucy war der Krieg weniger abwechslungsreich. Sie gab Musikunterricht und spielte im Radio Beethoven, gegen den diesmal nichts einzuwenden war; doch die kleine Wohnung in Watford, wo sie versuchte, die Dinge bis zu Georges Rückkehr zusammenzuhalten, fiel den Bomben zum Opfer; sie verloren all ihre Habseligkeiten und Erinnerungen; ihrer verheirateten Tochter in Nuneaton erging es genauso.
George brachte es an der Front bis zum Rang eines Corporal, wurde verwundet, geriet in Afrika in Gefangenschaft und kam in ein Gefangenenlager in Mussolinis Italien. Die Italiener fand er manchmal genau so sympathisch, wie sie es in seinen Touristentagen gewesen waren, manchmal weniger sympathisch.
Als Italien zusammenbrach, verschlug es ihn im allgemeinen Chaos nach Norden, nach Florenz. Die geliebte Stadt hatte sich verändert, jedoch nicht bis zur Unkenntlichkeit. Die Brücke Santa Trinità war zerstört worden, die beiden Enden des Ponte Vecchio waren ein heilloses Durcheinander, doch die Piazza della Signoria, auf der es einst zu einem belanglosen Mord gekommen war, hatte überlebt – auch das Viertel, wo einst die Pension Bertolini geblüht hatte, blieb ganz.
Und George machte sich – wie ich selbst ein paar Jahre später auch – auf, um das Gebäude ausfindig zu machen, in dem es sie gegeben hatte. Es gelang ihm nicht. Wenn auch nichts beschä-

digt worden ist – verändert hat sich alles. Die Häuser an diesem Abschnitt des Lungarno tragen neue Hausnummern, sind renoviert und umgemodelt worden. Manche der Fassaden hat man verlängert, andere sind zusammengeschrumpft, und so ist es heute unmöglich festzustellen, welches Zimmer vor einem halben Jahrhundert romantisch war. George mußte Lucy daher berichten, daß die schöne Aussicht zwar immer noch da sei und das Zimmer da sein müsse, er es jedoch nicht finden könne. Sie freute sich über die Nachricht, obwohl sie selbst im Augenblick keine eigene Wohnung hatte. Es war schon etwas, eine schöne Aussicht behalten zu haben, und so sehen George und Lucy – sicher darin und in ihrer Liebe, solange sie einander noch haben, um sich zu lieben – dem Ausbruch des Dritten Weltkriegs entgegen: desjenigen, der Schluß macht mit dem Krieg und allem anderen auch.
Cecil Vyse darf in dieser prophetischen Rückschau nicht ausgelassen werden. Er verschwand aus dem Kreis der Emersons, doch aus dem meinen nicht vollständig. Mit seiner Integrität und seiner Intelligenz war er für vertrauliche Arbeit prädestiniert, und so wurde er 1914 dem Nachrichtendienst zugeteilt oder wie immer man jene Behörde, die Nachrichten zurückhält, damals nannte. Ich selbst habe ein – wie ich sagen muß: mir sehr willkommenes – Beispiel seiner Propagandaarbeit erlebt, und zwar in Alexandria. In den Außenbezirken dieser Stadt wurde eine stille kleine Party gegeben, und irgend jemand wollte ein bißchen Beethoven hören. Die junge Gastgeberin äußerte Bedenken, die jedoch ein junger Offizier zerstreute. »Nein, ist schon in Ordnung«, sagte er. »Jemand, der sich in diesen Dingen bestens auskennt, hat mir gesagt, Beethoven ist Belgier; daran ist nicht zu rütteln.«

Dieser Jemand kann nur Cecil gewesen sein. Diese Mischung aus Unfug und Bildung ist unverkennbar. Unsere Gastgeberin war beruhigt, das Verbot wurde aufgehoben, und die Klänge der *Mondscheinsonate* wehten hinaus in die Wüste.

Die verborgene
Geschichte
Roman
320 Seiten
btb 72003

btb
Aus Freude am Lesen

Caroline Llewellyn

Nach dem tragischen Tod ihres Mannes hofft die Kinderbuchautorin Jo, im malerischen Dorf Shipcote zur Ruhe zu kommen. Doch im Cottage ihrer Großmutter stößt sie schon bald auf tödliche Geheimnisse aus der Vergangenheit. Ein atmosphärisch dichter Kriminalroman in bester englischer Tradition.

Trügerischer Blick
Roman
377 Seiten
btb 72010

btb
Aus Freude am Lesen

Jane Stanton Hitchcock

Die Trompe-l'œil-Künstlerin Faith Cromwell ahnt nicht, in welch dunkles Spiel sie bei ihrem neuesten Auftrag hineingezogen wird. Für eine legendäre Kunstsammlerin soll sie einen Ballsaal ausmalen, der sich jedoch als Mausoleum entpuppt.

»Psychologisch ausgefeilter Vollblut-Thriller.«
freundin